永远的东方红

中国通信卫星发展纪实

张国航　孔晓燕　编著

人民出版社

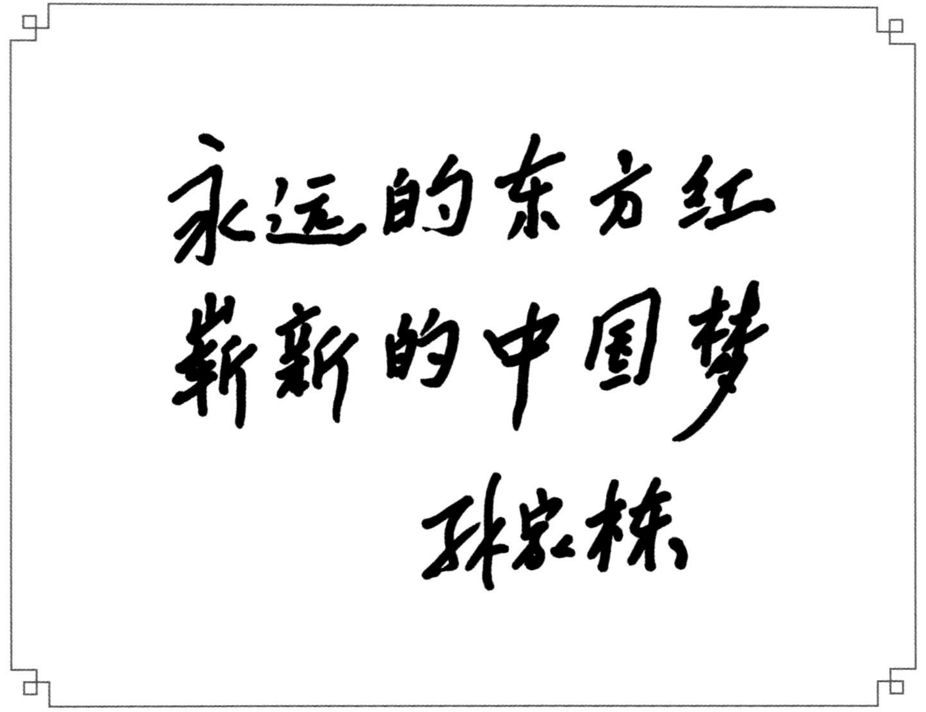

孙家栋院士题词

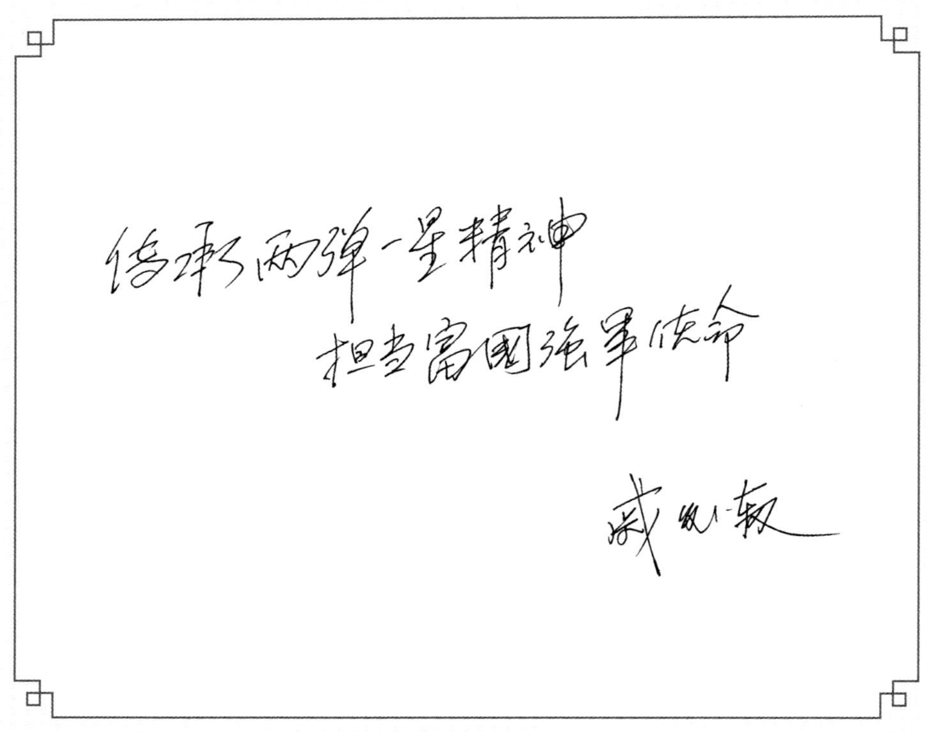

戚发轫院士题词

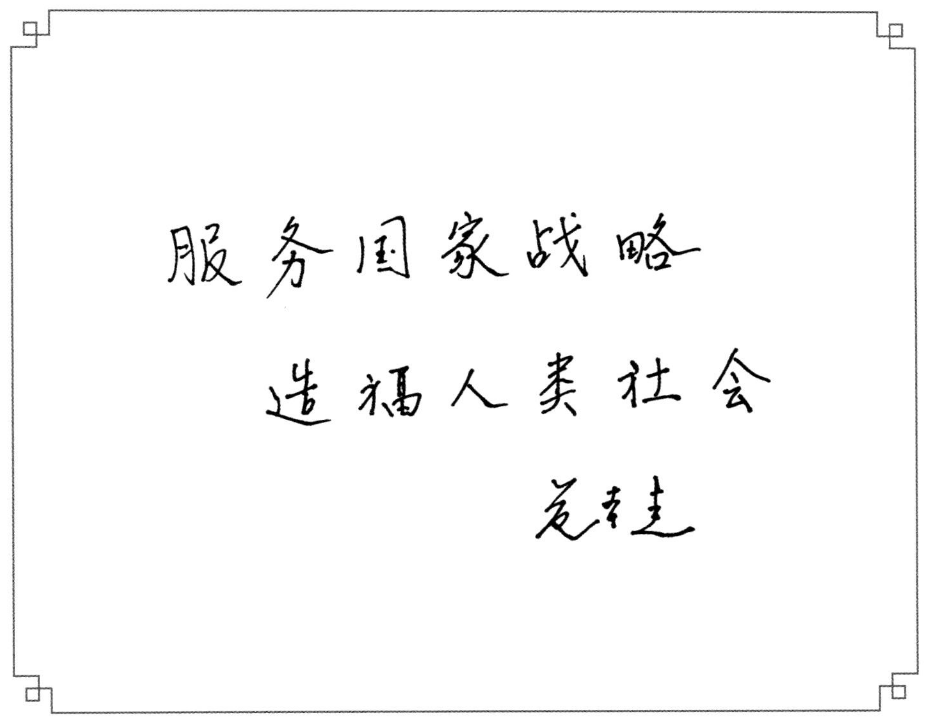

范本尧院士题词

初心永难忘
强国梦想圆

周志成

周志成院士题词

序　一

《永远的东方红——中国通信卫星发展纪实》一书就要出版了，这是十分值得祝贺的！

“东方红，太阳升……”中国人进入太空的远征，是从东方红一号卫星向全世界奏响《东方红》开始的。这件事宣告了我们这个古老而伟大的民族，要以前所未有的雄心和斗志，探索浩瀚无垠的宇宙，追逐进入太空的梦想。今天回首望去，中国航天事业走过了光辉的历程，中国人探索太空的脚步迈得越来越大、越来越远，《东方红》的旋律更加地悦耳、动听！

东方红的记忆是难忘的。能够参与这项任务，是我的荣幸。当时，我国的科学技术、工业水平比较落后，研制条件十分简陋，我们那一代人克服了很多困难，团结一致地把东方红一号打上了天，创造了一项让世界感到不可思议的奇迹，完成了一个中华民族的伟大使命。当时，我有幸到人民大会堂向周恩来总理汇报工作，并受到了谆谆教导；卫星成功发射几天后的“五一”，我与很多同志一起，登上了天安门城楼，受到了毛泽东主席的接见，他还与大家先后两次亲切握手。半个多世纪过去了，我时常想起周总理的叮咛与严实作风，鞭策自己必须始终严慎细实、精益求精；我经常回味毛主席在同我握手时带给我的温暖和力量，提醒自己必须始终奋发有为、不负重托。这些让我受益终生！

东方红的故事是讲不完的。东方红一号仅仅是个开始。之后，我们又着手搞东方红二号。这是中国的首颗通信卫星，要打到三万六千公里以外的天上去，给地面提供卫星通信服务。这样的技术跨度非常大，充满了挑战。但为了国家发展需要，我们选定目标，坚持高的起点，继续自力更生，决心把自己的研制工作搞到底，最终让卫星定点在了赤道上空，信号覆盖了整个中国。再到后来，从东方红三号到东方红四号，再到近些年的东方红五号，中国通信卫星在勇于登攀中实现了很大的跨越，而且走出了国门，造福全世界，并继续向着新的高峰进发。这本书回顾了这个历程，讲了很多精彩的故事，很是打动人心。对于“东方红”卫星的发展与成就，我感到十分高兴、万分欣慰；对于中国通信卫星事业的前景，我更是充满了信心，充满了期待！

东方红的精神是永恒的。我们那一代人都亲身经历了中国落后挨打受气的情景。那种屈辱，那种不甘的愤怒，真的是刻骨铭心。我们发自内心地希望祖国变得强大起来。国家需要什么，我们就干什么；为了国家需要，我们义无反顾。在那火热的战斗岁月里，我们还培育和发扬了一种崇高的精神，这就是热爱祖国、无私奉献，自力更生、艰苦奋斗，大力协同、勇于登攀的“两弹一星”精神。

初心无价，精神永恒。为什么东方红一号能够成功？为什么东方红从一号到五号，能够一路走来、一路登攀？我认为就在于爱国这份初心，就在于有“两弹一星”精神的引领。“两弹一星”精神的核心即爱国。一个人，有了爱，才能把自己最宝贵的东西贡献给国家、集体、事业。人生最大的爱就是爱国。爱国不是一句空话，具体落到实际，就是要爱我们的事业、爱我们的岗位。我们把自己的岗位工作干好，也就是爱国。半个多世纪以来，“两弹一星”精神激励和鼓舞了几代人，是我们这份事业、我们这个民族的宝贵精神财富，蕴含着并将持续生发出无穷的精神力量。

2020 年 4 月东方红一号卫星发射 50 周年时，我们 11 位参与过这项任务的老同志一起给习近平总书记写信，并很快就收到了他的回信。其中“不管条件如何变化，自力更生、艰苦奋斗的志气不能丢”这句话，让我印象深刻。现在我们正在向着实现航天梦、中国梦的目标而努力奋斗，必须铭记历史，传承精神。我希望，这本《永远的东方红——中国通信卫星发展纪实》能够帮助大家更多地了解航天，感受精神。我相信，只要年轻一代能够大力弘扬“两弹一星”精神，一定能比我们老一代做得更好！

戚发轫

2021 年 10 月

序　二

1958 年，毛主席发出了“我们也要搞人造卫星”的伟大号召。经过艰苦努力，东方红一号人造卫星于 1970 年 4 月 24 日发射成功，全国人民备感振奋，全世界为之瞩目。此后，中国决心大力发展以通信卫星为代表的实用卫星，以服务国计民生，推动经济社会发展。

中国的通信卫星事业从东方红一号走来，通信卫星团队是流淌着东方红一号血脉的队伍。在半个多世纪的奋斗中，这支队伍始终传承和弘扬“两弹一星”精神，忠于初心、诚于价值、勇于担当、敢于超越，研制了东方红一号卫星和东方红二号、东方红三号通信卫星，开发了东方红三号、东方红四号、东方红五号等卫星公用平台，推动我国通信卫星事业从无到有、从有到大、从大到强，实现了从“跟跑”到“并跑”、部分“领跑”的跨越。

“东方红”在历史上具有重要意义。以“东方红”为名，是中国航天事业、中国航天队伍的无上光荣。半个多世纪以来，在中国共产党的领导下，中国航天事业、中国通信卫星事业坚持自立自强，努力创新超越，不断续写着“东方红”的故事，跨入了新世纪，进入了新时代。在砥砺奋进中，共产党员始终是这支队伍的主体，占比达八成以上。大家始终听党话，跟党走，以忠诚的使命和勇敢的担当，发挥了关键作用。

知所由来，方明所去。在实现了第一个百年奋斗目标正在向第二个百年奋斗目标迈进的历史节点上，作为新时代航天人、新时代通信卫星人，有必要全面回顾中国“东方红”系列通信卫星的发展历程，追溯中国航天事业走过的峥嵘岁月，坚定信念，增强信心，收获感动，汲取力量。为此，航天科技集团五院通信与导航卫星总体部党委策划出版了这本《永远的东方红——中国通信卫星发展纪实》，既是致敬党的百年风华和伟大奋斗的礼物，也是对几代通信卫星团队和全体通信卫星人的礼赞。

本书以党史、新中国史、改革开放史为叙述背景，以东方红一号到东方红五号的通信卫星研制历程为主要脉络，通过纪实的手法，追寻、撷取和还原那些可歌可泣的典型事件、典型人物。希望通过述史、述事的方式，带领大家重温中国通信卫星发展过程中激情燃烧的岁月，体味党中央长期以来对航天事业和航天人的关怀与厚望，追寻老一辈航天人求真务实、自主创新的求索足迹，铭记航天人、通信卫星人独立自主自力更生、满腔热血干事创业的奋进历程。在一幕幕瞬间中，在一个个故事里，在一位位人物身上，中国共产党人的红色基因贯穿始终，中国航天人的精神血脉赓续至今，“两弹一星”精神的旗帜高高飘扬。

历史是最好的老师，了解历史才能看得远，理解历史才能走得远。通过回顾和梳理中国通信卫星事业发展的历程，我们收获了深刻的启示。一是必须坚持党的领导，提高政治站位，以党的指导思想为统领，不忘初心、牢记使命，永葆共产党人政治本色。二是必须坚持科技自立自强，面向世界科技前沿、面向经济主战场、面向国家重大需求、面向人民生命健康，加快建设科技强国、航天强国。三是必须坚持系统观念，发扬技术民主，系统施策、奋力进取，不断拓展发展格局，发挥引领作用。四是必须坚持加强组织建设，以作风优良、组织信任、用户满意、人民点赞为执着追求，有效防控风险，直面竞争挑战，在风雨砥砺中锤炼担当实干的真本领。五是必须心怀“国之大者”，大力弘扬“两弹一星”精神，从中国共产党人精神谱系以及深厚博大的航天精神中汲取力量，“凭着那么一股革命加拼命的精神”，矢志航天报国，不断把事业推向前进。

习近平总书记指出：“探索浩瀚宇宙，发展航天事业，建设航天强国，是我们不懈追求的航天梦。”我们正在为了这个梦想而只争朝夕。岁月为证，奋斗不息。过去半个多世纪以来，“东方红”瞰神州、耀寰宇，让我们的信念更加坚定。立足当下，面向未来，有党中央的坚强领导，有全国人民的关心和支持，有历史的滋养、榜样的引领和精神的力量，我们完全可以作出这样的判断：接下来的“东方红”故事，一定会越写越精彩，一定会为建设航天强国、实现中华民族伟大复兴作出卓越的贡献！

中国航天科技集团五院
通信与导航卫星总体部
2022 年 1 月

目　录
Contents

■ 前言　中国航天事业的建立与发展 ...1

一、新中国决心赶上时代 ...5

二、决定命运的重大决策 ...6

三、向科学进军 ...8

四、钱学森归国 ...10

五、导弹技术的进步 ...14

六、寰宇响彻东方红 ...16

■ 第一章　东方红一号：开天辟地启新元 ...23

一、我们也要搞人造卫星 ...25

二、必须依靠自己的力量 ...28

三、现在放卫星与国力不相称 ...33

四、卫星研制时机已到 ...37

五、组建中国空间技术研究院 ...41

六、孙家栋当天转行 ...46

七、上得去，抓得着，看得见，听得到 ...50

八、卫星还叫东方红 ...58

九、星箭分离、卫星入轨 ...67

十、中国人民取得了伟大胜利 ...76
十一、“老一代航天人的功勋已经牢牢铭刻在新中国史册上!” ...82

■ 第二章　东方红二号:从无到有的跨越 ...89

一、卫星通信已不是新鲜事 ...91
二、五年预想，五年徘徊 ...95
三、党中央和毛主席批准“331”工程 ...100
四、在整顿与调整中前进 ...104
五、独立自主、自力更生的骨气不能丢 ...108
六、完全依靠自己的力量 ...112
七、山沟沟里的七个月 ...118
八、让“发烧”的卫星“退烧” ...123
九、“这确是值得大庆大贺的事!” ...128
十、从试验到实用 ...134
十一、挖潜提能，创造巨大效益 ...137

■ 第三章　东方红三号:全面服务国计民生 ...143

一、不“买星”，要“造星” ...146
二、自己给自己找重担挑 ...151
三、全力以赴推进任务 ...155
四、痛定思痛，迎击挑战 ...159
五、终于可以扬眉吐气了 ...163
六、与“北斗一号”的邂逅 ...168
七、创造新纪录，迈上新台阶 ...174
八、太空中的“高清视频转播车” ...179

九、大王总：我是“东三”平台的老兵 ...186

■ 第四章　东方红四号：踏出国门走向世界 ...193

一、悬崖再陡峭也要攀上去 ...196
二、“尼星”升空，中国航天首次实现整星出口 ...202
三、“狼”全都来了，可是我们不怕 ...209
四、南南合作“星星桥” ...213
五、中国老师真赞 ...220
六、让卫星在太空里安心“安家” ...227
七、靠实力，言必信行必果 ...235

■ 第五章　民商用通信卫星的崛起 ...241

一、“东四小子”的爬坡路 ...244
二、航天史上的“星坚强” ...250
三、“‘东四’增强”强在哪儿? ...256
四、和空间站视频对话就靠它 ...261
五、备受青睐的“高通量”卫星 ...267
六、“天通商用”，中国自己的卫星电话来了 ...272
七、整星测试：通信人的创新与变革 ...279

■ 第六章　东方红五号：比肩国际高水平 ...287

一、立项时，我们心里已经很有底了 ...290
二、要实现跨越发展，必然要有所突破 ...295
三、创新研制模式，为航天发展铺路搭桥 ...298
四、见面道辛苦，必定是“东五” ...303

五、失去攀登高峰的机会，更要坚定站在顶峰的信心 ...312
六、夜空中最闪亮的功勋章 ...316

第七章　低轨通信卫星星座：让全球永不失联 ...323

一、超大规模星座群很“火” ...325
二、集智攻关、接续奋斗、共创未来 ...328
三、高质量、高效率、高效益 ...333
四、快马加鞭未下鞍 ...338

第八章　通信卫星人与通信卫星团队文化 ...339

一、共同体的时空历程 ...341
二、广泛的系统工程 ...346
三、从卫星通信到卫星通信导航融合发展 ...351
四、通信领域群星璀璨 ...357
五、“忠诚勇敢”的团队文化 ...366
六、中国通信卫星发展的基本经验 ...372

中国通信卫星大事记 ...382
通信卫星赋 ...386
后　记 ...388

前　言

中国航天事业的建立与发展

天地玄黄，宇宙洪荒。乾坤有序，山河无疆。
日月盈昃，辰宿列张。华夏文明，浩浩汤汤。
问天九章，飞天敦煌。嫦娥奔月，万户遐想。
孰极其理，孰驾其光？汤谷蒙汜，日出东方！

江山如画神州美，旭日恒升东方红。历经百年沧桑苦难，新中国宣告成立，中华民族由此开启了新的历史篇章，并立志向科学进军，向浩瀚太空进发。“东方红”作为最重要的时代文化符号之一，成为中国第一颗人造卫星的名字，也成为中国之后一系列通信卫星的名字。

航天是当今世界最具挑战性和广泛带动性的高科技领域之一，航天活动深刻改变了人类对宇宙的认识，为人类社会进步提供了重要动力。航天科技是科技进步和创新的重要领域，航天科技成就是国家科技水平和科技能力的重要标志。在航天科技领域中，通信卫星是全球在轨数量最多的航天器，业务市场化程度高、用户范围广、竞争激烈，是最重要的航天应用领域之一。

中国通信卫星领域发展从零起步，从东方红一号到东方红二号，实现了从无到有的跨越；之后，经东方红三号、四号、五号卫星平台研制，实现了技术跃迁。中国的“东方红”系列通信卫星在追赶中奋力超越，推动航天强国建设迈出坚实步伐。回顾中国航天半个多世纪的发展历程，在砥砺奋进的峥嵘岁月中，在蔚为壮观的成就图景中，“东方红”始终是最悠扬的旋律，始终是最厚重的底色。

东方红一号卫星遨游太空

可以说，中国“东方红”系列通信卫星发展的历程，是中国航天事业发展历程的重要组成部分，是中国科技事业发展历程中浓墨重彩的一个单元，是中国共产党领导中国特色社会主义伟大实践的绚烂篇章。在党史、新中国史、改革开放史上，“东方红”地位重要，中国通信卫星发展历程贯穿其中，并有效牵引了中国航天各领域和卫星通信、广播电视等各个方面的发展建设，极大推动了当代中国乃至世界的卫星通信事业进步和现代化进程。

回顾中国通信卫星发展历程，首先要回溯中国航天事业的奠基与发展。

一、新中国决心赶上时代

自古以来，人类就向往着飞向太空、遨游宇宙。从 1543 年哥白尼发表《天体运行论》，到 1687 年牛顿建立经典力学体系，再到 1903 年俄国人齐奥尔科夫斯基提出液体火箭推进的理论设想，人类经过漫长的科学探索与持续的技术实践，在导弹和运载火箭技术日益发展的基础上，最终于 1957 年将第一颗人造地球卫星送入太空，揭开了人类航天时代的序幕。

中国是世界文明古国之一，科学在中国文化中有光辉灿烂而深厚的根基。以指南针、造纸术、印刷术、火药四大发明为代表的技术成就，对世界文明产生了深远的影响。我国有着制作风筝的悠久传统，宋朝时就制成了用火药推进的世界上最早的火箭，它们也被称作最早的飞行器。嫦娥奔月、鲲鹏扶摇等神话，“飞人”“飞车”“千里眼”“顺风耳”等传说，列子御风、“公输子木以为鹊，成而飞之，三日不下”等记载，敦煌飞天的绚烂、明代万户的壮举，无不展现着古代中国人民对星空的深深向往。由于封建制度的禁锢，尤其是到了近代遭受列强的侵略，中国没有追上世界科技大发展的潮流，与西方国家相比已经大大落后了。

1840 年以后，西方国家得益于近代科学技术的发展，凭借坚船利炮叩开了中国的大门，将中国拖入了悲惨的百年苦难历程之中。近代以来，中国人民面临着争取民族独立、人民解放和实现国家富强、人民幸福这两大历史任务。1949 年新中国的成立，标志着第一个任务得到了完全的实现，从政治上恢复了中华民族的凝聚力与自豪感。而要实现第二个任务，需要长期的奋斗。科学技术是解放生产力、发展生产力的重要武器。从 19 世纪中叶“师夷长技”的呼吁，到 20 世纪初“科学救国”“实业救国”的思潮，从 20 世纪 50 年代“向科学进军”到 20 世纪末“科教兴国”战略，再到21世纪以来的建设创新型国家，实施创新驱动发展战略、建设世界科技强国，中国人对科学技术寄予厚望。

为了实现中华民族伟大复兴，中国共产党团结带领中国人民，浴血奋战、百折不挠，创造了新民主主义革命的伟大成就，建立了新中国。中华民族站起来了，并决心赶上时代，实现国家的繁荣富强。

二、决定命运的重大决策

1949年10月1日，毛泽东在天安门城楼上宣告了中华人民共和国的成立。当时，中华大地万象更新，但在党和人民面前，还存在很多亟待解决的困难，新中国面临着很多严峻考验。人民解放战争还未完全结束，国民党军队还在负隅顽抗，蒋介石集团袭扰不断，西方国家严重敌视新中国并实行政治孤立、经济封锁和军事包围。对此，党采取了一系列积极稳健的政策措施，领导全国各族人民满怀信心地迎接挑战，建设新中国。

新中国成立后，大力发展科学技术，立足自力更生，同时积极向苏联等国家学习经验技术，购买并仿制武器装备，进入了“引进为主”“仿制为主”的阶段，并以此为过渡，最终迈入了自主创新阶段。在“一穷二白”的艰苦环境中，党领导中国人民解放军继续战斗，加快解放全中国；同时抓紧时间恢复经济，发展工业，发展科学技术，巩固和强化国防，不久便打开了局面。围绕科研院所建设与科技人才培养等作出的一系列重要安排，很快也见到了成效。

1950年10月，面对极为严峻的局面，新中国不得不派军入朝，参加抗美援朝战争。这场战争历时两年多，中国人民志愿军最终凭借正确的领导和顽强的战斗，取得了光荣胜利，实现了这样一个空前的壮举：以农业经济为基础的新中国，成功地迫使世界上最强大的工业国将军队撤回“三八线”以南并坐下来谈判。中国人民向世界宣告：“西方侵略者几百年来只要在东方一个海岸上架起几尊大炮就可霸占一个国家的时代是一去不复返了！”①

1950 年 10 月，中国人民志愿军抗美援朝出国作战

新中国虽然取得了抗美援朝战争的胜利，但也深刻认识到了战争中暴露出的巨大装备差距。工业基础薄弱导致的装备劣势，尤其是高技术装备的匮乏，使志愿军未能取得更大的战果。在从朝鲜回国的列车上，彭德怀给毛泽东写了一封信。信中说：“主席，朝鲜战争结束了，我们取得了胜利，但我们吃了大亏，亏就亏在我们的武器不如人。我们的代价太大了……”② 美军将领、麦克阿瑟的接替者李奇微在回忆朝鲜战场的态势时说：“中国军队的数量大大超过了联合国军，能够大规模地增援前线部队。但是我们的火力优势使力量的天平又偏向了我们。”尽管

---

① 《中国共产党简史》，人民出版社、中共党史出版社 2021 年版，第 154 页。

② 陶纯、陈怀国：《国家命运——中国“两弹一星”的秘密历程》，上海文艺出版社 2011 年版，第 7 页。

他对中国军队的描述不无偏见，但他也承认："要不是我们有强大的火力，总能得到近距离空中支援，并且牢牢地控制着制海权，中国人可能早就把我们打垮了。"① 抗美援朝战争，以及同时期世界军事科技的快速发展，使新中国深受震动。再加上，美国威胁对中国使用核武器，并在台海频频制造事端等，也给新中国带来了极大的紧迫感。

面对帝国主义的武力威胁和大国的核讹诈、核垄断，党中央下定决心要发展研制"两弹一星"，重点突破国防尖端技术，作出了对中国国家安全和发展具有深远战略意义的重大决策。

三、向科学进军

中国共产党历来重视科学技术的作用。1956 年 1 月，中共中央在北京召开全国知识分子问题会议，周恩来总理在开幕大会上代表党中央作了《关于知识分子问题的报告》的主题报告，郑重宣布我国知识分子已经是工人阶级的一部分。他用相当大的篇幅阐述向现代科学进军的问题。世界科学技术特别巨大而迅速的进步，已经把我们抛在科学发展的后面很远；在社会主义时代，比以前任何时代都更加需要充分地提高技术、发展科学和利用科学知识。科学是关系国防、经济和文化各方面的决定性的因素。现代科学技术正在一日千里地突飞猛进，人类面临着一个新的科学技术和工业革命的前夕。我们必须急起直追，力求尽可能迅速地扩大和提高我国的科学文化力量，而在不长的时间里赶上世界先进水平，把我国建设成为一个完全现代化的、富强的社会主义工业大国。②

毛泽东出席了闭幕大会，强调要进行技术革命，搞科学，要革愚昧

① ［美］马修·李奇微：《李奇微回忆录》，王宇欣译，转引自严鹏：《简明中国工业史（1815—2015）》，电子工业出版社 2018 年版，第 133 页。

② 《周恩来选集》下，人民出版社 1984 年版，第 158—189 页。

和无知的命，要在比较短的时期内，造就大批的高级知识分子，同时要有更多的普通的知识分子。他号召全党努力学习科学知识，同党外知识分子团结一致，为迅速赶上世界科学先进水平而奋斗。①

这次会议召开后，全国形成了“向科学进军”的热潮。

根据会议的建议，1956 年 3 月国务院成立了科学规划委员会，在周恩来等的组织领导下，汇集 600 多位科学家，并邀请近百名苏联专家，历经数月反复论证，编制出《1956—1967 年科学技术发展远景规划纲要（修订草案）》以及若干方面的具体计划。这是我国首份发展科学技术的长远规划，明确了“重点发展，迎头赶上”的方针，提出要按照“力求自力更生，但要有计划地合理地运用兄弟国家的帮助，虚心地学习一切国家的长处，并把学习外国长处和继承发扬科学遗产、总结本国的经验这两个方面结合起来”的原则进行国际科学合作。《纲要》最后说：“只要我们永远保持着前进的信心和旺盛的战斗精神，团结一致，虚心学习，奋斗不懈，任何人都不能阻止我们走向胜利，一个科学技术繁荣发达的中国一定能够在不太长的时间内出现在世界上。”②

在党中央的坚强领导和全国人民的团结支持下，广大科技工作者刻苦钻研、顽强奋斗，推动我国科学技术发展取得了显著成绩，整体工业水平有了很大提升。1956 年制定的十二年科学技术发展远景规划，到 1962 年就基本完成了；1963 年，我国又制定了新的十年科学技术发展规划。毛泽东听取聂荣臻就这个规划作的汇报时说：“科学技术这一仗，一定要打，而且必须打好。不搞科学技术，生产力无法提高。”③

---

① 参见《毛泽东年谱（一九四九——一九七六）》第二卷，中央文献出版社 2013 年版，第 515 页。

② 参见《1956—1967 年科学技术发展远景规划纲要（修正草案）》，科学技术部网站，http://www.most.gov.cn/ztzl/gjzcqgy/zcqgylshg/200508/t20050831_24440.html，2021 年 6 月 30 日。

③ 参见《毛泽东文集》第八卷，人民出版社 1999 年版，第 351 页。

四、钱学森归国

自洋务运动始，留学海外的知识分子们走出国门后，敞开怀抱汲取现代知识，其中很多人在留学目的国作出了不凡成就，回国后更成为中国发展近现代科技、努力实现现代化的重要力量。20世纪上半叶，在西方研究航天科学技术的院所中学习或参与项目的钱学森等一些中国科学家，积极参与到航天理论探索、技术研发和工程试验中来，为人类航天事业的早期发展作出了贡献。他们中很多人后来选择回国，为中国航天事业创建与发展准备了至关重要的条件。

新中国成立前，钱学森即是蜚声国际的著名科学家。“无论在哪里，一个钱学森都抵得上五个海军陆战师。”美国高级军官深知钱学森的价值，将他看作“最优秀的火箭专家”。而当时在整个朝鲜战场，美国的地面主要兵力只有7个师。新中国成立后，钱学森决定放弃美国的优厚待遇返回祖国。但他在回国道路上经历了各种艰难曲折，甚至被软禁了整整5年。在中央领导同志的直接过问和协调支持下，有关方面几经争取，最终帮助钱学森冲破美国设置的重重阻挠，于1955年10月8日回到了祖国的怀抱，并受到了热烈欢迎。

钱学森在北京受到热情迎接

经过短暂休整，钱学森接受上级安排，到中国科学院工作。为了尽快熟悉情况，他赴我国东北的重工业基地考察。1955年11月下旬，钱学森到哈尔滨时，正好罗时钧和庄逢甘两位朋友正在哈尔滨军事工程学院教书，便想与他们见一面。由于哈军工的保密要求十分严格，这一请求最终被报告给了时任解放军副总参谋长、哈军工院长陈赓大将。平时都在北京办公的陈赓大将十分痛快地批复“可以”，并立即安排行程，当天夜里便乘机抵达哈尔滨。第二天，钱学森到访哈军工时，陈赓大将带着哈军工的同志们在门口迎接，并亲自陪同考察。在参观火箭技术实验室时，陈赓问道：“钱先生，你看我们中国人能不能搞导弹？”根据钱学森回忆，当时他因为在美国受到不公平待遇甚至是折磨而憋了一肚子气，便斩钉截铁地答道：“中国人怎么不行啊？外国人能搞的，难道中国人不能搞？中国人比他们矮一截？”陈赓大将说：“好！”

当年 12 月 21 日，钱学森从东北考察回京。正在住院治疗的彭德怀元帅得知消息，迫不及待地要安排与钱学森会面。几天后，彭德怀在医院病房见到了钱学森，并问出了与陈赓一样的问题，得到了钱学森给出的一样的答案——“行！”

1956 年 1 月，在彭德怀、陈赓等的安排下，钱学森在北京积水潭总政文工团排演场给在京的军事干部作了题为《关于导弹武器知识的概述》的报告，连讲三场，引起了部队高级将领对导弹的极大关注。当时很多人还不知道导弹为何物。身经百战的贺龙、陈毅、叶剑英、聂荣臻元帅，都兴致勃勃地赶来听讲，当起了钱学森的学生。解放军高层刮起了“钱学森旋风”“导弹旋风”。

钱学森的归来，让中国的导弹研制工作提上了日程。

1956 年 2 月 1 日，在中国人民政治协商会议第二届全国委员会第二次会议期间，毛泽东设宴招待全体政协委员。刚刚被增补为全国政协委员的钱学森收到了毛泽东亲笔签名的大红请柬。入场时，工作人员引导他去安排好的第 37 桌，但到桌前竟然没找到他的座位签。原来，当宴会座次送呈毛泽东时，毛泽东用笔在第 37 桌钱学森的名字上画了个圆圈，一个弧线箭头就把他安排到了第 1 桌紧挨着毛泽东右手边的位置。宴会上，毛泽东与钱学森进行了亲切交谈。

同年 2 月 4 日，叶剑英元帅在家招待钱学森夫妇，陈赓大将作陪。席间，他们热烈地谈论了中国自行研制导弹式武器的问题。“吃完饭，大概是星期六晚上，他们说找总理去。”钱学森回忆说，“叶帅、陈赓他们与总理谈话，后来大概就谈定了。总理交给我一个任务，叫我写个意见——怎么组织一个研究机构？后来我写了一个意见，又在西花厅开了一次会，决定搞导弹了。那天开完会，在总理那里吃了一顿午饭，桌上有蒸鸡蛋，碗放在总理那边，总理还特意盛了一勺给我。”①

“总理交给我一个任务，叫我写个意见”，就是钱学森 1956 年 2 月 17 日递交给国务院的《建立我国国防航空工业的意见书》。当时为了保密起见，用“国防航空工业”这个词来代表火箭、导弹。这份意见书是我国导弹事业的奠基之作，引起了党和国家决策层的高度重视。

随后，中央果断作出发展导弹技术的决策。1956 年 4 月，毛泽东在中央政治局扩大会议上说：“我们现在已经比过去强，以后还要比现在强，不但要有更多的飞机和大炮，而且还要有原子弹。在今天的世界上，我们要不受人家欺负，就不能没有这个东西。”② 同月，国家成立了航空工业委员会，负责领导我国导弹和航空事业的发展建设，聂荣臻任主任，黄克诚、赵尔陆任副主任，委员包括刘亚楼、钱学森等。5 月，聂荣臻代表航空工业委员会向国务院和中央军委提出了《关于建立我国导弹研究工作的初步意见》，周恩来主持中央军委专门会议就此展开了讨论。

1956 年 10 月 8 日，导弹研究机构——国防部第五研究院成立了。

---

① 钱学森：《周总理让我搞导弹》，《中国航天腾飞之路》，中国文史出版社 1999 年版，第 15 页。

② 《毛泽东文集》第七卷，人民出版社 1999 年版，第 27 页。

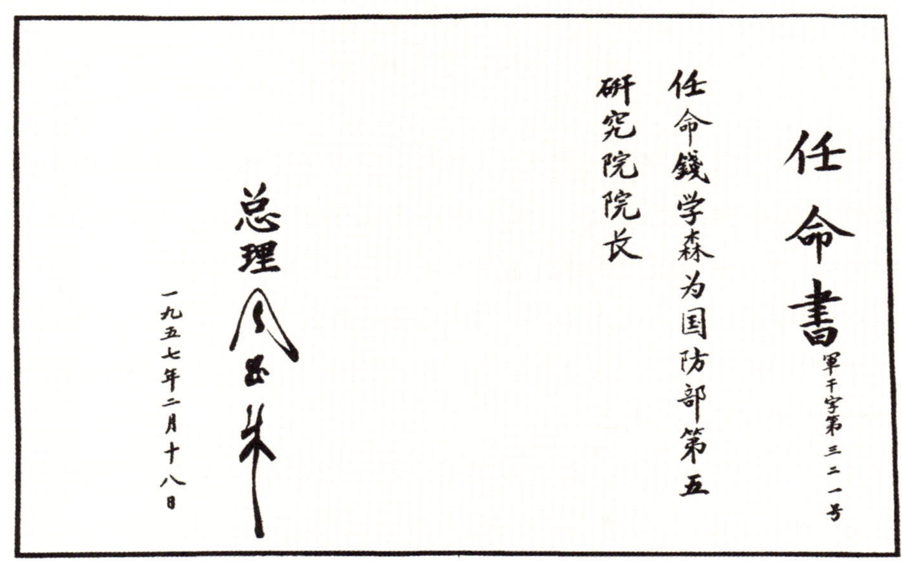

任命書

軍千字第三二一号

任命錢学森为国防部第五研究院院长

总理 周恩来

一九五七年二月十八日

周恩来总理签署的任命钱学森为国防部第五研究院院长的任命书

钱学森任首任院长。[①] 聂荣臻出席成立大会并鼓励大家以自力更生、奋发图强的精神进行学习研究，致力于发展我国的导弹事业，并作出积极贡献。由聂荣臻提出、经毛泽东主席和周恩来总理批准，国防部五院的建院方针被确定为“以自力更生为主，力争外援和利用资本主义国家已有的技术科学成果”。[②] 聂荣臻鼓励大家只要团结一心，艰苦奋斗，中国的导弹事业一定会有美好的前景。[③]

中国的航天事业，从此诞生了。

---

① 1956 年 9 月 15—27 日，中国共产党第八次全国代表大会在北京胜利召开。大会闭幕仅过了 11 天，国防部第五研究院即宣告成立。1956 年 10 月 8 日是钱学森归国一周年。

② 《中国航天事业的 60 年》编委会编：《中国航天事业的 60 年》，北京大学出版社 2016 年版，第 123 页。

③ 《天魂》编委会：《天魂——航天精神纪事》，中国宇航出版社 2012 年版，第 15 页。

五、导弹技术的进步

只有“上天”，才能“航天”。按照牛顿力学的观点，只有物体被抛出时拥有的初速度足够大，不低于第一宇宙速度，才能进入空间而不至于落回地球。这是航天活动首先要解决的问题，即运载技术，通过以研发各种导弹武器为起点，最终研制成可用的运载火箭。其中，导弹即是靠火箭发动机推进、由制导系统导引的火箭弹，运载火箭与导弹的最基本区别在于有无战斗部。

在中国之前，苏联、美国发展航天技术都采取了先从导弹研制入手，着手解决迫切的军事需求，并以此提升运载能力，再上马人造卫星的航天科学技术发展路径。新中国也选择了这样一条路径，即在推进工业化与科学技术发展的基础上，决心发展航天事业，并首先致力于发展导弹技术，建立可以应用于航天发射的运载能力，实现“上天”。

20 世纪 50 年代中期，在中苏友好的背景下，中国向苏联寻求导弹技术的援助。涉及不可轻易示人的“国之重器”，苏联在中方几次外交交涉的努力后，于 1956 年 9 月委婉地拒绝了中国的要求，仅仅给了两枚 P–1 导弹供教学使用。这是苏联人之前仿制的第二次世界大战中德国人研制的 V–2 导弹。到 1957 年下半年，苏联对华尖端武器援助有了新进展，当年 10 月 15 日，中苏正式签署《关于生产新式武器和军事技术装备以及在中国建立综合性原子能工业的协定》（又称《国防新技术协定》），苏联在协定中允诺在导弹、核武器等方面给中国相应的帮助。这加快了中国研制导弹的速度。两枚苏制 P–2 弹道导弹于同年 12 月下旬运抵北京。不久，苏联派遣到中国的专家和提供的图纸资料也陆续抵京。科学家们从仿制起步，不断取得突破性进展。但苏联在一些关键技术和环节上始终有所保留。1960 年 7 月 16 日，在导弹仿制进入决战阶段、即将开始总装之际，苏联照会中国政府宣布停止对华援助，停止派遣并撤走专家。苏联专家临行前对中国人说，他们走后这些导弹零件会变成废铜烂铁。面对这种境况，钱学森号召大家“一定要搞出争气弹”。

4个月后的1960年11月5日，中国第一枚导弹东风一号（代号“1059”）首次飞行试验获得圆满成功。这表明中国已经初步掌握了导弹制造技术，是中国国防和军队装备史上的一个重要转折点。之后，以导弹、核弹为代表的尖端项目取得快速进步。

1964年6月29日，中国自行设计研制的东风二号中近程液体导弹经过一次发射失败后，终于成功完成首次飞行试验。

1964年10月16日，中国第一颗原子弹爆炸成功，新疆罗布泊的戈壁上空升起了由原子核裂变引发的巨大火球和蘑菇云。

1966年10月27日，中国成功用东风二号甲中近程导弹进行了“两弹结合”试验。导弹飞行正常，核弹头精确命中目标，实现了核爆炸。“两弹结合”试验成功，表明中国已具备战略威慑能力，打破了美苏两个超级大国的核垄断。

1966年12月26日，中国第一枚新型地地中程导弹东风三号首次飞行试验基本成功，这是中国第一个独立研制的全新作战武器，揭开了中国战略导弹研制史上新的一页。

1967年6月17日，中国第一颗氢弹空爆试验成功。

1970年1月30日，中国自行研制的第一枚中远程两级地地导弹东风四号第二发全程遥测弹飞行试验成功，表明中国基本攻克多级导弹的关键技术难题。

1980年5月18日，中国向南太平洋预定海域成功地发射了自行设计生产的东风五号洲际导弹，首次全程飞行试验成功完成。这是中国首次从本土向公海进行的洲际导弹试验，标志着中国战略武器走完了研制、试验全过程，达到了新的水平。

1982 年 10 月 12 日，第二发巨浪一号遥测弹水下发射试验成功，标志着中国的战略核导弹从液体发展到了固体，从陆上发展到了水下，从固定阵地发射发展到了隐蔽机动发射。中国成为世界上第五个拥有潜艇水下发射导弹能力的国家。此后，战略武器的研制重点向改进与提高转变，在精度、生存能力、发射方式、缩短发射时间等方面不断提升。

导弹成果还衍生出了“长征”系列运载火箭。从长征一号到长征三号、长征三号甲，再到长征五号等，“长征”家族不断壮大，并具备了越来越强的运载能力。

“上天”的路通了，并且日益宽阔。

六、寰宇响彻东方红

“上天”的路通了，卫星开始“入天”。

1958 年 5 月 17 日，毛泽东提出了“我们也要搞人造卫星”的伟大号召。历经艰苦探索，1970 年 4 月 24 日，中国第一颗人造卫星“东方红一号”搭乘长征一号运载火箭，取得了发射任务的成功！加上 20 世纪 60 年代先后成功的导弹和核弹，“两弹一星”任务至此全部完成。“两弹一星”从军事上，从科学技术上，从智慧、知识和能力上，极大地增强了中国人民的自信心与安全感，一扫国人百年悲啸的心态，树立了中华民族自立于世界民族之林的自信。“两弹一星”的成功，不仅带动了中国现代科学技术的发展，填补了许多学科空白，为我国实现技术发展的跨越积累了宝贵经验，而且进一步奠定了中国的大国地位，为中国赢得了举足轻重的国际影响力。

“东方红一号”入天后，《东方红》的旋律传遍了全中国，传到了全世界。全国为此振奋，全球为此震动。当这个古老的东方国度结束百年苦难，踏上现代化征程，并正式迈出进入太空的第一步时，所有的目光都聚焦到了这里，聚焦到了这颗灿若“三等星”的卫星上，聚焦到了这群眺望星空的中国航天人身上。人们不禁发问：他们能走多远？他们会走多远？

卫星“入天”的成本很高，要“有用”才能持续进行。要么出于科学探索的考虑，要么具备应用实用的前景，否则难以为继。换言之，须得“立足空间，面向人间”，做到“天上人间紧相联”。东方红一号卫星发射成功后，研制发射有实用价值的卫星就成为下一步的目标。其中，研制通信卫星，发展卫星通信，是一项十分重要、十分紧迫的任务。

通信是人类最主要、最重要的社会需求之一。随着航天技术的发展，从20世纪60年代起，卫星通信技术快速发展并迅即得到广泛应用，成为当时国际航天领域的重要潮流。中国的科学家注意到了这种趋势，针对当时通信事业的落后情况，也提出了发展我国卫星通信的

喜报

人民日报　解放军报

毛主席提出“我们也要搞人造卫星”的伟大号召实现了！

我国成功地发射第一颗人造地球卫星

卫星重一百七十三公斤，用二〇·〇〇九兆周的频率，播送《东方红》乐曲

这是我国人民在伟大领袖毛主席和以毛主席为首、林副主席为副的党中央领导下，高举“九大”团结、胜利的旗帜，坚持独立自主、自力更生方针，贯彻执行鼓足干劲、力争上游、多快好省地建设社会主义总路线，以实际行动抓革命，促生产，促工作，促战备所取得的结果。

这是我国发展空间技术的良好开端，是毛泽东思想的伟大胜利，是毛主席无产阶级革命路线的伟大胜利，是无产阶级文化大革命的又一丰硕成果。

中国共产党中央委员会向从事研制、发射卫星的工人、人民解放军指战员、革命干部、科学工作者、工程技术人员、民兵以及有关人员，表示热烈的祝贺。

《人民日报》号外：东方红一号发射成功

东方红二号通信卫星

东方红三号通信卫星

设想。1966 年 5 月发布的《发展中国人造卫星事业的十年规划》对此进行了展望，并将“东方红”的“二号”及之后编为通信卫星。面对技术封锁，面对各种困难，流淌着东方红一号血脉的通信卫星团队，不怕苦，不畏难，顽强地向技术高峰发起挑战，并在奋斗不息、勇于登攀中创造了卓越成就，推动中国卫星通信领域发展实现了从“跟跑”到“并跑”、局部“领跑”的飞越。从 1984 年 4 月 8 日东方红二号试验通信卫星发射成功，到 2021 年 12 月，这支队伍先后完成了 50 多颗星的发射任务。从东方红一号到东方红二号，再到东方红三号、东方红四号，再到东方红五号，这些“中国制造”“中国智造”的通信卫星纵览神州，俯瞰寰球，服务中国，惠及世界。

在时光推移与砥砺奋进中，中国通信卫星的壮阔画卷徐徐展开，并将被继续描绘下去。

1984 年 4 月，东方红二号试验通信卫星发射成功。赤道上空的静止轨道喜迎中国来客，我国成为世界上少数几个能够独立研制、发射地球同步通信卫星的国家之一。

1986 年 2 月 1 日，东方红二号实用通信卫星发射成功。这标志着我国卫星通信由试验阶段进入实用阶段。

1997 年 5 月 12 日，东方红三号通信卫星发射成功，这是我国新一代广播通信卫星，标志着中国通信卫星技术跨上一个新台阶。东方红三号还发展成为卫星平台，不仅应用于后续的通信卫星，而且在北斗一号、嫦娥一号等任务中得到应用。

2006 年 10 月 29 日，基于东方红四号大型静止轨道卫星公用平台研制的首颗中国新一代大容量通信广播卫星——鑫诺二号卫星发射升空。东方红四号卫星平台的研制成功，开创了中国卫星通信的新局面，缩小了中国与世界先进水平的差距。

基于东方红四号平台研制的通信卫星在轨工作

2007 年 5 月 14 日，基于东方红四号平台的尼日利亚通信卫星一号成功发射，中国实现整星出口“零的突破”。这也是中国以火箭、卫星及发射支持的整体方式，为国际用户提供商业卫星发射服务的首次实践。

2008 年 4 月 25 日、2011 年 7 月 11 日、2012 年 7 月 25 日，天链一号 01、02、03 星相继成

功发射。它们是基于东方红三号卫星平台研制的数据中继卫星，并实现了全球组网。中国成为世界上第二个实现中继卫星全球组网的国家。之后，天链一号 04、05 星分别于 2016 年 11 月 22 日、2021 年 7 月 6 日发射成功。2019 年 3 月 31 日，第二代数据中继卫星的首颗星——天链二号 01 星成功发射。2021 年 12 月 14 日，天链二号 02 星发射成功。

2015 年 4 月 27 日，新一代地球同步轨道换代发展卫星平台——东方红五号卫星平台获得国家国防科工局和财政部立项批复，该平台具有高承载、大功率、高散热、长寿命、可扩展等特点，能力和技术指标均处于国际先进水平。

2015 年 10 月 17 日，亚太九号通信卫星成功发射，这是中国首次向国际成熟运营商提供通信卫星在轨交付服务。

2016 年是中国航天事业创建 60 周年。从这一年起，中央决定将每年的 4 月 24 日——东方红一号卫星发射的日子，设立为“中国航天日”。习近平总书记专门作出重要指示，强调“探索浩瀚宇宙，发展航天事业，建设航天强国，是我们不懈追求的航天梦”。①

2016 年 8 月 6 日，中国卫星移动通信系统首发星——天通一号 01 星成功发射，填补了中国在移动卫星通信领域的空白，被媒体称作“中国版海事卫星”。2018 年 5 月 15 日，中国自主卫星电话正式放号。我国进入卫星移动通信的“手机时代”，打破了依赖国外卫星提供移动通信服务的局面。之后，天通一号 02、03 星分别于 2020 年 11 月 12 日、2021 年 1 月 20 日发射成功，天通三星实现组网运行。

2017 年 4 月 12 日，中国首颗高通量通信卫星——实践十三号卫星成功发射，其通信总容量达 20Gbps，超过我国截至当时已研制发射的

① 《习近平在首个“中国航天日”之际作出重要指示强调：坚持创新驱动发展勇攀科技高峰　谱写中国航天事业新篇章》，《人民日报》2016 年 4 月 24 日。

通信卫星容量总和。

2017年7月15日，中星9A卫星发射升空，这是我国首颗国产广播电视直播卫星。2021年9月9日，又一颗广播电视直播卫星——中星9B成功发射，可实现8K超高清电视节目转播。

人民日报

RENMIN RIBAO

人民网网址：http://www.people.com.cn

2016年4月
25
星期一
丙申年三月十九
人民日报社出版
国内统一连续出版物号
CN 11-0065
代号1-1
第24762期
今日24版

习近平在首个"中国航天日"之际作出重要指示强调

坚持创新驱动发展勇攀科技高峰
谱写中国航天事业新篇章

李克强作出批示

新华社北京4月24日电　在4月24日首个"中国航天日"到来之际，中共中央总书记、国家主席、中央军委主席习近平作出重要指示，向60年来为航天事业发展作出贡献的同志们表示崇高敬意，强调广大航天科技工作者要牢牢抓住战略机遇，坚持创新驱动发展，勇攀科技高峰，谱写中国航天事业新篇章，为服务国家发展大局和增进人类福祉作出更大贡献。

习近平指出，探索浩瀚宇宙，发展航天事业，建设航天强国，是我们不懈追求的航天梦。经过几代航天人的接续奋斗，我国航天事业创造了以"两弹一星"、载人航天、月球探测为代表的辉煌成就，走出了一条自力更生、自主创新的发展道路，积淀了深厚博大的航天精神。设立"中国航天日"，就是要铭记历史、传承精神，激发全民尤其是青少年崇尚科学、探索未知、敢于创新的热情，为实现中华民族伟大复兴的中国梦凝聚强大力量。

中共中央政治局常委、国务院总理李克强作出批示向航天战线的全体同志致以崇高敬意。批示指出，新中国成立以来，广大航天人胸怀爱国之情、勇扛报国之责，艰苦创业、顽强拼搏，一次次刷新中国高度，取得一系列辉煌成就，为国家发展作出了重大贡献，也彰显了自主创新的中国力量。广大航天科技工作者肩负加快建设航天强国的光荣使命，希望秉承优良传统，坚持创新驱动，深入实施航天重大工程，推动空间技术、空间应用和空间科学全面发展，大力营造尊重科学、追求卓越的浓厚氛围，培养造就更多创新人才，带动大众创业、万众创新，激发全社会创造活力，汇聚发展新动能，为促进经济社会发展、提升国家综合实力作出新贡献，让航天梦助力中国梦早日实现。

首个"中国航天日"以"中国梦 航天梦"为主题，在各地开展系列活动。24日，中共中央政治局委员、国务院副总理马凯出席在北京举行的主题活动，宣读习近平重要指示和李克强批示并致辞。他在致辞中指出了设立"中国航天日"的重大意义，回顾了中国航天事业创建60年来取得的辉煌成就和积累的宝贵精神财富，展望了"十三五"及未来一段时期中国航天事业的发展愿景，发出了愿与国际社会共同开创航天事业美好未来的盛情邀请。他希望广大青少年树立报国之志，传承航天精神，为实现中国梦、航天梦贡献力量。

1970年4月24日，我国第一颗人造地球卫星"东方红一号"发射成功，拉开了中国人探索宇宙奥秘、和平利用太空、造福人类的序幕。2016年3月，中央批准、国务院批复，自2016年起将每年4月24日设立为"中国航天日"。

习近平总书记在首个"中国航天日"作出重要批示

2019年12月27日，东方红五号卫星平台的首颗试验星——实践二十号卫星由长征五号遥三运载火箭发射升空。卫星重达8吨，代表着我国大型卫星平台的最高水平，预示着我国正跻身世界一流通信卫星俱乐部。东方红五号平台是世界航天领域少有的多适应性平台，与东方红三号、东方红四号等卫星平台相比，在重量、功率、在轨寿命等一系列关键性能指标上实现了跨越式提升。东方红五号达到了世界领先水平，可以满足我国未来20年的大容量卫星应用需求。

2020年7月9日，基于东方红四号增强型卫星公用平台研制的亚太6D通信卫星发射成功，刷新了我国民商用通信卫星研制的新高度。东四增强型卫星平台对东方红四号进行了大幅优化。

近年来，通信卫星团队还积极探索开展低轨移动卫星互联网星座系统的论证工作，全力助推打造国家空间基础设施体系。

……

在这幅壮阔的画卷中，中国通信卫星从无到有、从小到强、从立足国内到走向国际，在风云激荡中矢志强军强国、造福国内国际。其中始

基于东方红五号平台研制的实践二十号卫星

终不变的，是“东方红”的主色调，是《东方红》的主旋律。

流淌着东方红一号血脉的中国通信卫星人，没有让时代空等，没有对历史失约，没有令祖国失望。他们在传承与超越中，谱写了属于自己、属于中国航天的辉煌故事，挥就了属于“东方红”、属于人民共和国的恢宏篇章！

现在，他们正在向着建设航天强国的伟大梦想，继续进发！

第一章

东方红一号：开天辟地启新元

1970 年 4 月 24 日，是一个值得大书特书的日子，是一个注定永远载入中华民族史册的日子。

这一天，一颗会唱歌的人造地球卫星进入了茫茫宇宙，给中华民族留下了永久的骄傲，拉开了这个东方文明古国奔跃进入太空时代的帷幕。它的名字，叫东方红一号。

一时间，《东方红》的旋律传遍了华夏大地的高山平原、江河湖海，亿万中华儿女载歌载舞、一片欢腾，沉浸在幸福与喜悦之中。当这首天地交响播撒到五大洲四大洋，世界各大媒体迅即发出电讯稿，惊叹中国人凭着自力更生取得的伟大成就，全世界为之轰动。

从 1958 年发出号召到 1970 年发射成功，中国人在一穷二白的底子上筚路蓝缕，老一代航天人艰苦创业，经过不懈努力，最终东方红梦圆。至此，导弹、核弹、人造卫星任务相继完成，研制“两弹一星”全部实现。这是依靠广大科技人员艰苦攻关和全国大力协作创造出的人间奇迹，打牢了国家自立自强的坚强基石。

一、我们也要搞人造卫星

1957 年 10 月 4 日，苏联人在中亚沙漠里的拜科努尔发射场，取得了“斯普特尼克一号”（Sputnik-1）卫星发射任务的成功。这颗卫星呈球形，直径 58 厘米，重 83.6 千克。当时苏联正在筹备庆祝十月革命 40 周年。领先美国率先发射卫星，让苏联荣摘“全球第一”的桂冠，在节日来临之际，成为具有极大政治意义的重要献礼。

斯普特尼克一号卫星入轨后不久，苏联方面就向国际社会公布了消息，塔斯社的报道称这“开辟了星际航行的道路”。卫星通过无线电波，将“滴……滴……”的声响传送到地面，让世界为之震动，给社会主义阵营以极大振奋，被称为“红色月亮”。苏联还宣称，美国还需要发射许多个“橘子一般大小的卫星”才能和苏联相提并论。

苏联发射卫星，给美国和西方社会带来巨大的心理冲击，乃至近乎“歇斯底里”。在美国，尽管艾森豪威尔故作轻蔑地说苏联只是“将一个小球送上了太空”，但朝野却是“一片哗然”“吵嚷不休”的局面；西欧“惶恐不安”，日本破除“对美国迷信”……对美国来说，技术优越的“神话”、一厢情愿的领先“幻觉”，都在“苏联月亮”上天后被粉碎了。[①]

在巨大的压力下，美国白宫开出了“空头支票”：将既定综合试验任务还没完成的“先锋号”运载火箭的完整试验，作为第一颗人造卫星的发射尝试。12 月 6 日，这次发射尝试以火箭点火后不到 2 秒、上升 2 米便因发动机故障而折回发射台并发生爆炸而结束。成千上万在电视机前目睹实况的美国人备受心理打击。直到次年 1 月 31 日，一颗名为“朱诺 1 号”的火箭在卡纳维拉尔角将探险者 1 号送入轨道。但这颗细长圆柱形的卫星只有 14 千克，长 2.03 米，直径不过 15.9 厘米。

苏联和美国两个超级大国竞相进入太空后，大搞“太空军事化”，让静寂了亿万年的太空一时间“硝烟弥漫”，但也让全世界深刻认识到太空的巨大战略价值。之后，西欧、日本、印度等纷纷涉足航天领域。

1957 年 10 月 15 日，中苏签订《国防新技术协定》，就火箭、原子弹、

---

① 张国航：《中国航天体制的建构路径研究》，中国宇航出版社 2020 年版，第 28 页。

航空等新技术方面的协作援助达成协议。11 月 2 日，应苏联方面邀请，毛泽东率团乘专机赴莫斯科参加十月革命 40 周年庆祝大会，社会主义国家共产党和工人党代表会议以及各国共产党和工人党代表会议。抵达莫斯科的第二天，11 月 3 日，苏联又发射了一颗更大而且肉眼可以看得见的人造地球卫星，还载有一只名为“莱卡”的小狗。

苏联的榜样激发了中国领导人的乐观情绪和赶超斗志。在莫斯科期间，毛泽东发表了热情洋溢的讲话，并对此给予高度评价：“全世界公认：苏联两次发射人造卫星的成就，开辟了人类征服自然界的新纪元。”[①]“而在苏联发射人造卫星以后，就在最重要的科学技术部门方面也占了压倒的优势。”[②] 他感慨道，这是世界上两个阵营力量对比的转折点。从今以后，西风压不倒东风，东风一定要压倒西风。[③]

那段时间，人造卫星的意义和用途受到了党中央和中国科学界的高度关注，大家的热情很高。1958 年 5 月 15 日，苏联发射了第三颗卫星，重达 1327 千克。5 月 17 日，毛泽东在中共八大二次会议上，以马克思主义理论家的雄才大略回顾过去、总结当下、规划未来。他说，苏联第三颗卫星上天，这是好事。苏联卫星上天，我们想不想搞个把两个卫星，我们也要搞一点卫星。[④]

现场顿时掌声雷动，经久不息。

毛泽东“我们也要搞人造卫星”的伟大号召，是在世界上第一颗人造地球卫星发射成功仅仅半年就发出的。这是中国共产党代表中国人民向世界立下的誓言。

---

① 《毛泽东文集》第七卷，人民出版社 1999 年版，第 313 页。

② 《毛泽东文集》第七卷，人民出版社 1999 年版，第 325 页。

③ 参见《毛泽东年谱（一九四九——一九七六）》第三卷，中央文献出版社 2013 年版，第 249 页。

④ 参见《毛泽东年谱（一九四九——一九七六）》第三卷，中央文献出版社 2013 年版，第 351 页。

有志于实现民族复兴的中国共产党和中国人民，以强烈愿望和决心，怀揣着万丈豪情，决心发展航天技术、向宇宙进军，开启本民族的叩天之路。

但是，当时中国的底子实在太薄：新中国的重工业基础十分薄弱，科研能力十分有限，发展现代火箭技术更无从谈及，尖端技术方面完全是一张白纸。新中国的诞生、社会主义制度的建立，为我国科学技术的发展开辟了广阔道路。但要奋起直追、缩小差距，谈何容易！到1958年，中国的国民生产总值也才达到约1450亿元，人均不过200元；钢产量只有1000万吨左右，能源消耗仅为1.76亿吨标准煤。而1957年、1958年苏联、美国分别发射第一颗人造卫星时，苏联的国民生产总值达1830亿卢布、人均900卢布，钢产量5118万吨，能源消耗4.4亿吨标准煤；美国的国民生产总值为4466亿美元、人均2554美元，钢产量高达7743万吨，能源消耗14亿吨标准煤。与新中国相比，苏联、美国物质基础之坚实、经济实力之雄厚，不知超过新中国多少倍！

对于这样一个积贫积弱百年之久、元气刚刚开始恢复的国家而言，要把卫星送上天，能成真吗？

二、必须依靠自己的力量

1950年9月，首届国际宇航大会在巴黎举行，决定创立国际宇航联合会。在1951年9月召开的第二届国际宇航大会上，国际宇航联合会正式宣告成立。此后，发射人造地球卫星，成为科学家们越来越强烈的呼吁，也在国际社会中引起了广泛关注与讨论。国际科学界商定，将适逢太阳活动最趋活跃高峰的1957年7月至1958年12月定为“国际地球物理年”。1954年10月，苏联和美国同时接受了国际地球物理年委员会一个特别委员会关于发射一个不载人的科学卫星的建议。中国一开始参加了国际地球物理年活动，并在中科院设置了相应的专门委员会，进行了多种学科的观测，中科院副院长竺可桢还担任了主任委员。后因委员会意图制造“两个中国”，中国政府发表声明退出此项计划。但原定的各种观测活动照常进行，这推动了我国地球物理学各分支学科的建设和发展，积累了必要的技术经验。

1957 年苏联发射卫星后，党中央高度重视，要求中科院等密切关注有关情况。应苏联科学院请求，中科院地球物理所地球物理国家委员会在全国范围内组织对苏联卫星进行观测，并成立了人造卫星光学观测组和射电观测组，在北京、南京、上海、昆明等地设立观测站，1958 年发展到 12 处。中科院紫金山天文台建立了人造卫星运动理论研究室，对各地观测的数据进行分析和轨道计算、预报。

竺可桢、钱学森、赵九章等许多著名的科学家，积极倡导开展中国的卫星研究工作，并多次就卫星进行座谈。大家普遍认为：卫星是一项综合性很强的工作，从任务带学科考虑，可以带动诸多新兴技术的发展，同时可以民用，也可以军用；利用中科院已有的基础加速研究，再加上国防部五院等部门的力量，花几年时间，我国也能把卫星送上天，并建议中科院把卫星列为重点任务来抓。筹备中科院电子所的陈芳允等几位科技人员还自选课题，做了一个无线电信号接收装置，不但能够接收到卫星向地面发射的无线电信号及频率变化，并能计算出它的轨道，从而推测出它里面可能有些什么内容。

中国科学院党组经过研究，认为这是关乎国防和人民和平安宁的头等大事，把卫星研制列为中国科学院 1958 年第一项重大任务，为了保密，代号叫“581”任务。这也是我国第一个卫星规划。

要做卫星很不容易，必须大力聚集和培养人才。除了调配技术兵和依靠国家分配大学生，中科院 1958 年初研究决定采取全院办校、所系结合的方针，办一所以新兴学科为主的大学——中国科学技术大学。当年 5 月上报中央，6 月获批，8 月就开始招生。在这里开设了一系列有关空间技术的课程，包括钱学森讲《星际航行概论》、赵九章讲《高空大气物理学》、陆元九讲《陀螺及惯性导航原理》等，为我国航天科技发展培养了骨干力量。另外，北京大学、清华大学、交通大学、北京航空学院、北京工业学院、浙江大学、西北工业大学等高等院校提出并开展了一些空间技术课题的研究，有的院校相继设置了火箭总体、火箭发动机、自动控制、无线电、空气动力学、结构力学等专业，开始培养我们自己的航天专业人才。

1958 年 5 月毛泽东发出“我们也要搞人造卫星”的号召后，各项工作加快开展。当年 7 月，中科院初步提出了我国卫星规划和“三步走”思路，并向聂荣臻报告：第一步发射探空火箭，第二步发射小卫星，第三步发射大卫星。任务的分工是：火箭以国防部五院为主，探空头和卫星及观测工作以中科院为主，相互配合。要求苦战三年，实现我国第一颗卫星上天。当时，聂荣臻与有关方面的同志进行了深入研究，并深刻认识到导弹与火箭的密切联系，认为中国应着手研制导弹，同时对卫星进行早期研究，采取“两条腿走路”，最终发射自己的卫星。

卫星任务规划论证工作的开展，让各方面对卫星意义和重要性的认识日益深刻。8 月，国务院科学规划委员会在《十二年科学规划执行情况的检查报告》中指出：“发射人造卫星，将使尖端科学技术加速前进，开辟新的科学技术研究工作的领域，为导弹技术动员后备力量。”报告还说，围绕人造卫星研究，高能燃料、耐高温合金、无线电电子学、电子计算机、应用数学等一系列工作将被带动起来。①

为实现规划任务，中科院成立了 581 组，专门研究卫星问题，钱学森为组长，赵九章、卫一清为副组长。另设技术小组，由钱学森和赵九

① 张钧主编：《当代中国的航天事业》，中国社会科学出版社 1986 年版，第 27 页。

章主持。1958 年 7 月到 9 月间，他们每周要开两到三次会，夜以继日地推进工作。通过与中科院内外 31 个单位通力协作，581 组完成了运载火箭结构的初步设计并搞出了载有多种高空环境探测仪器及动物舱的两种探空火箭头部模型，为自力更生发展我国空间事业迈出了可喜的第一步。581 组包括 3 个设计院：第一设计院负责卫星总体设计和火箭研制，第二设计院负责研制控制系统，第三设计院负责探空仪器研制与空间环境的研究。中科院还成立了新技术办公室（后改为新技术局），主管科学院系统承担的国防尖端科研工作。

1958 年 10 月 1 日，在国庆九周年的当天，中科院在位于北京中关村的生物所举办的“自然科学跃进成果展览会”开幕。展览会展出了卫星和火箭的设计图和模型，包括载有科学探测仪器和小狗的两个探空火箭头部模型。这是由中国航天人自己设计制作的、向国庆节的献礼。展览引起了轰动，不仅牵动了社会各界的好奇心，还吸引了中南海的目光。刘少奇、周恩来、李富春、聂荣臻、彭德怀等莅临参观。10 月下旬，毛泽东也到了展览会，在陆元九的讲解下兴致勃勃地观看展品和演示。陆元九是毕业于麻省理工学院航空工程系的博士，当时只有 38 岁，谈到当时的情景历历在目：毛主席最后观看的是“火箭飞行”表演，火箭一启动毛主席就站了起来。当发现是有人躲在火箭模型的背后用手拉橡皮绳时，毛主席哈哈大笑说，土一点不怕，土八路不是把洋鬼子打败了嘛！[①] 毛泽东还对钱学森说，要独立自主，自力更生，敢于走前人没有走过的道路。[②]

1958 年 11 月，中科院副院长张劲夫向中央书记处汇报科学家们对研制人造卫星的意见和计划，得到会议的赞同，中央政治局研究并决定

---

① 参见梁东元：《中国载人航天前传》，《神剑》2013 年第 3 期。

② 参见《毛泽东年谱（一九四九——一九七六）》第三卷，中央文献出版社 2013 年版，第 479 页。

拨 2 亿元专款支持中科院搞卫星。新中国成立还不到 10 年，国家在各个方面用钱的地方很多，年度的财政收入也只有 300 亿元左右。决定拿出这样一笔巨款，不仅是沉甸甸的分量，更是极为郑重的期待。到年底，这笔钱就到位了，并重点用于建设迫切需要的高能燃料、火箭发动机和上海机电设计院运载火箭两个研究设计试验基地以及水声工作站，风洞，581 实验室，109 厂，上海、大连、长春能燃料研究室和电子、自动化、高温金属、光学等 4 个配套工厂等。有了专款，从 1959 年起，北京火箭发动机试车基地、力学所的风洞、上海机电设计院的火箭、北京 581 厂的遥控仪器、109 厂的半导体元件研究设施，先后都建立起来了，为早期的导弹与运载火箭技术发展和空间技术探索奠定了重要的工程基础。①

要造卫星，首先得知道卫星是什么样子，有初步认识，建立基本知识。为了探索发展我国空间技术的路径，根据中苏科学技术协定，1958 年 10 月，中科院派出了由赵九章、卫一清、杨嘉墀、钱骥等科学家组成的“高空大气物理代表团”到苏联考察“取经”，积极争取援助。飞机降落后，代表团一行就被安排住进了莫斯科中国饭店，受到了苏联方面的热情款待。在苏联有关部门的安排下，他们第一天参观了天文台，第二天参观了空间电子锁，第三天参观了老鼠实验生物舱……

一个月很快过去了，代表团在苏联大开眼界；但许多较为核心较为重要的场所，一直未作安排。赵九章等学习心切，向苏联方面再三提出希望安排参观卫星设计院和卫星发射场的强烈请求。苏联方面最终同意，并安排他们参观了中央气象局火箭大厅。

到了大厅，只见中央平台上陈列着一枚直径约 1 米的探空火箭头

① 张劲夫：《请历史记住他们——关于中国科学院与“两弹一星”的回忆》，《人民日报》1999 年 5 月 6 日。

部，但中国专家被指定站在距离火箭 3 米的位置，听苏联专家的介绍。第一次见到苏联火箭，中国专家不由自主地想凑过去近距离地看一看。此时，苏方人员就伸手拦住他们说："同志，请留步！"苏方给出的解释是按照上级指示，当天的参观没有接触火箭内部系统这一项内容。中国专家只能尴尬地退回去。看来，要见识到苏联方面的卫星和发射场，也是不可能的了。

在为期 70 天的考察中，这群踌躇满志的中国顶尖专家们在苏联看了一些高空探测仪器及科技展览馆展出的卫星模型，考察了一些天文、电离层、地面观测站等，见到了火箭的一个头部。但是，此次主要想看的卫星，却连影子也没有见到。而随着中苏关系走向恶化，考察团后来也受到了冷遇。他们感慨道，发展人造卫星，必须依靠自己的力量！

三、现在放卫星与国力不相称

1949 年至 1956 年，我国巩固了革命战争胜利成果，实施了社会主义改造，建立起社会主义制度，进入了社会主义社会，并制定了社会主义建设总路线。1953 年至 1957 年，我国实施了第一个五年计划，依靠高度动员性的计划经济体制，启动了前所未有的、大规模的、整体性的工业化。当时，全国六亿人民的建设积极性空前高涨，到 1957 年底超额完成了"一五"计划设定的目标，取得了耀眼夺目的成就，为后来的经济社会发展和科技进步奠定了坚实的基础。

1958 年起，全国开始搞"大跃进"。毛泽东的初衷是希望以最快的速度尽快改变贫穷落后面貌，使中国真正发展、强大起来，以自立于世界民族之林。这种愿望与当时广大干部群众的普遍愿望是一致的。人们根据以往的经历，真诚地相信：在迅速取得一连串伟大胜利的中国人民面前，似乎没有什么事情是做不到的，社会主义制度加上群众运动将无往而不胜。全国人民破除迷信，打掉自卑感，意气风发，艰苦奋斗，决心拿出大的干劲，以迅速地改变国家的落后面貌，为民族振兴和社会主义事业发展而有所作为。[①]

尤其是苏联连续发射卫星取得成功和毛泽东发出“我们也要搞人造卫星”的号召，点燃了人们对发射人造卫星的热情。当时在“争上游”的形势下，人们想得也比较简单，提出要研制出高能料运载火箭，在1959年建国十周年时放一颗卫星，而且要放一颗一吨重的卫星。似乎只要奋力一跃，卫星就能上天。“卫星”也成为1958年最受欢迎的热词。但科学是来不得半点虚假的。而且，中国的卫星该如何起步？谁心里也没有底。在当时各方面物质条件离发射卫星差得很远的情况下，这个目标显然是难以实现的。随着工作的深入，这些计划遇到了重重困难。

1959年初，访问苏联的中国专家代表团回国后进行了认真总结，指出发射人造卫星是一项技术很复杂、综合性很强的大工程，需要有较高的科学技术水平和强大的工业基础作后盾，而且必须坚持从小到大、由低到高、循序渐进的方针。他们在总结中提出，我国尚未具备发射人造地球卫星的条件，应根据我们的实际情况，先从火箭探空搞起。这正符合当时中央关于卫星工作的指示精神。

1959年起，中国经济出现困难，三年自然灾害更加剧了困难程度。时任中央委员会总书记邓小平分析了国内经济、科技形势，实事求是地按照科学规律，对卫星发展战略作了精辟的分析，指示现在放卫星与国力不相称，要调整空间技术研究任务。[②] 中科院党组传达了这一指示，认为必须纠正在基本条件不具备的情况下急于搞人造卫星的偏向，提出

① 《中国共产党历史第二卷（1949—1978）》（上册），中共党史出版社2011年版，第501—502页。

② 《中国航天事业的60年》编委会编：《中国航天事业的60年》，北京大学出版社2016年版，第130—131页。

“大腿变小腿，卫星变探空”的工作方针，决定：调整任务，收缩机构，停止研制大型运载火箭和人造卫星，把力量转到重点搞探空火箭上来，不断探索卫星发展方向。这次调整不是任务下马，而是着重打基础，先从研制探空火箭开路，开展高空探测活动；同时开展人造卫星有关单项技术研究，以及测量、试验设备的研制，为发展中国航天器技术和地面测控技术做准备。[①]

之后，中国的航天研究探索，重点转到搞探空火箭上。“两条腿走路”，先要把一条腿迈出去、迈得稳。另一方面，以国防部五院为主力，我国大力发展导弹武器，持续加强国防建设。

实践证明，实行上述调整措施是完全必要的，是从实际出发，符合我国国情的。从基础上来看，由于经济和科技实力有限，为了国防急需，只能优先保证导弹、原子能的发展。从技术上来说，我国近程导弹刚开始仿制，还不具备自行设计运载火箭的能力，只有在火箭技术有了进一步发展的基础上，我国才有条件研制具有运载人造卫星能力的大型火箭。因此，应重点开展人造卫星单项技术的研究，并创造必需的研究试验条件，为空间技术的发展打下良好的基础；一旦条件成熟，就可以在短时期内研制和发射我国的人造卫星。

1959 年至 1960 年，由于缩短了战线，突出了重点，我国在探空火箭研制方面取得了可喜的进展。1959 年 12 月，刘少奇、邓小平、陈毅、李富春、聂荣臻等党和国家领导人在上海视察了探空火箭的试制情况。1960 年 2 月 19 日，我国自行设计制造的“T—7M”试验型液体探空火箭在上海市南汇县境内的简易发射场首次发射成功，飞行高度 8 公里，迈出了我国探空火箭技术的第一步。王希季主持了这枚火箭研制任

---

① 张劲夫：《请历史记住他们——关于中国科学院与“两弹一星”的回忆》，《人民日报》1999 年 5 月 6 日。

务。同年 5 月，毛泽东参观了上海新技术展览会，躬身仔细察看了在会上展出的我国首次发射成功的试验型探空火箭。他询问了有关情况，意味深长地说，8 公里那也了不起！应该 8 公里、20 公里、200 公里搞上去。[1] 毛泽东鼓励大家一步一步把探空火箭搞上去，为发射中国的卫星做准备。

1960 年 7 月，苏联宣布停止对华援助，停止派遣并撤走专家。面对不利局面，大家矢志发愤图强。同年 8 月，聂荣臻在听取国防部五院的汇报后专门作出指示：中国人民是聪明的，并不比别的民族笨，要依靠我们自己的专家和工人搞出自己的导弹。同年 10 月，中央军委在批复国防部五院的报告中强调：鉴于苏方不再向我国提供试验设备和各种资料，决心自力更生设计、制造出自己的导弹和试验设备。[2]

20 世纪 50 年代末 60 年代初，由于“大跃进”以及三年自然灾害；西方封锁禁运；中苏交恶，赫鲁晓夫对中国落井下石，新中国迎来了成立以来最惊心动魄、艰苦卓绝的年代，国防尖端项目是“下马”还是“上马”，矛盾和争论十分尖锐。毛泽东、周恩来等中央领导同志下决心坚持“上马”，要求继续抓紧研制尖端武器，不能放松或下马。陈毅副总理坚定表示，脱了裤子当当，也要把我国的尖端武器搞上去。他还很风趣地说，我这个外交部长的腰杆现在还不太硬，你们把导弹、原子弹搞出来了，我的腰杆就硬了。聂荣臻副总理坚持认为，为了摆脱我国一个多世纪以来经常受帝国主义欺凌压迫的局面，我们必须搞出以导弹、原子弹为标志的尖端武器，以便在我国遭受敌人核武器袭击时，有起码的还击手段，同时还可以带动我国许多现代科学技术向前发展。[3] 同时，

---

① 张钧主编：《当代中国的航天事业》，中国社会科学出版社 1986 年版，第 88—89 页。

② 《中国航天事业的 60 年》编委会编：《中国航天事业的 60 年》，北京大学出版社 2016 年版，第 136—137 页。

③ 张钧主编：《当代中国的航天事业》，中国社会科学出版社 1986 年版，第 16—17 页。

新中国也彻底改变了“一边倒”的政策，经济建设和“两弹一星”进入完全依靠自力更生的新时期。党领导国防科技事业稳步走上独立自主、自力更生的道路，科研攻关进入新阶段。

航天工作者也拿出了坚定的意志和决心。钱学森向聂荣臻表示：我们五院的同志一定会在苏联撤走专家的压力面前挺直腰杆，自力更生，建立起自己的导弹事业；请转告中央放心，苏联压不倒我们。钱学森讲，中国的科学家聪明得很！而且中国科技人员都是拼命干的，外国人少有像中国人这样拼命干的。二机部宋任穷部长说，天要下雨，娘要嫁人。我们只能完全、彻底自己干。

功夫不负有心人。仅仅 4 个月后，1960 年 11 月 5 日，中国第一枚导弹“东风一号”（代号“1059”）首次飞行试验获得圆满成功。这表明，中国已经初步掌握了导弹制造技术，中国的国防事业和军队装备建设迎来了重要转折。更值得自豪的是，没有洋拐棍，我们依然昂首挺立。

20 世纪五六十年代，在党中央的坚强领导下，在航天队伍和全国各方面的团结努力下，在“向科学进军”的热潮中，我国克服了艰苦的困难挑战，在较短时期内就建立起比较配套的航天工程体系，在独立研制导弹、火箭的道路上迈出坚实步伐，原子弹、氢弹相继爆炸，取得了极为显著的国防尖端科学技术成果。这些为中国研制和发射人造地球卫星奠定了坚实基础。

四、卫星研制时机已到

1964 年，随着国民经济调整任务的胜利完成，国家优先安排的导弹、原子能等尖端技术取得重大突破。加速发展我国空间技术的问题，开始提到议事日程上来。1964 年 12 月，毛泽东在审阅政府工作报告草稿时加写了一段话，其中说：“我们不能走世界各国科技技术发展的老路，跟在别人后面一步一步地爬行。我们必须打破常规，尽量采用先进技术，在一个不太长的历史时期内，把我国建设成为一个社会主义的现代化的强国。”①

随着第七机械工业部的成立，导弹、火箭工业体系的形成，中程、中远程火箭的技术攻关不断取得新的进展；中科院原来安排的有关人造卫星的新技术课题研究，元器件、材料和设备的研制，也取得了许多重要成果；火箭发射试验场经过多次发射试验，已经有了较好的基础。这一切说明：研制我国人造卫星及其运载火箭的条件已经成熟。于是，一度被搁置的卫星计划受到关注。

1964 年 12 月底，赵九章给周恩来总理写信，提出我国研制人造卫星的时机已到，建议列入国家规划，争取在建国 20 周年前放出第一颗人造卫星，并把我国尖端科学技术带动起来。1965 年 1 月初，时任国防部五院副院长钱学森向国防科委并国防工办呈送《建议早日制定我国人造卫星的研究计划并列入国家任务》的报告。

周恩来总理十分重视两位科学家的建议和意见，指示聂荣臻副总理进行研究。聂荣臻批示只要力量有可能，就要积极去搞，并请张爱萍副总参谋长邀请钱学森、张劲夫等有关部门的负责人座谈。

当时，我国对导弹、火箭研究机构组织体制进行了调整。1964 年 11 月，中共中央、国务院发布《关于成立第七机械工业部的通知》，决定以国防部五院为基础，组建第七机械工业部，统一管理导弹、火箭工业的科研、设计、试制、生产和基本建设工作。同年 12 月底召开的第三届全国人民代表大会第一次会议，通过了成立七机部的决议。七机部的成立，增强了导弹、火箭试制生产力量，有利于推动我国建立比较完

① 《毛泽东年谱（一九四九——一九七六）》第四卷，中央文献出版社 2013 年版，第 447 页。

整配套的导弹、火箭工业体系，打开了我国导弹、火箭技术快速发展的新局面。

1965 年 4 月，国防科委根据各有关方面座谈的意见，提出了 1970 年至 1971 年发射我国第一颗人造卫星的设想。卫星本体由中科院负责研制，运载火箭由七机部负责研制，地面观测、跟踪、遥控系统以中科院为主、四机部配合研制。之后，《关于研制发射人造卫星的方案报告》呈报中央。

1965 年 5 月初，周恩来主持中央专门委员会第十二次会议，原则批准了这一报告。中央专门委员会是党中央为了加强对原子弹、导弹、人造卫星等研制和生产而成立的，具有高度权威的行政机构。这次会议确定：我国发展人造卫星的工作，采取由简到繁，由易到难，从低级到高级，循序渐进，逐步发展的方针；并确定整个卫星工程由国防科委负责组织协调，卫星本体和地面测控系统由中科院负责，运载火箭由七机部负责，卫星发射场由国防科委试验基地负责建设。

从此，我国第一颗人造卫星进入工程研制阶段。我国空间技术战线全体人员“大干快上造卫星”的多年愿望开始实现。因为这个任务是 1965 年 1 月正式提出建议的，在“581”任务的基础上，这一工程代号被定为“651”任务。当时，周恩来强调，只要“651”需要，全国的人、财、物，不管是哪个地方、哪个单位的，一律放行，全面绿灯。

1965 年 5 月下旬，毛泽东在年逾古稀之时，回到了井冈山。望着阔别 38 年的山山水水，他心潮澎湃，并挥就了气度豪迈的《水调歌头 · 重上井冈山》。其中的名句“可上九天揽月，可下五洋捉鳖，谈笑凯歌还。世上无难事，只要肯登攀”，后来给航天科技工作者带来了极大的激励。

1965 年 7 月初，中科院向中央专委呈报了《关于发展我国人造地球卫星工作的规划方案建议》。当时的判断是：如果运载工具 1969 年能搞出来，1970 年放人造卫星是可能的。同年 8 月，中央专委第十三次会议审议通过了这一建议，同意第一颗卫星争取在1970年发射。在1966年5月经过修订后，形成了《发展中国人造卫星事业的十年规划》，这成为描绘我国人造卫星事业有序发展的宏伟蓝图的纲领性文件。

宏伟规划和目标确定了，首先还是先要集中力量，把我国第一颗人造卫星研制出来。1965年9月，中科院从力学所、自动化所、地球物理所等单位抽调技术人员和干部，开始组建卫星设计院。在该院技术负责人钱骥的领导下，卫星总体设计组开始拟定第一颗人造卫星的总体方案。后来中科院向周恩来汇报总体方案时，周恩来得知汇报人是钱骥，便风趣地说，我们的卫星总设计师也是姓钱啊？我们搞尖端的，原子弹、导弹、卫星，都离不开“钱”啊！

1965年10月20日至11月30日，中科院受国防科委的委托，主持召开了我国第一颗人造卫星总体方案论证会（代号“651”会议）。这场会议共有来自各相关方面的120名代表参加。在长达42天的会议中，大家对有关重大问题进行了反复、慎重而热烈的讨论。

会议初步确定了卫星及其运载火箭的技术指标、技术途径。其中，第一颗人造卫星为科学探测性质的试验卫星，属于我国卫星规划中科学探测卫星系列，任务是为发展我国的对地观测、通信广播、气象等各种应用卫星取得必要的设计数据。卫星的具体任务是：测量卫星本体的工程参数，探测空间环境参数，奠定卫星轨道测量和无线电遥测技术基础。

与会代表一致认为：中国的空间技术起步虽晚，但起点要高，第一颗卫星在重量、寿命、技术等方面，都要比苏、美第一颗卫星先进，并做到上得去、抓得住、测得准、报得及时、听得到、看得见；要慎重初战，努力做到一次成功。

会上，总体组何正华还提出建议：第一颗卫星为一米级，命名为“东方红一号”，并在卫星上播放《东方红》乐曲，让全世界人民听到。

这得到了与会专家的赞同。

为了保证第一颗卫星发射的需要，会议还建议在全国疆域内建立相应的观测网、信息传递系统和计算机控制中心。会议期间，周恩来总理还特意邀请与会代表在人民大会堂小礼堂观看了文艺节目。

1965 年可以称得上是我国的“卫星年”。这一年，制定了我国空间技术发展规划和火箭技术发展规划，推动我国人造卫星事业终于从多年的学术和技术准备开始转入工程研制。

为了落实第一颗人造卫星的研制任务，1966 年初，中国科学院正式成立了“651”设计院（即卫星设计院），开始了卫星总体方案的论证和设计，着手筹建有关的试验室。赵九章任院长，钱骥任副院长。与此同时，为了加强地面观测跟踪系统的工作，从有关电子技术研究所抽调技术力量，组建了代号为“701”的工程处，负责地面观测系统的设计、台站选址和勘察、台站的基本建设等，由著名电子学家陈芳允担任技术负责人。此外，中科院还发挥各有关研究所的专业技术特长，安排了 100 多项空间技术预先研究课题，相关研究成果在我国后来人造卫星的研制中发挥了重要作用。

1966 年 5 月，经国防科委、中科院、七机部的负责人罗舜初、张劲夫、裴丽生、王秉璋、钱学森等共同商定，同意我国第一颗人造卫星命名为“东方红一号”，运载火箭命名为“长征一号”，采用两级液体燃料火箭加第三级固体燃料火箭发动机组成，计划于 1970 年发射。

东风劲吹宜扬帆。看起来，我国研制人造卫星迎来了大好局面。

五、组建中国空间技术研究院

然而，1966 年正当我国第一个航天工程进入技术攻关阶段，卫星本体、运载火箭和地面观测三大系统的研制工作取得可喜进展时，“文化大革命”发生了。航天科研部门和卫星研制的每个角落也受到冲击。负责卫星本体研制的中科院首当其冲。眼看着卫星工程的好形势或将这样被断送，技术人员和广大群众心急如焚，希望中央采取措施，扭转局面。

为了保护我国这支新生的空间科学技术队伍免受摧残，保证卫星工程按计划进行下去，作为直接领导者，周恩来总理和聂荣臻副总理采取了一系列措施，力图在尖端技术部门把冲击减少到最低程度，尽可能减少损失。尤其是周恩来总理，在东方红一号从任务的确定到研制工作的全过程中都倾注了大量心血。他采取了一系列保护措施，如亲自调解群众，推动军事接管，全力保护专家，强调科学规律等。

为了调解航天战士、两派群众的冲突，周恩来总理等亲自接见、亲自协调，动之以情、晓之以理。周总理在“文化大革命”期间共接见航天群众 30 多次，仅在 1967 年 1 月 7 日这一天安排的 9 场活动中，就有 2 场是接见七机部的群众代表。他宣布对国防工办和国防工业各部实行军事管制。为长征一号运载火箭的发动机试车问题，周总理于 1969 年 7 月连开 4 次会议，亲自协调、解决和落实试车问题，对两派群众苦口婆心地进行说服教育，对工作中的困难、问题和组织安排考虑得十分周到、井井有条。同时，决定派钱学森全权处理火箭技术研究院火箭试车事宜，并要求把参加长征一号运载火箭研制的 29 个单位和 3456 名工作人员的花名册报总理办公室存查。会后，中央专委为长征一号运载火箭关键的短线项目开具公函，做到了不管到哪里求援都畅通无阻。

1967 年 3 月，聂荣臻向中共中央正式上报了《关于军事接管和调整改组国防科研机构的请示报告》，得到毛主席批准。东方红一号研制被纳入军事管理，研制中的主要科技人员被纳入保护名单。据钱学森回忆，“文化大革命”中他们都是受保护的：“没有周总理的保护恐怕我这个人早就不在人世了。那时我们都是被军管的，军管会每星期都要向总理汇报一次。名单送上去以后，总理（对军管会负责人）说：‘名单中的每个人，你们要保证，出了问题我找你们！’”[①] 当时，正在负责长征一号运载火箭研制工作的任新民，因为年轻时加入共青团后失去联系的事，到处贴满了他的大标语，还被抄了家。他感到工作将会难以开展，怕误事，就向当时的军管会报告，请求派人接替他的工作。军管会负责人斩钉截铁地说：你的工作是经周总理批准的，你照常抓工作，群众组织的工作由我们去做。任新民感叹说：“正是由于周总理的保护，不仅使我免受皮肉之苦，更主要的是使我没有间断技术工作，实为三生之大幸。”[②]

周恩来总理不仅非常关心和充分保障科技人员，还始终十分尊重大家。1970 年 4 月 2 日，他听取东方红一号研制情况和发射准备情况汇报，会议开始前点名，问任新民到了没有。在任新民回答后，周总理指着他旁边的位置说，到前边来，这是你的位置。任新民回忆说这虽是普通的一句话，可在“文化大革命”时期，他这样一个从旧社会走过来的知识分子，着实是有一种信任感和满足感。[③]

针对极左思潮泛滥的情况，周恩来总理多次反复强调：要遵守各种必要的规章制度，要过细地做工作，切实保证产品质量。他提出的“严肃认真，周到细致，稳妥可靠，万无一失”十六字要求，高度概括了航天工作者必须遵循的工作原则和必备的工作作风，对加强航天研制队伍的思想作风建设，提高发射试验的成功率具有重要意义。这十六字要求，之后成为历次大型地面试验和航天发射试验的座右铭，在整个航天工业战线深入人心。

---

① 钱学森：《周总理让我搞导弹》，载《中国航天腾飞之路》，中国文史出版社 1999 年版，第 16 页。

② 任新民：《航天历程中的几点回忆》，载《中国航天腾飞之路》，中国文史出版社 1999 年版，第 67 页。

③ 参见任新民：《航天历程中的几点回忆》，载《中国航天腾飞之路》，中国文史出版社 1999 年版，第 64 页。

然后是推动组建空间技术研究院，把力量集中起来，减少冲击和干扰。1967 年初，聂荣臻在向中央上报的请示报告中，提出了组建空间技术研究院的建议。这样做，一方面可以把分散在各部门的空间研究机构集中起来，形成拳头，实行统一领导；另一方面，把空间技术研究院编入军队序列，以正面教育为主，不搞大鸣大放大字报大辩论，使科研生产照常进行，保证我国第一颗卫星如期发射。党中央、国务院原则同意了这个建议。①

组织相对集中的科研机构，“集中力量，形成拳头，进行突破”是我国从 20 世纪五六十年代经济和技术的实际情况出发，组织科技攻关积累的一条重要经验。这样可以在科学技术力量还比较薄弱的情况下，适当集中人才、设备和经费，通过全国的大协作，比较有把握地在一些新兴科技领域取得突破。但由于历史的原因，我国第一颗人造卫星的研制，最早是分散在中科院、七机部及其他一些部门进行的，这给组织领导和指挥调度带来很多困难。尤其是“文化大革命”开始后，“多点失效”的情形放大了这种困难。解决组织体制问题迫在眉睫，尽可能降低“文化大革命”干扰更是当务之急。

1967 年 6 月，中央军委同意国防科委提出的组建空间技术研究院的方案。8 月 12 日，国防科委决定在空间技术研究院成立前，先成立“国防科学技术委员会 651 筹备处”。同年 9 月，聂荣臻副总理向中央提出了《关于国防科研体制调整改组方案的报告》，建议把国防科研方面的研究力量进一步集中起来，成立 18 个研究院，其中第五研究院名称为“人造卫星、宇宙飞船研究院”，即后来的空间技术研究院。该报告不久后得到了毛泽东主席的批准。

1967 年 11 月，国防科委召开体制会议，讨论了空间技术研究院的

① 张钧主编:《当代中国的航天事业》，中国社会科学出版社 1986 年版，第 43 页。

组建方案，明确了所属单位的方向、任务、分工、人员调整，确定该院以中科院所属的“651”设计院、自动化研究所、力学研究所分部、应用地球物理研究所等所厂和七机部第八设计院、军事医学科学院第三研究所等单位从事空间技术研究的力量为基础，并从七机部抽调部分技术骨干进行组建。其中，中科院划归的研制队伍约6000余人。

1968年2月20日，中国人民解放军第五研究院正式成立，归军队建制，由国防科委领导，钱学森任院长。它的主要职责和任务是：参与制定国家的航天发展规划，负责航天器的技术指标论证，负责各类航天器的研究、设计、生产和试验，负责与运载火箭、发射场和地面测控系统之间的技术协调。之后，该院隶属关系和领导体制几经变动。1970年5月，经国务院、中央军委批准，该院划归七机部领导，但仍属军队序列，国防科委建制。1973年7月，国务院、中央军委决定，中国人民解放军第五研究院（不含宇宙医学和工程研究所）脱离军队序列，正式划归七机部建制，名称为第七机械工业部第五研究院，对外称中国空间技术研究院（一般简称“航天五院”，或者直接简称为“五院”；国防部第五研究院一般简称为“老五院”）。

聂荣臻还抓了测控工作部署。1966年11月，聂荣臻在“两弹”结合试验成功后，从位于酒泉的西北导弹试验靶场（20基地，现酒泉卫星发射中心）赶赴马兰核试验基地视察，回程未直飞北京，而是与钱学森等人一起又回到了酒泉。酒泉的同志很意外，原来聂荣臻又专程前来交代，要求20基地同时担负起地面观测台、站的筹建工作，抽出技术骨干到各大军区的台、站负责技术工艺性建设和设备安装，同时接管“701”工程处。20基地领导李福泽讲了基地的难处。钱学森着急地说，北京没法安安静静地搞，照这个样子，卫星的事，恐怕一年半载都难以走上正轨。聂荣臻强调不管现在遇到了多大的困难，我们的人造卫星发射试验一定要如期实施。现在再不抓紧卫星观测台站的建设，就赶不上了。于是，基地接下任务，并迅速落实相关安排，组建勘察组于1967年2月至10月在全国进行了大规模的勘察，确定了各卫星地面观测站的站址，并将陕西渭南确定为基地卫星测量部所在地（第六试验部，现中国西安卫星测控中心）。不久后，中科院“701”工程处被编入第六试验部。至此，从事卫星测控研究和从事火箭、导弹靶场测控工作的两支队伍汇集在了一起，在艰难的情况下，共同推进卫星测量控制网的建设。

1967年7月，由钱学森推荐，聂荣臻指示：调孙家栋去负责我国第一颗人造地球卫星的总体设计工作。自这时起，孙家栋开始了与“东方红”系列卫星的不解之缘。

六、孙家栋当天转行

1967年7月29日，北京夏日的午后酷热难耐，38岁的孙家栋正在进行导弹设计画图，一位没有打过招呼的客人突然登门造访。“我是国防科委的汪永肃参谋，组织上派我来向你传达上级的指示。国家将要开展人造卫星方面的研究，为了保证人造卫星研制工作能够顺利进行，中央已确定组建空间技术研究院，由钱学森担任院长，专门负责人造卫星方面的研究。钱学森向聂荣臻元帅推荐了你，根据聂老总的指示，上级决定调你去负责我国第一颗人造地球卫星的总体设计工作。”[①] 在当时造反派夺权、行政领导干部靠边站的情况下，汪参谋直接找到了孙家栋本人，谈了上级的安排，并当即用吉普车载着孙家栋来到研究院的临时办公地点——友谊宾馆，由有关领导作详细说明。一天之内，由搞导弹转入搞卫星，孙家栋迎来了事业转折。

① 王建蒙：《星系我心——著名航天工程技术专家孙家栋》，中国宇航出版社2009年版，第49页。

时势造英雄，英雄造时势。孙家栋经常说到这句话。在 9 年导弹研制经历中，导弹技术发生了巨大跨越。接下来就要“攀登”人造地球卫星这座新高峰了。

卫星总体设计工作，就是要将概念性的卫星从理论变为现实，要从概念研究变为工程实施。作为实施的途径，首先要提出并解决卫星从地面研制到空中运行全过程的技术问题，明确每个环节的技术指标要求以及系统与系统之间、分系统与子系统相互间错综复杂的技术接口。

搞卫星，首先要落实队伍，同时必须按照工程研制的科学规律扎实地开展工作。但在“文化大革命”中，行政机构已基本被“砸烂”，武斗正闹得激烈。如何组建卫星总体研制队伍，对于受命于卫星研制关键时刻的孙家栋而言，就成了要解决的极为棘手的问题。

为此，孙家栋向钱学森提议，由火箭技术研究院推荐几个搞总体方面的技术人员。钱学森考虑后答复说，抽人可以，但在“文化大革命”的局面下，推荐来的人能不能保证质量？所以，在这种特殊情况下不能

孙家栋在卫星研制现场指导研制工作

依靠研究院推荐，由你孙家栋提个名单后再研究确定。

搞卫星总体，要先选人，而要选的人却在不同的派系中。搞卫星人人想争，38 岁的孙家栋作为年富力强、能力过硬、业绩出色的领导干部，稍微不注意就会“引火烧身”。选人才就成了比较敏感的事情，不仅自己可能被“上纲上线”，而且卫星研制工作肯定会受到影响。

孙家栋把心一横，既然重任在肩，就要敢做敢为，要从搞卫星的需要出发，选条件优越、技术水平高超的同志，不管他是这派的还是那派的，也不怕被别人说三道四。经过一段时间的紧张考察挑选，从不同的专业角度和技术特长出发，孙家栋最后选定了戚发轫、沈振金、韦德森、张福田、彭成荣等 18 个人，提交给钱学森获赞同后，报聂荣臻并得到批准。

这个名单由于系统、专业分配合理，对每个人的基本素质大家都有目共睹，所以无可争议地得到了认同。1967 年 10 月，他们离开火箭技术研究院时，两派群众高举彩旗、各站一方，敲锣打鼓、热烈欢送。在“势不两立”的情况下，两派人员竟对一件事情同时拥护，实属罕见。当时大家评价孙家栋这活干得漂亮、开了个好头。

上任伊始，孙家栋即着手主持了第一颗卫星总体和分系统技术方案的论证工作，从系统工程的观点出发，重新制定了东方红一号卫星的总体技术方案和研制任务书。由于总体技术队伍得到了组织落实，卫星研制工作得以快马加鞭地进行。

围绕卫星研制工作，刚刚成立的空间技术研究院尽量为技术人员营造一个相对“安定”的环境。在钱学森等的领导下，孙家栋带领科研人员加班加点做设计、搞试验，努力攻关并解决了一系列技术问题，制定了卫星总体设计方案，确定了卫星研制新的方案。

1967 年 12 月，国防科委召开第一颗人造卫星研制工作会议，审定总体方案和各系统方案。各有关单位和系统 200 多人参加了会议。会议决定：中国第一颗人造地球卫星东方红一号的重量不少于 150 千克（最后确定为 173 千克），用基于东风四号中远程导弹研制的长征一号运载火箭发射入轨；为有效解决“看得见”问题，末级火箭也跟着卫星一前一后在空中运行，并在末级火箭上加了能发光的“观测裙”，以达到 2 至 3 等星的亮度。卫星还要播放《东方红》歌曲，让世界各地都能听到它的声音。用四句话概括实现卫星总体方案的目标，就是“上得去，抓得着，看得见，听得到”。

1968 年 1 月，国家正式批准了东方红一号卫星研制任务书，卫星全面进入研制试验的冲刺阶段。

技术目标确定、开始任务冲刺后，就要对大量没有论证清楚的问题逐一落实。当时空间环境状况和温度参数全无，需要什么样的试验设施和指标参数也都不掌握，尤其是理论的设想方案如何在实际中实现，地面的东西如何满足空间的条件。当时，航天系统还没有建立总设计师制

东方红一号卫星本体

度，孙家栋担任的技术总负责人就相当于总设计师。他大胆提出对原来的卫星方案进行简化，充分发挥技术人员的聪明才智和积极性，并说服了一些老专家，把卫星研制计划分两步走，即先用最短的时间实现卫星上天，在解决有无问题的基础上，再研制带有探测功能的应用卫星。

孙家栋的大胆设想，立即得到了大多数人的赞成和认可。在简化方案这一创造性的原则下，技术人员立即对卫星原方案进行了修改和简化设计。但这时候，卫星研制又遇到了问题：各分系统文齐武不齐，不协调不配套；这一修改方案也找不到拍板的人。与研究院领导一起，孙家栋最终拿着方案找到了国防科委副主任刘华清，直率地说："你懂也得管，不懂也得管。你们定了，拍个板，我们就可以往前走。"

听了汇报，问了有关情况，刘华清心想这事不能拖，总得有人承担责任，便对孙家栋说："技术上你负责，其他问题我负责，我拍板。"决定了对卫星方案的若干修改和简化后，刘华清向聂荣臻报告并得到了聂荣臻批准。卫星计划得以继续进行。"回想起来，当时这么干，除了有一种强烈责任感外，也有一点儿傻大胆的味道。"刘华清说。①

在"文化大革命"期间，孙家栋敢于担风险，数次大胆陈言。他无私无畏，将对个人可能带来的影响置之度外，得到了领导的信任和支持，也使卫星总体技术指标得以及时确定。

围绕"上得去，抓得着，看得见，听得到"的目标，卫星研制计划在特殊环境下得以比较顺利地推进。

七、上得去，抓得着，看得见，听得到

作为一项卫星工程，"东方红一号"的总体方案包括卫星本体、长

① 《刘华清回忆录》，解放军出版社2004年版，第319—321页。

征一号运载火箭、卫星发射场和地面观测跟踪系统四部分，还有《东方红》乐曲的地面接收、转播系统。其中，长征一号运载火箭研制工作，自 1967 年 11 月起在对中远程导弹修改改进的基础上正式启动，于 1970 年 1 月 30 日进行了一、二级飞行试验，取得圆满成功；发射场利用酒泉的导弹靶场条件，建设卫星发射场，由国防科委试验基地负责；地面观测跟踪由国防科委试验基地（20 基地，1966 年 12 月前由中科院 701 工程处负责）牵头各方面共同推进。1970 年 2 月，发射场和地面观测跟踪系统研制和建设工作基本完成。这些是卫星“上得去，抓得着”的基本条件。

回到卫星本体，按照“651”会议确定作为科学探测卫星的东方红一号，由 9 个系统组成。即：结构系统、温控系统、能源系统（包括供配电）、跟踪系统、遥测系统、天线系统、科学探测系统，以及作为试验项目的遥控系统、姿态测量和控制系统。按照孙家栋牵头论证简化后的方案：能源系统，只采用银锌化学电池组供电方案，去掉太阳能电池加镉镍电池供电部分；去掉了科学探测系统和遥控系统；去掉姿态控制部分，只保留姿态测量用的红外地平仪和太阳角计。这样，最后确定的东方红一号卫星的分系统组成是：结构、温控、能源、《东方红》乐音装置和短波遥测、跟踪、天线，外加姿态测量部分。

（一）精心完成卫星各系统设计

从结构系统看，卫星外形为球形多面体，直径 1 米。卫星的结构包括外壳、仪器舱和承力筒三部分。卫星的外壳为蒙皮骨架式结构，又分为上半球壳、下半球壳和环形腰带三部分。蒙皮与骨架采取螺接形式连接，骨架用金属材料制作的 4 个框和 12 根桁条铆接而成。仪器舱呈圆柱形，安装在卫星中部，在舱罩与底盘的连接部位装有橡皮圈，以保证仪器舱的密封。仪器舱内装有各种仪器和银锌化学电池。仪器舱的底部

东方红一号卫星的内部结构

是呈倒锥形的承力筒，它将仪器舱与下半壳体的骨架连接在一起，是卫星与运载火箭连接的重要部件。

从温控系统看，采用自然平衡的被动式温度控制方法。卫星在轨道上运行时，表面温度会在零下 100 多摄氏度到 100 多摄氏度之间剧烈地交替变化，如果温控措施不到位，卫星上的仪器设备将无法正常工作，甚至会被损坏。在国外的早期卫星中，这种情况经常发生。技术人员通过对星体结构各组件表面分别采取电化学阳极氧化处理、喷涂有机绝热涂层、镀金、包覆绝热层等措施，改变其热吸收和热辐射性能，使仪器舱内的温度可以长时间保持在 5℃—40℃，使各种仪器能够有效地工作。

从能源系统看，东方红一号卫星采用银锌一次干荷式密封化学电池，分 5 组给星上各种仪器供电，加上配电器、电缆网，组成星上能源系统。全部化学电池放置在卫星的主仪器舱内，该舱具有良好的密封性能。星上银锌化学电池的容量大于 6165 安时，在总装厂和发射场的测试只使用其中很少的一部分。它能保证卫星上的乐音装置、短波遥测系统、超短波跟踪系统等仪器设备工作 20 天以上。东方红一号卫星上天后，能源系统工作完全正常，星上各种仪器的工作时间达到或超过了设计要求。

从《东方红》乐音装置看，通过对三种方案的对比，最终决定采用一个发射机交替播送《东方红》乐曲和发送遥测信号的方案。为了实现这一较为先进、难度较大的技术方案，采用了电子线路产生的复合音来模拟铝板琴演奏乐曲，以高稳定度音源振荡器代替音键，用程序控制线路产生的节拍来控制音源振荡器发音，从而在实现可靠性高、工作寿命长、消耗功率少的同时，保证了乐音嘹亮悦耳。

从短波遥测系统看，主要由两大部分组成：一部分由乐音发生器、时分开关、调频振荡器、切换器等组成；另一部分是一台短波调幅发射机，由调制器、主振器和功率放大器组成。为了既能播送《东方红》乐音，又能传送遥测信号，还特别加了一个切换器，将乐音和遥测信号按传送格式的时间顺序传送。

从跟踪系统看，卫星上装有微波和超短波两种无线电跟踪设备，对卫星运行轨道进行测量。星上的微波设备有一台应答机和一台信标机，前者与地面单脉冲精密跟踪雷达相配合，后者与地面引导雷达相配合，实现实时测轨、定轨。这一星地跟踪系统在卫星入轨后 3 小时，能够精确地预报未来 24 小时内的卫星轨道。卫星上天后，地面观测跟踪系统提前预报出卫星飞经我国各地和世界各大城市上空的时间和来去方向，使我国和世界各国都能在预定的时间看到划过天际的东方红一号卫星，收听到卫星播送的《东方红》乐曲。

从天线系统看，卫星上安装有 4 根短波发射天线、4 套应答机的发射和接收天线、4 根信标机的发射天线、1 根超短波信标机的发射天线。除超短波信标机天线装在卫星外壳的上顶端，其他天线都安装在卫星的

科研人员为东方红一号腰部位置安装四个短波天线

腰带上。由于卫星采取自旋转稳定方式，没有姿态控制系统，根据卫星的外形，各种天线采取了盲区很小的结构形式，基本上能全向辐射或接收无线电波。

从姿态测量部件看，卫星在空间运行时采取自旋转稳定方式。在卫星与第三级火箭分离前，自旋转速度为 180 转 / 分；当星箭分离后，由于卫星上的 4 根拉杆式短波天线张开并拉长，使卫星的自旋转速度降到 120 转 / 分。卫星高速自旋转，相当于一个陀螺，它的自旋轴在空间是不变的。因此卫星在轨道上运行时，它相对于地球的姿态时时刻刻在变化。不过，东方红一号卫星对姿态精度要求不高，只要求星上天线发出的信号能使地面收到，因此简化掉了姿态控制系统。

（二）想方设法克服困难、攻克难关

在基础工业薄弱、技术经验匮乏的情况下，东方红一号卫星研制需要克服许多困难，攻克大量难关。

例如，星上需要用到一个小小的电信号连接器，但当时国内能够制造有二十几个插针的合格插头的企业几乎没有。为此孙家栋不得不揣着总理办公室开具的介绍信，通过当时上海市的主要负责人找到上海无线电五厂，与几位有经验的老师傅具体切磋探讨，制定了初步方案后又经过反复试验，才最终把这种特殊插头造了出来。

又如，热控系统研制中，需要进行卫星热真空模拟试验来检验设计的合理性，但当时国内还没有模拟太阳和地球对卫星辐射的大型模拟器，又不可能引进国外的现成设备。面对这一棘手难题，热控系统技术负责人闵桂荣提出模拟轨道积分平均热流的理论，采用远红外电加热笼的模拟方法。技术人员研制成了这种热流模拟系统，并成功地应用于各次的卫星热平衡试验。

再如，卫星上的 4 根短波天线是用来发送《东方红》乐曲和遥测信号的，为拉杆形式，在星箭对接安装时呈收缩状态；在天上星箭分离后则必须在太空高速旋转状态下展开。这是比较复杂的运动过程。当时没有计算机来做仿真模拟，只能完全依靠地面试验。试验需要设备、场地，设备是技术人员自己动手研制生产的。在第一次地面试验中，出现了天线折断被甩出的问题，试验未能成功；接着做第 2 次、3 次、4 次……一直做了十几次都未能成功。戚发轫想起当时情景时仍记忆犹新："天线一甩断了就跑出去了，我们怎么办呢？在仓库里有很多的包装箱，包装箱都有盖子，包装箱很粗糙，都有一个缝，所以每个人拿一个盖子从缝里观察试验；年轻人就爬到房梁上去看。在这种条件下人们做了很多试验，把尺寸、整个程序都搞清楚了。"大家经过反复的思考分析和试验，最终把问题机理分析清楚，找到了"天线间连接部分太短，强度不够"这个症结，并重新修改了天线结构设计方案，重新进行的试验均获得成功。这一难关终于被攻克了。

还有，由于条件限制，很多对精度要求较高的卫星部组件都需要用手工打造，大家决心“有条件要上，没条件也要上”，一点一点、一锤一锤地攻坚克难，完成了全部组件制造工作。卫星上红外地平仪到了天上要在低温环境中工作，技术人员为了做试验，用液氮浸泡的办法挑选元件；但当时工作秩序很不正常，大家就自己蹬着自行车去把液氮拉回来。

当时，仪器舱罩上有4000多平方厘米的面积要进行镀金，但国内没有实践经验、也无资料可查，场内条件不具备、场外无协作，既无防毒设施、又无精密温控装置，镀金面上屡屡出现气泡，达不到设计要求，大家因陋就简、土法上马，在冰天雪地里搭起一个木棚，在里面挖了两个大坑，上面支起三个大铅槽，槽中放入硝酸溶液，下面烧木柴加温。为了防止风沙弄脏电解液，就在木棚上盖上几片石棉瓦。没有防毒口罩，大家就用湿毛巾捂住鼻子做试验；实在憋不住了，就跑到棚子外面吸几口新鲜空气，又跑回棚里继续干。经过两个多月的苦战，终于通过采用化学溶液清洗再进行电镀的办法，攻克了难关。这项技术还在1978年荣获了全国科学大会成果奖。

（三）全力确保“看得见”“听得到”

为了更容易地“看得见”，要在末级火箭上装“观测裙”，但初样产品出来后，重量远大于总体允许值，必须给导向杆、裙包环、大弹簧这三大主要部件减重。技术人员先是经过认真分析，将导向杆的材料由不锈钢管改为铝合金并减少厚度，但又遇到导向杆不平直、薄板成型后变形等问题，为此又持续试验和改进工艺；大弹簧的设计经过许多修改，重量就是减不下来。这时有人大胆提出，不用弹簧，改用压缩气体弹射“观测裙”的方案，经过论证和充分的试验，终于取得成功。

为了更清晰地“听得到”，技术人员在制作《东方红》乐音装置中付出了艰苦努力。为了保证乐音嘹亮悦耳，技术人员专门跑到北京火车

研制人员组装东方红一号卫星

站听钟楼的报时声，又跑遍了北京大大小小的乐器店比较音质，最后决定把北京火车站钟声的节奏和铝板琴的琴声结合起来。但一开始生产出来的乐音装置，在各种试验中不是出现乐音错乱，就是发生乐音变调。乐音装置的主要设计者刘承熙等，从线路设计、电装工艺上查找原因，从“音键”的选择、调配，到所有元器件、材料和测试仪器，反复进行探索试验，经过上百次试验，终于取得了令人满意的效果，让卫星奏出了音乐纯正、节奏明快、格调高雅的《东方红》乐曲。

从 1965 年底开始论证，到 1970 年 4 月发射，东方红一号卫星的研制工作经历了模样、初样、试样和正样 4 个阶段。正样研制阶段共生产总装了 5 颗正样星。第一颗正样星作为检验星，于 1969 年 9 月完成了全部环境模拟试验，星上各分系统在各种试验中工作基本正常，尤其是《东方红》乐音的质量很好。检验星试验中出现的问题（多数是质量问题），在送交总装发射星的产品上已经解决。1969 年 10 月，各分系统提供装发射星的产品均已完成。由于星上的银锌电池在加注电解液后活化，在地面存放的时间不得超过 3 个月，因此在没有确定发射卫星的日期以前，卫星总装工作就不能提前进行。

不过，空间技术研究院成立时虽被列入军队序列，但实际上仍无法完全排除“文化大革命”的影响。而且，作为一项备受瞩目、被寄予极高期待的任务，东方红一号卫星研制工作不可避免地与政治因素紧密地联在一起。

八、卫星还叫东方红

从世界范围来看，成功发射卫星不仅能够耀我国威，进一步打破帝国主义国家的核讹诈，争取政治和外交方面的主动权，而且有利于台湾问题的解决；从国内来看，成功发射卫星将会极大地鼓舞国人士气，坚定人们对社会主义制度的信心，巩固党的执政地位，加强国家的国防力量。可以说，东方红一号卫星的政治意义远高于科研价值，政治因素是极重的考量。

（一）卫星造成什么样子？

1965年中央批准了中科院提出的人造卫星规划方案建议后，许多卫星技术人员激动地预想第一颗卫星的形状。总体组成员胡其正回忆说：“那个时候，所有人都在对我国的首颗卫星的样子进行猜想，十分好玩，大家都提出了相当多有意义的建议。有的说要仿造天安门的形状，让所有人都看到中国的标志性建筑；有的说做成五角星的形状，有的说要做成红色的卫星，让大家看起来是红色的。”这些意见可谓异想天开，但没有考虑技术因素。

为了确保“看得见”，孙家栋与大家一起想了很多办法。因为卫星直径只有 1 米，做大了火箭打不了，经多次向搞天文的同志咨询，最后不仅将星面抛光做亮，而且做成了 72 面多面体，这样一转就能散光。不过这仍有“看不见”的风险。后来，决定使用“观测裙”，即在第三级火箭上加一个空心的球形体，对其表面做镀铝处理，并且抛光，尽可能提高其反光率，以满足观测条件。上天前，为了节省空间和减少阻

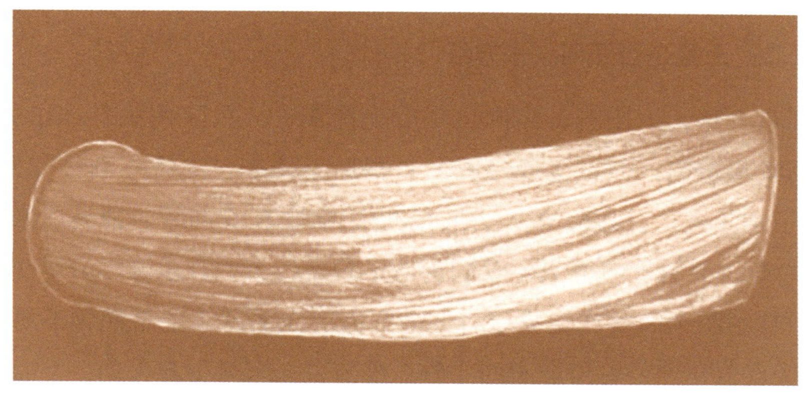

火箭第三级观测裙展开后的形态

东方红一号卫星做离心力试验

力，不对球体进行充气；上天后，通过末级火箭自旋时产生的离心力为球体进行充气，使其展开膨胀成一个40平方米的巨型球体。由于球体表面积巨大，且放光效果好，它的亮度能够达到3等星，可以满足人们的地面观测要求，从而实现“看得见”的政治目标。实际上，前面的小亮点才是卫星，但大家看到了“观测裙”就等于看到了卫星。

（二）卫星是否还叫“东方红”?

“东方红，太阳升，中国出了个毛泽东……”陕西民歌《东方红》于1944年定名，并在延安《解放日报》上发表，之后逐渐传唱开来，传遍了神州大地。1964年，为庆祝新中国成立15周年，由周恩来总理作为总导演，社会各界人士共同创造了著名的大型音乐舞蹈史诗《东方红》，歌颂了中国共产党成立后，全国人民在毛泽东主席带领下所进行的反帝反封建和反官僚资本的斗争。该节目在当时引起轰动，并通过拍成电影，影响力扩散至全国。“东方红”成为当时最重要的文化符号之一。

1965年10月至11月召开的“651”会议上，总体组何正华关于卫星上天后播放《东方红》乐曲并且能够被世界各国人民通过收音机接收的建议，得到了与会专家们的赞成。经过商讨，这一建议在1966年5月被认同，1967年被正式批准。卫星要播放《东方红》，就叫“东方红一号”。

叫“东方红”的寓意很好。一是毛主席像太阳，人人敬仰；二是从地理看，中华民族生活在世界东方。但在当时特殊的政治环境中，人们有着特殊的心理状态。“东方红”用在卫星上引起了一定的争论，这里潜藏着一种非常敏感的政治风险。

如果卫星就叫“东方红”，成功了当然皆大欢喜；然而，一旦失败了、掉下来了，可能就会成为一场“政治事件”。还有，卫星上天后会奏响《东方红》旋律，旋律停了或者跑调，可能也会被追究是否故意给社会主义“抹黑”。在那个年代，这些并不是胆小或无的放矢的担心，类似的“政治事件”曾多次发生。两种意见，怎么办？孙家栋拿着卫星修改方案找刘华清拍板时，刘华清表态支持主张原方案定的名字：卫星还叫“东方红”。刘华清回忆说，卫星发射时他已被“打倒”，正在家中闲居。“东方红”卫星准确入轨后工作正常，而且到了夜间肉眼可辨，“我默默凝视，泪眼模糊。卫星成功了，我就放心了。”①

（三）《东方红》乐曲怎么播？

苏联在发射“斯普特尼克一号”卫星时，就曾要求卫星做到肉眼可见，并向地面传回了“滴……滴……”间断式的无线电短波信号。先说“听得见”，当时我国的老百姓一般只有收音机，很难播放卫星的短波频率，最后决定由中央广播电台给转播一下。但如果只是“滴滴答答”的

东方红一号卫星乐音装置

① 《刘华清回忆录》，解放军出版社2004年版，第319—321页。

工程信号，不仅不直观，而且群众也听不懂。最后决定，播放《东方红》乐曲。

这样，中国的卫星升空后，能播《东方红》乐曲的连续信号，人们还能用收音机听得到，我们就不仅能够充分地宣扬社会主义制度的优越性，展现中国特色，而且在技术上，相比于苏联的间断信号也高出了一筹。

《东方红》乐曲一共 16 个小节，如果在星上完整地播放乐曲的所有音节，难度非常大。如何选择播放音乐的长度，究竟是播送全部音节还是部分音节，不仅是个技术问题，更是重大的政治问题，这把许多专家学者都难住了。如果播放全曲，缺少相应的技术手段；如果只播放前 8 个音节，就有政治风险，可能被说成是对毛主席的不尊重。

如何协调科技与政治因素，解决好这一重大而敏感的问题？钱学森也无法决断，交由国防科委处理，国防科委一时也难以拿出合适方案。最后，中央对两种方案进行了慎重权衡，决定卫星只播放《东方红》乐曲的前 8 个音节。

在确定卫星播放《东方红》乐曲后，钱学森还提出，希望亚非拉的人民通过普通的收音机，也可以收听到我国卫星播送的《东方红》乐曲。当时物资并不充裕，大家对国外收音机都一知半解。于是，担任卫星总体设计组副组长的潘厚任花了 3 个月时间去了解全世界各种类型的收音机。凭着介绍信，他从国家的一个库房里借到了世界各类型的先进收音机——它们几乎从未在市面上出现过。他一个个地测试每个收音机的灵敏度，再将得到的信息用来推测与其搭配的卫星发射功率值应为多少。通过实验，他认为只有把发射机放在卫星上面，才可以保证普通收音机也可以接收到卫星播放的歌曲。可是，这样一来，卫星的质量就会大大增加，超出了当时火箭的运载能力。于是他建议采取地面站转播的方式来传送卫星信号。后来卫星发射成功后，人们从收音机里听到的信号，实际上是经过地面跟踪站转播的卫星信号。

为了防止卫星上天和旋转时震动对乐音装置的影响，技术人员采用了环氧树脂固封的方法。然而，令人担心的问题出现了：《东方红》的乐曲竟然变调了！又是夜以继日、逐点逐级的紧张检查，最终才找到了问题所在。原来，环氧树脂在固化中导致碳膜电阻“中毒”，音源振荡器震荡回路中电阻的阻值便因此改变了。对症下药后，问题才得到了解决。最终，乐音装置和遥测电路板一起被装进一个盒子里。盒子的正面镶嵌着毛泽东同志的头像，头像的下方刻着“东方红”三个字，由毛泽东的手书临摹而来。

（四）装不装“过载开关”？

当然，《东方红》乐曲正常播送的前提，是卫星能够顺利进入预定轨道，这就要求末级运载火箭必须达到第一宇宙速度。否则，在不恰当的时间播送《东方红》乐曲，就相当于在全世界人民面前开了一个巨大玩笑，不仅不能够耀我国威，反而颇具讽刺意味。为了防止这一事关全体科研人员的重大政治风险发生，钱学森提出了在末级火箭上安装“过载开关”。

“过载开关”是一种在音乐不正常播放时能够关闭系统、切断线路的保险装置。如果届时卫星上天后，末级运载火箭达到了第一宇宙速度，“过载开关”与卫星上《东方红》乐曲的线路就是接通的，《东方红》就能按计划播送；如果火箭速度没达到，甚至出现了其他事故，那么“过载开关”就会处于关闭状态，与乐曲的线路是断开的，《东方红》就不会响起来，就不会出现令人担心的政治玩笑。

但“过载开关”也有风险。万一开关启动出现误差，《东方红》乐曲就会在不恰当的时间播放，或者在正确的时间不播放，局面就更棘手了。有的专家主张保留，有的则主张取消，大家争论不定……这个小小的开关，难住了钱学森等一批大科学家。1970 年 4 月 14 日，钱学森向周恩来总理作报告时反映了“过载开关”的问题，周总理在了解了卫星和运载火箭的可靠性之后，作出批示并得到政治局的同意，不安装“过载开关”。

（五）要不要放毛主席像章？

那个年代，毛主席像章可谓全民佩戴的物品，人们通过此举来表达对毛主席的热爱之情。东方红一号卫星上面装载着各种仪器，它们分别由不同的单位设计制作。为了彰显对毛主席的热爱和扩大政治宣传，参与仪器制作的每个单位都不甘落后，制作了代表自己单位的毛主席像章，他们唯恐自己的像章在仪器上面显示不清楚，因此这些像章都做得很大很重很漂亮。

然而，这些像章给卫星的重量和温控方面都带来了很大隐患。火箭的运载能力是一定的，卫星的总重量必须控制在一定范围内，所以设计研制都要千方百计地减轻重量。这些像章虽然单个看起来微不足道，但许多像章加在一起就不一样了。孙家栋回忆说，像章加上去以后使得仪器变得很重，造成了验收时的麻烦。像章太重了，火箭就动不了了。然而一说仪器超重了，别人就会回答仪器的重量是合适的，只是因为加了像章的重量，所以超重了，加像章是应该的，是合理的。对于这种说法，没有人敢反驳，因为那是毛主席像章，谁也不敢公然去掉，一旦反驳，就很有可能成为反革命的代表，受到批斗。

同时，卫星上天后还面临温度控制和散热的问题，对仪器的要求非常高。但每个仪器板上的毛主席像章，都是各单位各自决定并设计制作的，没有经过严密的计算。卫星上天后，仪器的温度可能超出计算范围，而且会因为外壳过厚而难以散热，导致温度过高。

“这个事情大家心里都明白，搞技术的人心里都明白，都心照不宣，但谁也不敢吱声。”孙家栋感慨道。最后到卫星快出厂前，1969 年 10 月下旬的一个晚上，孙家栋作为卫星总体技术总负责人和钱学森的助手，与钱学森一同来到人民大会堂江苏厅向周恩来总理汇报工作。“没讲几句话，总理马上就清楚了。总理水平非常高。”孙家栋说。周总理并没有正面说这件事情是对还是不对，而是跟大家讲：“对毛主席热爱确实是对的，但是你看看我们人民大会堂政治上这么严肃的地方，有的地方是挂了主席的像，有的地方是写了主席的字，但是放在什么地方都是非常严肃的，得非常认真来考虑什么地方能挂什么。你看，咱们这个会议室并没有挂。”周总理嘱咐大家，政治挂帅的目标是要把工作做好，而不是要把政治挂帅庸俗化，搞卫星一定要讲科学，要有科学态度。你们回去好好考虑一下，只要把道理给群众讲清楚，我想就不会有什么问题。[①]

周恩来的话让孙家栋如释重负，也推动了问题的解决。

（六）卫星怎样才能被全世界看到?

受苏联启发，周恩来总理对东方红一号卫星研制方案进行完善时提出，不仅要让全世界听到中国的声音，而且还要让人们在地球上能够用肉眼观测到卫星运行。

一开始的方案是，为了充分利用地球自转的能量来提高有效载荷，将卫星向北偏东 80 度方向发射，第一级和第二级火箭工作完毕之后分别坠落于内蒙古与太平洋的无人区，末级火箭则随卫星一起入轨。但这样一来，卫星轨道与赤道的夹角只有 42 度，地球上只有中、低纬度地区的人们可以看到卫星运行，北美洲、欧洲的许多国家都无法观测到。为了增大卫星的观测区域，同时节省开支，使酒泉基地同时能够满足未

① 王建蒙：《星系我心——著名航天工程技术专家孙家栋》，中国宇航出版社 2009 年版，第 57—58 页。

来实用卫星的测轨需要，当时负责轨道研究的副组长刘易成提出了“增大轨道倾角”的大胆设想：从酒泉基地向海南岛方向发射，调大测轨倾角。这一提议得到了国防科委的批准。按照1967年4月10日的正式文件，卫星轨道倾角为70度左右，并在酒泉发射。这样安排，不仅让卫星的观测区域得到大大拓展，而且由于卫星轨道的近地点高度较高，卫星迄今仍在太空中的轨道上飞行。

卫星成功发射后，当时一本宣传读物对卫星的观测区域作了这样的评价：“我国‘东方红一号’卫星具有广阔的观测区域，远远大于美帝苏修的卫星，它跨越南北两极。我们要让世界上所有国家都看到我们的卫星，让它去震慑美帝苏修，鼓舞亚非拉地区的革命运动。”①

（七）怎样才能越早地发射卫星？

卫星发射越早，就越能占据宣传的主动，卫星的政治影响力也就越大。1965年11月，法国成功抢占了卫星发射排名中世界第三的位置。日本从1966年9月起，就利用自制的“兰姆达—4S”运载火箭开展多次卫星发射活动，但直到1969年9月的前4次均告失败。我国深感发射卫星的任务紧迫，希望领先于日本，成为世界上第四个卫星发射国。

对东方红一号卫星进行方案简化十分必要。“孙家栋主持工作时，为了缩短研制周期，抢在日本前面成功发射卫星，就把原来科学院制定的一个复杂的方案简化了。”卫星行政负责人戚发轫认为这个决定“还是很好的”，因为“先要解决有的问题，再解决好的问题”。事实证明，方案简化确实极为有必要，而且也是正确的。因为当时火箭技术并不成熟，所以要尤为重视卫星的安全性能，要确保我国的首颗卫星能够成功

① 中国科学院上海天文台编：《人造地球卫星》，转引自刘霖：《“东方红一号”的政治载荷》，硕士学位论文，国防科学技术大学，2016年，第57页。

升入太空。倘若卫星技术方案过于复杂，也许发射取得一次成功就不容易实现。

由于火箭的运载能力是一定的，为了使卫星不超重，必须舍弃部分星上仪器；但为了突出政治功能，决定保留那些与政治宣传直接相关的仪器设备，舍弃了部分与空间科学探测相关的有效载荷。

不过，由于技术确实十分复杂，加上“文化大革命”的干扰，导弹、运载火箭及卫星研制和试验都需要克服很多困难。就在中国抓紧冲刺之际，日本于1970年2月进行了“兰姆达—4S”运载火箭第5次发射，将“大隅号”人造卫星送入了太空。不过，日本虽然抢先于中国，但这颗卫星只有9.4千克，火箭控制系统的关键器件还是借用美国的惯性器件，而且当时日本的工业基础要比中国发达得多。

后来东方红一号成功发射后，钱学森还对此作了自我批评。他说，卫星发射时间一再推迟，使法国、日本赶在了我们前面；作为老五院、七机部的领导成员，对此负有不可推卸的责任，欢迎同志们批评。①

经过艰苦努力与顽强拼搏，到1970年2月，用于合练的长征一号运载火箭出厂，发射东方红一号卫星的准备工作基本就绪，地面观测跟踪系统和发射场的研制与建设工作也基本完成。国防科委要求各大系统正式开始进行发射前的准备工作。

九、星箭分离、卫星入轨

1970年3月上旬，2颗发射星先后开始了总装工作。按照总装技术要求和工艺流程，每颗星要经过15道工序才能完成出厂前的全部工作。到3月21日，两星总装全部完成，接着又进行了全面的质量复查。在总

① 涂元季、莹莹：《钱学森故事》，解放军出版社2011年版，第56—57页。

装和各种测试中，两星出现的问题多数是元件或整机的质量问题，也有工作上的问题。这些问题都得到了认真处理，给出了明确结论，认为两星达到了设计要求，总的质量是好的。3 月 25 日，卫星通过了出厂验收评审。

（一）进场

3 月 26 日，周恩来总理批准火箭、卫星正式出厂。技术人员接到通知后，将 1 枚长征一号运载火箭和 2 颗东方红一号卫星装上了前往西北发射场的专列。周总理还特意请前来汇报情况的领导干部、专家转告大家，千万不要以为工作已经都做好了，一定要过细地做工作，要搞故障预想，对各种可能的情况展开讨论。

4 月 1 日，专列抵达我国西北的酒泉基地的卫星发射场。

4 月 2 日下午，周恩来总理在人民大会堂召集会议，听取即将发射的我国第一颗人造卫星及其运载火箭情况的汇报。他详细询问了苏、美两国发射卫星的情况，非常关心运载火箭第一级落点位置，对卫星运行中经过国外一些大城市的时间预报十分重视。一边听汇报，一边亲自写上也门、乌干达、赞比亚、坦桑尼亚、毛里塔尼亚等国首都的名字。他还特意强调：要对我国第一颗人造卫星飞经各国首都上空的时间进行预报，一定要把这项工作准备好。[①]

从 4 月 2 日起，经过 4 天的细致检查测试，2 颗卫星均符合设计要求。4 月 8 日，长征一号运载火箭完成第一次总检查，东方红一号卫星与火箭开始对接，卫星呈水平停放状态，接受运载火箭的第二、三次总检查测试，于 4 月 10 日完成。至此，卫星在技术阵地的工作全部结束。

卫星和运载火箭矗立在发射塔架上，在离发射架约 100 米处的地下控制室，排列着卫星和运载火箭的检测设备，基地的技术人员熟练地操

---

① 张钧主编：《当代中国的航天事业》，中国社会科学出版社 1986 年版，第 257 页。

东方红一号卫星与火箭对接

作，紧张有序地对卫星和火箭进行垂直状态的测试，设计部门的技术人员紧密配合。

4 月 14 日晚，周恩来等中央领导同志又在人民大会堂听取刚从发射基地返回北京的钱学森、李福泽、杨国宇、任新民、戚发轫等关于卫星、火箭在发射场测试情况的汇报。当汇报到产品内有多余物时，他很严肃地批评说，这个不行。你们的产品是死的，可以搬来搬去，总比开刀容易，总可以搞干净，无非晚两天出厂。不能把松香、钳子丢在里头，这个不能原谅。他还强调要谦虚谨慎，注意搞好协作。并鼓励大家说，如果这次成功了，还要继续前进，不要骄傲自满。这次试验也可能搞不成，这不要紧，失败是成功之母。这场汇报持续到了深夜。最后，周总理深情地祝大家返回发射场一路平安，预祝这次发射一举成功。①

1970 年 4 月 16 日深夜 10 时许，周恩来总理亲自给国防科委打电话，说在京的中央政治局同志研究了你们的报告，中央同意你们对卫星发射

① 张钧主编：《当代中国的航天事业》，中国社会科学出版社 1986 年版，第 258 页。

的安排，批准卫星和运载火箭转运发射阵地。他再三叮嘱，这次发射事关重大，到了发射阵地以后，一定要认真地、仔细地、一丝不苟、一颗螺丝钉都不放过地进行测试检查。

4 月 17 日下午，东方红一号卫星和长征一号运载火箭安全转运到发射阵地的南工位，开始进行发射前的测试。当日，基地在发射场召开了隆重的“发射卫星动员大会”，发射部队和机关、保障等部门上千人参加了大会。

4 月 19 日，发生了卫星上超短波信标机的主载波功率下降、谐波功率增大的问题，将对地面站跟踪造成影响。就快到发射日了，大家都很紧张，快速地查找原因。原来是末级火箭仪器舱防热屏出现不正常翻卷状态，干扰了超短波信号传输导致的。原因找到了，故障排除了，测

誓师会上表决心

试工作继续进行。

4 月 20 日上午 8 时，周恩来总理又打来电话，叮嘱这次发射要做到“安全可靠，万无一失，准确入轨，及时预报”，并要求将这 16 字传达给在发射场的全体参试人员。很快，一副书写着 16 字要求的红色巨幅标语高高地、醒目地悬挂在了发射塔架上，试验队员们一抬头就能看到。

4 月 21 日，又发生了第三级火箭固体发动机异常问题。组织上经过研究，建议更换第三级火箭。下午 1 时 30 分，第三级火箭送到机场装机，飞机于当晚 9 时 10 分离开北京，3 个小时后安全降落在酒泉附近的军用机场。4 月 22 日凌晨，第三级火箭送到技术阵地。

4 月 23 日，发射阵地的各项测试检查工作全部结束。钱学森与酒泉基地的司令李福泽、政委栗在山在发射任务书上签字。

（二）待命

4 月 24 日，酒泉基地。

这一天，发射场区风和日丽，春风拂面，人们精神抖擞，期待着第一颗卫星上天。气象部门预报发射场区的天气，晚上 8 时到 9 时，云高 7000 米以上，风速小于 4—5 米 / 秒。

早上 7 时，周恩来总理向毛泽东主席报送了《关于发射我国第一颗人造地球卫星的请示报告》。报告说，目前火箭和卫星已在发射基地竖起，经检查测试，对发现的问题，均已解决。现拟同意于今夜发射，请主席批示。毛泽东主席批示：“照办。”①

当天上午，给运载火箭的第一、二级加注了推进剂，紧接着，卫星

① 《毛泽东年谱（一九四九——一九七六）》第六卷，中央文献出版社 2013 年版，第 293—294 页。

和运载火箭进入发射前的8小时准备工作程序。在寥廓的天与地之间，乳白色的长征一号运载火箭承载着东方红一号卫星，如同一把倚天长剑，静静地矗立在荒凉的戈壁之中，等待最后的命令。

下午3时50分，周恩来总理打电话告诉国防科委副主任罗舜初：毛主席已批准这次发射。希望大家鼓足干劲，过细地做工作，要一次成功，为祖国争光。[①]

这个指示立即传达到发射场，大家备受鼓舞。但地面的一个跟踪雷达突然出现了不稳定的状态，连续波系统也不太同步。还好，雷达站和试验队的同志通力协作，很快就把故障排除了。

下午5时30分，经发射场领导和钱学森商议，向北京报告了地面雷达站出现的情况，表示不影响发射。并报告说，发射零点初步定在当晚9时到9时30分左右。

晚上7时50分，周恩来总理来电话询问情况。钱学森向他报告了火箭和卫星的最新情况，他表示，尽管还可能出一些小问题，但这次任务是有把握的，预计晚9时发射。

谁知才过了20分钟，突然出现卫星上有应答机对地面所发信号没有反应的情况，气浮陀螺也发现异常声音。

又是一个意外，不得不再次打电话到北京请求延长半小时的准备时间。总理同意了，并要求一定要把应答机的问题解决好。

哪知，应答机的问题刚解决好，湖南卫星观测站又来了告急电话：一台单脉冲雷达的参数放大器的管子烧坏了，需要进行更换和调试……

于是，又报告北京……

一波三折，电话频频，使一直守候在电话机旁的周恩来总理感觉到，参试人员的心情是不是过于紧张了。他关心地对发射工作发来指

① 张钧主编：《当代中国的航天事业》，中国社会科学出版社1986年版，第258页。

示，关键是工作要准确，不要慌张，要沉着，要谨慎。

总理的指示在基地通过大喇叭传达开来，给大家解了压。大家抓住最后的时间，沉下心来逐个排查问题和隐患，并一一解决。

卫星预定在当晚 9 时 35 分发射。晚上 8 时的时候，发射场上空的云层还显得很低，看不见天上的星星。9 时稍过，云层渐退，犹如拉开了天幕，星星露出来了，它们闪烁着，微笑着迎接中国第一颗人造卫星上天。

为了保证安全，在指挥员下达“三十分钟准备”的口令后，在发射架、场坪上工作的人员撤离到指定的疏散地点。在临近发射的时刻，人们默念着周总理的指示，互相用眼神打气。时间在一分、一秒地过去，离发射时间只有 20 分钟、15 分钟、10 分钟、5 分钟，发射场区万籁俱静，脐带塔上灯火通明，周围的聚光灯把场坪照得如同白昼一般，火箭向着星空，蓄势待发。

（三）发射

发射时刻终于到来了！指挥员下达了“一分钟准备”口令！过了 15 秒钟，发出了“牵动”口令，地面各种记录设备开动了起来！又过了 30 秒，发出了“开拍”的口令，地面的光学记录设备开始工作了！当计数器上出现了“0”字的时候，指挥员即刻发出了洪亮的“点火”命令，操作人员有力地按下了点火开关，只见一级火箭的 4 个发动机喷出了橘红色的火焰，巨大的气流将发射架底部导流槽中的冰块吹出四五百米远。

晚上 9 时 35 分，长征一号运载火箭在震耳的隆隆声中离开了发射架，徐徐上升，发动机喷出的几十米长的火焰光亮夺目。火箭越飞越快，直冲云霄。

当时在地下室看到有线电视屏幕上火箭起飞的一刹那，大家拔腿就

长征一号运载火箭成功发射东方红一号卫星，中国从此进入太空时代

往外跑，地下室的通道又狭又长，55 岁的任新民和 52 岁的沈家楠跑在最前面，后面的年轻同志们又不好催他们跑得更快一点，真是急坏了！大家跑到外面，跟发射场附近的人们一起，看美丽的火箭划破夜空直奔东南方而去，越飞越高，越来越小，隐隐约约是两个小黑点——看来两级分离正常了。过了一会儿看不见目标了，大家又赶回地下室听广播。

发射场区的各种地面测控设备，紧紧跟踪着卫星。各观测站不断地向指挥中心报告“跟踪目标”“跟踪良好”，地面遥测系统报告“飞行正常”。人们每听到“良好”“正常”的报告，总是报以热烈的掌声和欢呼声。火箭飞行离发射场越来越远，离地面越来越高，在指挥所的记录仪上，彩笔描绘出火箭飞行的轨迹与设计轨道完全一致。

13 分钟后，从现场指挥所的广播里传来了“星箭分离、卫星入轨”的喜讯，人们顿时沸腾起来，个个尽情地欢呼、跳跃，有的激动得热泪盈眶。

发射场区的人们庆祝发射成功

晚上 9 时 50 分，国家广播事业局报告，收到了我国第一颗卫星播放的《东方红》乐曲，声音清晰洪亮。

晚上 10 时整，国防科委指挥所向周总理报告：运载火箭一、二、三级工作正常，卫星与火箭分离正常，卫星入轨了！

周总理高兴地说，准备庆贺！他立即向毛主席报告了这一喜讯。大家在发射场坪上召开了庆祝大会，钱学森、基地的领导同志、试验队的代表等都发表了热情洋溢的讲话，热烈庆祝我国第一颗人造卫星发射成功。

经过观测，展开后的卫星观测裙如三等星一样明亮可见。而发射约 90 分钟后，卫星转到第二圈经过喀什上空，酒泉发射基地的收音机响起了“东方红，太阳升……”的乐曲。

中国成为继苏联、美国、法国、日本之后，世界上第五个能独立研制和发射卫星的国家。

东方红一号成功发射的消息传出，人民群众沸腾了，国际社会震动了。

十、中国人民取得了伟大胜利

1970年4月24日，东方红一号卫星成功发射，准确入轨，为璀璨的星空添加了一道亮丽的风景。周恩来当天在审阅将要发表的《新闻公报》稿时，亲自加上了“坚持独立自主，自力更生方针”的字句，充分表达了我国人民在现代科学技术上赶超世界先进水平的意志和决心。[①]

4月24日当晚，周恩来总理登上飞机飞往广州，参加由越南、越南南方民族解放阵线、老挝、柬埔寨领导人召开的“三国四方会议”。次日参会时，他高兴地宣布：“为了庆祝这次会议的成功，我给你们带来了中国人民的一个礼物，这就是昨天中国成功地发射了第一颗人造地球卫星。中国人造地球卫星的上天，是中国人民的胜利，也是我们大家的胜利。”[②]

4月25日下午，新华社受权发布《新闻公报》，向全世界宣布：

> 我们的伟大领袖毛主席提出：我们也要搞人造卫星。在全国人民迎接伟大的七十年代的进军声中，我们怀着喜悦的心情宣布：毛主席的这一伟大号召实现了！1970年4月24日，我国成功地发射了第一颗人造地球卫星。
>
> 卫星运行轨道，距离地球最近点439公里，最远点2384公里，轨道平面和地球赤道平面的夹角68.5度，绕地球一周114分钟。卫星重173千克，用20.009兆周的频率播送《东方红》乐曲。[③]

---

① 张钧主编：《当代中国的航天事业》，中国社会科学出版社1986年版，第54页。

② 张钧主编：《当代中国的航天事业》，中国社会科学出版社1986年版，第260页。

③ 《我国第一颗人造地球卫星发射成功》，《人民日报》1970年4月26日。

万里东风传喜讯，举国上下齐欢腾。《人民日报》《解放军报》都用大字套红喜报，刊载了这一喜讯，刚发就很快被数不清的手抢了个精光。就连正在开会的陈毅元帅也忘记了外交部长的身份，情不自禁地挤进了会议厅里抢喜报的行列……

《新闻公报》发表当晚，4 月 25 日晚 8 时 29 分，东方红一号卫星飞经北京上空。那个星期六的晚上，北京天安门城楼、东西长安街和各主要街道，红旗招展、灯火通明，锣鼓声、欢呼声通宵达旦、响彻全城。大家争相观看东方红一号卫星划过天际。道路上，乐队在卡车上高奏起来，如潮水般的人们高举彩旗，燃放鞭炮，游行庆祝七十年代第一个春天的大喜事。

人们争相眺望东方红一号通过北京上空

喜讯传遍城乡。到处一片欢腾，到处喜气洋洋，成千上万的人敲锣打鼓、燃放鞭炮，成千上万的人扶老携幼涌出了家门仰望天空。他们热烈地等待着，或极目远望，或驻足聆听，或围坐在收音机旁，分享着由

大家争相阅读我国第一颗人造地球卫星发射成功的喜报

衷的喜悦。上海、天津、广州等许多城市都举行了大规模的庆祝集会和游行，热烈欢呼我国发展空间技术的伟大成就。韶山、井冈山、遵义、延安等地的群众高举红旗、打着火把来到毛泽东当年居住和工作过的地方举行庆祝活动。

喜讯传遍边疆。解放军指战员组织起一支支宣传队给边疆群众送喜报。新疆天山南北的维吾尔族、哈萨克族等群众点起篝火，敲起手鼓，弹起冬不拉，热烈欢呼这一重大成就；直至 26 日凌晨，乌鲁木齐全城仍是人群似潮、歌声震天。内蒙古、西藏、云南地区的各族群众也用各自的方式表达着激动之情。

连续几天，中央人民广播电台和《人民日报》等分别广播和发表“东方红一号”卫星每天飞经我国和世界各国主要城市的时间和来去方位。那段时间，人人纷纷发言、写诗、撰文，讴歌“毛泽东思想的伟大胜利”，记述内心澎湃的感受，抒发满腔激情。“独立自主、自力更生精神万岁！”大家纷纷树雄心、立壮志，并转化成实际行动，庆祝我国卫星上天。工人们决心加把劲，要“增产到顶”，创造新成绩；农民们决心高标准高质量地完成好春耕春播，取得新丰收；科学技术工作者决心攀登科学技术新高峰，为加速我国的社会主义建设作出新贡献；解放军广大指战员决心进一步发扬艰苦奋斗的革命精神，更加有力地保卫祖国。

东方红一号卫星成功发射的消息传来后，4 月 25 日，香港、澳门各界热烈举行了庆祝会、座谈会，许多爱国工人、职员和青年学生还立即编排了文艺节目，在庆祝晚会上演出。4 月 28 日晚，东方红一号卫星飞经香港、澳门地区上空。人们带着收音机、指南针、望远镜，扶老携幼，成群结队地涌到山头、高地、海岸。当卫星飞来时，人们马上安静下来，屏住呼吸，仰望西北天空，争相观看。

人们喜悦地收听卫星从天上传回的《东方红》乐曲

东方红一号卫星遨游太空，为我国欢庆20世纪70年代第一个五一国际劳动节增添了新的光彩。毛泽东、周恩来等党和国家领导人在天安门城楼上，亲切接见了参加研制和发射我国第一颗人造卫星的钱学森、任新民、戚发轫等代表，并与大家握手。当时，毛主席走到卫星发射代表团代表前时，周总理请毛主席等党和国家领导人停了下来，周总理介绍说这些是研制和发射卫星的工作人员代表。毛主席停下脚步，睿智的目光中充满了自豪、欣慰和谢意，然后同大家一一握手。周总理还把代表们介绍给了西哈努克亲王等外宾。晚会结束后，毛主席经过代表们身边时再次与他们一一握手。周总理送走毛主席后，特意留下来与代表团的同志们合影留念，并对大家说，你们辛苦了，作出了很大贡献。

在新华社发布我国第一颗人造卫星发射成功的新闻公报后，各国通讯社驻华记者以急电或特急电向本国报道这个最重大的新闻。许多友好国家、地区的领导人、团体和友好人士，向我国发来了贺电和贺信，热烈祝贺我国取得的新成就。东方红一号卫星在国际舆论场上泛起了巨大的涟漪，在国际社会产生了重大影响。

越南领导人在贺电中说这“标志着中国的宇宙科学技术发展的良好开端”。朝鲜领导人在贺电中说它“清楚地显示了中国科学的威力”。巴基斯坦总统叶海亚在贺电中认为“中国的卓越成就具有历史意义!”毛里塔尼亚总统达达赫祝贺“中国人民取得了伟大胜利!”亚非记协总书记查禾多来信说中国人民打破了美国、苏联“对宇宙空间技术的垄断”。德国共产党认为“中国新胜利鼓舞着全世界马列主义者”。智利革命共产党贺电说这“对世界革命人民是巨大支持!”

东方红一号卫星的成功发射，让美国NASA局长惊呼这“引人注目”，让日本内阁官员感到“完全出乎意外”。法新社说：西方观察家“目瞪口呆”。德新社描述“在巴黎，电台新闻分析员强调中国的这一次突破，他们指出，中国人过去是被大大低估了”。许多媒体发表评论，认为中国第一颗人造卫星发射成功，“体现了中国一直在依靠自己的力量为人类的幸福和进步进行宇宙开发”，“表明中国的科学技术突飞猛进达到新高度”，“是中国在科学技术和工艺方面取得的突出成就，是中国二十年来在科学技术上前进的新高峰和里程碑”。有些权威人士认为：“中国把卫星射入地球轨道，从而显示出中国掌握了先进的火箭技术和制造出大型火箭的技能。”

东方红一号的军事意义也受到高度关注。《纽约时报》称：“中国的第一颗卫星除了科学意义外还有政治和军事意义……这一最新信号突出说明必须使北京回到世界大家庭中，并使中国成为有关核武器和空间的基本国际条约的一方。”当时驻京的外国通讯社几乎无一例外地收到了同一内容的电传，说：“中国已经拥有原子弹和氢弹，必须把这次发射堪称是宣布能把洲际导弹发射到地球上任何地方去的公告。它对最近在维也纳开始的美苏限制战略武器会谈将产生极其微妙的心理和政治影响。”

在苏联，官方媒体只对东方红一号成功发射进行了简略报道，西方媒体评论说这是苏联“怏怏不乐”的表现。由于 1970 年 4 月 22 日是列宁诞辰 100 周年，法新社还分析说中国是在用发射卫星来表示纪念和献礼。①

东方红一号卫星发射入轨后，卫星环绕地球运行，卫星上的能源系统和各种仪器工作正常，性能稳定，实现了任务要求。由于能源系统的保证，卫星上各种仪器实际工作的时间远远超过了设计要求，《东方红》乐音装置和短波发射机连续工作了 28 天，取得了大量工程遥测参数，为后来的卫星设计和研制工作提供了依据和经验。

---

① 本部分关于国内反响、国际舆论的内容，综合自《人民日报》《参考消息》1970 年 4 月下旬刊载的新闻报道。

十一、“老一代航天人的功勋已经牢牢铭刻在新中国史册上！”

我国第一颗人造卫星发射成功，全面考核和验证了卫星、火箭、发射场、地面测控网各大系统的有效性和协调性，是中国航天史上一个大的突破，也是一个新的开端。东方红一号卫星有力地带动了中国现代科学技术的发展，填补了许多学科空白，为中国实现技术发展的跨越积累了宝贵经验。

中国虽然比苏联首次发射卫星晚了 13 年，但这毕竟是在中国这样一个经济技术比较落后的国家，完全依靠自己的力量实现的，是来之不易的，充分体现了党的独立自主、自力更生方针的胜利，显示了勤劳、勇敢的中国人民的智慧和力量。

而且，东方红一号卫星为 173 千克，比早于中国发射卫星的苏联、美国、法国、日本的第一颗卫星质量（分别为83.6千克、14千克、42千克、9.4 千克）的总和还要多；其跟踪手段、信号传递方式、卫星温度控制系统性能也都更为优越。而且，东方红一号卫星的轨道为最高，刚发射时的轨道近地点为 439 公里，那里的气体分子十分稀薄，对卫星运动施加的阻力很小。因此，卫星尽管只工作了 28 天，但仍能依靠惯性长期在天上飞行。半个多世纪过去了，东方红一号卫星的轨道近地点也只下降到 430 公里左右，卫星还将维持长期在轨飞行状态，绕着地球一直转动下去。

之前在东方红一号卫星研制过程中，技术人员曾对方案进行了简化。东方红一号卫星发射之后，考虑到空间技术发展的需要，推动科研成果运用于工程应用，作为空间飞行器总体设计部技术负责人的孙家栋和承担东方红一号卫星研制工作的技术人员，提出了以试验长寿命供电系统为主要任务的第二颗人造卫星发射方案的设想。

1970 年 5 月，为落实周恩来总理关于“一次试验、全面收效”的指示，空间技术研究院召开会议，对原设计的“东方红一号甲”卫星方案进行审定，计划在东方红一号卫星的基础上，增加 8 项空间技术试验及空间探测项目。其外形与东方红一号相似，也是一颗 72 面球形多面体姿态的自旋稳定卫星。会后，国防科委将该卫星命名为实践一号。8 月，研制报告得到中央批准。1971 年 3 月 3 日，实践一号科学试验卫星由长征一号运载火箭在酒泉发射基地成功发射。卫星在空间正常工作 8 年多时间，远远超过了原设计寿命。卫星发射成功后，友好国家、组织和人士纷纷向我国发来贺电，真诚祝贺中国向天征程的又一重大胜利。

实践一号卫星

作为中国第一颗科学实验卫星，实践一号卫星用于试验太阳能电池供电系统、温控系统、电子元器件等在空间长期工作的性能，同时用于测量空间环境的各种物理参数。该星原设计寿命 1 年，但在空间正常工作长达 8 年，一直到 1979 年 6 月 11 日才坠落，为我国设计长寿命卫星积累了宝贵经验。实践一号卫星任务的成功，让中国航天在东方红一号卫星方案简化并取得成功后，在探索空间技术的道路上又向前迈出了坚实的步伐。

1986 年 5 月，东方红一号卫星与后来成功发射的返回式卫星作为一个奖项，以“可返回型卫星及‘东方红一号’卫星”为项目名称，被授予 1985 年度（首届）国家科技进步奖特等奖。

党中央对东方红一号予以高度肯定。邓小平、江泽民、胡锦涛、习近平等中央领导同志多次提到东方红一号卫星，十分强调其重大意义与重要影响。

东方红一号卫星、返回式卫星获国家科技进步奖特等奖

1981年6月召开的党的十一届六中全会通过了《关于建国以来党的若干历史问题的决议》，强调“核技术、人造卫星和运载火箭等方面的成就，表现出我国的科学技术水平有很大的提高”①。

1988年10月，邓小平在视察北京正负电子对撞机工程时，专门谈道：“如果六十年代以来，中国没有原子弹、氢弹，没有发射卫星，中国就不能叫有重要影响的大国，就没有现在这样的国际地位。这些东西反映了一个民族的能力，也是一个民族、一个国家兴旺发达的标志。”②

1999年9月18日，在庆祝中华人民共和国成立50周年之际，中共中央、国务院、中央军委在人民大会堂召开表彰为研制“两弹一星”

1999年9月18日，屠守锷、杨嘉墀、黄纬禄、任新民、王希季、孙家栋（从左至右）六位院士被授予“两弹一星功勋奖章”后，在人民大会堂外合影留念

① 《〈关于若干历史问题的决议〉和〈关于建国以来党的若干历史问题的决议〉》，中共党史出版社2010年版，第65—66页。

② 《邓小平文选》第三卷，人民出版社1993年版，第279页。

作出突出贡献的科技专家大会，授予或追授23位科技专家“两弹一星功勋奖章”。其中，王希季、孙家栋、任新民、杨嘉墀、钱学森、屠守锷、黄纬禄、姚桐斌、钱骥等9人在航天工业部门工作过。他们是人民共和国的功臣，是老一辈科技工作者的杰出代表，是新一代科技工作者的光辉榜样。在表彰决定和江泽民的讲话中，都阐述了“两弹一星”精神，表述为“热爱祖国，无私奉献，自力更生，艰苦奋斗，大力协同，勇于登攀”。

在大会讲话中，江泽民指出：“二十九年前的晚春时分，在浩瀚无垠的宇空，一曲嘹亮的《东方红》又向世界庄严宣告：中国人民胜利地掌握了人造卫星的空间技术。”“这极大地鼓舞了中国人民的志气，振奋了中华民族的精神，为增强我国的科技实力特别是国防

2005年4月20日，东方红一号卫星发射成功35周年诞生地纪念碑揭幕仪式（左起为闵桂荣、王希季、屠善澄、戚发轫、孙家栋）

实力，奠定我国在国际舞台上的重要地位，作出了不可磨灭的巨大贡献。”①

2003年11月7日，胡锦涛在庆祝我国首次载人航天飞行圆满成功大会上指出：“四十多年前，以毛泽东同志为核心的第一代中央领导集体从国内外大局的战略高度出发，以长远的眼光和非凡的胆略，毅然决定研制‘两弹一星’。”② 他还在多个场合强调一定要大力弘扬“两弹一星”精神。

2013年5月4日，习近平来到五院，参加共青团“实现中国梦，青春勇担当”主题团日活动。站在东方红一号卫星总装的历史图片前，他重温当年在延川县梁家河村当知青，说自己“听到了发射成功的消息，非常激动！”③

2020年4月24日是东方红一号卫星成功发射50周年，也是第5个“中国航天日”。习近平在给参与“东方红一号”任务的老科学家回信中说：“50年前，‘东方红一号’卫星发射成功，我在陕北梁家河听到这一消息十分激动。当年，你们发愤图强、埋头苦干，创造了令全国各族人民自豪的非凡成就，彰显了中华民族自强不息的伟大精神。老一代航天人的功勋已经牢牢铭刻在新中国史册上！”④

2021年2月20日，习近平在党史学习教育动员大会发表重要讲话，强调“两弹一星”精神是构筑中国共产党人精神谱系的重要内容。他要求全党大力发扬红色传统、传承红色基因，赓续共产党人精神血脉，始终保持革命者的大无畏奋斗精神，鼓起迈进新征程、奋进新时

---

① 江泽民：《论科学技术》，中央文献出版社2000年版，第161页。

② 《胡锦涛文选》第二卷，人民出版社2016年版，第110页。

③ 卢新宁、李斌：《中国有梦　青春无悔——习近平五四青年节参加主题团日活动侧记》，《人民日报》2013年5月6日。

④ 《习近平给参与“东方红一号”任务的老科学家回信强调：敢于战胜一切艰难险阻　勇于攀登航天科技高峰》，《人民日报》2020年4月25日。

代的精气神。①

东方红一号卫星的成功发射，开辟了中国航天的新纪元，但这只是一个起点。正如钱学森在发射当晚的庆祝大会上，引用毛主席的话勉励大家那样——“夺取全国胜利，这只是万里长征走完了第一步。如果这一步也值得骄傲，那是比较渺小的，更值得骄傲的还在后头。”②

在“两弹一星”精神的鼓舞和引领下，几代航天人接续奋斗，在“长征”路上勇往直前，让“东方红”的旋律更加悠扬，让中国迎来了自己的通信卫星，不仅性能越来越强，而且要走出国门、服务世界！

① 《习近平在党史学习教育动员大会上强调：学党史悟思想办实事开新局　以优异成绩迎接建党一百周年》，《人民日报》2021 年 2 月 21 日。

② 《毛泽东选集》第四卷，人民出版社 1991 年版，第 1438 页。

第二章

东方红二号：从无到有的跨越

东方红二号试验通信卫星是中国第一颗地球静止轨道通信卫星，主要用于国内通信。这一卫星通信工程于 1975 年 3 月 31 日经中央军委常委会讨论，之后得到党中央和毛泽东主席的批准，代号为“331”。

筚路蓝缕，创业艰难。“331”工程是我国在 20 世纪 70 年代末 80 年代初开展的规模最大、技术最复杂、组织最严密的航天工程。当时，一没经验，二没资料，三没外援。在党的领导下，老一辈航天人自力更生、顽强拼搏，付出了艰苦的努力，最终于 1984 年 4 月 8 日将东方红二号试验通信卫星送入太空。中国由此成为继美国、苏联、法国和日本之后世界上第五个掌握研制和发射地球静止轨道卫星技术的国家。

东方红二号试验通信卫星之后，我国又研制发射了东方红二号实用通信卫星，后来又发展了改进型的东方红二号甲通信卫星。它们的研制发射，推动我国航天技术迎来了从技术试验阶段迈入应用阶段的历史性转变，书写了我国卫星为社会主义现代化建设事业服务的新篇章，并为我国通信卫星做大做强、走向世界打下了基础。

一、卫星通信已不是新鲜事

20 世纪 60 年代中后期，通信卫星快速发展并迅即得到广泛应用，成为当时国际航天领域的重要潮流。

通信手段和技术的发展，驱动着人类文明的进步。从大声的呐喊到烽火的烟柱，从孔明灯的盏盏光点到书信的字里行间，再到电子信号的实时可达；从奔跑报信、飞鸽传书，到驿车辗转、驿路急递，从电报传真、电话、广播电视，再到互联网通信、卫星通信……人类文明的面貌被通信深刻改变。

19 世纪以来，随着人类对电与磁认识的不断加深，电磁波被发现并应用于通信。1901 年，一场跨越大西洋的长波无线电通信试验取得了成功。1906 年，无线电广播开始出现。1921 年，意大利首都罗马一处近郊发生大火，一位无线电爱好者通过短波发射台发出了信号，本想向周边求救，结果被几千公里外丹麦首都哥本哈根的业余无线电台收到。科学家受此启发并研究发现：短波可以利用电离层的反射作用，实现远距离的通信。20 世纪 20 年代起，短波通信得到快速发展，并迅速走向盛行。

但是，电离层的高度和反射率会随着季节、昼夜和早晚而变化，短波通信受此影响并不稳定。为了进行可靠的、稳定的超远距离通信，人们就利用高山或者架设铁塔，建造通信中继站，每一个中继站都从前一个中继站接收电波，将其放大后再转发给下一个中继站，逐站接力传输。但这种接力式通信需要付出高昂的经费和时间成本。而要想在海上建设中继站，那就更加困难了。

1945 年 10 月，英国科幻作家亚瑟·C. 克拉克提出，在赤道上空 35786 公里高度的地球静止卫星轨道上，等间隔地放置 3 颗地球卫星，就可以实现全球通信的设想。这实际上就是把卫星作为足够高的“中继站”，每个“中继站”能够看到地球表面约 40%，3 颗星相互隔着 120 度，从而居高临下地进行超远程通信。这个奇思妙想为人类提供了一个全新的通信图景，但当时的火箭技术尚在萌芽状态，这看起来还十分遥远。1954 年 7 月，美国海军曾利用地球的天然卫星——月球的反射，开展了无线电话传输试验，但因地月相距超过 38 万公里，电波在空间损耗极大。

二战后，世界科技和工业迎来快速发展，元件、光纤、收音机、电视机、计算机、广播电视、数字通信业快速发展，为研制人造卫星和发展通信卫星准备了条件。1957 年人类完成首次卫星发射后，通信卫星被迅速提上了日程。以美国为代表，国际航天界开展了大量探索。

1958 年 12 月，美国向地球椭圆轨道发射了一颗名为“斯科尔”的卫星（SCORE，系 Signal Com. by Orbiting Relay Equipment 的缩写，意为轨道中继设备信号通信），开展了向地面单向传送电波的通信卫星试验。1960 年 8 月，美国通过“回声 1 号”卫星（Echo 1），开展了反射电波试验，实现了横跨大西洋的微波中继。这颗卫星没有装转发器、只能被动地反射电波，属于“无源通信卫星”。它们反射回来的电波强度往往十分微弱，实用价值不大。只有在卫星上装有转发器，可以接受地面发来的电波，将其放大后再转发给地面的卫星，即有源通信卫星，才真正具有实用价值。

1962 年 7 月，美国发射了“电星 1 号”卫星（Telstar 1），这也是第一颗正式的有源通信卫星，实现了横跨大西洋的电视、电话、电报通信，并可供美国转播。该星呈球形结构，重 77 千克，运行周期约 2.5 小时。同年 12 月，NASA 发射了“中继 1 号”通信卫星（Relay 1），重 78 千克，运行周期约 3 小时。

1963 年 11 月 23 日，“中继 1 号”按照计划准备进行美国和日本之间的第一次电视转播试验。在试验开始前大约两小时，美国总统肯尼迪意外地被刺杀身亡。相关画面在这次试验中被转播出去，迅即引发了跨越洲际的巨大舆论影响。通信卫星的巨大优越性得到了彰显，世界进入了卫星通信时代。

不过，当时运载火箭的运力还不够大，卫星轨道的高度还不够高，它们都是以很快的速度，每 2 到 3 个小时左右就沿着较低的椭圆轨道绕地球一圈。低轨道卫星的通信时间每天只有几次，每次的时长也不固定。只有把通信卫星打到静止轨道上，才能实现昼夜不间断的通信。

随着火箭运载能力的提高和空间技术的发展，静止轨道卫星的发射技术与保持静止位置的控制技术被攻克。1963 年，美国先后向静止轨道发射了“辛康”1 号、2 号卫星，但均未完全取得成功。1964 年 8 月，“辛康”3 号（Synkom-3）成功进入倾度为零度的静止轨道，定点在东经 180 度赤道（位于太平洋岛国基里巴斯）的上空。“辛康”3 号对当年 10 月在东京举办的第 18 届夏季奥运会实况进行了洲际转播，引发了全球性轰动。人们也再次深刻认识到了通信卫星的实用价值。同月，美国还带领加拿大、法国、联邦德国、澳大利亚、日本等国筹建“国际通信卫星组织”（INTELSA）。该组织于 1971 年正式成立，于 1973 年达成长期协定，不断吸引越来越多的国家加入，建设的地面站遍及各洲。1965 年 4 月，半试验、半实用的“国际通信卫星-Ⅰ”（Intelsat-1 原名“晨鸟”，由美国休斯公司研制）发射成功，正式为北美和欧洲之间提供通信业务。之后，“国际通信卫星”持续升级，到 1975 年就发展了Ⅰ、Ⅱ、Ⅲ、Ⅳ、Ⅳ-A 等 4 代、5 种卫星，技术和性能有了很大的提高。

1965 年 5 月，苏联成功发射了第一颗通信卫星。作为苏联主要通信卫星系列“闪电”号（Molniya）的首星，它运行在近地点 548 千米、远地点 39957 公里、倾角 65 度的“闪电轨道”上。一颗“闪电”号能够保证苏联一天内通信 8 到 10 个小时。1971 年，苏联主导并联合波兰、民主德国、匈牙利、蒙古、古巴等 8 国签订协议，建立了“国际卫星组织”（Intersputnik）。之后，老挝、越南、朝鲜等国家也加入其中。该组织利用苏联的“闪电号”大椭圆轨道卫星和“地平线”（Gorizont）静止轨道卫星，在成员间开展电视广播、电话电报传输，以及召开电视电话会议。该组织在一些成员国中开展了地面站建设。

通信卫星自 20 世纪 60 年代中期开始兴起，在 70 年代得到迅速发展，满足了市场的迫切需要，促进了世界范围内的信息传输和交流，很快便成为洲际通信与洲际电视传输的主流方式。国际卫星通信市场迅速扩大，世界上出现了持续的通信卫星热。美国、苏联、欧洲空间局和日本纷纷投巨资进入通信卫星领域，并向静止轨道挺进；很多其他国家则纷纷或租或买或加强合作，积极利用通信卫星技术。自 1972 年加拿大发射了世界上第一颗国内通信卫星起，专门用于国内和区域通信的卫星也发展了起来。同时，通信卫星在军事上得到了广泛应用，海事卫星、广播卫星、跟踪和数据中继卫星等也受到了重视。到 1976 年，观看奥运会赛事的观众规模扩大到 15 亿人，超过当时世界总人口的 1/3。在 20 世纪六七十年代，卫星通信就已经开始深刻地重塑世界通信的面貌了。

二、五年预想，五年徘徊

中华大地幅员辽阔、地形复杂，东西、南北相距超过万里。历代中央王朝都十分重视全国范围内的通信问题，以确保政令传达、军令畅通。通信的能力和效率，直接影响中央与地方、中原与四方的关系，造成内外形势与国土疆域的变化。据古代史料记载，清代的通信时限为历代最快，快马驿递传送公文，最快一昼夜能达 600—800 里。17 世纪康熙帝平定三藩之乱，军事情报要从西南送到京城，快马用 9 天时间就能走完 5000 余里的单程；收复台湾时，从福建到京师路程 4800 多里，消息也是 9 天内传递到。这创造了古代通信速度的纪录，也使清代的辽阔版图得以维续。到了 19 世纪，随着通信手段和技术的发展，快马驿递就落后了，注定要退出历史舞台。列强大肆侵略中国，倒逼中国从清末到民国时期，初步发展了近代通信技术，初步建立了电话、电报、广播等通信事业。

新中国成立后，党领导人民在960多万平方公里的国土上和曲折蜿蜒数万里的海岸线上，保家卫国、抵御外敌，同时推进军队的正规化、现代化建设。这对军事通信提出了越来越高的要求。民用方面，从新中国成立到20世纪60年代末，陆上主要靠明线和短波；70年代才逐渐发展了同轴电缆和微波中继；到了近海和远洋，主要依赖短波、超长波无线通信。这些手段的稳定性相对较差。

当时，通信线路、设施主要分布在大中城市和人口稠密地区，广大边远省区、崇山峻岭地带的通信线路极少。当时我国正大力推进“三线建设”，而要把微波中继和同轴电缆铺设到“三线”各处，以及新疆、西藏、内蒙古等边远省份，不仅投资极大、时间很长，而且要克服许多地理上的巨大困难。以要完成全国各地区，特别是边远地区的中央电视节目的转播，或者完成全国区域的中央对内、对外广播节目的传送为例：如果使用发射台，一座发射台的服务半径仅为40公里，覆盖4000平方公里，要覆盖我国国土就得建设2000多座发射台；但遇上高山、大河、沼泽等恶劣条件，根本无法建站，国土上就会有很多传输盲区。在通信卫星使用前，这些边远省份还只能看到一个星期以前的电视新闻报道。可以说，通信技术的落后状态与推动社会主义建设的现实需要之间的矛盾愈发突出，急需解决。而且，如果在对应我国国土的静止轨道上放1颗通信卫星，我们就能够实现对几乎全部国土和近海以及周边地区的覆盖。

20世纪60年代中期起，世界通信卫星领域发展迅速。当时我国也注意到了相关情况，作了一些跟踪与研究。早在1963年1月，钱学森即抽调4位上海机电设计院的同志到国防部五院，并亲自指导开展人造卫星研究设计的先期准备工作。经过对国外气象卫星、通信卫星、载人飞船等发展动态的持续跟踪研究，小组成员结合我国实际，提出了粗略的《中国1964—1973年空间技术发展规划（草案）》。赵九章在1964年底、钱学森在1965年初分别提出的建议和意见中，都明确提出了应考虑准备发展和发射通信及广播卫星。中科院1965年提出的《关于发展我国人造地球卫星工作规划方案的建议》，对建立我国的卫星通信系统作了论述，中央专委原则批准了这份建议。1966年5月正式发布的《发展中国人造卫星事业的十年规划》展望并明确了这一任务。十年规划还展望了通信卫星的发展，并在东方红一号之后将其编名为东方红二号、三号等。“651”工程启动后，航天部门积极为包括通信卫星在内的一系列应用卫星做好准备，进行了一些卫星通信单项课题的探索研究。东方红一号卫星虽经方案简化，但上天后播放《东方红》乐曲，实现了“听得见”目标，也可以被认为是进行了卫星广播通信。

1966年到1970年的第三个五年计划时期，我国处于“文化大革命”内乱状态，卫星研制工作在内乱与外部封锁的逆境中艰难前行。当时中国外交陷入困境，不仅中美关系僵局仍在继续，中苏关系陷入前所未有的紧张状态，而且中国的对外交流与合作也受到了很大干扰。国际上，卫星通信业务得到广泛开展，到1970年初各类试验型、实用型的通信卫星已达28颗；在我国，通信卫星则还处于预想阶段，与世界相比已经大大地落后了。

研制通信卫星，建立卫星通信系统，已经是迫在眉睫的事情了。

东方红一号卫星发射后，我国军用和民用通信部门提出了我国试验通信卫星尽早问世的迫切希望，从而改变我国通信技术落后的面貌。目标包括利用通信卫星实现对包括边远省区在内的国土全覆盖，完成对部分省会等大城市的电视转播；用通信卫星完成中央人民广播电台的对内、对外节目的转播；承担军事通信任务；负责远洋舰船和测量船的通信等。[①]

---

① 张钧主编：《当代中国的航天事业》，中国社会科学出版社1986年版，第323页。

1970年，中央军委决定这项任务开始进入工程研制阶段。当年6月，七机部空间技术研究院和火箭技术研究院分别组织队伍，开展了通信卫星及其运载火箭新技术的研究。①

刚刚完成东方红一号研制发射任务的总体设计人员，听到继续承担试验通信卫星研制任务的消息后，感到格外高兴。他们像一支刚刚打完胜仗的部队又去执行新的战斗任务那样，信心百倍地投入到新的卫星研制任务中去。不过，毕竟我国卫星研制走过的路程太短，经验也少，再加上通信卫星与东方红一号卫星差别很大，大家也感到有些力不从心。通过分析，大家清晰地认识到，静止轨道是有限的自然资源，有利于各国的轨道位置是稀缺的，必须尽早拿出总体方案，早日造出通信卫星去占领有利于覆盖我国国土的轨道位置。

经过充分的讨论和细致的工作，大家提出了我国试验通信卫星总体方案的初步设想，并提交空间技术研究院1970年11月召开的“119会议”进行研究。通过对国外卫星通信发展状况、不同轨道卫星通信方案等进行深入分析，同时基于国情，大家提出：要避免重走国外的老路，充分吸取国外的经验，建议选用对地球表面相对静止的静止轨道通信卫星方案，直接研制技术难度大、实用价值高的地球静止轨道通信卫星，并以当时代表世界先进水平的“国际通信卫星-III”方案作为主要参考。

按照这种思路，我国要跨过中低轨道通信卫星阶段，直接发射静止轨道卫星，实现“一步走”。然而要发射通信卫星，不仅要把卫星造出来，还要有运载火箭、发射场、测控、地面通信站等的全面支持，必须同步推进和完成这五大系统的建设。尽管东方红一号卫星上了天，但那是一颗远地点只有2384公里的大椭圆低轨道卫星；而通信卫星不仅本

① 张钧主编：《当代中国的航天事业》，中国社会科学出版社1986年版，第64、323页。

身技术十分复杂，而且要打到15倍高的静止轨道上去。这就要求必须完成一系列技术攻关，如卫星要充分减重，并且具备很强的姿态控制和变轨能力等；还要造一个新的运力更强的火箭，发动机能多次点火，经过停泊轨道、转移轨道和静止轨道等阶段，实现变轨发射。我国主要在北半球中低纬度，要往赤道上空发射卫星，发射场的纬度越低越好。酒泉发射场在北纬41度左右，纬度较高，不利于发射通信卫星。因此，还要新建一个纬度较低的发射场，最终选址在四川西昌（北纬28度左右，与位于美国佛罗里达州东海岸的卡纳维拉尔角发射场纬度相当）。测控包括地面测控站、海上测控船等，都要根据东方红二号这个任务来做准备。卫星上了天，要开展卫星通信，要在地面建设相应的卫星通信站来接收信号。

在当时的国际形势下，我国要实现这一目标，就必须在自力更生中艰苦探索，难度可想而知。尽管已经研究了卫星总体方案的设想，研制人员也做了许多探索性的工作，但由于这是一项庞大的系统工程，各系统之间的技术协调、指标分配、计划分工迟迟定不下来，卫星重量与运载能力的协调也是几经周折。何况，当时"文化大革命"仍在继续，遭受严重破坏的科研生产秩序难以恢复，有人一方面把卫星通信工程看作政治任务，提出了一些不切实际的高指标，如要在"××年5月1日，用自己的卫星向全世界传播光辉形象"；另一方面狠抓"阶级斗争""清理阶级队伍"等，使得科研生产放任自流。到1975年3月的五年间，这项任务始终徘徊不定、进展缓慢，仍处于方案探索的阶段。我国丧失了一次追赶世界先进水平的机遇。①

① 张云彤：《中国卫星通信工程的第一颗明珠》，载《中国航天腾飞之路》，中国文史出版社1999年版，第336页。

三、党中央和毛主席批准“331”工程

东方红一号卫星发射后，毛泽东、周恩来等党和国家领导人对航天事业发展有着深入的战略思考，并对后续卫星任务报以很高的期待。

1970 年五一劳动节当晚，卫星发射代表团受邀登上天安门城楼观礼并受到毛泽东、周恩来等的亲切接见和握手。周恩来还指着大家对外宾说：“这是中国放卫星的人。”[①]

1970 年 7 月，毛泽东会见法国政府代表团。时任法国总统外交事务国务秘书安德烈·贝当古对“中国自己放出了卫星”表示“很钦佩”，毛泽东回应道：我是不那么钦佩，不算啥事。因为天上有那么多卫星在转，都是那两个国家的，我们这些国家放个把两个卫星算啥。[②] 在会见刚果客人时，毛泽东讲：这个天空上有好多人造卫星在那里转，都是美国和苏联的，后头才有法国的、日本的跑上去，最近中国才跑上去一个。[③]1971 年 3 月，周恩来总理在中央专委会上谈到国防尖端事业“四五”设想时指出：我们的导弹研制还处在科学试验阶段。[④]1973 年 4 月，华国锋、叶剑英、聂荣臻等听取国防科委副主任张爱萍汇报，华国锋说，卫星与武器的关系，卫星不是不想要，但它与武器有矛盾时，卫星要让让路。1980 年前抢出东风三号、东风四号和东风五号来，使我们有还

---

① 任新民：《航天历程中的几点回忆》，载《中国航天腾飞之路》，中国文史出版社 1999 年版，第 64 页。

② 《毛泽东年谱（一九四九——一九七六）》第六卷，中央文献出版社 2013 年版，第 310 页。

③ 《中国航天事业的 60 年》编委会编：《中国航天事业的 60 年》，北京大学出版社 2016 年版，第 312 页。

④ 《中国航天事业的 60 年》编委会编：《中国航天事业的 60 年》，北京大学出版社 2016 年版，第 180 页。

手之力。[①]

1972 年是中美关系上的重要一年。美国总统尼克松决定访华，完成“破冰之旅”。中美双方为做好访问做了许多准备工作。在工作组的会谈中，美方提出因大批记者将随行访华，需要通过通信卫星传送电视画面及有关文字消息，希望中国政府提供便利。

周恩来总理得知此事后，马上通过中方代表转告白宫：中国现在还没有通信卫星，请美国政府帮助租用一个；在转播技术方面，也请美国协助。美方表示：租用卫星很贵，此访将为期 8 天，租金预计在 100 万美元以上，不合算，建议中方考虑是否在尼克松将要访问的北京、上海和杭州各建一个地面站，费用由美方承担。

在我国境内开展通信，是涉及国家主权的敏感问题。苏联曾在1958年向中方提出希望在华南地区建设长波电台，中央就坚持必须守住主权底线，不能让外国人在中国搞军事基地或军用设施。此次对于美方出资建设地面站的建议，周恩来斩钉截铁地予以拒绝，并坚持采用租用：卫星在租用期内所有权属于中国政府，美国必须事先向中国申请使用权，获得中国政府批准后方可使用，中国政府向使用者收取使用费，使用费和租用费都要合理。1972 年 1 月上旬，根据周总理指示，北京长途电信局代表与美国白宫通信处代表达成协议，临时租用美国卫星地球站设备 WU1–2 一套。

1972 年 2 月 21 日，专机在北京降落后，尼克松走下舷梯，受到了等候在机场的周恩来的热烈欢迎。两人握手的画面仅 0.3 秒即传回了美国，随即给地缘政治和国际格局带来了深远的影响。尼克松访华的实况吸引全球观众争相观看，甚至创造了收视率的历史纪录。同时，太平洋

① 《中国航天事业的60年》编委会编：《中国航天事业的60年》，北京大学出版社2016年版，第 182 页。

两岸通过国际通信卫星还架设起了一条特别的电话“线路”——卫星电话，让尼克松一行可以随时随地与本国接通卫星电话。据统计，尼克松访华期间，美国三大广播公司共播出了52个小时的电视节目、34个小时的广播节目，观看和收听这些节目的美国观众在6000万至1亿；全世界的观众估计约有10亿人。香港《文汇报》驻美国特约记者说，人们二十多年来对中国的隔阂和误解突然如云雾般消失，见到了曙光。

这些也让中国人第一次直观地认识到了通信卫星的巨大作用与便利。当时北京的市民议论纷纷，觉得不可思议，期盼着中国什么时候也能拥有这种技术。尼克松访华后不久，日本首相田中角荣于1972年9月接踵来华，也作了类似安排。1972年起，我国外交局面不断打开，对外交往日益密切，走向国际的通信需求快速增长，既对发展通信卫星提出了更加紧迫的要求，也让我们真切地感受到了差距。

面对当时通信卫星任务徘徊不定、进展缓慢的状况，研制人员和广大干部群众非常着急；看到外国领导人访华报道情况的资料和卫星地面站的实物，很多人都震撼于通信卫星的巨大功用以及国际通信卫星领域取得的快速发展成就，对比我国的差距而很受刺激。1974年，有一位毕业于北京邮电学院、在邮电部工作的年轻人黄仲玉作了一些调研后思绪澎湃，找到时任邮电部部长钟夫翔汇报了搞通信卫星的一些想法，并主张通信卫星不从国外买，而是自己搞。钟夫翔予以赞同和支持，并要他组织一个关于通信卫星的联合调查组。黄仲玉找到了两位校友一起商量，一位是在邮电部工作的林克平，另一位是留校任教的钟义信。三人经过商讨，一致认为必须看到全世界向信息时代发展的潮流，中国必须把通信卫星提上议事日程，否则太空中本该属于中国的位置就会被人抢占。他们迫切地希望此事能够引起国家领导人的重视，想来想去，决定给周恩来总理写信反映情况和意见，并建议中国发挥社会主义制度能够大力协同的优越性，由国家统一组织安排中国的通信卫星研制问题。

这封信马上受到了周恩来总理的高度重视。1974 年 5 月，他指示国家计委、国防科委联合召开会议，先将通信卫星的制造、协作和使用方针定下，然后再按计划分工做出规划，督促执行。①

1974 年 6 月，空间技术研究院组织召开卫星方案可行性讨论会，讨论了卫星总体方案初步设想、大型试验方案及环境模拟试验条件，协调了各系统间的初步指标分配。当年 9 月，七机部召开了卫星通信工程情况交流会，研究了卫星、运载火箭和地面测控设备的研制情况，讨论了这三大系统之间的技术接口问题。年底，四机部召开了“通信系统总体方案初步设想”讨论会，协调了转发器与通信地面站之间的接口指标。1975 年 1 月，空间技术研究院还召开了卫星非标准试验设备的研制会议，就大型真空试验设备、立式动平衡机、整星检漏设备、太阳模拟器及消旋轴承寿命试验设备等大型设备的研制作了安排。

同一阶段，国家计委、国防科委多次联合召集会议，落实周恩来总理对卫星通信工程问题的批示，明确了制造、使用、计划分工和协作范围等问题，于 1975 年 2 月提出了《关于发展我国卫星通信问题的报告》，并报请中央审批。这是我国卫星通信工程的指导性文件。

1975 年初，四届全国人大一次会议闭幕后，周恩来病情加重。在毛泽东、周恩来的支持下，邓小平全面主持中央和国务院日常工作，大刀阔斧地进行了整顿。整顿涉及工业、农业、科技、军队等全国各个方面，强调要把经济搞上去，首先是恢复生产秩序。当年 2 月，党中央下发文件，取消 1971 年 10 月成立的中央军委办公会议，成立中央军委常务委员会，由叶剑英主持工作。当年 3 月，中央任命张爱萍任国防科委主任，加强了国防科技的领导力量。

1975 年 3 月 31 日，中央军委召开第八次常委会议，讨论《关于发

① 张钧主编：《当代中国的航天事业》，中国社会科学出版社 1986 年版，第 64 页。

展我国卫星通信问题的报告》，赞同报告并决定马上请示中央。第二天，这份报告经中央军委副主席叶剑英签署，呈送党中央和毛泽东并得到批准。卫星通信工程也由此被命名为“331”工程。它的方针是：集中力量打歼灭战，综合利用，军民结合，平战结合，国际国内通信、广播、电视兼顾，先解决有无和各方面试验需要的问题。

从此，我国卫星通信工程正式列入国家计划。过去几年的徘徊局面很快得到改变，我国卫星通信工程由此走上了正轨，正式开始了型号研制。

四、在整顿与调整中前进

根据中央批准的报告，卫星通信工程包括通信卫星、运载火箭、测控系统、发射场和地面站五大系统，由国防科委负责抓总。其中，运载火箭、通信卫星由七机部负责研制；地面测控系统由四机部和七机部分别研制；通信地球站（即卫星通信地面站）的设备由四机部负责研制；发射场由国防科委负责建设。

全面整顿的开展，为“331”工程的启动和推进迎来了好的环境。邓小平在“整顿”中提出了科学技术是生产力的马克思主义的重要观点，要求一定要搞好科学技术工作。在国防科技的整顿中，邓小平明确将调整武器装备的发展目标和研制计划提了出来。张爱萍复出后，坚定地在国防科技战线开展了整顿工作。他对干部群众说：现在处于困难时期，每一个人都要挺身而出，担负起责任，排除一切阻力，把局面扭转过来！他主持选编毛泽东主席关于加强团结、克服派性、促进科研生产的语录，广泛印发，有力地遏制了派性势力。他奔走在国防科委的基层单位和试验点上，激励大家“一定要把失去的时间抢回来”，为完成国防尖端武器的研制而奋斗。

为了迅速改变七机部“老大难”的局面，1975年春，邓小平、叶剑英、李先念等中央领导同志，对七机部的工作作了多次重要指示。5月19日，邓小平出席中央军委第十三次常委会议，听取国防科委和七机部的工作汇报。针对七机部的派性问题，他指出：不准再打“派仗”，凡是打派仗的，坚决按中央九号文件办。不管什么老虎屁股都要摸。他鼓励国防科委和七机部领导班子要勇敢地干工作，不要怕说错话。并说：只要你们大胆工作，错了我们负责；大字报一万张都不怕；凡继续闹派性的坚决调开。他还提出，在调整七机部各级领导班子时，要特别注意培养一批年轻的、有发展前途的科技人员，放到适当的领导岗位上，要注意保护这些人，使用这些人。要主动给科技人员创造好的工作条件和生活条件。[①]6月，中共中央下达了关于解决七机部问题的文件，调整、加强了七机部的领导班子。广大干部群众努力消除派性，增强团结，克服无政府主义。经过一系列整顿工作，七机部系统开始出现安定团结的局面，科研生产形势迅速好转。

1975年，航天事业也取得了好成绩。我国史无前例地成功发射了三颗卫星，实现了“三星高照”，并掌握了卫星回收技术。

这来之不易的好形势，很快又被所谓“批邓、反击右倾翻案风”运动所葬送。1975年11月，邓小平主持的全面整顿被迫中断。七机部发生了所谓的“批判邓小平、张爱萍”运动，因而再度陷于混乱。但广大干部职工仍以高度的政治觉悟和事业责任感，不畏风险，坚持斗争。大家坚决抵制所谓“批邓、反击右倾翻案风”运动，积极参加了以悼念周恩来总理、反对“四人帮”的强大抗议运动，战胜了唐山大地震带来的困难，继续推进航天工程的研制工作。

针对“331”工程规模大、涉及的部门多等特点，尤其是在当时的

① 《中国共产党历史第二卷（1949—1978）》（下册），中共党史出版社2011年版，第927页。

秩序下，有必要加强对整个工程实施集中统一领导。1976 年 5 月，国务院、中央军委决定，在国防科委成立“331”工程领导小组，批准成立了“卫星通信工程领导小组”，并在该领导小组下成立了跨部门的技术协调小组。7—8 月，国防科委在北京召开通信卫星第一期“工程大总体”会议，提出在论证中既要考虑技术上的先进性，更要考虑可靠性，还要考虑经济性和合理性。这为今后包括通信卫星在内的各种应用卫星的发展进一步明确了原则和方向。

1976 年 9 月，毛泽东主席去世，给全国人民带来巨大悲痛。10 月上旬，党中央执行人民的意志，毅然粉碎了“四人帮”，结束了“文化大革命”这场灾难。“文化大革命”结束后，新的形势开始出现，为航天事业的发展创造了有利条件，让航天工作者长期受到压抑的献身精神重新焕发出来。大家又有了英雄用武之地，决心把十年动乱失去的时间抢回来。

为了迅速改变七机部的面貌，消除“文化大革命”造成的恶果，1977 年 1 月 27 日，七机部党的核心小组向党中央报告，请求派工作队进驻部、院、厂所，组成临时领导班子，领导全面工作，拨乱反正，恢复科研生产秩序。仅过两天，1 月 29 日，中央即同意上述请求。3 月，中央工作队进驻七机部在京单位，落实党的各项政策，恢复科研生产秩序，使七机部在京单位很快出现了安定团结的局面，各项工作出现了新气象。当时还暂时性地采取了由北京市和七机部对在京单位实行双重领导的安排。

但由于在“文化大革命”中搞的大计划，科研战线已经拉得很长，力量分散，许多研究进展缓慢。如果继续维持这种局面，势必形成长期打消耗战的局面。因此，需要重新进行部署，缩短战线，突出重点，集中力量打歼灭战，把群众的积极性引导到主攻方向上来。1977 年 7 月，邓小平再次复出，担任中央党政军重要领导职务，各项工作加快走上正轨。9月，国防科委在张爱萍主任主持下，制订了战略火箭和航天技术新的发展规划，确定80年代前期的主要目标是：向太平洋海域发射远程运载火箭；发射静止轨道试验通信卫星；从水下发射固体燃料火箭。党中央很快批准了这个规划。航天部门集中力量进行三项重点工程攻关。

为了推动落实三项重点工程，国防科委、七机部10月召开了有北京、上海、四川、陕西、江苏、内蒙古、湖南等有关地区参加的专门会议，议定了计划进度，确定了研制分工，提出了对三项重点工程实行统一设计、统一计划、统一管理的具体措施。会议还提出，为了确保计划的实现，要根据任务的需要，调整布局，调配技术力量，保持科技队伍的稳定，保证科技人员有充分的时间进行科研工作。之后，各有关地区、部门，把所承担的三项重点工程作为必须完成的国家任务，集中人力、物力、财力，展开了一场规模空前的科研攻关。中央在确定航天战线上述规划目标的同时，还调整充实了七机部的领导班子，加强了七机部的领导力量，从组织上保证规划的实现。①

三项重点工程很快就有了可喜进展。其中，向太平洋海域发射远程运载火箭于1980年5月18日实现，首战告捷；1982年10月12日，我国首次进行潜艇水下发射固体燃料火箭，获得成功。而发射静止轨道试验通信卫星，则是最难啃的硬骨头。

向静止轨道发射卫星，必须向国际电信联盟申请，拿到卫星定点的轨位资源。中国早在1921年就加入了国际电联，1947年当选为理事国。1972年，中华人民共和国在国际电联的席位得到恢复。之后，中国电信代表团多次出席国际电联的会议，为争取发展中国家的权益作出了贡献。1977年3月，我国正式向国际电联登记，确定了卫星在地球静止

---

① 张钧主编：《当代中国的航天事业》，中国社会科学出版社1986年版，第64—65页。

轨道上定点的位置。因此，这项工程在 1977 年 9 月列为国家重点任务时，我国研制和发射试验通信卫星的计划已经公布于世。在这条战线上工作的全体人员，深感任务之紧迫，责任之重大。

1977 年，卫星研制呈现出跃马扬鞭的好形势。卫星控制系统的姿态测量部件、消旋组件以及通信系统的行波管放大器等各分系统的方案样机已经研制出来，并完成了电性能联试，从而结束了方案阶段，开始了初样研制。之后，卫星技术问题逐步得到解决，研制经费也得到较好保证。中央明确，发射通信卫星，空中要有一个地盘，在国际电联登了记就要拼命打上去。

1978 年 3 月，全国科学大会在北京隆重举行。邓小平在开幕式上宣布：党中央决定召开这次大会的目的，就是动员全党全国重视科学技术，加速我国科学技术的发展。这次大会的召开，被称赞为“科学的春天到来了！”

五、独立自主、自力更生的骨气不能丢

20 世纪 70 年代起，“现代科学技术，以原子能的利用、电子计算机技术和空间科学技术的发展为主要标志，正在经历着一场伟大的革命”。[①]“文化大革命”结束后，中央在外交工作中采取了更加积极主动的行动，开展了广泛的出访活动，对世界经济和科技的发展有了深刻的认识，更加清晰地认识到我们同世界的差距。邓小平感慨说：“中国六十年代初期同世界上有差距，但不太大。六十年代末期到七十年代这十一二年，我们同世界的差距拉得太大了”，“中国五十年代在技术方面

① 《1978—1985 年全国科学技术发展规划纲要（草案）》，科学技术部网站，http://www.most.gov.cn/ztzl/gjzcqgy/zcqgylshg/200508/t20050831_24438.html，2021 年 6 月 30 日。

与日本差距也不是那么大，而日本却在这个期间变成了经济大国”。①

必须尽快缩小这个差距，这是要紧的事情。1977 年到 1978 年，邓小平多次强调：“社会主义制度的优越性表现在它的文化、科学技术水平应该比资本主义发展得更快、更先进，这才称得起社会主义，称得起社会主义制度。”在科学研究领域，我们损失很大。要承认落后，“承认落后就有希望”。② 邓小平在全国科学大会开幕式上指出，独立自主不是闭关自守，自力更生不是盲目排外。“任何一个民族、国家，都需要学习别的民族、别的国家的长处，学习人家的先进科学技术。”在邓小平等同志的推动下，全国科学大会讨论并制定了《1978—1985 年全国科学技术发展规划纲要（草案）》。这份文件对形势任务作了准确的分析判断，在前言即开宗明义地说：科学技术是生产力。四个现代化的关键在于科学技术现代化。文件还专门对发展空间科学技术作出安排，明确

人民日报

RENMIN RIBAO　1978年12月24日　星期日　农历戊午年十一月廿五　第11125号

让我们更加紧密地团结在毛泽东思想的旗帜下，团结在以华国锋同志为首的党中央周围，为根本改变我国的落后面貌，把我国建成现代化的伟大社会主义强国而奋勇前进！

中国共产党第十一届中央委员会第三次全体会议公报

中国共产党第十一届中央委员会
第　三　次　全　体　会　议　公　报

（一九七八年十二月二十二日通过）

中国共产党第十一届中央委员会第三次全体会议，于一九七八年十二月十八日至二十二日在北京举行。出席会议的中央委员一百六十九人、候补中央委员一百一十二人。中国共产党中央委员会主席华国锋，副主席叶剑英、邓小平、李先念、陈云、汪东兴出席了会议。华国锋同志主持了这次会议，并作了重要讲话。

在全会前，召开了中央工作会议，为全会作了充分准备。

全会决定，鉴于中央在二中全会以来的工作进展顺利，全

防，随时准备击退来自任何方面的侵略者。全会认为，随着中美关系正常化，我国神圣领土台湾回到祖国怀抱、实现统一大业的前景，已经进一步摆在我们的面前。全会欢迎台湾同胞、港澳同胞、海外侨胞，本着爱国一家的精神，共同为祖国统一和祖国建设的事业继续作出积极贡献。

毛泽东同志早在建国初期，特别在社会主义改造基本完成以后，就再三指示全党，要把工作中心转到经济方面和技术革命方面来。毛泽东同志和周恩来同志领导我们党在进行社会主

地向前发展，反之，国民经济就发展缓慢甚至停滞倒退。现在，我们实现了安定团结的政治局面，恢复和坚持了长时期行之有效的各项经济政策，又根据新的历史条件和实践经验，采取一系列新的重大的经济措施，对经济管理体制和经营管理方法着手认真的改革，在自力更生的基础上积极发展同世界各国平等互利的经济合作，努力采用世界先进技术和先进设备，并大力加强实现现代化所必需的科学和教育工作。因此，我国经济建设必将重新高速度地、稳定地向前发展，这是毫无疑义的。

党的十一届三中全会揭开党和国家历史新篇章

① 《中国共产党历史第二卷（1949—1978）》（下册），中共党史出版社 2011 年版，第 969—970 页。

② 《中国共产党历史第二卷（1949—1978）》（下册），中共党史出版社 2011 年版，第 1018 页。

要研制发射包括通信在内的多种应用卫星，建立相应的地面系统。1978年8月，邓小平专门对我国导弹、航天技术的发展方针作出重要指示，强调我国是发展中国家，在空间技术方面，我国不参加太空竞赛，现在不必上月球，要把力量集中到急用、实用的应用卫星上来。他还指出，军工部门要搞军民结合。①

邓小平等中央领导同志的重要讲话、指示，起到了解放思想的重要作用。"要把力量集中到急用、实用的应用卫星上来"的指示，让研制力量更加聚焦于卫星通信工程，要聚精会神地推进各项研制任务。

1978年12月，党的十一届三中全会在北京召开，结束了粉碎"四人帮"之后的两年中党的工作在徘徊中前进的局面，开启了我国改革开放和社会主义现代化建设新时期。

随着"科学的春天"的到来和改革开放的实施，包括航天科研人员在内的广大科技工作者受到前所未有的重视和鼓舞，航天事业的发展由此进入了一个新阶段。自1975年走向正轨的卫星通信工程，也迎来了更加有利的形势和环境。

"331"工程一开始就确定了要坚持自力更生原则。尽管我们国家当时工业基础较差、技术发展水平不高，给研制工作带来了很大困难。但经过东方红一号、实践一号等型号研制的积累，这支队伍对型号研制流程管理和规律把握有了更加科学的认识，明晰了卫星研制方案设计、初样研制、正样研制等阶段，开始逐步探索建立指挥系统和设计师系统，对完成任务有了更加强烈的信心。1978年1月底，七机部党组决定，恢复型号总设计师制度，并任命了一批型号总设计师、副总设计师。任命刘川诗（1978年1月到任五院院长，12月获中组部任命）为通信卫星的总指挥，孙家栋（1979年4月被任命为五院副院长）为通信卫星

① 张钧主编：《当代中国的航天事业》，中国社会科学出版社1986年版，第66页。

的总设计师。1979 年 8 月，第七机械工业部党组决定，为了加强“331”工程研制工作的组织领导，建立和健全技术指挥系统和科研生产调度指挥系统，由任新民统管技术协调和指挥调度工作。

1979 年 1 月 29 日至 2 月 5 日，邓小平访问美国，其间安排了参观约翰逊航天中心等多个航天主题行程。国务院副总理方毅和美国总统科学技术顾问普雷斯签署了关于空间技术合作的换文。其中，从美国购买通信卫星是换文的重要内容。[①] 在邓小平访美前后，我国开展了密集的对外出访活动，航天界也与美国、西欧、日本等开展了交流活动。

通过解放思想、经验积累和对外访问、参观学习，大家普遍感受到巨大的差距，形成了强烈的危机感和紧迫感，认识到必须加快学习，尤其是学习科学技术。不过，航天对外交流的程度总是有限的，各国均拒绝向中方展示核心设施，或者交流最新成果。而且，因为种种原因，美国最终也没有把通信卫星卖给我们。美国人不卖，我们更要坚定信心自己搞出来。任新民当时对大家说：“这样也好，就死了这条心吧！让我们横下一条心，尽快把自己的通信卫星搞出来，到天上去，为我们中国人争口气！”钱骥也讲，太空中也有一个联合国席位的问题，堂堂中华大国不能在同步轨道上缺席，中华民族的脸不能丢在我们的手上。买，只能买一个、买两个，却不能永远买下去。所以，我们只能靠自己干。

大家达成了这样一种共识：可以引进国外的先进技术，但不应排斥自己的研制工作，没有研制实践就无法利用好引进的技术，必须坚持把自己的研制工作搞到底。独立自主、自力更生的骨气不能丢。

1979 年 4 月，中央确定对国民经济实行“调整，改革，整顿，提高”的方针。相应地，对通信卫星研制计划作出了调整：由原计划发射

① 《中国航天事业的 60 年》编委会编：《中国航天事业的 60 年》，北京大学出版社 2016 年版，第 196 页。

2 颗卫星、占据 2 个轨道卫星改为只发射 1 颗卫星、占据东经 125 度赤道上空 1 个位置，发射试验成功后，后续星为覆盖国内领土的国内通信卫星。①

1980 年 7 月，为了加速“331”工程研制，七机部发出通知要求加强领导，立军令状，“限定时间、切断后路”，确保质量，千方百计完成任务。当年 10 月，卫星通信工程总体协调会召开，进一步协调了各大系统间的计划和技术问题，讨论了首次发射试验方案和允许发射的条件，拟定了研制流程，研究了提高产品质量、确保发射成功的措施。

六、完全依靠自己的力量

“一步走”方案是东方红二号试验通信卫星最重要的技术特色之一，是带有战略性的决策。1970 年的“119 会议”即提出了这样的思路。1978 年孙家栋上任总设计师后，在副总设计师戚发轫的协助下，立即主持制定了卫星总体技术方案，并进一步明确了两个“一步走”原则：卫星“一步”发射至同步静止轨道，卫星研制指标“一步”达到当时第三代国际通信卫星的技术水平，同时把卫星通信技术试验与实际应用结合起来一次完成。

这种跨越式发展的方案，既不采用美国先进行中低轨道卫星通信试验的模式，也不走苏联先发射大椭圆轨道卫星实施卫星通信试验的道路，而是直接发射静止轨道通信卫星进行卫星通信试验。这样做，技术难度虽然很大，但可以由试验、实用很快转入使用，将尽快缩小中国通信卫星在技术方面与发达国家的差距，较好地满足用户通信需求，并减少我国通信卫星网络建设的成本费用，实现较好的社会效益和经济

① 张钧主编：《当代中国的航天事业》，中国社会科学出版社 1986 年版，第 327 页。

效益。

基于设计，研制人员顽强拼搏，艰苦奋斗，致力于推进我国试验通信卫星——东方红二号的研制工作。

东方红二号通信卫星

东方红二号试验通信卫星是一颗静止轨道有源通信卫星，采用双自旋稳定方式，定向天线采用机械方式以始终保持对地定向，采用简单可靠的固体发动机作为远地点变轨发动机。星体结构为杆系筒体混合结构形式，从远地点发动机喷口至天线顶端的最大高度为3.1米，太阳能电池筒体直径为2.1米。结构材料采用复合材料和非金属材料。卫星上绝大部分仪器采用备份设计，电缆网中的关键接点采用双点双线，电路和结构设计采用防射频干扰、防静电感应、防粒子辐照、防磁亚爆等“四防”措施。卫星还附加了4项高空物理探测，进行温控深层试验和太阳电池单元试验，以期“一星多用”。试验通信卫星起飞时的重量为900千克，进入静止轨道的重量为420千克。

卫星上天后，将以0度轨道倾角定点在东经125度赤道（位于印度尼西亚中部的马鲁古海）的上空。卫星备有两套转发器，在国际电联规定的频段（上行6225—6425兆赫兹，下行4000—4200兆赫兹），可以每天24小时全天候地转发电视、广播、电话、电报、数传、传真等各种模拟和数字通信信息。

组装东方红二号卫星

卫星共由 10 个系统组成。围绕完成通信业务，配置了相应的有效载荷，包括通信转发器和天线部件。卫星的“服务性”部分包括结构、温控、能源、控制、遥测、遥控、跟踪和远地点发动机等 8 个系统。

通信转发器是卫星通信中的关键部分，由 11 个部件组成，是一个完整的接收、放大、变频和发射系统。为了接收地面通信站发出的微弱信号，接收机采用了低噪声、中频放大式的隧道二极管放大器，有利于高增益放大，灵敏度极高。为了提高可靠性，降低接收噪声温度，增加工作稳定性，并保证长寿命工作，卫星上采用比较先进的晶体本振源和殷钢滤波器等新技术。同时，为了满足舰船实时通信的需要，在转发器内除设置转播电视的宽带信道之外，还设置了窄带信道，使转发增益提高了近 6 个分贝，末级功率放大器采用行波管放大器，能使信号放大约 2 万倍。

天线系统是我国当时发射的卫星中最复杂的一种。试验通信卫星上装有 3 种天线：遥控全向天线、遥测全向天线和通信定向天线。全向天线的电波辐射方向图在卫星赤道面内 360 度，在卫星子午面内为 ±30 度。定向天线波束宽度为 ±7 度，波束中心向西北偏转一个角度。为了不影响电波辐射，天线安装于卫星顶端。其中最关键最核心的部分是多路旋转关节——这既是各种电信号通过的通道，也是消旋部分和自旋部分的机械分界面；如何满足天线方向图的要求，也是必须攻克的问题。为此，天线研制者付出了巨大的努力。

试验通信卫星要采用既自旋又消旋的双自旋稳定方式，在国内尚属首次，而且这种依靠与自旋速度同步的卫星和地面构成无线大回路的工作方式也是国内第一次采用。这对卫星控制系统提出了极高的要求。控制系统的仪器部件多达 46 个，不仅彼此关系复杂，而且整体设计复杂，与卫星其他分系统关系密切。控制系统的任务，不仅包括采用星地大回路测控的姿态测量、姿态控制、轨道控制、转速测量和转速控制，而且包括天线的消旋控制。这些控制都要求很强的实时性，要求很高的精度。

消旋组件是控制系统中的关键部件之一，既作为天线和星体的连接件，也作为定向天线对地球定向的控制机构，由电机、速度及位置反馈元件——编码器和轴承组件组成。它的一部分固定在自旋的星体上随星体一起旋转，一部分连接天线，不随星体转动。消旋组件要在卫星上连续工作，直至寿命终了，而且无法备份，因此国外将其视作影响整星可靠性的单点故障的主要部件之一。国外通信卫星上的消旋组件曾多次发生故障，带来很多教训。例如，美国 1968 年至 1970 年相继发射的 5 颗国际Ⅱ号通信卫星，每颗都是由于消旋组件发生故障而停止工作。参与研制的相关单位经过刻苦钻研，通过采用严格的装配工艺和加工工艺，对试验组合件进行了长达三年的真空模拟试验，开展地面检验和飞行试验等，取得了满意的结果。

东方红号卫星进行震动试验

总装测试与大型试验规模庞大、过程复杂。卫星奔向静止轨道且需长期定点运行，将面临更加复杂严峻的环境考验，必须在地面经过充分的大型试验，暴露问题，解决问题，减少风险。试验通信卫星共经历 7 项地面大型试验，包括初样阶段的电性星试验、结构星试验、温控星试验、大回路星试验、力学星试验等 5 项和正样阶段的正样检验星试验、发射星验收试验等 2 项。大家为了保节点、保进度，经常日夜不停地连续苦战。尤其是噪声试验需要在寒冷冬天的室外开展，测试人员坐在测试车里，有的要露天操作仪器，有时地面设备要长时间预热才能达到正常工作状态，甚至卫星也出现过因低温开机不正常的异常现象。但测试人员并未被这些困难吓倒，为了让测试工作能提前进行，他们索性在测试车内过夜，第二天一大早就把仪器提前预热，直到取得满意的试验结果。

卫星发射与定点将是一个极其复杂的过程。运载火箭将卫星准确地送入大椭圆转移轨道，仅仅是走完了第一步，而且这一步也只有二十几分钟的飞行时间。最理想的情况下，卫星在转移轨道上要飞行 37 个小时，进行 3 次姿态控制、2 次转速控制和 1 次变轨控制，才能最终进入准静止轨道；如果情况不正常，卫星要在转移轨道上至少飞行 4 天，进行更多次数的姿态调控动作，才能变轨。从大椭圆转移轨道到准静止轨道的精确测控，是卫星定点的关键。这需要依靠测控中心和地面站来完成。由于地球是球面的，每个地面站只能观测卫星运行轨道的一部分弧段。为此，美国、苏联等都在国外布设多个地面站，以增大观测弧段。我们当时没有在国外设立测控站，需要依靠位于陕西渭南测控中心和两个测控站组网完成。由于地理条件的限制，这些站之间的距离不可能很远，只能跟踪到卫星轨道的很小一部分弧段。在 37 小时的转移轨

东方红二号卫星进行光照试验

道飞行中，只有大约 10 个小时能观测到卫星，其余的时间是我国测控站的盲区。为了解决这个问题，技术人员提出了“指令链”的新概念，把近 70 条遥控指令按不同的要求、格式、内容、紧迫程度分成不同的 11 条链，预先贮存到计算机里。需要时只要给予链号，计算机就可自动控制。这不仅使指令系列化、条理化，便于计算机管理，减少了人为差错，而且大大缩短了指令发送时间。一系列加强测控的队伍配置和技术安排，支撑了这次技术难度空前、风险挑战空前的测控任务的顺利实施。

1979 年 11 月，东方红二号通信卫星初样的各项大型试验基本完成。卫星进入正样研制阶段，主要进行正样仪器的生产、试验，以及整星大型试验。1983 年 7 月，所有大型试验全部结束。1983 年 8 月，东方红二号试验通信卫星 0A、0B 星完成出厂评审，同年 9 月同时出厂。

纵观整个东方红二号试验通信卫星的研制过程，可以说是完全依靠自己的力量完成的。参与卫星研制、后来成为中国工程院院士的范本尧回忆说，当时卫星上所有的仪器设备全部都是自主研制的国产产品。航天人铆足了一股劲儿，顶着巨大的压力，排除各种干扰，克服一个又一个困难，攻克一个又一个关键技术难关，走过了这最艰难的一步，也是最卓越的一步。研制人员彭成荣回忆道：“当时每个人的心中都有一个念头，那就是一定要依靠自己的力量，把我国的通信卫星送上天，长中国人的志气，扬中华民族的威风。”

七、山沟沟里的七个月

1983 年 8 月，“331”工程的五大系统即运载火箭、通信卫星、发射场、测控通信及地面应用站完成了配套建设，基本具备了通信卫星发射试验的条件。之前于 1982 年春利用正样状态的卫星进行的发射场合练，考核了卫星和发射场之间的技术文件、工艺流程、测试和辅助设备的协调性，对卫星适应发射场环境的能力进行了全面检验，为实施发射试验作了准备。

下一站，四川西昌卫星发射场。

鉴于卫星研制队伍历经八年工作，对卫星非常熟悉，组织决定卫星在发射场的测试任务也交由这支队伍承担。国防科工委批准了这一建议。他们面临的第一道难关，就是要自己担负大量的体力劳动。1983年9月，研制者迎来了东方红二号试验通信卫星0A、0B两颗星同时出厂的挑战，并且还要完成文件资料和个人物品的装箱，尤其是所有进场设备的清理和装箱，工作量之大实属空前。当时自动化程度低下，计算机尚未推广，设备多而笨重，还有刚设计生产的一套通用地面电缆，共50多箱，每箱两三百斤重。大的设备机柜有1人多高，加上木质包装箱，也有数百斤。在没有一个搬运工人的情况下，大家不分男女老少，在统一组织下，把数百个包装箱从没有电梯的办公楼上搬到楼下，然后又搬运上卡车，到北京南苑车站后从卡车上卸下后又搬到专列闷罐车上。这些从事卫星设计、测试和试验的技术骨干，大多数已是四五十岁的中年知识分子，但在干体力活中挥汗如雨、并不言累，如期完成了任务。

1983年9月9日，从北京到西昌的火车专列徐徐开出，试验队人员和卫星上及地面的产品同车而行。为确保安全和不打扰国家铁路运输计划，铁路部门采取“见缝插针”或“见空行车”的方式安排专列的运行。这一走就是四天五夜。最终，列车穿过京广线、陇海线、宝成线、成昆线来到西昌冕宁的漫水湾，经专用铁路，把人和卫星拉到了大凉山沟里的彝乡深处。

来到刚建好的发射场，一切都是新的，但又有些简陋。当时建好的只有3号和5号两个院子，转场道路也是开放式的，任由农人牵牛行

火车上的技术研讨

走。试验队的住处在两条河沟交界处、铁路边的院子里。发射场建设工人的临时营地，院子里只有几个公用自来水管，简易的公共厕所。领导和队员都过着一样的集体生活，只有一个值班室兼会议室，只有一部电话能和北京联系，只有一部信号需经几次差转过来且画面不甚清晰的电视机。卫星测试、加注厂房仅为火箭装配大厅的一个侧厅，由于面积太小，有些设备只能用车载放置室外，用电缆连接测试。大家因陋就简，安排完住处就直奔厂房，在那里开始了他们发射新卫星的征程。

当时，发射区的3号塔架尚未完工，设计所安装大队在昼夜施工，转场后的卫星需在合整流罩前测试数天。当时塔架没有封闭，更谈不上空调净化，卫星以蓝天为背景，有马蜂、鸟雀为伴。面对如此情景，总体设计人员不得不制作一顶“防潮帐篷”，内置民用除湿机为卫星保持一定湿度，为卫星调温的人带着干粮、热水瓶在塔上测试间昼夜值班。条件虽如此简陋，但总体设计人员一切按计划有序进行，一丝不苟、严

在发射场露天作业

肃认真地解决了一个又一个难题。1983 年 10 月 27 日，中央军委副秘书长张爱萍专门到西昌发射场看望大家，要求把工作做细，千万不要“功亏一篑”。

卫星预计在 1984 年春节前发射。技术人员按照技术区卫星检测流程对卫星进行测试后转往发射区。元旦刚过，1984 年 1 月 5 日清晨，试验队员们一大早就站在晨曦下的卫星发射场，看着运输卫星的特殊车稳稳地停靠在高高的发射塔架前，在发射人员的精心操作下，卫星被缓缓吊起，装配到运载火箭上。

1984 年 1 月 26 日下午，卫星完成了发射场的各项检测任务，发射进入 5 小时倒计时准备。发射人员按照测试规定对火箭进行第二次功能检查时，突然发现火箭稳定系统偏航波道输出信号超出正常值，这一异常发现立即打乱了正常发射程序。经判定，问题来自陀螺平台功能性故障。陀螺平台是火箭的心脏，发射指挥部决定中止当日发射任务，更换陀螺平台。卫星被迫从火箭顶上卸了下来。卫星总设计师孙家栋立即组织卫星技术团队主动予以配合，对卫星做好监测和保护，决不能再因为卫星出问题而影响整体发射计划。

1 月 29 日，还有 3 天就要过年了。第一枚长征三号运载火箭载着试验通信卫星从发射台上腾空起飞，烈焰照亮了天地，轰鸣声震动着山谷，场面异常壮观。火箭第一、二级发动机的工作和第三级氢氧发动机的第一次工作都正常，地面各测量站跟踪良好。但当火箭飞到 940 秒时，第三级氢氧发动机第二次启动后，推力消失，未能将卫星送入预定的地球同步转移轨道。经对空中的卫星进行测试，卫星上各系统工作正常；但由于没有送入预定轨道，卫星无法正常工作。30 日，中央军委副主席聂荣臻给试验队参试人员发来了慰问信；31 日，国务委员兼国防部部长张爱萍对试验队进行了鼓励。

经过测量、控制，卫星由低轨道升到高轨道，并进行了电视传输等试验。在发射任务没有完成的情况下，试验队领导很快决定，除少数人回京再把东方红二号 0C 星试验后运往发射场、第二发运载火箭进行故障处理外，大部分人员立即开始东方红二号 0B 星的测试工作。大年三十当天，试验队领导决定给大家做一顿比较丰盛的年夜饭，开放唯一的电话，让大家给家人送个春节问候。有些身经百战、不懈攻关的女同志，在大家举杯共祝新春的时候痛哭着跑回宿舍；有排队打电话的男同志，听到亲人的声音失声落泪。无论是谁，都会认为：这么多年的不懈奋斗、将近 5 个月在大山深处的坚守拼搏，总会取得丰硕回报吧？可惜，天不遂人愿！

不松懈、不气馁，总结教训，鼓足再次发射前的必胜信心，激励着参试人员。东方红二号试验通信卫星 0B 星最终于 1984 年 4 月 8 日晚发射成功。

但卫星在定点过程中又是一波三折。4 月 10 日，卫星固体远地点发动机变轨成功进入准同步轨道，卫星在向定点位置漂移过程中，由于电源分系统的设计容量不匹配，造成了星载蓄电池的热失控，这种异常发展下去将造成蓄电池损坏，给整星带来灾难。在这段时间内，留守在西昌的队员怀着焦急的心情联想到已在技术区静候的东方红二号0C卫星，直到空间技术研究院的飞控试验队在西安测控中心指挥部统一指挥下，发挥聪明才智、沉着应对、群策群力，使卫星渡过险关，实现了定点和有效载荷开通成功。留守在西昌的队员才在欢呼声中踏上了返京的行程。

长征三号点火将东方红二号卫星送入太空

屈指一算，试验队员们在这里从秋天守到了春天，前前后后长达7个月。当时，有的同志家中有病人，有的家中有要照料的幼儿，有的家中有要考大学或中学的学生，还有不少同志本身就是病号。但是他们在党政领导的关怀下，在进场前安顿好家庭生活，坚忍不拔地工作，战胜了困难，打赢了这场漫长的战役。

八、让“发烧”的卫星“退烧”

作为一颗通信卫星，不仅要打上天，还要到赤道上空的静止轨道上去。从发射到定点的一系列复杂操作，环环相扣，步步惊心。而让试验队员的心提到嗓子眼的有两次，一次是因为发射当天的天气突变，一次是因为定点过程中卫星“发烧”。

1984 年 4 月 8 日。

这一天是孙家栋 55 岁的生日，也是卫星的发射日。发射场的天空晴空万里，阳光灿烂。11 时，高矗于发射塔架上的火箭进入发射前 8 小时准备程序。15 时，液氧加注完毕。各系统地面设备运行正常。在几千公里外太平洋上的“远望”测量船也做好了一切准备，等待捕捉随时飞来的卫星。

然而到了下午，天气就开始转阴了。17 时左右，整个天空乌云滚滚，雷声阵阵，而且伴有偶尔落下的雨点。由于长征三号火箭使用低温燃料作为推进剂，这样恶劣的天气对发射便意味着风险。

望着天空，大家一筹莫展、心急如焚。为了尽快决策，指挥部一方

在发射场艰苦奋斗的试验队合影

面马上在现场召开紧急会议，请气象专家作出判断；另一方面延请当地有经验的乡亲帮助。气象部门作出判断：晚 7 时左右发射场无雷雨，地面风速小于 5 米 / 秒，可以满足发射条件。正在这时，有人请来了一位七十来岁、在当地被称为“活气象”的彝族老人。他根据自己数十年在本地生活和观测气象的经验，满面笑容地作出简明而又肯定的结论：“今晚没有雨！说错了宁愿一辈子再不喝酒！”众人听罢，一阵大笑。专业的判断和“土办法”结论一致，让指挥部作出了最终决定：按原计划发射！

18 时 50 分，发射场上空果然雨消云散，风停雷止，夜空晴朗，漫天都是闪烁的星辰。

19 时 20 分，第二发长征三号运载火箭冲天而去，将这颗寄托着无数希望的通信卫星送入了太空。

19 时 40 分，运载火箭第三级准确入轨，卫星被送入地球同步转移轨道，发射取得圆满成功！

1984 年 4 月 10 日。定点过程中的星载蓄电池热失控异常，揪紧了所有人的心。这一天上午 8 时 47 分，飞行测控人员在西安对卫星发出了远地点发动机点火的遥控指令，发动机准时点火，把卫星推入东经 142 度地球准同步轨道；接着又对卫星进行了姿态调整，使卫星保持了能够正常工作的自转轴垂直于地球赤道平面的姿态，获得了利用红外信息长期跟踪控制的条件。

正当这颗卫星进入地球准同步轨道向预定位置漂移的时候，飞行测控人员发现，装在卫星上的镉镍电池温度超过设计指标的上限值，并且还有继续上升的趋势。遥测数据显示，卫星的外壳和其他部分仪器的温度也偏高，如果控制不住，温度继续升高，刚刚发射成功的卫星可能就面临危险了。

地面技术人员测控几万千米高空发热的卫星，如同医生在治疗发高烧的病人，如果不能及时为病人退烧，就会危及病人的生命。但是，“病人”并不在医生的面前，它远在三万六千公里高度的赤道上空快速飞行。刻不容缓！如果不立即让卫星“退烧”，将会引起卫星蓄电池损坏以至整个卫星失效。

张爱萍事前就要求参试人员要具备三种本领：正常情况下的操作本领，预想到的故障情况下的挽救本领，意想不到故障情况下的应急本领。大家前期也曾作出了很多故障预想。面对“发烧”的卫星，孙家栋立即召集技术人员开会，投身到对卫星故障的应急处置中。大家群策群力，很快形成了解决问题的思路。凭着对卫星及其飞行过程的分析，孙家栋初步判断卫星发热是由于卫星相对太阳姿态角的变化所引起的，于是果断地做出了对卫星进行大角度姿态调整，降低太阳能电池阵与蓄电池之间的电压差，减小充电电流，迫使蓄电池停止升温和降温的应急故障处置的决定。

卫星地面站

飞行测控人员一接到对卫星的处置通知，便及时在地面对静止轨道上的卫星发出了应急指令：将卫星上所有功耗仪器设备全部打开，尽可能地消耗电能，多次调整卫星姿态，改变太阳辐射角，以减少太阳能电池对卫星的供电，最大限度地增加镉镍电池放电量。在操作控制室只听指挥人员和操作人员紧张的口令声：

“发出开启指令！”

“指令发出！”

“星上接到指令，执行完毕！”

…………

完成这些技术措施后，卫星的温度立即得到了控制，但卫星还不能正常工作。大家又经过几个昼夜的模拟实验发现，当太阳照射角为90度时，卫星能源系统保持平衡可以将温度控制在设计指标范围内。这时，孙家栋果断命令对卫星姿态角再调整5度。按照正常情况，“再调5度”的指令，需要根据精确的运算后形成文件，按程序审批签字完毕才能执行。但在这种紧急情况下，走程序批手续都已经来不及了。这时，操作指挥员也感到压力巨大，尽管孙家栋的指令已经在录音设备中录了音，但毕竟没有经过指挥部会商签字。指挥现场的几个操作人员为慎重起见，临时拿出一张白纸，在上面草草写下“孙家栋要求再调5度”的字据要孙家栋签名。孙家栋拿起笔就在字据的下方签下了“孙家栋”三个字。要知道这三个字的分量和风险，得把个人的一切顾虑抛到脑后才行！要是在战争年代，这可谓“将生死置之度外”了！

执行了地面发去的指令后，卫星温度停止上升，一点一点地回落，蓄电池热失控的现象被制服了。通过对卫星姿态再次调整后，这一措施的正确性得到了验证，卫星成功定点、长期稳定运行。

让在太空中“发烧”的卫星化险为夷，这种处理决策在世界航天界也属少见。大家纷纷竖起了大拇指。事后，对卫星故障处理的这种“绝招”，也引起了航天界的广泛关注：这真为中国卫星通信工程立下了一大功！

“烧”刚退，经检测又发现卫星上的定向通信天线无法展开正常通信，原因是天线在同卫星一起旋转。这一情况报告到孙家栋那里，他果断决定立即启动卫星上的消旋系统。测控中心向卫星发出消旋指令后，卫星工作趋于正常。

卫星终于“化险为夷”了！

4 月 16 日 18 时 27 分 57 秒，卫星准确定点于东经 125 度赤道上空的地球静止轨道，星上仪器工作良好。卫星启动消旋组件，使定向天线对地定向，星上转发器做好开通试验的状态准备。

九、“这确是值得大庆大贺的事！”

第一颗试验通信卫星定点成功后，国家有关部门即开展了电视和广播节目的传送，进行了图片、文字传真和数据传输等多种应用。解放军通信兵部开通了北京至乌鲁木齐、拉萨、昆明三个方向的数字电话电路，大大提高了通信效果和信息传输的安全可靠性。中央电视台对新疆、西藏、云南等边远地区传送电视、广播节目，初步改变了我国边远地区通信落后的状态。聂荣臻在给张爱萍写的信中说：“这确是值得大庆大贺的事！”

4 月 17 日 18 时，卫星通信试验正式开始。早已调试好的北京、南京、石家庄、昆明、乌鲁木齐通信站开展了通信、广播、彩色电视节目传输、报纸版型传真和时间标准频率播发等工作。结果表明卫星工作正常，传输效果超出预期。

在电视节目传输试验中，整个过程画面稳定、图像清晰、色彩鲜艳、伴音清楚纯真。当晚夜幕慢慢降临时，昆明、乌鲁木齐等地的许多市民早早地守候在为数不多的电视机前。晚 7 时，激动的人们终于第一次看到了中央电视台正在直播的《新闻联播》。之前，他们得等上 7 天。

在不进行电视节目传输试验时，卫星通信进行了 15 套广播节目的传输，包括各种中外音乐节目，以及用广东话、闽南客家话、日语、西班牙语、俄语、缅甸语以及菲律宾语等播送的节目。广播节目音乐优美动听，语言清晰悦耳。

在多路数字电话通信试验中，话音清晰，保真度好，几乎没有噪声和干扰，通话双方经过7万多公里的天地信号传输却如近在咫尺。4月18日10时，张爱萍在北京，利用卫星与远在3700公里外的新疆维吾尔自治区党委第一书记王恩茂即时通话，通话声音清晰真切。王恩茂说，乌鲁木齐市各族人民第一次看到了中央电视台播放的当天新闻，感谢你们为祖国为人民作出了很大的贡献。张爱萍回答说，这是全体研究试验人员努力的结果，是全国人民也包括新疆人民大力支持的结果。[①] 张爱萍还风趣地问老战友哈密瓜熟了没有？引得电话两边

完成任务后胜利归来

① 《北京与乌鲁木齐通话清晰》，《人民日报》1984年4月19日。

同时一阵大笑。

1984 年 4 月 25 日，卫星交付通信试验指挥部进行最后开通业务的准备试验。1984 年 5 月 14 日，通信试验结束，正式交付使用。卫星进入了长期运行管理阶段。我国的卫星通信业务由试验阶段进入到试用阶段。

我国试验通信卫星发射成功的消息，以及之后通信试验取得圆满结果的喜讯，飞向全中国，飞向全世界。这项工程为我国航天事业的发展开创了新局面，为我国航天技术的应用奠定了新基础。参加卫星通信工程的每一个研制试验人员，都沉浸在无比激动的心情之中。

4 月 18 日，中共中央、国务院、中央军委就我国试验通信卫星发射成功发来贺电，指出："试验通信卫星发射成功，是我国社会主义现代化建设取得的一个重大成就，是我国航天事业取得的又一重大胜利，标志着我国航天技术有了新的飞跃。这对于加速我国社会主义现代化建设的进程，具有重大意义，对于全国人民也是极大的鼓舞。"① 同一天，中央军委副主席聂荣臻致信国务委员兼国防部部长张爱萍，衷心祝贺试验通信卫星发射成功，高度评价我国航天科技队伍是一支坚强的攻关队伍，身经百战、百炼千锤、基础扎实、善打硬仗，勉励大家更要艰苦奋斗，继续发扬自力更生和勇于拼搏的精神，同心协力，集智攻关，一步一步奔向世界新技术的高峰！②

为领导和推动"331"工程付出巨大心血的张爱萍，在得知卫星成功定点后，胸中豪情涌动，写下了一首词③：

---

① 《我国发射的试验通信卫星成功定点　中共中央国务院中央军委致电祝贺》，《人民日报》1984 年 4 月 19 日。

② 《集智攻关奔向世界新技术高峰》，《人民日报》1984 年 4 月 20 日。

③ 张爱萍：《破阵子·我国同步卫星发射成功》，《人民日报》1984 年 4 月 19 日。

戚发轫（右）向张爱萍介绍卫星情况

破阵子·我国同步卫星发射成功

万里连营布阵，冲天烈火彤彤。莫问巡天几回转，好去乘风遨苍穹。运筹任从容。

玉宇明灯高挂，金丝细雨飞虹。玉帝躬身仙子舞，正是人间日曈曈。华夏沐春风。

一九八四年四月十六日

4 月 19 日，张爱萍向新华社记者发表谈话称：我国是完全依靠自己的力量完成这次试验的。这次通信卫星发射的最大特点是一次发射成功，并顺利进行通信、广播和电视等传输的试验和应用。这在世界航天技术史上是罕见的，充分显示了中国人民的雄才和胆略。他认为，这次试验通信卫星发射成功表明，我国的运载火箭水平不亚于其他先进国家，卫星通信技术也接近世界先进水平。

庆祝我国试验通信卫星发射成功大会

《人民日报》发表社论《航天事业的新飞跃》，热烈祝贺我国同步卫星发射成功。社论说："发射试验通信卫星取得圆满成功，表明我国已经独立自主、自力更生地建成了研制、发射、跟踪、测控、试验地球同步定点卫星工程体系的能力"，"有了这样一支队伍，我国科学技术的发展，就有了广阔的前景"。[①]

4 月 22 日，航天工业部部长张钧向新华社记者发表谈话指出，航天技术是世界新的技术革命的重要组成部分，完全可以相信，在不长的

① 《航天事业的新飞跃——热烈祝贺我国同步卫星发射成功》，《人民日报》1984 年 4 月 19 日。

时间内，我国的航天技术将会有更迅速的发展。[①]

北京市、广播电视部、电子工业部、邮电部、人民解放军总后勤部、成都军区等单位也纷纷电贺此次发射任务取得成功。

4 月 30 日晚，在人民大会堂隆重举行庆祝我国试验通信卫星发射成功大会。参加研制试验的科学工作者、工程技术人员、工人、干部和解放军指战员的代表参加了大会。党和国家领导人出席了大会，向大家致以热烈的祝贺和亲切的慰问。

我国试验通信卫星发射成功后，许多国家的报纸和通讯社纷纷发表评论或报道，赞扬我国这一重大成就，认为这是我国发展航天技术的重大突破，是自力更生的胜利。泰国《中华日报》指出，这颗卫星可以联系中国边远的内陆地区和边界，解决了重要的通信问题，将为加快四个

航天工业科技队伍在庆祝新中国成立 35 周年大会上接受检阅（彩车上的文字是“飞翔太空”，上方的三颗卫星左起分别为东方红一号、实践二号、东方红二号）

① 《我国航天技术将有更大的发展》，《人民日报》1984 年 4 月 23 日。

现代化建设带来一股非常巨大的推动力。美国合众国际社援引西方外交界人士的话说，该星在改善民用通信电讯事业方面是一个重大突破。路透社说，这次通信卫星的试验表明，中国希望利用空间来改造它的电信系统，作为它的现代化运动的一部分。法新社援引观察家们的话指出，中国试验通信卫星定点成功将大大提高中国的通信水平。美联社在报道这颗通信卫星成功定点时说，中国政府执行的政策，使它能够在空间技术方面取得重大的进展。①

1984 年 10 月 1 日，在天安门广场隆重举行了国庆 35 周年阅兵和几十万群众的游行活动。当时，全国各地的人们在电视机旁收看了实时画面，无不感到欢欣鼓舞。

东方红二号试验通信卫星的研制和发射，其规模之大、技术之复杂、组织之严密，在我国航天史上是空前的，它标志着我国航天技术的发展进入了一个新阶段。我国成为世界上少数几个能独立发射同步定点卫星的国家，并从此在外层空间唯一的地球静止轨道上占据了自己应有的轨道位置。长征三号火箭的发射成功，也标志着我国成为掌握先进低温火箭技术的国家。

“331”工程的告捷，宣告航天战线三项重点工程已经全部完成。我国航天技术将面临着从技术试验阶段向应用阶段的历史转变。

十、从试验到实用

东方红二号试验通信卫星在空间定点后，经过一段通信试验，即提供给有关部门试用。卫星在空间工作正常，通信效果良好，为改善我国通信、广播、电视事业的技术手段，特别是发展我国边远地区的通信事

① 综合《人民日报》《参考消息》1984 年 4 月中下旬、5 月上旬刊载的新闻报道。

业作出了重大贡献。我国边远地区的通信落后状态，也由此得到初步的改变。而且，这颗卫星还进行了空间物理探测和空间物理研究。

这颗试验通信卫星最终运行了4年多，才终止了使命。1985年，东方红二号通信卫星的模型参加了在日本筑波举行的以人类空间环境为主题的科学技术博览会。1986年5月，“试验通信卫星及微波测控系统”荣获国家科学技术进步特等奖。

截至1984年初，世界上已累计成功发射了150颗通信卫星［美国53颗、苏联34颗、日本6颗（依靠美国发展）、欧洲空间局3颗，其中一部分已“寿终正寝”］，供一百多个国家和地区使用。当时，国际通信卫星已发展到第五代，容量为24000路电话和两套彩色电视，地面天线直径仅5米。国际跨洋通信业务的40%由卫星承担。第六代国际通信卫星也正在研制，预计于1986年发射；按照当时的计划，世界各国到1990年前后还要向静止轨道发射100多颗用于通信、电视以及军事目的的卫星。

卫星被装入火箭顶部的整流罩中

这些让我国的航天工作者清醒地认识到：东方红二号试验通信卫星的成功虽然意味着很大的突破，但我国与世界先进技术相比还有一定差距，需要继续艰苦奋斗，勇于攀登。

1986年2月1日，又是一个农历小年，东方红二号卫星在西昌卫星发射中心进行了第三次发射，这次是实用型卫星。当时，党和国家领导人亲

东方红二号实用通信卫星

临现场观看发射。

1986年2月20日是农历正月十二，卫星定点成功，工作在东经103度赤道（位于苏门答腊岛中部、距新加坡不远）的上空。中共中央、国务院、中央军委发来贺电，指出“这标志着我国已全面掌握运载火箭研制和发射、测控技术，卫星通信由试验阶段进入实用阶段，航天技术和电子技术取得了新的进展”。①

当时，航天工业部还在北京卫星地面站进行了试播现场会，中共中央政治局常委陈云为实用通信卫星定点题词“自力更生，集中力量，发展我国航天事业”，国务院副总理田纪云、李鹏和中央军委副秘书长张爱萍等出席。②

这颗实用通信卫星与东方红二号试验通信卫星相比，有三个新的特点：一是天线由全球波束型天线改为国内波束的抛物面天线，卫星天线辐射的能量集中覆盖在我国国土范围内，信号强度显著提高，传输效率和地面站接收电视的图像质量均有明显改善。4.5米口径天线站的接收质量即可和13米口径天线站媲美。所以全国所有地区，包括边境县市、乡镇、边防岛屿和厂矿、企业等单位，只要安装有6米口径天线的接收

① 《我发射的实用通信广播卫星定点成功　党中央国务院中央军委致电热烈祝贺》，《人民日报》1986年2月21日。
② 《实用通信广播卫星定点试播效果好》，《人民日报》1986年2月21日。

站，都能清晰地收到中央电视台通过卫星转播的节目。二是卫星的波束缩小，辐射能量集中，通信容量与第一颗卫星相比，增加了四五倍。三是定点精度和电视、通信的传输质量明显提高，地面站收看电视质量明显提高，通信质量更加清晰。正如日本《每日新闻》等国际媒体在报道中所说，这次任务让中国正式进入了利用卫星进行通信广播的时代。①

东方红二号实用通信卫星上天后，1 台转发器行波管很快失效，但另一台转发器在轨工作长达 4 年半之久。这颗卫星除了完成边远省区大城市的电视传播和 15 套广播节目发送，实现北京到乌鲁木齐、拉萨、昆明的军事通信外，还开展了新华社及地震局的数字通信、水利电力部的水文调度等卫星通信业务。

十一、挖潜提能，创造巨大效益

在研制东方红二号通信卫星时，研制人员已经认识到必须充分挖掘该卫星的潜能，提高它的总体性能，才能满足当时的通信需求。为此，在 1980 年就提出了研制改进型卫星的设想，并从 1984 年 4 月起全面展开设计工作，5 月被正式命名为东方红二号甲。

东方红二号甲卫星的研制遵循三条原则：一是充分挖掘东方红二号卫星的潜力，提高卫星通信能力，延长卫星工作寿命；二是进一步提高整星可靠性，使卫星满足实用要求；三是尽量保持东方红二号卫星的技术状态，改动的部分要经过充分论证，辅以必要的试验。这三条原则后来又称为卫星公用平台设计思想的基础。

与东方红二号相比，东方红二号甲卫星的通信容量增大 1 倍，转发器的有效全向辐射功率（EIRP）提高近 10 倍，寿命增加一半。就总效

① 综合《人民日报》《参考消息》1986 年 2 月刊载的新闻报道。

益来说，1 颗东方红二号甲卫星相当于 3 颗东方红二号卫星。

东方红二号甲卫星研制过程比较顺利，没有遇到技术上的困难，但在顺利中也有曲折。在总装和执行飞行试验任务时，曾发生过二次电源故障烧坏星上数台仪器、通信天线在技术阵地向发射阵地转运时被刮断、第四次发射未能入轨等情况。

在东方红二号甲第一颗发射星总装测试时，星上遥测数据突然出现混乱，接着遥控指令也无法正常接收，不少分系统相继报告故障。换上代用仪器后故障仍然复现。经拆下仪器、逐台进行单检，发现多台仪器被烧坏。这些仪器都与星上二次电源 +12V 有关，但 12V 电源本身没有检查出故障点。大家认为要查清问题究竟在哪里，首先要复现故障，于是增加检测点、接入保险丝和记忆示波器等。一切准备就绪，单等故障复现。1 个月后，故障终于复现了，原来有 1 个器件存在质量问题，它导致二次电源瞬间失效，造成一次电源直接接通将仪器烧坏，之后电源

卫星通信让世界屋脊不再遥远

又恢复正常。如此“狡猾”的故障终于被查出，进而被排除，为发射成功消除了隐患。

1988 年 3 月 7 日，东方红二号甲第一颗卫星成功发射。李鹏代总理在国防科工委指挥中心观看了卫星发射实况。3 月 22 日，卫星定点于东经 87.5 度赤道（位于孟加拉湾以南的印度洋面）的上空，用于传送中央电视台第一、二套节目信号和云南、贵州、新疆电视台节目以及 30 套广播节目信号。

东方红二号甲通信卫星与之前发射的东方红二号实用通信广播卫星相比，除卫星的定点精度和稳定精度都有提高以外，还显示出三大特点。一是卫星的工作寿命延长了 50%，通过研制出一套全新的可靠性装置，卫星可以多带能源，设计寿命由 3 年增加到 4 年半。二是通信容量比以前增大了一倍。通过攻克新型器件的技术难关，造出了寿命长、重量轻、线性好的新型器件，显著提高了传输电话和电视信号的质量。三是卫星对地面的辐射功率增大了 25%，受益于卫星上元器件的改进和创新，功率增大，我国各地，包括边疆、海岛、中小城镇和城市，要在电视转播中看到清晰节目，地面接收站可以从过去的直径 4.5 米至 6 米，缩小到 3 米至 4.5 米。经过该星传送来的电视节目，图像鲜艳逼真，声音清晰洪亮，得到了人们的广泛肯定。

1988 年 12 月 22 日，东方红二号甲第二颗卫星成功发射。李鹏总理和中央军委副秘书长刘华清等在西昌卫星发射中心观看发射实况。卫星发射成功后，李鹏总理代表党中央、国务院、中央军委向大家表示热烈祝贺和亲切慰问，并勉励同志们再接再厉，认真做好下一步通信卫星的定点工作，并为进一步提高我国通信卫星的综合技术与应用水平，作出新的贡献。①

---

① 《我又成功发射一颗实用通信卫星》，《人民日报》1988 年 12 月 23 日。

当时正值中国推进长征火箭“走出去”，推动航天对外交流合作，中国政府邀请美国、法国、德国、巴基斯坦、伊朗、澳大利亚、巴西等国家的政府部门或公司代表，专程到西昌观看现场发射。卫星于12月30日成功定点于东经110.5度赤道（位于加里曼丹岛西部）上空，用于军事通信和传送教育电视一台、二台的节目。

1989年8月下旬，李鹏总理接见出席应用卫星与卫星应用研讨会的代表，并在座谈中强调，现在我国的卫星已经从科研试制阶段转入到应用阶段，这是一个重大的成就。今后要使卫星事业有更大的发展，必须坚持走以自力更生为主、争取外援为辅的道路。①

1990年1月3日，卫星试验队在西昌卫星发射中心圆满完成了东方红二号甲第三颗发射星在技术区的全部工作。接着，卫星穿上星衣由公路运输车转运到发射区3号发射塔。在寒冬的晨曦中，车队行至2号和3号发射塔之间。在离3号发射塔不到100米的地方，突然咔嚓一声，一根架空的通信电缆将卫星通信天线刮断，造成了不可修复的严重后果！

此时，运载火箭已完成两次总检查，准备星箭对接；地面测控系统已准备完毕，远望号测量船已出海，海上能够多停留的时间必须小于20天……面对突发事件，试验队面临着任务取消、队伍撤回或者在20天内重新回到发射状态的选择。试验队领导戚发轫总师、范本尧副总师率领试验队沉着应对，召集相关人员商讨对策，集思广益后作出三条决定：一是卫星返回技术区，重新编写拆装天线技术流程、测试要求和测试文件，精准测量相关星上设备，对卫星受影响情况调查清楚；二是对天线受力折断进行力学建模计算，对卫星结构受损进行量化分析，以得

① 《中国航天事业的60年》编委会编：《中国航天事业的60年》，北京大学出版社2016年版，第237页。

出可继续使用的结论；三是立即申请专机，火速派人回西安和北京，重新组装、测试和试验备份天线后，立即赶回发射场，重新组装测试后恢复转场程序。

会后，兵分三路，即刻行动，经过 18 个昼夜，人歇工序不停的天线装配、试验、系统联调和质量特性测试，终于带着合格的新天线赶回了西昌，卫星重新安装天线后完成后续工作。1990 年 2 月 4 日，东方红二号甲第三颗卫星成功发射。李鹏等中央领导同志分别在北京指挥中心、西昌卫星发射中心观看发射实况。李鹏代表党中央、国务院、中央军委向所有参试人员表示热烈的祝贺和亲切的慰问。李鹏还为通信卫星发射成功题了词。卫星于 2 月 13 日定点于东经 98 度的赤道（位于苏门答腊岛西北部的南侧海面）上空。

1991 年 12 月 28 日，长征三号运载火箭发射第四颗东方红二号甲实用通信卫星。火箭第一、二级飞行正常，第三级氢氧发动机二次点火正常工作，但 58 秒后出现故障，卫星被送入 35088 千米高的椭圆轨道，后虽经技术处理进入永久轨道，但不能正常使用。

除了第四颗星发射失利外，东方红二号甲的第一、二、三颗卫星均在轨正常运行。由于星上携带的肼燃料限制，它们分别于 1993 年 3 月（第一颗）、1995 年 8 月（第二、三颗）停止南北方向位置保持工作，运行在倾斜的同步轨道上，不再承担任务，但仍可作寿命测验。卫星的东西方向位置保持工作仍在定期进行，以保持卫星始终在定点位置周围飘动。这 3 颗卫星中，除了第一颗星有 1 台转发器因为行波管放大器失效而过早停止工作外，其他转发器正常工作且满足使用要求，寿命均达到或超过设计寿命要求。它们共同承担了 20 世纪 80 年代末 90 年代初我国国内卫星通信的主要业务，直接服务于通信、新闻、教育等事业的发展，创造了巨大的经济效益和社会效益。全国电视覆盖率从 30% 升至 80%以上。全国开办电视教育台节目，覆盖了数以千万计的学员，培训了100多万名中小学教师，每年为国家节约费用高达几十亿元。

1991年10月，中国航天三十五周年成果应用展览会在中国革命军事博物馆举办，多位中央领导同志参观展览，充分肯定成绩，强调航天是一个非常有希望的国家重点支持的行业，希望航天科技工业今后有更大的发展。同年11月底至12月中旬在香港举办的中国航天展览会更是盛况空前，吸引参观者达56万人次。通信卫星作为航天事业取得的重要成就之一，是展览会的重要内容，受到高度重视，吸引了大量关注。

自20世纪80年代中期起，世界上出现了一股加速建立广播卫星系统的热潮。许多国家都在采取紧急措施，以建立专用的国内卫星电视广播系统或通信与电视广播兼容的国内卫星系统。同时，通信卫星在商业化道路上不断发展，市场模式日益成熟，成为航天产业最重要的角色之一，并由此实现了持续的技术创新与跨越。为此，在东方红二号实用通信卫星发射定点后不久的1986年3月，中央决定，依靠中国自己的力量研制新一代通信卫星，作为80年代后期和90年代前期航天技术的目标任务之一。之后，在推进东方红二号甲通信卫星研制与发射任务的同时，研制人员也开始着手新一代通信卫星的设计论证与技术攻关工作。

东方红三号，任务启动！

第三章

东方红三号：全面服务国计民生

如果说东方红二号通信卫星的成功，使中国掌握了地球静止轨道通信卫星技术，那么，东方红三号这颗新一代通信卫星则让中国实现了“赶上20世纪80年代通信卫星国际水平”的目标。

中国是从1986年正式启动研制中容量通信卫星东方红三号的。这颗卫星不仅装有24台C频段转发器，也是中国第一颗面向全社会的民用卫星，实现了中国地球静止轨道卫星从自旋稳定型到三轴稳定型的飞跃。1997年，东方红三号通信卫星成功发射，取得了通信容量和寿命的革命性进步，显著缓解了当时中国卫星通信的紧张状况，带动了广播电视产业的大发展。之后首创的卫星公用平台设计思想，让东方红三号成为可以被多领域卫星研制采用的平台，这大大拓宽了东方红系列卫星平台的应用领域，对国计民生实现了全面服务、系统支撑。

东方红三号公用卫星平台除应用于“中星”“天链”系列通信卫星外，还应用于北斗导航卫星和嫦娥月球探测卫星等任务中。截至2020年底，基于东方红三号平台的卫星共成功发射40颗，其中通信卫星10颗，有8颗通信卫星在轨运行时间达到或超过设计寿命。其中，中星20号卫星在轨运行14年有余，刷新了国产通信卫星在轨寿命的纪录；天链一号卫星组网运行，实现了对中、低轨航天器近百分之百的轨道覆盖，使我国成为世界上第二个拥有全球组网中继卫星系统的国家。

一、不“买星”，要“造星”

在东方红三号卫星研制之前，有一段关于“买星”还是“造星”的争论。

改革开放后，尤其是进入20世纪80年代，随着世界卫星通信技术应用浪潮的冲击和我国经济社会发展带来的巨大需求，国内各行各业对通信卫星有了更高的期待。在世界范围内，通信卫星在短短20年的时间里，就已经在国际通信、国内通信和海上通信等各个方面迅速地发展起来，带来了深刻影响。但在1984年以前，中国还没有运行在静止轨道上的通信卫星。

在经济社会发展和对外交往中，我们越来越深刻地体会到了卫星通信的便利，感受到了差距，也着力积极开展国际合作。1977年，中国政府声明决定加入《国际通信卫星组织协定》。1978年起，每逢党和国家领导人出国访问，国际通信卫星成为随行记者开展报道的主要方式。从1978年连续4次转播阿根廷世界杯足球赛的实况起，电台、电视台多次通过卫星转播重大的国际体育赛事，在国内引起了热烈反响。进入20世纪80年代，中国与国际通信卫星组织之间展开了密切交往，加深了相互了解。在1983年联合国发起的“世界通信年”期间，中国积极参加并安排了多项活动。

进入20世纪80年代，世界各国在太空领域的角逐日益白热化，通信卫星领域更是竞争的焦点。世界上有170多个国家和地区使用卫星通信，但只有少数几个国家有自己的通信卫星，绝大多数国家都是通过或买、或租，解决卫星通信的需要。当时，我国电子元器件研制生产的底子薄、基础差，严重制约了国产通信卫星的发展速度。1983年，为了满足国内卫星电视的需求，尽快发展中国卫星电视通信事业，解决

“燃眉之急”，有关部门曾计划向国外卫星制造公司采购 Ku 频段电视直播卫星，并开展了招标工作。美国 RCA 公司、西德 MBB 公司和法国 MATRA 公司等 3 家卫星公司竞标，1985 年进展到评标阶段。

1984 年 4 月 8 日，东方红二号试验通信卫星发射成功。这为造出性能更先进的通信卫星积累了经验。1986 年 2 月 1 日，东方红二号实用通信卫星成功发射，星上通信用 C 波段转发器由 2 个增至 4 个，承担了 30 路对外广播，中央电视台一、二套节目和 8000 多部卫星电话的传输任务。由此，我国收看电视的人口覆盖率从 30%增加到 83%左右。不过，它与当时国外具有二三十个转发器的先进卫星比起来，性能仍然逊色不少。

但是，通信卫星毕竟是核心技术、核心装备、核心能力，关乎国家的经济命脉和空间安全，关乎航天布局和战略全局，不能完全依据价值规律作出决策。东方红二号通信卫星的研制任务和经验积累表明，中国人在通信卫星研制这条路上，是能继续走下去的。航天专家由此提出，中国在核心领域、战略产业方面应当始终坚持独立自主、自力更生，走自主发展的道路。通信卫星理应把国产作为国内用户使用的首选，这是提升国家核心竞争力的需要，也是壮大空间技术队伍、提高空间技术能力的需要。而且，一旦中国全面启动“买星”项目，国产卫星的研制生产能力将遭遇空前打击，通信卫星的市场乃至许多空间技术的发展机遇，将可能就此丧失。

关键时刻，航天专家们挺身而出，恳请国家不要批准购买国外卫星，给中国航天人一个平台、一次机会。1985 年 7 月，在五院“关于广播卫星中外技术合作方案讨论会”上，五院院长孙家栋明确提出：要以我为主，尽快拿出通信卫星方案。随后，航天工业部第五研究院向国家有关部门和领导呈报了题为《中国已具备以我为主研制、发射广播卫星的能力》的“白皮书”，强烈恳请国家不要购买国外通信广播卫星，否则，最终贻误的不只是两代科技人员的成长，更重要的是将丧失中国空间技术发展的时机。

1985 年，国务院作出了“租星过渡”和“发展 C 频段综合卫星系统”的重要决策。“租星过渡”即在国内通信卫星正式开放使用前，暂时通过租用国际通信卫星的转发器来解决需要。1985 年国际通信卫星组织将一颗第五代通信卫星上的一个 72 兆赫半球波束转发器提供给中国，用于传送国内电视节目信号，特别是用于传送“电视大学”和其他教育、医疗和文化等节目信号。中国 50 多个地球站进网试验，结果都很成功，为中国在全国范围内普及卫星电视服务奠定了较好的基础。同年 11 月，我国开始用国产电视发射设备，直接由设在北京郊区的国内卫星通信中央站，通过国际通信卫星向全国传送电视节目信号。

1986 年 2 月，东方红二号实用通信卫星发射成功、顺利定点，并开展了试播试验。3 月，李鹏副总理主持召开国家电子振兴领导小组会议，决定依靠中国自己的力量研制新一代广播通信卫星。新一代卫星被命名为“东方红三号”。3 月 31 日，国务院根据邓小平加快发展高新技术的指示，批准了航天工业部提出的《关于加速发展航天技术的报告》。同年 5 月，国防科工委下发《关于迅速开展广播通信卫星工程研制建设工作的通知》，要求迅速开展广播通信卫星工程建设，发射时间暂定为 1992 年。①

就这样，航天人必须在技术基础薄弱、设施条件差的情况下迈出新步伐，赶上 20 世纪 80 年代通信卫星的国际水平。要研制的东方红三号卫星设计寿命 8 年，将装有 24 路 C 波段转发器。与东方红二号甲通信卫星相比，东方红三号的转发器数量增加 5 倍，寿命增加 1 倍，拥有相

---

① 《中国航天事业的 60 年》编委会编：《中国航天事业的 60 年》，北京大学出版社 2016 年版，第 219—220 页。

当于 12 颗东方红二号甲的通信能力。

作出不“买星”、要“造星”的决策，深刻地体现了我们党对独立自主、自力更生原则的坚持和贯彻。

1982 年，邓小平同志对外宾说：“你们想了解中国的经验，中国的经验第一条就是自力更生为主。”[①] 他高度重视科学技术作用，强调科学技术是第一生产力，卫星等反映的是一个民族的能力，也是一个民族、一个国家兴旺发达的标志，中国必须在世界高科技领域占有一席之地。

1986 年是中国航天事业创建 30 周年。中央领导同志对此非常重视，在多个场合题词祝贺。李先念写道：“发扬自力更生艰苦创业精神。”陈云写道：“自力更生、集中力量、发展我国航天事业。”徐向前写道：“发扬自力更生、奋发图强的革命精神，攀登航天事业的高峰。”宋任穷写道：“发扬自力更生、艰苦创业精神，攀登航天科技新高峰。”张爱萍写道：“火箭排云上九重，惊弦霹雳震长空。卅年踏破关山路，风霜雨雪数英雄。”

1986 年 6 月 6 日下午，聂荣臻元帅在住所与当年一起创建航天事业的老专家、老同志欢聚一堂。当谈到中国航天事业今后的发展时，他纵论古今，历数多年的经验教训，语重心长地说：三十年来，我们航天事业确实成就不少、成绩不小。这是毛主席、周总理正确决策和亲切关怀的结果，是坚定地贯彻自力更生方针的结果，是全体同志努力的结果，首先是老专家有很大功劳。中国航天大业要靠几代人的奋斗，要从战略高度着眼，从现在起有计划地补充新人、培养接班人，一代、二代、三代持续不断地发展下去，使我们的事业保证有强大的后备军，向着世界先进航天技术的顶峰突进！钱学森强调，要记住 1956 年 10 月 8 日这一天，记住航天工业部、七机部、老五院（国防部第五研究院）的光荣历

① 《邓小平文选》第二卷，人民出版社 1993 年版，第 406 页。

史。[①]

1986 年 10 月 8 日，航天工业部在北京集会庆祝中国航天事业创建 30 周年，聂荣臻发来贺信。之后，航天传统精神得到了凝练，表述为“自力更生、艰苦奋斗、大力协同、无私奉献、严谨务实、勇于攀登”。聂荣臻于 1990 年 5 月亲笔书写了这一精神。[②]

作为东方红三号卫星的抓总研制单位，五院本着“以我为主、辅以国际合作”的方针，与一些国家的有关厂商进行广泛合作，推进卫星研制工作。卫星采用许多先进技术，达到 20 世纪 80 年代初的国际先进水平；采用我国的长征三号甲运载火箭发射到预定位置定点，并将成为我国第一颗面向全社会、实行商业化经营的通信卫星。星上服务开通后，卫星将交由中国广播卫星公司经营及运行管理，并采取合同形式把它的线路分别租让给广播、电视、邮电、教育等部门的用户。1989 年 6 月，卫星进入初样研制阶段。

1990 年 8 月，航空航天工业部下发《关于加强应用卫星研制工作的若干意见》，设定了应用卫星在 2000 年前的发展目标，并提出了“八五”计划期间的主要任务，强调完成以东方红三号卫星为重点的新型号研制。

为了发射我国新型通信广播卫星，运载部门研发了新型运载火箭——“长征三号甲”火箭。1994 年 2 月 9 日，该箭首次发射任务在西昌卫星发射中心取得成功。

在推进东方红三号卫星研制任务的同时，东方红二号实用通信卫星和东方红二号甲系列通信卫星在天上“俯瞰”神州，为国内各方面的卫星通信需要提供了有力的支撑，创造了显著的经济社会效益，还节约了

① 《决胜太空奠伟业——聂帅与中国航天事业》，《人民日报》1986 年 10 月 8 日。

② 《中国航天事业的 60 年》编委会编：《中国航天事业的 60 年》，北京大学出版社 2016 年版，第 224—225 页。

大量用作租金的外汇。

二、自己给自己找重担挑

东方红三号卫星是一种全新的卫星。应用部门明确提出，东方红三号卫星必须采用先进技术，卫星性能不得低于国外招投标的水平，即必须达到20世纪80年代的国际先进水平；卫星方案起点要高，要同时满足今后扩展要求，满足Ku频率与广播卫星要求。

原计划采购的外星，是当时国际上最先进的——载有24个转发器、采用三轴稳定技术、液体燃料双组元推进系统，寿命在8年以上。而当时中国的卫星，包括东方红二号卫星在内，转发器只有2个，寿命仅有3年，采用固体燃料推进，控制方式是相对容易的自旋稳定，容量也小很多。也就是说，要想一步跨到世界先进水平，几乎所有的关键技术都要从头做起。这个难度在世界航天史上是极其罕见的。这让研制团队感到压力极大。但这道难关总得要闯过去，研制人员咬咬牙，在没有经验可循、缺少技术储备的情况下，勇于担当、敢于冲锋。

面对技术水平高、技术难度大的研制任务，中国航天科研人员大力弘扬自力更生、艰苦奋斗的航天精神，勇挑重担，不分昼夜，争分夺秒，开展卫星总体优化设计，进行各项技术攻关。当时，研制队伍充分利用当时国家对外开放的政策，以我为主地开展了多个层面的对外技术合作。

研制人员经过一年时间的多方案比较、技术状态分析、可靠性分析、国外合作项目论证以及外商技术谈判等工作，制订出东方红三号卫星的总体方案和分系统方案。方案确定东方红三号卫星的设计寿命为8—10年，最大起飞重量2200千克左右，卫星在转移轨道和地球静止轨道都采用三轴稳定控制，太阳能电池翼在转移轨道展开。

按照卫星设计方案，研制人员开始进行一项一项的技术攻关。

技术的攻关比想象中还要困难，由于很多关键技术都是第一次接触，又没经过预研，在卫星工程总师孙家栋的带领下，研制人员只好一边向国外同行请教，一边自己摸索。

“东方红三号的高性能指标和所需解决的新技术，难度实在太大了。有些新技术国外卫星还只是首次采用，有些如双栅赋形波束天线当时欧洲尚在研发中。而我国又没有条件开展前期的预研工作，没有任何技术储备。可以说，当时我们真是自己给自己找重担挑了。”1992 年 7 月起担任东方红三号卫星总设计师的范本尧回忆说。

当时，在五院各个研究室、车间里，东方红三号的研制工作紧张地开始了，大家不舍昼夜，争分夺秒。卫星结构重量与整星重量之比是衡量卫星技术水平的标志之一。东方红三号结构中有 24 块大小尺寸不一，

东方红三号星上系统评审会

材料、埋件各异的蜂窝夹层舱段壁板，由于材料新、埋件复杂、成型技术要求高，一度成为整星研制的短板。大家心急如焚，经多方努力，终于在6个月内完成了初样产品，保证了卫星进度，也使我国东方红三号卫星的结构重量指标跃入了世界先进行列。

为了解决三轴稳定控制系统面临的贮箱内推进剂晃动和太阳翼挠性的两大难题，研制团队与清华大学等合作建立了数学模型，对模型进行了试验验证工作，同时聘请德国公司协助建立数学模型。经过双方比对，进一步验证了模型的正确性。1991年4月30日，美国政府宣布，收回向中国出口固态功率放大器等星上元件的许可证，企图扼杀、推迟东方红三号卫星研制进程。东方红三号卫星的研制计划由此受到严重影响。在6月11日召开的东方红三号指挥调度工作会上，1986年至1992年担任东方红三号卫星总设计师的戚发轫指出，要从组织上、思想上、工作上三个方面强化指挥调度，尤其是思想上要从政治斗争的高度认识东方红三号任务的重要性，要有一种为国家、为民族争气的责任感，要有一种拼劲。时任五院院长闵桂荣要求强化指挥调度，向管理要进度。

1991年7月1日创刊的五院院报《太空报》，在头版发表了题为《坚定信心　振奋精神　粉碎封锁　确保成功》的评论员文章。评论说："显然，'东三'研制任务已不仅是经济、技术问题，而是严肃的政治问题，是一场尖锐的国际范围的政治斗争。"

评论说："我们中国人是从不屈服于任何外来压力的。当年，苏联不是也背信弃义，以撤走专家来卡我们吗？然而最终却教育了中国人民，锻炼了队伍，大大促进了我国航天事业的发展。今天，我们的技术和基础条件比那时好得多，美国想卡我们是卡不住的，这只能更加激发我们自力更生、奋发图强的精神，最终使坏事变好事，使我国航天事业更加兴旺发达。"

评论还说："我们要有不怕鬼、不信邪的气概，坚决粉碎美国的封锁和制裁。我们有党中央的正确领导，有全国人民的大力支持，在上级直接指挥下，只要我们精心组织，努力工作，就一定能克服目前困难，按时保质完成东方红三号卫星研制任务，为中华民族争气，为社会主义祖国争光!”

面对美国的封锁、国内的急需，五院上下特别是承担东方红三号卫星研制任务的同志们，切实增强使命感、紧迫感，全力奋战保任务。1991年9月，五院召开“东三”正样第一阶段协调会，五院各单位都从全局出发，做到局部服从全局，表现了把方便留给别人、把困难留给自己的良好协作作风。“只要思想不滑坡，办法总比困难多”。会议强调，我们有志气、有能力承担并完成好卫星研制任务。

航天科研人员经过多番研究，决定采用“国内研制、国外引进”两条腿走路的方法，3个8W国产固态放大器用于试验，其他15个从国外引进。

惯性姿态敏感器是卫星控制系统的重要部件。在之前的引进谈判中，一套3个陀螺报价就达50万美元，一颗星需要的6个陀螺就是100万美元。“尽管当时引进风盛行，但我打心眼里就没想过，自己研制的便宜不说，一旦人家卡我们，到时就只能干瞪眼，哭也哭不出来的。还是那句老话，依靠自己，心里踏实。”主管设计师的话激励工程组进行了顽强的攻关，终于在1993年拿出了装星产品，只用了人民币34万元，按当年比价只是引进价的十分之一，不仅节约了外汇，更培养了人才、锻炼了队伍，取得了金钱买不到的收益。

在碳纤维中心承力筒攻关任务中，原来使用的辅助材料也是从国外进口的，十分昂贵。而制作一件承力筒，需要热压罐开炉120次，成本很高。科研人员在保证质量的前提下，进行了反复的摸索试验，最终通过采用多层隔离吸胶法，将次数降低到15次，不仅节约了成本，而且缩短了生产周期，为卫星研制节约了宝贵的时间。

类似这样的故事还有很多。从1986年到1994年八年间，航天人日夜攻关，先后解决了成百上千个技术难点，啃下了10余项“硬骨头”课题。如果把当时卫星总体设计部下发到各分系统的任务书摞在一起，可以搭建起一堵2米多高的书墙。

三、全力以赴推进任务

1992年初，邓小平到南方视察时专门谈道：“大家要记住那个年代，钱学森、李四光、钱三强那一批老科学家，在那么困难的条件下，把两弹一星和好多高科技搞起来。应该说，现在的科学家更幸福，因此对他们的要求会更多。”“搞科技，越高越好，越新越好。越高越新，我们也就越高兴。不只我们高兴，人民高兴，国家高兴。对我们的国家要爱，要让我们的国家发达起来。”[①] 当时，航天系统正组织大力学习、传承和弘扬航天传统精神，号召大家“自力更生、艰苦奋斗、大力协同、无私奉献、严谨务实、勇于攀登”。东方红三号卫星的研制队伍从南方谈话中汲取力量，向老一代航天人学习，坚定自力更生、艰苦奋斗的决心，决心加速推进东方红三号卫星等新一代航天型号的研制工作。这种思想认识被大家转化成了夜以继日的拼搏攻关和人人争先的担当奉献。

设计人员如同拧紧的发条一样争分夺秒地工作，整日超负荷运转，一刻也不肯停歇。在1992年春节的鞭炮声中，许多同志不约而同地来到办公室赶着编制图纸和文件；当年3月，为了保证结构生产进度这条主线，他们还追加进行了一个联合试验，并提前10天完成了任务。

在电性星通信系统性能测试中，屋内的测试仪器前，工作人员目光紧盯着各种仪器的显示屏及计算机监视器，一丝不苟地记录着现实的数

① 《邓小平文选》第三卷，人民出版社1993年版，第378页。

字；室外 150 米的远处，是与屋内形成收发对路的 15 米高的铁架。雷雨袭来，铁架上的同志们罩起雨布继续收发信号，在又凉又滑的铁架上爬上爬下、传输信息。风停了、雨歇了，他们仍在奋战。

1993 年 2 月 20 日是五院建院 25 周年。党和国家领导人江泽民、杨尚昆、李鹏、宋健等题词祝贺。时任五院院长戚发轫向新闻界介绍说，从现在到 2000 年前后，我国应用卫星发展的总目标是：加速发展通信广播、对地观测、导航定位、科学技术试验等系列卫星，以满足我国国民经济建设和国防现代化建设的需要，并具备参与国际合作和进入国际市场的能力。

2 月底，院庆的喜悦还未褪去，迎来了东方红三号卫星正样设计评审会。来自国防科工委、航空航天部、中国广播卫星公司和五院的数十位专家，经过研究讨论，一致同意通过评审。东方红三号卫星全面进入正样研制阶段。会议号召“抓质量寸土不让、保进度分秒必争”，强调做好工作，确保成功。

之后，研制人员组成了靶场合练试验队，赴西昌开展了近两个月的合练任务。这是东方红三号正样星发射前对卫星进行全面检验的唯一机会，合练是否成功关系到正样星发射的成败。试验队从一开始就喊出了“假戏真做”的口号，要求全体参试人员一切按照上天产品的要求严格进行技术、质量以及安全管理。在大家的全身心投入下，合练任务圆满完成，锻炼了队伍，检验了卫星与火箭及地面设施的匹配性、适应性，实现了既定目标。

东方红三号卫星研制任务继续紧张推进，连续开展了各个状态的测试和振动、冲击等多项试验。这支队伍常常加班加点，无怨无悔地奋斗奉献。1994 年 1 月 12 日至 2 月 6 日，正样星热环境试验历时 26 天并取得圆满成功。新年首战告捷，卫星出厂的节点越来越近了！

3 月 16 日，东方红三号卫星试验队挥戈西昌，前往大凉山深处的发射场驻扎。和他们一同来到发射场的还有航天人用无数心血培育出来的第一颗东方红三号卫星。抵达发射场时，当地已经下了一天一夜的雨。大家来不及洗去征尘，就迅速冒雨投入到卫星产品卸车工作中。站在集装箱上的试验队员们浑身都湿透了，却仍一丝不苟地装卸着吊具；在地面的同事无暇躲避地上的积水，鞋子都成了雨靴。

3 月 24 日，试验队召开了发射动员大会。时任航天总公司副总经理白拜尔赞扬东方红三号队伍是一支有着光荣历史、有着辉煌业绩的队伍，勉励试验队干出自己的风格，打出“东三”的士气、打出“东三”的辉煌。大家决心要用胜利回报祖国的期望。

然而，天有不测风云。4 月初的一天，发射队员像往常一样吃过早饭按工作程序进入各自岗位。范本尧正在与一些人研讨工作进展，10 点多钟，一声巨响突然从远处传来，发射场区顿时笼罩在一片紧张的气氛中。人们纷纷跑出工作间，抬眼望去，只见卫星测试厂房上空腾起一股浓浓的黑烟。

“着火啦!”一场意外事故引起厂房起火，队员们顾不上浓烟刺鼻，在一片火海中奋力抢救着卫星用的地面设备。范本尧第一时间赶到现场，万幸的是，原来为了加快卫星测试进度，在头天晚上的例行调度会上，大家一致同意连夜将卫星拉出测试厂房，推进旁边的一个检漏间，为第二天的工作做好准备。队员们不仅很快落实了这项工作，还把卫星吊装进了检漏容器中。具有防爆能力的检漏间使卫星免遭一劫，但部分地面设备还是受到了损伤，发射工作只好延期。

初秋，东方红三号试验队再度出师西昌。9 月 15 日，“东三首发试验动员大会”召开，范本尧在会上说，世界上许多国家都密切关注着这颗卫星的成败，这次任务具有很大的国际影响。目前地球同步轨道位置的争夺非常激烈，“东三”首发星倘若不成功，则第二发星的空间轨道位置将受到极大的影响。因此，首发成功便显得格外重要。试验队员们精神饱满、斗志昂扬，认真负责、精心操作，为了发射成功而全力以赴。

11 月 17 日清晨，卫星转入发射阵地。星箭齐飞指日可待。

11 月 29 日，卫星发射在即，这一天显得极为漫长。从清晨起床，每一个人似乎都被一种无法宁静下来的情绪感染着，这些坐卧不宁的人们对早已习以为常的散步提不起任何兴趣，连平时最喜欢聊天的人也失去了神侃的兴致。当时的气氛用“相对无语，唯有默契在回荡”来形容，是再恰当不过的。焦急、期待，还有淡淡的兴奋，交织在每一个人的心间。

中午 11 时 20 分吃过午饭，参加测试的队员们走上各自岗位，拉开了最后一役的序幕。

时间在一分一秒地流逝，倒计时在继续。到夜里 11 点，除了部分留守驻地值班的人员外，其他无岗人员分批撤离。此时，天高云淡，一眨一眨的星星表明这是一个发射的绝好天气。

“60 分钟准备”“30 分钟准备”“10 分钟准备”……一声声指挥口令告诉着人们，最后的时刻就要到来了。

“1 分钟准备”的口令一下达，整个发射场一下子静寂下来。

11 月 30 日凌晨 1 时 03 分，随着一声短促而嘹亮的“点火”口令发出，长征三号甲火箭一飞冲天，将东方红三号卫星送入预定轨道。

夜已经很深了，但大厅里仍然灯火通明。各级领导和型号两总仍然坚守在这里，焦急地等待着卫星上天后的第一个关键动作——帆板展开的结果。凌晨 2 时 12 分，帆板顺利展开的消息终于传来，大厅内响起了一片掌声。

全体人员返回驻地时，已近凌晨 3 时。五院没有一个人去休息，他们把楼道挤得水泄不通，依旧在等待着。3 时 37 分，卫星第二个重大动作——天线展开成功。原本沉寂的楼道一下子欢声雷动，欢呼声甚至盖过了外面的鞭炮爆响，盖过了一切声音。有白发染鬓的老同志孩童般伸展双臂，作出卫星伸着翅膀畅游寰宇的姿态奔走相告："成功了，帆板、天线展开成功了！"

但帆板和天线的展开只是第一步，接下来还有很多工作要做，所有工作都完成了才意味着任务的胜利。卫星的研制者们不敢掉以轻心，范总和团队成员们一样，内心深处交织着紧张与不安。

四、痛定思痛，迎击挑战

情况不像人们期待得那么好。

卫星在成功实施了第一次远地点发动机点火之后，出现一个推力器燃料管路泄漏。技术人员在焦急之外，当务之急是设法堵漏，并判断在燃料泄漏状态下卫星还能否继续完成变轨任务。

经过紧急协商、方案分析和进行大量数学仿真，研制团队终于找到了调整卫星姿态，将推力器背离太阳，利用太空的低温环境，将管中燃料冷却结冰来堵塞泄漏的方法。当卫星变轨时需要该推力器对准太阳，使管中结冰的燃料融化，以便推力器试验。该方法通过地面模拟试验，证实在燃料泄漏情况下，该推力器尚能工作。于是就这样在燃料泄漏状态下完成了第二次远地点变轨，变轨后再使用同样的方法调姿堵漏。

可是令人没想到的是，在卫星最后一次变轨时，卫星姿态突然失控，变轨失败，结果是燃料耗尽，所有推力器都不能工作了。这下子大家都傻眼了，但是怎么可能轻易放弃近十年来努力得到的结果呢？专家们又提出了利用剩余氧化剂喷射作用来控制卫星的设想。于是技术人员立即在北京开展了地面点火试验，还好试验结果表明，推力器还有不到十分之一的推力可以利用。为了使卫星上的控制计算机适应这种新状态，只好在地面按推力器的新参数重新设计软件，经仿真验证正确后，逐条逐项发送到卫星上进行内存修改。就这样好不容易利用剩余氧化剂喷出产生的微小推力，将卫星成功送上了地球同步轨道。

“本以为事情走到这一步，卫星逐步转移至东经 125 度定点位置，应该是没问题了。可是情况远没有我们想象的顺利，卫星姿态控制又失控了——可能是泄漏的燃料将推进系统的电缆腐蚀了，造成了断电。卫星再也无法定点工作。经历了这么多困难，大家不离不弃，40 多个日日夜夜都在抢救这颗卫星。最终还是没能抢救过来，当时大家都十分痛心。”范本尧沉重地说。

1995 年 1 月 7 日，新华社发了一条文字很少的消息——《推力器泄漏，燃料耗尽，东方红三号卫星未能投入使用》。报道写道：“我国 1994 年 11 月 30 日用长征三号甲运载火箭成功地将东方红三号通信卫星送入预定轨道以后，卫星经过三次变轨，进入准同步轨道。由于星上姿控推力器燃料管路泄漏，燃料耗尽，致使卫星无法定点投入使用。星上其他各系统经过测试和试验正常。记者从有关部门获悉，正在总装中的第二颗卫星改进以后，将再次组织发射。”

压力像大山一样压向研制团队。仰望长空，孙家栋、范本尧和所有研制人员心急如焚，满眼婆娑。多年之后，一位老专家回忆那段往事仍心有余悸：“从事卫星研制几十年，‘东三’是最头疼的一颗星。”

眼泪取代不了现实，悲痛换不来成功。摆在中国航天人面前的唯一选择就是鼓起勇气，拼搏再战。1995 年 1 月 30 日，国务委员宋健来到五院 529 厂，热情慰问航天战线广大职工，向大家祝贺新春。宋健在讲话中说，党中央、国务院一贯重视航天事业的发展，努力为大家创造各种有利条件。对你们取得的每一项成功，江泽民总书记、李鹏总理都感到由衷的高兴。对你们在前进路上出现的曲折，他们也表示极为关心。之后，五院党委向全院干部职工发出了“总结经验、汲取教训、重振雄风、迎接挑战”的号召。

往者不可谏，来者犹可追。范本尧总师率领团队，很快地投入到新的战斗。

首先要做的是尽快找出故障原因，可卫星在3万多公里外的太空中，看不见摸不着，问题到底出在了哪里？研制团队一起探索、分析，并进行了仿真试验。经过4个多月的努力，终于找到了问题症结所在。

毕竟，从东方红二号甲到东方红三号，技术跨越大，只有20%的技术可以继承；在卫星七大系统中，需要解决的技术难点有上百个。而外国开发新星的技术继承性一般为70%左右。技术继承性越低，意味着开发的风险越大。这么低的技术继承性，在世界航天史上都是极其罕见的。

祸不单行。1995年1月26日，长二捆火箭发射亚太二号卫星，星箭同时爆炸；1996年2月15日，长三乙火箭发射国际通信卫星708，

东方红三号卫星部分研制人员在西昌卫星发射中心合影

火箭起飞 2 秒后箭体倾斜，22 秒后箭头撞地，星箭俱毁；1996 年 8 月 18 日，长三火箭发射中星 7 号，因火箭三级发动机故障，卫星“半路搁浅”。三年之中，中国航天四走麦城。而国外通信卫星巨头们趁机大肆“淘金”，无一例外地在北京设立了办事处，一时间中国通信卫星市场上充斥了国外所有主要制造商的通信卫星。

在后来航天部门反思这段“黑色”岁月时指出，从技术上看，连续失利有一定的客观性。20 世纪 80 年代立项研制的各种型号，在技术上都上了一个很大的台阶，到了 90 年代，这些型号陆续进入飞行试验阶段，技术关键久攻不破，直接或间接地造成了型号试验的早期失败。同时，管理薄弱也是质量形势严峻的一个不可忽视的因素。对此，航天部门采取了一系列特定的质量控制措施，其中，著名的“双五条”航天归零标准就出自这一时期。

第一颗“东三”卫星的失败，给研制团队带来了许多经验教训。这

东方红三号研制团队合影

也是一次实战检验，因此使大家对卫星的各个系统有了更深入的了解，技术掌握更熟练，特别是出现故障后该如何处理，收获要比仅仅在地面做试验大得多。同时令人欣慰的是，通过发射，除推力器故障外，卫星的其他系统方案，各项新技术都得到了检验，为后来的第二颗东方红三号卫星的发射成功奠定了基础。

一边分析问题，一边擦干泪水，顶住压力，“决战东三，确保成功”是广大航天人心中的誓言，在发射场每一个角落、每一个时段，到处可见广大科技人员酣战的场景，他们不断攻关，总结经验教训，模拟仿真试验，彻底改进部件，进行全星热试车考核……

每晚的调度会是航天人特有的会议，是对当天工作质量进行复查的专题会，也是保证下一步工作有序开展的协调会，更是一次形势任务教育动员会。

为了解决燃料泄漏问题，东方红三号研制团队对所有的燃料管进行了更换，并对同型号、同批次的产品，逐个进行试验。为了检查自控发动机的性能和质量，他们生产了 50 台发动机，实际用在卫星上的只有 14 台，其他的全部用于试验，确保万无一失。

卫星加注是危险的操作，要用直径 8 毫米的管子，加注 1.3 吨的燃料，稍有不慎就会星毁人亡。为了确保加注顺利完成，研制团队用了 6 天时间反复演练，练得技术人员眼流泪、手发麻，但也练就了闭着眼睛操作的绝活。

五、终于可以扬眉吐气了

两年后的 1997 年，第二颗东方红三号卫星研制完成。党和国家高度重视此次发射任务，李鹏总理“慎之又慎”和刘华清副主席“细上加细”等指示，在试验队员中引起了强烈反响。大家不放过任何一个疑点，以高度的责任感、自觉的岗位意识和超常的警觉性开展工作，持续推进了各个节点上的任务。

1997 年 5 月 12 日夜，西昌卫星发射中心，准备就绪的东方红三号 02 星接受考验。在震天动地的火箭巨吼声中，卫星被稳稳地送入了太空。

在发射中心指挥大厅巨大的显示屏上，东方红三号卫星正沿着预先设定好的轨迹，向东南方画出一道优美的曲线。

卫星各项指标正常，一切顺利。

5 月 20 日，卫星成功定点于东经 125 度赤道上空。

当天，新华社播发国务院、中央军委对成功发射东方红三号通信卫星的贺电。贺电说："研制、发射东方红三号通信卫星，表明我国通信卫星技术又上了一个新的台阶，对于进一步振奋全国人民的精神，促进我国卫星通信事业的发展，推动我国改革开放和经济建设，提高我国在国际航天领域的威望，巩固我国在国际航天发射市场的地位，都具有重要意义。"

在卫星发射之际，范本尧谈到，东方红三号卫星发射的成功是航天人为迎接香港回归和党的十五大召开献出的一份成功与胜利的贺礼。我国不能过分依靠买星、租星过日子，必须坚持自力更生发展我国的卫星通信事业。此次"东三"卫星发射成功，振航天、壮国威，对保护民族工业、促进我国国民经济的发展，进一步发展我国的航天事业和培养航天高科技人才等诸多方面都将产生重大作用。

这颗承载着无数航天人心血和希望的卫星是当时我国通信卫星中性能最先进、技术最复杂、难度最大的一颗，代表了当时我国卫星研制的最高水平，也受到了国际社会的广泛关注。东方红三号卫星采用了全新的总体设计和总装测试思路，攻克了一系列关键技术，并实现了我国地球静止轨道通信卫星从自旋稳定型到三轴稳定型的飞跃。"东方红三号卫星的发射成功，标志着中国卫星研制开始真正进入国际卫星俱乐部。"

美国一家报纸如此评论。

时任国务院副总理吴邦国到现场观看了发射，并代表党中央、国务院、中央军委向参加研制、生产、发射试验的全体人员致以亲切慰问和祝贺。他在观看发射后指出："实践证明，我国航天事业前途光明，大有希望！航天队伍不愧是一支政治合格、技术精湛、作风顽强、敢打硬仗的队伍！"

东方红三号卫星的成功让中国航天人扬眉吐气！时任航天总公司总经理刘纪原在东方红三号卫星发射成功后感慨道："在东方红三号卫星和长征三号甲火箭研制过程中，广大科研工作者承受了巨大的精神压力，克服了种种意想不到的困难，在挫折面前，他们发奋图强，艰苦奋斗，强化质量管理，努力提高航天产品的可靠性，从失败的阴影中坚强地走向成功。艰苦奋斗是航天事业的精神财富，我们永远要坚持。"

东方红三号卫星的历程的确称得上是"艰难困苦，玉汝于成"。范本尧 1958 年进入航天系统工作，最初参加探空火箭的研制，后来开始研制人造地球卫星，先后参加了返回式卫星、东方红二号、东方红二号甲、东方红三号等近 10 颗卫星的研究。1998 年，他历数从业 40 年的经历时，不禁慨叹道："最辛苦的算'东三'了！"

在这颗饱含千辛万苦的卫星上天后，许多同志纷纷作诗撰文，讴歌胜利。

关佩茹在《贺东三发射成功》写道："珠联新箭送新星，合璧尖端举世惊。三唱东方红一曲，航天榜上列前名。"

杨存恒在《欢迎凯旋》中写道："前线凯歌飞，战友欢声起。为保东三上九天，拼搏何惜力。誓为国争光，荣誉非为己。大鹏展翅振雄风，祖国强无比。"

平言在《发射有感》中写道："十年铸一剑，今朝翔九天。群星迎东三，银波洒人间。航天道路艰，众志苦登攀。且看鹏程远，负重勇向前。挫折蹉跎日，奉献人万千。金榜庆功夜，莫问谁当先。两鬓白发生，一脸皱纹添。灯下话当年，冷暖心自安。”

范安民在《满江红·庆东三发射成功》中写道：“春雷激荡，通信卫星傲苍穹。乘长风，飞越五洲，跃上九天。迎接回归献厚礼，福满神州遍人间。再谱写航天新成就，好乐章。前进路，不平坦；经磨难，得报偿。航天人，不畏路途险。卧薪尝胆出低谷，重振雄风铸辉煌。要驾驭神剑问九天，凭翱翔。”

从东方红二号甲到东方红三号，我国的通信卫星能力实现了大的跨越。东方红三号卫星上装有 24 个转发器，工作寿命为 8 年。与之前的东方红二号甲通信卫星相比，转发器数量增加了5倍，寿命增加了1倍，一颗东方红三号的容量相当于 12 颗东方红二号甲。东方红三号卫星的研制、发射和定点成功，对于缓解当时我国通信紧张的状况，促进卫星通信事业的发展等具有十分重要的意义，使中国通信卫星水平一下子跨越了 20 年。东方红三号卫星的主服务区覆盖了中国大陆、海南、台湾及近海岛屿的所有地区，既可以用于公众卫星通信和广播电视传输，还可为用户提供电视会议、电话、传真、数据通信等多种服务。据有关部门估算，仅卫星公众通信一项，每年就可为国家节省数千万美元。通过东方红三号卫星，中国教育台每天播出教育节目 30 个小时，每年节省培训经费几十亿元，其社会效益无法估量。有意思的是，东方红三号成功后，被众多国内用户选用，使得国外通信卫星转发器对华的租用费一下子降了许多。

东方红三号卫星尽管在通信频段和转发器数量上与先进国家的卫星相比还存在着一定差距，但其分系统方案、单项性能和采用的全三轴姿态稳定技术、双组元统一推进系统、碳纤维复合材料结构、频率复用双栅赋形波束天线等技术，都是当时世界先进国家所采用的方案和技术。尤其在带有宽翼展太阳翼的卫星柔性动力学理论研究和大容积推进剂储箱的液体晃动理论研究及工程实践方面，均已步入世界先进行列。东方红三号通信卫星也荣获 1999 年度国家科技进步一等奖。

东方红三号卫星在轨运行期间，设计人员一直对其精心“呵护”，日夜监视着卫星的电源切换，收集数据，随时排除异常状况，使卫星经受住了太阳风暴、流星雨、黑子大爆发等恶劣空间环境的严峻考验，保证了卫星的正常运行；同时积累了大量的卫星运行经验，为后续星的改进设计、提高卫星的可靠性打下了坚实基础。

范本尧说，东方红三号卫星的利用率非常高，于 1998 年初正式开始提供商业服务，24 个转发器全部投入使用，其中 22 个转发器用于中央、各省区市、边远地区一级干线的公众通信业务，1 个转发器用于体育比赛转播等临时性电视节目传送，另一个转发器用于临时性电视节目传送和 VSAT 通信。当时观众每周看到的全国足球甲级联赛就是利用这颗通信卫星转播的。

东方红三号卫星在保卫我国上空宝贵的轨道位置上也功不可没，同时也带动了我国电子、材料、机械和加工工艺等科学领域技术水平的提高。这一成功还表明，我国已具备研制更为先进的大容量通信卫星的水平，卫星某些单项研制技术已具备与国外竞争的能力。

另外，值得一提的是，自东方红三号开始，我国有了卫星公用平台的概念。

在这之前，卫星的各种分系统和载荷都是混装在一起的，后来我国航天人借鉴国外先进经验，将东方红三号打造成“三居室”，分成服务舱、推进舱、通信舱，通信舱主要用来装有效载荷，其余两舱共同构成公用服务平台。

公用服务平台设计理念的首次应用使“东三”有了较大的适应性，在一定的重量和功耗范围内可用于不同有效载荷的多种卫星，也使卫星的研制周期缩短，性能价格比提高。东方红三号平台逐步发展成为一个稳定、成熟的卫星平台，由于这个平台有一定的扩展能力，有效载荷重量和功率都可以增加，它还满足了第一代中继卫星、直播卫星等的需求，后来发射的中星 20 号、中星 22 号、天链一号数据中继卫星，北斗一号、二号导航卫星和嫦娥一号绕月探测卫星等也都采用了“东三”平台。如今，东方红四号、东方红五号等依然沿用这种卫星平台的设计理念，性能也更加先进。

六、与“北斗一号”的邂逅

1989 年 2 月，美国全球定位系统（GPS）发射成功第一颗卫星。在 1990 年爆发的海湾战争中，GPS 第一次以武器制导的形式大获成功，美国人在总结报告中将海湾战争归结为“GPS 的胜利”。1994 年，美国将 24 颗卫星布置在 6 条地球轨道上，GPS 系统覆盖率达到全球 98%。俄罗斯 1995 年完成了格洛纳斯系统卫星星座的组网布局。欧洲紧随其后，伽利略卫星导航系统计划于 2011 年 10 月发射升空第一批两颗卫星、2013 年完成全系统组网。

当时，空中没有一颗导航卫星属于中国。导航系统对于国家建设和国防建设的重大意义，不言自明。一个国家假如使用别人的导航系统，无异于将命运的绳索交给别人。1993 年 7 月，我国货轮“银河号”从天津港起航驶往迪拜，当航行在印度洋上时，突然找不到航向被迫停驶。事后调查发现，原来美国关闭了该区域的 GPS 信号，使货轮在海上漂泊了 33 天。其间，美国无中生有地指控货轮要将制造化学武器的原料运往伊朗，强行要求登船进行检查。这就是当时震惊中外的“银河号事件”。时任联合国副秘书长的沙祖康作为负责人，在处理此事时连说了三个“窝囊”：这个时间，如果我们不处理，窝囊！如果我们处理，让他登船检查，我们窝囊。如果美国检查，到时候没有这个化学武器，美国窝囊。在北京接受中央电视台专访时，他又连说了17个“窝囊”。1996年，台湾当局在国际上大肆制造“两个中国”分裂活动，为维护中华民族根本利益，党和政府开展了坚决的反分裂反“台独”斗争。人民解放军在东海海域进行大规模军事演习，并发射了导弹。其中有2枚导弹突然无法追踪，最终大大偏离了原定的落点范围。根据事后分析，这很可能是由于导航定位信号突然中断导致的。

来自现实的深刻教训，让中国航天人决心搞导航卫星。在中央的支持下，五院开始进行前期论证，并提出中国卫星导航工程“三步走”的发展战略：第一步，到2000年，采用“双星定位系统”理论首先建成卫星导航试验系统，解决我国自主卫星导航系统“有无”的问题。第二步，到2012年，建成拥有10颗以上在轨运行卫星，形成区域覆盖能力，为亚太地区民众提供定位、导航、授时以及短报文通信服务。第三步，到2020年左右，拥有并陆续发射补齐5颗地球同步轨道卫星和30颗非静止轨道卫星，建成全球卫星导航定位网络，完成全球运营管理及用户终端开发工作。

1992年，国家基本明确北斗一号卫星导航系统由2颗在轨工作和1颗轨道备份星组成。该系统必须有2颗卫星同时稳定工作才能实现地面的定位。1993年初，五院提出基本符合用户要求的卫星总体方案，多年的技术攻关和可行性研究、论证，终于取得预期成果。1994年1月4日，双星导航定位系统工程立项，卫星命名为北斗一号。

1994年12月，孙家栋被任命为北斗卫星导航系统工程总设计师。他面临的第一个问题就是北斗导航卫星采用什么平台。五院在北斗一号卫星最初的研制规划中，计划在东方红二号甲卫星双自旋卫星平台基础上研制一种导航卫星专用平台。但这类卫星平台没有太阳翼，功率比较小，研制人员做了多次试验，最终证明这个方案不可行。

在孙家栋“不能一条路走到底，得换思路，换平台”的思路带动下，采用东方红三号平台的意见被放到桌面上。从能力上来说，“东三”平台比起“东二”平台要强，但因为第一颗东方红三号卫星发射失败了，大家对“东三”平台显得信心不足。

原来1994年11月底，正值北斗一号卫星方案设计期间，我国进行了东方红三号卫星的发射，虽然卫星最终未能定点投入使用，但东方红三号卫星平台各系统得到了考验，一个月的在轨飞行，证明了平台方案的正确性和可行性。鉴于这一事实，为了提高北斗一号卫星的性能，更好地满足实际需要。从用户到各级领导进行了多次讨论、分析，认为用东方红三号平台是一条出路，于是由卫星系统型号技术口为牵头进行论证，并提交建议。时任卫星系统总设计师范本尧和卫星总体研究室主任刘杰荣带领团队在最短的时间完成了平台更改方案的论证，并向航天工业总公司、国防科工委提出了用东方红三号卫星平台取代双自旋卫星平

北斗一号卫星精测

台的建议。其主要理由如下：一是东方红三号卫星有效载荷的重量可在原来的基础上增加 49—59 千克，功率可增加约 530 瓦，克服了双自旋卫星平台较大的局限性，并且双自旋卫星平台虽然经过多年的技术攻关，但仍未达到令人满意的程度；二是卫星的技术性能可以得到改善，且寿命可以由 6 年提高到 8 年，明显提高了卫星的使用性能和效益；三是可以更好地利用和发挥长征三号运载火箭的能力。

这是一个困难的抉择。有老专家回忆道："90 年代初，航天不景气，接连失败，各方的日子都很难过。一是返回式卫星，打上去以后回不来，最后掉在大西洋了；二是风云二号第一颗卫星在发射场技术阵地就爆炸了；三是第一颗东方红三号卫星因为推进系统故障把燃料全漏光了导致发射失败。"在这种情况下，"东三"平台如果没后续任务，就会下马，很可惜，如果北斗把双自旋换成"东三"平台，则可以保住这个平台和研制队伍；而且双自旋平台方案的卫星系统要求地面测控系统有较大的改动，而测控系统不同意，双方各执己见。如果更换平台，矛盾的问题也解决了。所以当时上级机关也同意更换平台。

五院的这一建议很快得到航天工业总公司、国防科工委以及用户部门的一致赞同。1995 年 2—3 月，范本尧、刘杰荣组织总体设计人员加班加点，进行了技术经济可行性论证分析，形成了相应的技术经济可行性分析报告。

根据上述指导思想，东方红三号卫星平台剩余能力分析以及用户每颗卫星增加 1 个 S 频段波束的要求，设计人员进行了不同的有效载荷配置方案的比较以及同用户的协调确认，选定每颗卫星增加 1 个 S 频段波束和 2 路 C 频段转发器的方案。

1995 年 4 月 5 日，国防科工委召集会议，就双星定位卫星更换平台问题进行了研究。卫星工程总师孙家栋、戚发轫，航天工业总公司白拜尔及用户单位参加了会议。五院汇报了论证工作情况和专家的评审意见。专家们一致认为：双星通信定位卫星改用东方红三号卫星平台技术上是可行的，除了保证卫星原战术技术指标不变外，技术性能还有较大提高。东方红三号卫星平台只需做适应性修改，不会带来新的技术问题。改用东方红三号卫星平台后，社会、军事、经济效益明显，且有利于减少技术风险、增加可靠性、缩短研制周期、提高卫星研制水平；有利于贯彻卫星平台技术系列化、通用化、组合化原则；有利于充分利用空间轨道位置资源。与会同志一致同意五院提出的方案。会议决定：双星定位卫星正式改用东方红三号卫星平台。

选用该三轴稳定平台后，使得平台能力较双自旋平台能力有了大幅度提高。北斗一号卫星除主要技术指标得到大幅度提升外，功能也得到改善，卫星的使用性能和效益显著增强；特别是每颗卫星的下行波束增加为两个，大大提高了系统的能力。由于北斗一号系统卫星与通信卫星均位于地球同步轨道，卫星平台一致，所以我国当时的导航卫星与通信卫星基本上是由同一支队伍在承担研制任务。

1996 年 2 月，北斗一号卫星研制由方案阶段转入初样研制阶段。根据用户要求，充分继承先期技术攻关和东方红三号卫星的成果，做出适应性修改，完成卫星的详细设计工作。卫星从星箭分离直到工作寿命结束，始终采用三轴稳定方式，由有效载荷、电源、测控、姿态和轨道控制、推进、热控、结构等分系统组成。研制中分别投产电性星模型和结构热控星模型，用于验证卫星方案设计的正确性和接口的合理性，以及与其他系统接口的匹配性。1997 年 7 月至 9 月，开展了北斗一号电性星整星测试，主要是检查卫星电性能设计的正确性，各部分接口的匹配性以及整星电磁兼容性。此次测试完全达到了上述目的，同时发现并解决了设计中存在的薄弱环节。

由于导航卫星有效载荷功率大，在国产卫星上首次使用 120 瓦行波管放大器，热控制是研制中的技术难点之一。为此，我国科研人员在热

北斗一号卫星研制团队合影

控制设计上采用正交热管网络技术，以疏散过于集中的热流，实现其散热面的等温化，达到提高散热效率的目的。

众望所归，2000 年 10 月 31 日、12 月 21 日，长征三号甲运载火箭先后将第一、第二颗北斗导航试验卫星送入地球同步轨道。

从此，我国终于拥有了自主研制的第一代卫星导航定位系统。双星组成的北斗系统能全天候、全天时地提供卫星导航信息，还具备短报文通信服务能力；主要为公路交通、铁路运输、海上航行等领域提供导航服务。由此，我国成为继美国、俄罗斯之后，第三个拥有自主卫星导航系统的国家。

2001 年，北斗一号卫星系统投入运行，填补了中国卫星导航的空白。2002 年，北斗一号卫星获得国防科技进步一等奖。2003 年，北斗一号卫星获得国家科技进步一等奖。

采用“东三”平台对于北斗一号卫星的研制具有重大意义，同时对于“东三”平台而言，由于北斗一号导致平台改型，使后来的“东三”平台成为后续卫星的主力型号，截至2021年，我国已经发射了40多颗采用“东三”平台的卫星。

七、创造新纪录，迈上新台阶

当东方红三号通信卫星获得国家科技进步一等奖的那一刻，作为平台总设计师的范本尧只是短短地喘了口气。对于设计寿命为8年的东方红三号来说，范本尧知道，这仅仅是个开始。

20世纪末，世界上80%的洲际通信业务和100%的洲际电视传播，以及众多的区域通信，均由通信卫星承担，已形成了一个巨大的通信卫星产业。

而采用三轴稳定姿控方式，装有24路C波段转发器的东方红三号通信广播卫星，也已经纳入我国卫星通信业务系统，在公众通信、数据传输、VAST网和电视传输等方面，创造了巨大的经济和社会效益，也为祖国的卫星事业赢得了国际荣誉。

以东方红三号卫星为基础，范本尧总师提出了30多项改进措施并付诸实践，从而使得我国第一个高轨道卫星公用平台更完善、更可靠。不久就有4个型号7颗卫星采用了该卫星公用平台，为国民经济建设和国防建设作出了重要贡献。

为了更快地发展我国的通信卫星事业，东方红三号通信卫星成功发射以后，我国新立项了一颗卫星——中星22号通信卫星。2000年1月26日，中星22号通信卫星成功发射，这是一颗使用型地球同步通信卫星，是东方红三号通信卫星的后继星。这颗卫星总重2.3吨，设计使用寿命8年，主要用于地面通信业务，由中国通信广播卫星公司经营。

2010 年 1 月 26 日，专家们参加中星 22 号在轨运行 10 周年庆典合影

随后，中星 20 号卫星于 2003 年 11 月成功发射，这是在“东三”卫星平台基础上研制的第 7 颗卫星。该卫星采用新的设计理念和先进技术，实现了“东三”卫星平台能力的明显提高：承载有效载荷能力增加 35%，提供有效载荷功率增加 40%；在抗干扰技术、星载数字电路技术、移动点波束天线技术和反射面赋型天线技术等方面实现了多项创新，整体上达到了国际先进水平，并于 2006 年荣获国家科技进步一等奖。

中星 20 号卫星也是截至 2021 年国产通信卫星中在轨寿命最长的卫星，共在轨运行 14 年 2 个月。该卫星在 2018 年初离开地球静止轨道后，还与实践十七号卫星一起，完成了新的在轨科学试验任务，直到 2018 年 3 月下旬才最后停止工作，2007 年 6 月 1 日 0 时 8 分，我国在西昌卫星发射中心用长征三号甲运载火箭，成功将鑫诺三号通信卫星送入

中星 22 号卫星

“东三”平台卫星吊入两用容器

太空。这次发射是长征系列运载火箭第 100 次发射。鑫诺三号也是基于我国成熟的东方红三号卫星平台生产的第 10 颗卫星，主要为我国通信、广播和数据传输提供服务。

嫦娥二号进入距月球 15 公里轨道飞行示意图（原为嫦娥一号备份星，同样采用"东三"平台）

我国探月工程的首个型号——嫦娥一号卫星也是采用东方红三号平台研制并发射升空。早在工程立项前的 2002 年 4 月，嫦娥一号卫星就开始了预发展阶段，五院基于前期论证，着眼卫星使命，开展需求分析，确定方案设计和主要技术指标。考虑到计划于 2007 年发射，研制周期非常短，研制团队将卫星方案定位在"既要有水平，又能干的出来"，采用"东方红三号平台 + 资源一号"的基本配置构成绕月卫星。东方红三号平台是当时用于地球静止轨道通信卫星的成熟平台，资源一号卫星则是中国当时基本成熟的太阳同步轨道对地遥感卫星。嫦娥一号卫星采用"东三"的结构和推进系统设计，以此飞到月球。2007 年 10 月 24 日，长征三号甲运载火箭托举着嫦娥一号卫星顺利升空，实现"零

中星 20A 卫星精测

窗口”正点发射。2007 年 11 月 26 日 9 时 40 分，嫦娥一号卫星首幅月面图像完成处理并公布；10 时，在北京航天飞行控制中心的控制下，传来嫦娥一号卫星播放的《歌唱祖国》歌声。时任国务院总理温家宝为首次绕月探测工程第一幅月面图像揭幕，并宣布：“中国首次绕月探测工程取得圆满成功！”

嫦娥一号卫星成功地完成了精确变轨、绕月飞行、有效探测的工程和科学目标任务，获取了大量科学数据，产生了大量科研成果，为下一步的探月二期工程积累了宝贵经验。嫦娥一号是我国第一颗对地外天体进行环绕探测的卫星，任务的圆满成功使中国掌握了绕月探测技术，初步构建了月球探测的航天工程系统，获取了全月球表面的遥感图像，探测了地月空间环境，获取了大量科学探测数据。嫦娥一号任务的成功，东方红三号平台功不可没。

2010 年 11 月 25 日，中星 20A 卫星在西昌卫星发射中心成功发射，历经多次变轨和位置捕获，于 11 月 30 日成功定点。随后用户单位和五院对卫星进行了在轨测试，经专家对卫星在轨测试结果评审，认定卫星功能正常，性能指标满足技术状态要求。2011 年 3 月 2 日，卫星顺利完成在轨交付，用户方与五院正式签署了中星 20A 卫星在轨交付证书，以及卫星在轨长期运行管理协议，此举标志着中星 20A 卫星正式交付用户使用，也标志着我国通信卫星技术又迈上一个新台阶！卫星在轨运行工作状态良好，创造显著效益。

八、太空中的“高清视频转播车”

2021 年 7 月 6 日，由五院抓总研制的天链一号 05 星在西昌卫星发射中心成功发射，这标志着我国第一代中继卫星发射五星连捷，实现“满堂红”。

“我们在北京等候各位凯旋!”2021 年 6 月 23 日 9 时 35 分，中共中央总书记、国家主席、中央军委主席习近平在北京航天飞行控制中心指挥控制大厅，与正在天和核心舱执行任务的神舟十二号航天员聂海胜、刘伯明、汤洪波亲切通话。大屏幕上，航天员的视频画面清晰，声音清脆响亮。同一时刻，在距地面 36000 公里的高空，由天链一号 03 星、04 星，天链二号 01 星共 3 颗中继卫星组成的天基中继系统实时保障着这场天地通话。能为全国人民带来如此振奋的一幕，我国一代和二代天链“中继卫星天团”功不可没。

画面转到 2013 年 6 月 20 日，上午 10 时，一堂来自太空的全国授课正在进行中，坐在教室内的学生们瞪大了眼睛好奇地盯着电视机屏幕。屏幕上，执行神舟十号飞船任务的女航天员王亚平，正在讲授着太空物理课，真实、生动的内容不时让中小学生们发出阵阵欢快的笑声和

天链一号系列卫星吊装上塔架

啧啧的惊叹声。

说起此次太空授课，不能不提我国的天基测控系统——天链一号。当时在太空授课的视频画面旁边一直显示的“天链”两个字，就代表了直播画面正是用天链一号中继卫星回传到地面的。在40分钟的授课时间里，飞船已飞过了半个地球，如果仅仅依靠地面站，最多只能传输七八分钟的数据，只有靠中继卫星系统，才能实时且不中断地传输声音和图像，而且画面清晰稳定。

中继卫星的全称是跟踪与

神舟十二号飞船航天员的实时画面

数据中继卫星，相当于一个天上的数据中转站，可为卫星、飞船等航天器提供数据中继和测控服务，能够极大地提高各类卫星使用效益和应急能力，实现资源卫星、环境卫星等卫星数据的实时下传。

作为东方红三号卫星平台搭载的明星产品，天链一号卫星的应用价值非常大，尤其在载人航天工程中可谓功勋卓著，还因此获得了国家科技进步一等奖。在王亚平实现太空授课10年前的2003年，中国人首次实现了载人航天，但那时中国的中继卫星系统尚未建立，神舟飞船只能在进入地面站测控弧段时才能进行短暂的天地沟通，在太空中也只能收听话音，却无法看到高清画面。

几十年来，陆地测控站和海上远望系列测量船一直支撑着中国的航天测控任务。我国共拥有10余个测控站（船），但依靠地基和海基测控单元，只能够为神舟飞船提供约12%的轨道测控覆盖。转播过程中的信号中断，就是因为飞船飞出了地基和海基测控系统的监测范围。地基测控理论上可满足对卫星低轨飞行轨道100%的覆盖，但由于地球面积的四分之三是海洋，同时考虑到经费和政治等因素，因此其覆盖率十分有限。即便是美国覆盖率最高的载人航天测控网，当年耗资6亿多美元，但在执行阿波罗任务时，其20多个地面站最多也只能覆盖不到30%的运行轨道。

因此，有人把载人航天工程天地通信比作“乡间小路”，而把中继卫星建立“空—空—地”的传输链路比作“双向高速公路”，可更快更高效地完成信息传达，电子邮件、视频通话等天地之间沟通交流的方式变得更加多样化。

载人航天工程实施初期，由于没有中继卫星的支持，极大地制约了我国载人航天工程的发展。为了改变这一状况，2003年五院正式启动天链一号系列卫星的研制工作。2008年4月25日，天链一号01星发射成功。它是中国第一代地球同步轨道数据中继卫星，主要为我国载人航天器、空间实验室以及中、低轨道卫星提供数据中继和测控服务。

天链一号01卫星成功发射后，以试验星的身份开始为神舟七号飞船保驾护航。令研制人员无比兴奋的是，天链一号01卫星首次执行神舟七号飞船在轨跟踪与数据中继任务就实现了星上星间链路天线对飞船的自动跟踪。中继星星上自动跟踪是靠接收飞船上发射的射频信号，星上捕跟设备感应出星间链路天线对飞船的指向偏差，从而实现星上闭环自动调整星间链路天线指向飞船，这样天线指向精度会很高，信号质量也就很好，传递到地面的画面就非常清晰。而当时美国人的中继星只是实现了天线的程序跟踪，需要先在地面设计好程序，上天后直接按照程序计算，还没有实现卫星自动跟踪。天链一号01星发射成功，一举将神舟飞船测控覆盖率提升到约60%。

天链一号01星的突出表现得到了当时视察神舟飞船任务的温家宝总理的高度肯定，他要求中继星要继续搞，没有经费就从总理基金里

2004年8月，天链一号星分系统初样设计评审会

出！随后，天链一号 02 星、03 星分别于 2011 年、2012 年发射成功，与天链一号 01 星组成三星系统。天链一号系列中继卫星全球组网，基本实现对中低轨道航天器 100%测控覆盖，成为我国国防信息化建设的重要支持保障系统和空间信息传输系统，实现了我国天基测控和信息传输的跨越式发展，也使我国成为继美国之后世界上第二个拥有全球组网中继卫星系统的国家。“天链一号中继卫星系统工程”也于 2015 年荣获国家科学技术进步一等奖。

天链一号三星组网运行后，一直为我国的载人航天工程提供优质而稳定的数据中继服务。2016 年 11 月 9 日，习近平总书记与在天宫二号空间实验室内执行任务的神舟十一号两位航天员通话，声音清晰，传输

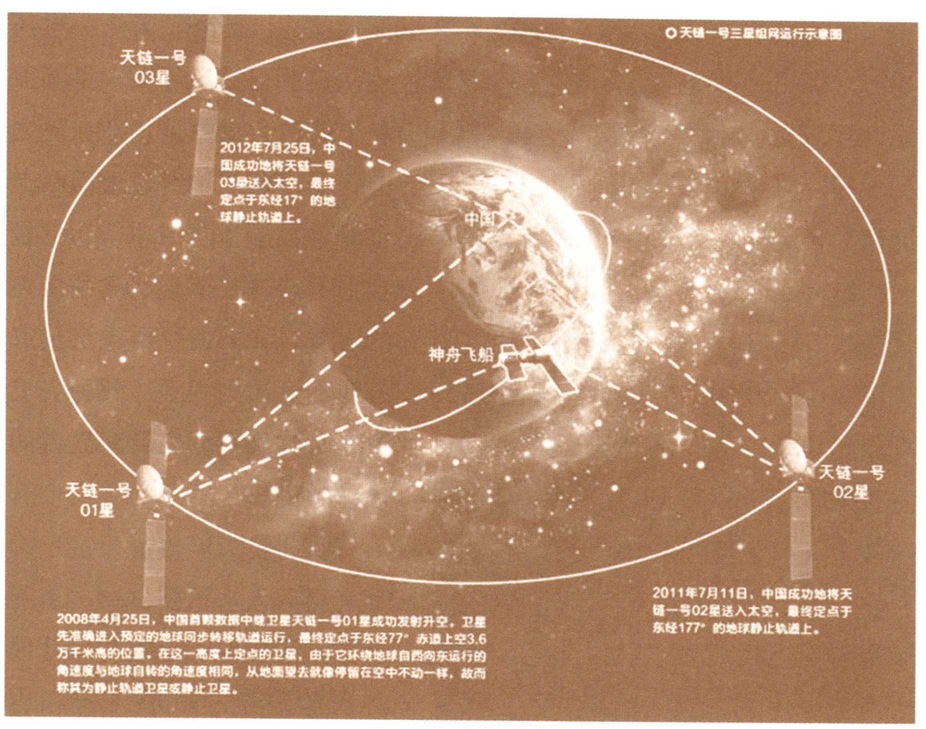

天链一号三星组网示意图

顺畅。

2016年10月17日，神舟十一号载人飞船在轨运行第一圈时，天链一号02星就完成了对飞船信号的捕获，率先建立了前向与返向通信链路，开始为飞船提供测控和数据传输通道。随后，天链一号03星及天链一号01星也相继开始提供通道，共同为飞船保驾护航。这3颗天链一号中继卫星服务于神舟十一号的整个任务过程，包括变轨、与天宫二号的对接及分离、星地通话、飞船返回以及地面搜救等各个环节。

其实，天链一号卫星的作用还有很多。例如，航天器在太空中出现故障，抢救时机一般都以秒计算，一旦错过就可能造成无法挽回的损失。随着我国在轨卫星数量的增多、应用范围的不断扩大，中继卫星的使用会极大提升对航天器的测控能力。此外，天链一号还可从资源卫星、环境卫星等卫星上获取大量数据。而在此之前，只有在卫星经过地面站上空时，数据才能下传，大批量数据下传就要依靠地面站接力的方式。如果发生严重自然灾害或不可抗拒因素，就会丧失观测、收集数据和及时处置的最佳时机。

天链一号系列卫星第三次总检

欧洲航天局曾进行过一次大气层再入演示器试验。由阿里安火箭发射一个缩小尺寸的再入舱，经过轨道飞行和再入，成功在太平洋上回收。再入过程中，进行了多项对落区飞机和美国跟踪与数据中继卫星的无线传输试验，试验结果显示，飞机传输数据出现了较长时间的“黑障”，但通过中继卫星传输的信号接收没有中断。

在深空探测等领域，中继卫星也能大显身手。美国的火星勘测轨道器在轨工作 21 个月，只传回了 20%的火星地面图像；如果采用绕火星中继卫星——火星通信轨道器方案，则能在几个月内得到全部火星地图图像，成效是非常明显的。

对于我国来说，天链一号系统投入使用后，为载人航天、空间站、中低轨航天器、运载火箭等提供了天基测控和数据中继服务，为我国天基测控系统发展奠定了坚实的基础，取得了巨大的效益。

天链一号 01 星、02 星、03 星陆续达到预定寿命并超期服役，其中 01 星于 2022 年 2 月正式离轨、超期服役近 8 年。天链一号 04 星、05 星先后于 2016 年 11 月、2021 年 7 月发射升空。五星高照，天链一号系统

天链一号 05 星研制团队合影

迎来“满员”，不再开发研制新的卫星。天链一号系统正与我国新一代数据中继卫星系统共同工作，继续发挥应有的作用。

九、大王总：我是“东三”平台的老兵

从 20 世纪 80 年代至今，“东三”平台的研制队伍形成了优良的团队作风和干事传统。在队伍中的“80 后”看来，以孙家栋为代表的老一辈航天人身上有着非常独特的人格魅力和航天精神，其中，人称“大王总”的王家胜工程总师就是这样。

大王总技术过硬，为人严谨谦和，凡事亲力亲为。大王总有个习惯，经常拎着一个黑色公文包，不论是评审会还是检查工作，遇到任何问题，他似乎都能从公文包中找到解决方案。数据有疑问，从公文包中掏出的是计算器，公式指标之类的根本不用查，啪啪按几下，结果就出

王家胜

来了；标准不清楚，从公文包中掏出的是文件材料，随手一翻就能找到出处，让大家心服口服。

在中星 20 号研制关键时期，大王总一年内去了十多次兄弟单位，每次去必带上他的公文包，协调、调度、解决型号研制的各种问题。

大王总说："我跟其他人不同的可能就是我还用计算器。我这个计算器不能做 1+1 的简单计算，这个计算器连等于号都没有，一般人拿着也不会用。""东三"团队中的人都知道这个"宝贝"，大王总自己用计算器进行了很多编程，开发出更多的用途。这才有了前面一幕，开会时候别人刚汇报完一个数据，大王总很快就能算出这个数据靠不靠谱，令大家十分佩服。

算下来，这个计算器跟了大王总差不多 20 年，说起宝贝的来历，还有一段跨国渊源。

1978 年，为了适应国际空间技术市场激烈竞争的形势，加快我国空间技术走向世界的步伐，五院积极响应改革开放号召，从那时起就开启了对外开放之路。五院不满足于进行一般的学术、技术考察的交流，发动各类人员，利用各种机会开展外经工作，注重信息开发、技术引进和产品推销，不断加强国际合作，从而使对外工作出现了一个新的局面。

在 20 世纪 80 年代东方红三号卫星研制工作中，要采用很多新技术。为此，五院在 1987 年 7 月委托长城公司与联邦德国 MBB 公司签订了东方红三号卫星部分系统合作合同。

1992 年，东方红三号通信卫星进入重要的研制阶段，需要攻关的地方很多，需要协调的事情更多。这个时期，王家胜被派往德国担任了 4 年五院驻德国 MBB 公司合作项目总代表。

这并不是他第一次去德国。1978 年，学业优异的王家胜就考取了我国第一批公费派遣出国留学生，以访问学者身份到德国鲁尔大学微波技术研究所工作。后来，他又多次去德国公干，为我国卫星制造事业呕心沥血。

在德国期间，除了工作和学习专业之外，他还抓紧一切机会练习外语。虽然第一外语是俄语，但他说起德语和英语来也是潇洒流畅，他对意大利文、日文也有涉猎，阅读多种外文文献可谓手到擒来。就算再忙，他都要抽出时间密切跟踪国际上同领域发展的新情况，浏览大量文献资料。即便是美国 NASA 网站、*Space News* 杂志等公布的一点蛛丝马迹，也能让他感到“心有灵犀一点通”。不仅是自己学习、自己进步，看到一些好的材料，王家胜更喜欢与大家共同分享，通过了解外国卫星研制的故障、趋势等资料，推动自身研制水平的提高。大家都喜欢和王家胜待在一起，因为每次都能从他这里得到新的启发和灵感。

驻德国 MBB 公司的 4 年时光飞逝而过，临近尾声时，中德两国科研人员已经建立了深厚的友情，德国同仁对中国航天工作者的勤奋、认真给予高度评价，专门送给中国团队一人一份小礼物，这个礼物就是从那时起一直跟在王家胜身边的“宝贝”计算器。

回国后不久，王家胜被任命为东方红三号通信卫星副总设计师，协助总设计师主管卫星总体工作。从此，“东三”平台在王家胜的脑海中生根发芽，他也成为我国对这个平台最熟悉的几个专家之一。这为他以后最大限度地利用这一平台研制功能不同的新卫星奠定了坚实的基础。

国际合作解决了东方红三号卫星研制中的一些技术难题，加快了进度，提高了研制队伍的水平和产品的国际竞争能力。同时，我国航天工作者也凭借刻苦的技术攻关，不断提高国产化产品的性能指标，到研制“东三”平台的第三颗星时，采用自主技术及国产化部件的比例已经非常高了。

“东三”平台跨度时间长，其中也经历了几个重要的能力提升阶段。

1998 年，东方红三号通信卫星成功发射的第二年，我国新立项的

大王总在中星 20A 测试现场

一颗卫星——中星 20 号卫星开始进入攻关研制阶段。王家胜勇挑重担，被任命为总指挥兼总设计师。这是在我国“东三”平台基础上研制的第 7 颗卫星，有效载荷重量为 220 千克，比“东三”平台其他卫星重量高出 30%，约 50 千克。由于地球同步轨道卫星的特殊性，对卫星质量要求十分苛刻，差 50 千克将可能使卫星寿命缩短两年。

给卫星瘦身?! 王家胜的想法受到了不少人的质疑和反对，“老王，这是首发星，又是单星合同，啃这个‘硬骨头’风险太大了。”王家胜明白大家的善意，但他更想保证卫星的高性能和长寿命指标。

他首先打上了镍氢电池的主意。这一国际先进水平的电池当时在国内还没有人尝试生产，用上它，一下子就可以使卫星“瘦身”17—18 千克，但这一技术也带来了很大的风险。随着一个个难题的解决，王家胜成了第一个“吃螃蟹”的人，成功地给卫星瘦了身。

设备小型化、卫星用电缆网和总体布局配平等，也是王家胜给卫星

“瘦身”的重要环节。他规定，任何单机哪怕增加 100 克重量，也必须经过他的认可。100 克，也就是 2 两。而正是这一个一个锱铢必较的“2 两”，创造了“东三”平台的新纪录。

2003 年卫星发射时，和此前所有的“东三”平台卫星相比，该卫星的有效载荷重量最重，加注的推进剂最多，配重的重量最轻，起飞重量最低。同时，该星实现了多项创新，整体上达到了国际先进水平，还获得了国家科技进步一等奖。截至 2018 年 1 月离轨，该星 14 年多的在轨时间也创造了卫星在轨时长新的里程碑。

2003 年初，中星 20 号卫星发射前夕，王家胜又被任命为天链一号卫星的总指挥兼总设计师。这是一颗为我国神舟载人飞船和中低轨道航天器提供数据中继和测控服务的卫星，研制难度极大。而当天链一号卫星 01 星在西昌卫星发射中心顺利升空时，再次刷新了“东三”平台的纪录——卫星的有效载荷重量提高了 80%。

研制人员在天链一号卫星发射场执行任务期间重温入党誓词

从天链一号 01 星一直到 03 星的成果，三星实现全轨道覆盖，也使我国成为继美国之后世界上第二个拥有全球组网中继卫星系统的国家。

即使有如此大的成就，大王总还总说自己是“学生”，在很多领域尚需要学习，他总说，“学问、学问，就是要边学边问”。虽然是总设计师，可王家胜非常注重向技术人员学习，随时从他的“公文包”里拿出笔记本或便签纸，记记画画，不断扩充自己的知识面，吃透各个领域的技术，提升自己的决策能力；向兄弟型号学习也是他一直强调的，通过吸取其他型号的教训，在自己的型号研制中举一反三，对卫星的百分之百安全提供了强有力的保证。曾经有人这样当面评价王家胜说：“你有才华，同时也非常勤奋。”

现在的大王总已过花甲之年，但他依然活跃在型号一线，继续为通信卫星事业发展而奋斗。平日所见，他依然是夹着宝贝“公文包”穿梭在试验大厅和办公室路上，行走如风，高大、伟岸……

第四章

东方红四号：踏出国门走向世界

东方红四号大型通信卫星公用平台是“十五”期间我国重点开展的民用卫星工程。

该平台采用公用平台设计理念，坚持通用性、继承性、扩展性和先进性的原则，设计寿命15年；承载着推动发展中国广播通信、电视直播事业，开拓国际商业通信卫星市场，提升中国国际地位和国际形象的重任。

20世纪90年代中期，为适应地球静止轨道卫星向长寿命、大容量发展的趋势，五院就开始了东方红四号平台的论证、研制工作。在突破卫星总体设计优化、高精度姿态及轨道控制等12项关键技术后，该平台于2001年10月转入工程研制。2002年5月，五院应用该平台与鑫诺公司签署了鑫诺二号卫星采购订货合同。该卫星是东方红四号大平台的首发星，整星指标和能力达到国际先进水平。

之后，中国航天应用该平台先后又签署了尼日利亚和委内瑞拉等多个国际商业通信卫星合同，实现了我国整星出口零的突破。从尼日利亚通信卫星一号到2020年7月发射成功的亚太6D通信卫星，11颗通信卫星整星的出口，标志着我国新一代大型地球静止轨道公用平台——东方红四号平台技术日趋稳定和成熟。基于东方红四号平台，中国航天整星出口国际市场的发展道路越来越宽阔，并在通信卫星领域达到了同期国际水平，实现了跨越式发展。

一、悬崖再陡峭也要攀上去

20世纪90年代中期，天上没有一颗属于中国人自己的通信卫星。我国的通信卫星民用、商用市场依赖进口，几乎采购了世界上所有主要通信卫星制造商制造的卫星，花了大笔“勒紧裤腰带”节省出来的资金不说，在后续应用过程中更是受制于人，处处得看国外通信卫星制造商的脸色。

看到中国的卫星通信领域插遍了“万国旗”，五院人心里始终憋着一股火。每一次仰望星空，大家都互相加油打气，一定要制造一颗高质量的中国通信卫星，不仅要把国内市场拼抢回来，而且还要在国际市场上扬眉吐气。

当时组织上也看到了这种形势。五院果断决定，通过自筹资金和自主创新，争取在5年内完成大容量、长寿命、高可靠的大型通信卫星公用平台——东方红四号的研制开发工作，以适应国内外卫星通信市场快速发展的需要。

对于五院来说，开展“东四”平台的研制，既是一个明智之举，更是一个艰巨的挑战。

从政治上讲，作为一个较早从事航天器研制开发，并能够研制自己的通信卫星和集聚雄厚人才的国家，却长期依靠进口外国的通信卫星，无论怎么说，都有些不光彩。假若此时还不警醒，迎头赶上，关系到的不仅仅是使用谁制造的卫星的问题，而是国家的荣誉和尊严的问题。

从技术上讲，面对世界上通信卫星发展如火如荼的态势，如果早日启动大型通信卫星平台的研制开发，形成我国新一代大容量、长寿命、高可靠通信卫星公用平台，就可以使我国通信卫星研制技术跨入世界先进国家的行列，实现从“跟跑”到“并跑”的跨越。

从经济效益上来讲，随着经济社会的发展，各行各业对信息传输分发的需求急遽增加，使得通信卫星研制成为一个具有巨大市场潜力和巨大效益的领域，谁掌握了这一技术，就等于捧上了“金饭碗”。

从队伍培养上来讲，如果没有大型通信卫星平台这个项目的锻炼和牵引，就永远无法摆脱使用外星的局面，现有的通信卫星团队就将萎缩甚或不复存在。

从国家安全上来讲，研制具有自主知识产权的大型通信卫星，更是具有非凡的意义。

1999年，在时代的抉择、国家的重托、人民的厚望下，“东四”平台研制项目顺利通过了专家论证，正式立项。当时，担任“东四”平台总设计师的周志成37岁，研制团队平均年龄不到40岁。

按照设计要求，“东四”平台设计寿命要由过去的8年提升到15年，输出功率从过去的1700瓦提升到1万瓦，整星最大发射重量由过去的2300千克提升到5100千克。该项工程规模庞大、系统复杂、技术难度大，属于国际同类先进卫星。在国外，卫星的输出功率从一两千瓦提升到1万瓦，卫星寿命从8年提升到15年，是一项逐渐改良和完善的系统工程，一般需要经过十几年、多个回合，就像走盘山公路，需要长期的研发储备。而对于研制团队而言，必须要在5年内攻下这个堡垒！否则，就不可能很快扭转外星长期占据国内市场的局面，更谈不上与国际知名的SB4000、FS1300等平台同台竞技！困难面前，研制团队没有给自己留退路，他们抱着“悬崖再陡峭也要攀登”的决心，向着这一空间技术创新之巅发起了冲击。

从2000年3月开始，“东四”平台开始了为期一年的预发展阶段工作。在以后的3年多时间里，研制团队并肩作战，创新技术，创新流程，硬是攻克了卫星总体设计优化、大型中心承力筒、大容量贮箱、卫星电源及控制技术、卫星可靠性、星上综合数据管理、大功率卫星热控、大型静止轨道卫星公用平台高压气瓶研制等12项关键技术，把大型通信卫星平台技术的命脉牢牢地把握在手中。

“东四”平台的开发，引起了国内外用户的密切关注。就在大伙儿埋头苦干的时候，传来了一个振奋人心的消息：“东四”平台迎来了第一个用户。2002年5月20日，鑫诺二号通信卫星研制合同正式签订。合同拿回来了，但用户对卫星天线提出的苛刻要求却让研制团队感到这并不是一个“香饽饽”，而是一块难啃的“硬骨头”。因为用户要求的指标之高前所未有，而我国过去研制的通信卫星上没有任何经验可以借鉴。

“骨头再硬，大家联手也要把它啃下来！”周志成总设计师在动员会上斩钉截铁的一番话，给了研制团队极大的鼓舞。

为满足相应的通信功能的要求，研制团队开始了卫星方案的制订和大型天线等关键技术的攻关工作。

在那段日子里，研制团队奔波冲锋在创新的各条战线上，出思路、出方案、出技术，一点点吃透了这一新技术的机理和研制细节。正当他们以一个又一个重要成果抵近胜利彼岸的时候，境外发生了“法轮功”分子干扰鑫诺一号卫星的事件。从保证国家信息安全的角度出发，用户又提出了鑫诺二号卫星要具备抗干扰功能。这不仅意味着整星技术方案要做相应的改进，而且天线研制所做的不少工作都要推倒重来。

在用户这个“上帝”面前，他们没有任何抱怨，只有一个字：“干！”经过刻苦攻关，一次又一次调整、改进技术方案，终于使天线的指标满足了用户的要求，在卫星进入发射场前安装到了卫星身上。

经过几个月的紧张工作，卫星热控舱代替热控星进行热环境的试验开始了。这既是研制的一个非常重要的阶段，也是对取消热控星研制路线的一个检验。经过漫长的等待后，从试验现场传来了令人振奋的消息：试验取得圆满成功。这一研制流程的再造，不仅使卫星初样阶段按

鑫诺二号卫星热真空试验

计划提前了一年时间，而且节省了数百万元的研制经费。

2003 年底，原先一直很顺利的贮箱研制进程突然卡了壳——贮箱中的液体排不出来了。贮箱是“东四”平台推进分系统中的一个关键部件，其中贮藏了大量燃料，一旦排不出燃料，后果不堪设想。研制团队立即组织人员从贮箱推进剂管理装置（PMD）上排查原因，分析和解决问题。可经过长达半年的努力、做了数百次试验后，贮箱的问题依然没有得到解决，研制工作陷入僵局。如此下去，势必影响整个卫星研制进度。为了迅速找到症结所在，从 2004 年元旦到春节，大家查阅资料、计算仿真、试验验证，没有休息过一天。长长的夜色是黎明的前奏，一个个不眠之夜终于换来了令人欣慰的成果，原来是推进剂里的小气泡在作祟，影响了贮箱的正常排放。研制团队又马不停蹄地改进了设计方案、完善了产品工作流程。当贮箱经过带液带压振动试验，顺畅排出液体的那一刹那，所有研制人员都沉浸在成功的喜悦之中。

2004 年 3 月 10 日清晨，一架俄罗斯大型运输机载着鑫诺二号初样星，从北京首都国际机场向西南飞去，正式拉开“东四”平台首发星鑫诺二号合练的序幕。上午 11 时，在经过 4 个小时的空中飞行后，运输机缓缓降落在西昌机场。早已在此等候多时的试验队员们，立即展开卸机工作。由于是首次跨国合作，所有装机、卸机工作由中外双方共同完成。经过近 5 个小时的奋战，鑫诺二号合练星及其包装箱，在西昌卫星发射中心总装测试厂房安全就位，标志着中国航天史上一个新纪录的诞生：中国在通信卫星运输方式上实现了与国际接轨。那一刻，在场的中外双方所有人员显得异常兴奋，在大型运输机前激动得握手祝贺，照相机咔嚓、咔嚓地响个不停，记录下这一难忘的瞬间。

通过此次合练，大家发现，过去在发射场工作时间一般需要 60 天左右，此次采用整星空运方式，至少减少发射场工作时间 20 天，发射场试验队人员也可由 200 多人减少到 100 人以下。同时因反复拆装星上产品和地面测试设备而导致出现质量问题的几率也大大减少。到正样星发射时，只需对卫星做简单而必要的健康检查，即可加注、转发射。这一颠覆性的模式不仅可以运用于通信卫星领域，还能在整个宇航型号领域进行推广。

此次合练的圆满结束，也意味着“东四”平台技术攻关工作已基本完成，首发星发射任务开始提上日程！

然而，走向成功的道路从来不是平坦的。2006 年和 2007 年，基于“东四”平台研制的两颗通信卫星在轨相继发生问题，有一些人开始对研制团队的技术路线和研制能力产生了怀疑。

但研制团队并没有被失败和怀疑的声音所击倒。他们沉下心来进行认真反思和总结后，认为当时卫星产品的固有可靠性还不够高，系统分析和关键环节控制方面仍然存在薄弱环节。为此，成立了“东四”平台

尼日利亚通信卫星一号 SADA 问题汇报会现场

健壮性工程组织机构，并建立了健壮性工程周例会工作制度。经过一段时间深入细致的努力，研制团队完成了 104 项工作项目，系统梳理和检查了“东四”平台的设计和验证情况，明确了“东四”平台研制的关键环节和改进措施。

2008 年之后，“东四”平台厚积薄发，进入连战连捷的收获期。数十个基于“东四”平台研制的各类卫星成功发射，性能和质量得到了国内外用户的广泛认可。由于使用了大量新技术成果，突破了多项平台关键技术，“东四”平台相比上一代平台寿命提高了一倍，整体效能提高 20 倍，成功实现了中国通信卫星的更新换代，可有效满足国内军民商各类通信卫星研制需求，实现了国家信息传输安全的自主可控，为未来市场开拓打下了坚实的基础。

二、“尼星”升空，中国航天首次实现整星出口

早在 1986 年 4 月，邓小平就专门谈到，我们有原子弹、导弹、氢弹，同步卫星上天，通信卫星也可以出口。有和没有不一样，就是有这么几个东西，国家的分量就不同了。[①] 但直到 20 世纪 90 年代，中国的通信卫星还从未走出过国门，倒是休斯、劳拉等在中国市场“掘金”的外国通信卫星巨头们赚得盆满钵满。为了让中国制造的卫星走出国门、走向世界，研制人员秉持“为振兴民族工业而奋斗”的心愿，踏上了漫长而艰难的国际商业通信卫星市场的开拓征程。

1999 年，研制团队终于有机会参加亚太五号通信卫星的投标。然而竞争是残酷的，在相对成熟的通信卫星市场，没有飞行经验的卫星根本无立锥之地。从卫星的模型、参数、报告到技术附件、工作陈述，用户都有严苛的衡量标准，光是写标书一项就让研制团队尝到了与国际大鳄厮杀的残酷。虽然碰壁，但研制团队没有半点气馁。他们认为，只有经受过风浪的吹打和洗礼，才能有实力在国际市场中弄潮。

2003 年，“东四”平台总设计师周志成带领团队又参加了奥普图斯卫星的投标。当时，正值非典肆虐京城，他们不顾个人安危，在一个宾馆里集同工作了一个月，终于写出了一套完整的标书。为了把文件翻译成英文，大家一遍遍修改纠正，最后形成的文件足足有一百多份。

在讲标时，美国、欧洲的其他七家知名通信卫星制造商悉数到场。经过一番激烈的竞争和交锋，中方最终排名第三。虽然没有脱颖而出，但却增强了大家的信心：“中国人完全有能力去国际市场打拼一番！”

---

① 参见《邓小平科技思想年谱（1975—1994）》，中央文献出版社、科学技术文献出版社 2004 年版，第 211 页。

2004年5月，尼日利亚宇航局发布了尼日利亚通信卫星一号项目招标的消息。凭着敏锐的市场嗅觉，团队再次迸发投入到夺标战中。

这一次，大家信心满满。因为有参加前两次投标奠定的良好基础，不论是文件的基础，还是体系的基础，他们都熟悉了商业卫星的一整套严格规范。最重要的是，“东四”平台有了飞跃式的跨步，鑫诺二号卫星的初样和靶场合练业已完成，正样正进入投产阶段。在设计上，他们心中更多了“一杆秤”，对“尼星”有了更全面和深刻的认识。虽然整个“尼星”的要求、载荷、平台和状态都不一样，但凭借以往在国际市场上练就的一身过硬本领，团队很快就拿出了一份漂亮的标书。

然而，商业卫星市场瞬息万变，标书也会随之频繁更改。要真正拿下“尼星”这份合同，除了“纸上谈兵”，面对面的交锋才是关键。谈判在加拿大渥太华进行，来自美国和欧洲多个国家的通信卫星巨头都参加了此次投标。

当时，负责与外方进行技术洽谈的还有五院504所于洪喜副总设计师和鑫诺二号卫星主任设计师李杨二人。为了保证谈判顺利进行，周志成、于洪喜和李杨付出了艰辛的努力。除了应对谈判，还要为第二天的提问做好充分的准备，并将准备好的所有材料翻译成英文。每天，他们睡不了几个小时的觉，身心一直处于高度紧张状态。

尼星项目的顾问公司Telesat是非常专业资深的顾问公司，对国际几大卫星制造商的情况了如指掌，对标书的质量要求非常高。面对美、法、英等21家公司的激烈竞争，中国航天人在谈判桌上展现了应有的水平。周志成娴熟地讲解着PPT文件，先是用流利的英语向外商演示“东四”平台的试验、飞行计划、研制计划和已经取得的收获，以及集成性等相关问题。之后，他又以生动的语言、翔实的数据和外商谈研制卫星的过程，介绍中国航天人以质量为生命的理念。他激情的演讲，让外国人了解了中国航天的实力，也被那种发自内心的热情与诚恳打动。此次技术谈判逐个解决了双方在标准规范、设计条件、设计理念上的差别，签署了一揽子技术文件。会后，中尼双方签署了一份合同意向书。

能拿下这份合同，实在是可喜可贺。签署了合同，就意味着即将真正有机会制造一颗出口的卫星。这是多少代中国航天人的夙愿啊！多少人的努力，多少个日夜的奋斗，终于换来了今天的胜利，大家心中有说不出的感慨与兴奋。签字仪式后，来自多伦多的老朋友特意为他们摆了一道庆功宴，有地道的北京涮羊肉，还有地道的二锅头、花生米……

按照合同规定，2007 年 5 月，中方必须完成“尼星”的在轨交付任务，也就是说必须在 25 个月内完成研制和出厂。这样苛刻的条款简直是在挑战极限，连美国人和欧洲人都望而却步，因为研制一颗如“尼星”这样大容量、长寿命、高功率的通信卫星，国际同类宇航公司一般需要 33 个月。

“尼星”研制团队开始了飙写中国卫星研制史上的速度奇迹。于是，一个新名词在五院诞生了，那就是“尼星速度”。

研制团队开始了与时间的赛跑。他们把一天掰成两天用，24 小时连轴转，一分一秒地抢时间，通过创新一分一秒地抠时间，加班加点成了家常便饭，甚至在春节也没能同家人团聚片刻。

正是有了这种“尼星速度”，从三舱对接到卫星出厂，研制团队用 5 个月的时间完成了国内外同类卫星需要 13 个月才能完成的工作；其他同类卫星两年内进行 1300 小时电性能测试就足矣，尼星仅在一年内的整星加电考核时间就达 1800 多小时……

为了缩短“尼星”的研制周期，研制团队运用系统工程的理念，大胆改进传统设计流程，对整星首次采用一步正样研制，用创新与智慧赢得速度。通过顶层策划、流程再造和二次部装，主线周期缩短了两个半月，成功利用了宝贵的时间，圆满地拿下了部装任务。

尼日利亚通信卫星一号进行紧缩场试验

“尼星”的设计寿命为15年，在研制过程中，如何保证15年的长寿命？如何保障卫星的绝对安全？根据积累的经验，他们总结出一个朴素而经典的理论——温度就是寿命，而可靠性设计和热设计正是卫星设计的薄弱环节。当时，五院具备热专业的只有总体部，但产品却是在不同厂所设计完成的，如此一来，热设计的可靠性便无法得到充分保证。为此，他们提出了一整套保障措施。

在一个上面写有“没有人民的军队便没有人民的一切”标语的老式真空罐中，他们对29台设备进行了热平衡试验。在经过严苛的考核后，29台单机中有4台被淘汰出局，许多原本号称成熟的单机，因为不符合15年寿命的设计要求，也纷纷在热分析验证环节中败下阵来。虽然这套措施看似十分苛刻，但却使单机产品暴露了许多深层次问题，预先清除了可能出现的障碍。

这一场改革不仅提升了“尼星”的可靠性，同时也带动了其他厂所热设计能力的提升。之后，“温度就是寿命”的理念被业内普遍接受，不少航天研究所都设置了专门的热分析工程师，大幅度提升了产品的质量，缩小了中国航天和国外的差距。

2007 年 1 月 22 日，“尼星”进行振动试验。

在试验现场，正在振动的卫星一侧突然冒出火花，出现了卫星打火的严重故障，卫星蓄电池上的一个硬盒被烧得面目全非，里面的铜条和螺丝钉也被烧得焦黑一片。面对突如其来的故障，周志成惊出了一身冷汗，立刻下令叫停。而此时此刻，负责此次项目监造的加拿大 Telesat 公司项目经理瑞·迈尔就站在楼上居高临下的观测窗前，刚才那惊险的一幕尽收眼底。试验现场的十几双眼睛刷的一下全部投向了周志成，而瑞·迈尔那凌厉的眼神更像一把锥子，周志成感到压力山大。

依据国际惯例，作为合同承包方，在卫星研制的过程中一旦出现任何问题，都应当及时、透明地向监造方公开信息。在中国航天科技集团和五院领导鼓励下，他们当即进行现场排查，在老外的眼皮底下解决问题。他们连夜请来材料专家、故障分析专家对事故展开严密排查。经过一整夜的奋战终于找出了问题所在，原来是电源继电器连接控制盒的连接螺杆间隙中有多余物。“尼星”的输出功率高达 9000 瓦，蓄电池在瞬间提供的电流可达到 100 多安培，虽然有绝缘材料，但继电器控制盒连接杆上小小的多余物还是在绝缘材料上形成了导电通道，两三千度的高温导致了卫星打火。仅仅用了 5 天时间，他们就圆满解决了多余物的问题。此后，他们又一鼓作气对“尼星”进行了全面的复查，包括蓄电池上的二次绝缘、帆板上的二次绝缘……整个卫星的供配电系统、电源系统的可靠性和适应能力都得到了大幅度提升。瑞·迈尔忍不住当着周志成的面竖起大拇指，赞叹中国人解决问题的速度和能力。

就这样，“尼星”团队仅用了 25 个月就完成了别人需要 30 多个月

卫星总设计师周志成（右）与监造方瑞·迈尔携手预祝胜利

才能完成的工作，圆满完成了尼日利亚通信卫星一号的研制任务，书写了中国卫星研制史的新纪录。这颗设计寿命为15年的大容量通信卫星，输出功率约8000瓦，有效载荷共4个波段28路工作转发器和7副天线，研制和发射达到了国外成熟卫星平台的最高水平，实现了我国卫星整星出口零的突破，同时标志着我国通信卫星事业的新突破，实现了火箭、卫星的“双足矗立”。

“尼星”赢了！

2007年5月13日深夜，西昌卫星发射中心一片灯火通明。蒙蒙细雨中，高耸的百米发射架上长征三号乙运载火箭高擎着尼日利亚通信卫星一号蓄势待发。

“5、4、3、2、1，点火！”北京时间14日零时01分，火箭如巨龙般托举着卫星腾空而起。霎那间，惊天的怒吼撕裂了子夜的寂静，冲腾的火焰点燃了破晓的晨曦。

“西昌飞行正常”“遥测信号正常”……卫星划破拂晓的苍穹飞冲而去，26 分钟后星箭分离，卫星准确进入预定轨道。

“发射圆满成功啦！”现场的工作人员跳起来了，激动的尼日利亚贵宾们跳起来了。这一刻，任何一种语言都不足以表达现场每一个人内心的喜悦与兴奋，大家鼓掌、握手、拥抱，非洲兄弟们更是手舞足蹈，发射现场掀起阵阵欢乐的狂潮。

“1 时 29 分，卫星帆板展开”“2 时 11 分，天线平稳展开”……捷报频传，大厅里又是一片掌声雷动。尼日利亚科技部长特纳激动地走向时任中国航天科技集团总经理张庆伟、五院院长袁家军，兴高采烈地拉起了周志成的手，时间仿佛定格在这里。

2007 年 5 月 22 日，尼日利亚通信卫星一号经过 5 次变轨，成功定点在东经 42 度赤道上空。

中国国家主席胡锦涛与尼日利亚总统奥巴桑乔互致贺电。

在完成一系列卫星在轨综合性能测试后，7 月 6 日，总承包商中国长城工业总公司在尼日利亚首都阿布贾向尼日利亚通信卫星有限公司交付了这颗卫星，这标志着中国航天首次整星出口任务顺利完成！

继尼日利亚通信卫星一号后，中国又先后给委内瑞拉、巴基斯坦、玻利维亚、白俄罗斯、老挝、阿尔及利亚等多个国家研制发射了基于“东四”平台的通信卫星。同时，“东四”平台的产品标准和建造规范获得了国际保险界高度认可，卫星发射及在轨保险费率大幅下降，成为中国航天高端制造装备走向世界的闪亮名片。

三、“狼”全都来了，可是我们不怕

20 世纪 90 年代起，国产商品掀起了一股走出国门的浪潮。电视上的广告、网站上的产品介绍以及商场中贴着的海报，在介绍产品时，常有这么一句类似的广告语："国内畅销，海外知名。"可见，只要是产品，不仅要争取国内市场，而且要争取国际市场。

产品从研发到设计再到生产，全过程构成了产品的价值，而最后交易的过程和对象，则成就了属于该产品的市场。产品占领市场的广度与深度，取决于并体现着产品的质量。这个规律，对于所有产品来说都一样，卫星也不例外。

东方红卫星平台在经历了东方红一号、二号、三号的积淀和历练，东方红四号平台应运而生。它出生的那个年代，是国产商品走向国际化的年代，是国产高科技产品走出国门的年代，也是中国航天科技集团大力推行国际化发展的年代。

那个年代，包括洛克西德·马丁商业空间系统公司、劳拉公司、法国泰雷兹公司等众多国际卫星制造商都已经纷纷迈出国际化步伐，几乎占领了全部国际商业卫星订单份额。在面对国际众多知名卫星制造商割据国际卫星市场的格局，以及国内东方红四号卫星平台研制刚刚起步的境地，五院研制团队却能冷静地分析并看清国际卫星市场形势，在纷繁复杂的国际卫星市场形式下剥茧抽丝，寻找到了一条属于中国航天的国际商业卫星发展之路，并作出了"国产卫星要第一个走高科技出口之路"的决定。

五院研制团队夜以继日地开展东方红四号卫星平台的研制工作。面对国际强大对手的竞争压力以及外部技术封锁，研制初期所遇到的困难是没有经历过的人无法想象的。但越是艰难，回首盘点这笔"财富"时，才越觉得其价值所在。

关键技术攻破不了，怎么办？再学习再攻关！

星上设备指标不能满足总体要求，怎么办？撸起袖子继续加油干！

研制时间不足，交付时间迫在眉睫，怎么办？哪管黑夜和白昼！

整个研制团队就是秉持这样的信念，小到一个螺丝钉，精到一个指标，细到一个数据，一个也没有放过。

同时，他们审时度势，不放过任何一个向世界展示自我的机会。

机会总是眷顾有准备的人。

2003 年，研制团队获得了竞标“奥普图斯”卫星的资格。

那是中国的卫星第一次真正意义上走出国门，参与国际竞标。初出国门的中国团队，有着“东四”卫星平台这张“王牌”，但疏于与国际对标，在很多细节的把握以及标准的制定上，都没能很好地契合当时的国际指标，最终没能拿下这个国际订单。但通过这次竞标，团队积累了宝贵经验，不仅明确了平台的改进方向，更领悟到对标国际的重要性。在竞标会场，研制团队深刻感受到国际竞争的压力，望着前来竞标的团队，不禁感慨：“狼，全都来了。”

在竞标“奥普图斯”卫星失利后，研制团队并没有气馁。他们在不断完善卫星设计方案的同时，总结了竞标失利的原因，针对自身的不足，有计划地学习国际卫星制造商的经验，不断丰满自己的羽翼，等待下次时机的到来。

2004 年，非洲大国尼日利亚进行了卫星竞标。这一次，研制团队带回来的是好消息。面对尼日利亚政府提出的苛刻要求，在竞争对手望而却步的情况下，我们的团队勇敢地站了出来，啃下了这个“硬骨头”。在竞标过程中，研制团队针对尼日利亚国情，拿出了一套“一揽子工程”计划，即卫星研制、火箭发射以及发射服务一体化，解决了尼方初次运营卫星项目过程中面临的诸多问题，并给出了一个让众多竞争对手望而却步的研制发射周期：28 个月！这是一个远短于国际同类卫星平台平均研制水平所需的研制周期。这是属于尼日利亚政府的第一颗卫星，也是中国航天第一次承接国际商业卫星研制任务。

这是一次质的飞跃。东方红四号卫星平台作为首个国产大平台，第

时任尼日利亚总统奥巴桑乔到访五院

一次站在了国际市场上，“中国制造”在国际卫星市场上打开了一片天地。

研制团队按照合约的要求，保质保量并按时完成了最初的研制计划。在尼日利亚通信卫星一号研制期间，尼总统奥巴桑乔访华时专程到访五院，同时慰问了研制团队的设计师。在了解了卫星研制进度和阶段性成果之后，奥巴桑乔总统对中国航天人大加赞赏，更对研制团队赠送的卫星模型爱不释手。

经受住了第一次国际订单的考验，研制团队很快就让东方红四号卫星平台踏上了物产丰富的南美洲国家——委内瑞拉和玻利维亚的土地，打开了科技实力雄厚的欧洲国家——白俄罗斯的市场，并服务着亚洲的多个国家和地区——巴基斯坦、老挝和中国香港。

2012 年，“东四”团队再度回到非洲。这一次，他们叩开的是阿尔及利亚的大门。虽然研制团队在国际上已占有一席之地，但每一次竞标都要倾尽全力。为了这颗卫星的技术方案谈判，研制团队有成员一年内六次飞往阿尔及利亚。

阿尔及利亚和中国有着七个小时的时差，但每一次的差旅，我方人员都顾不上调时差，走下飞机便马不停蹄地赶往阿方会议室讨论技术方案。有一次正值阿方最重要的斋月时节，在每天落日之前不吃不喝是当地人的重要习俗。为了展示“特别能吃苦、特别能攻关、特别能战斗、特别能奉献”的中国航天精神，同时也展示我们与第三世界兄弟国家的深厚友谊，我方充分理解并尊重客户的宗教习惯，在加班加点进行谈判期间，也和客户一起不吃不喝。正是这样并肩作战建立起的信任，研制团队再一次顺利签约。经过不懈努力，这颗卫星在 2017 年顺利飞天运行，再一次彰显了研制团队的国际商业履约能力。

作为世界卫星制造商强林之中的一员，研制团队参与的每一次竞标都是高手之间的博弈，即便是胜利，也仅仅是胜之毫厘。在印度尼西亚“印尼-帕拉帕”卫星的订单签约中，就有一个关于“3%”的故事。

印度尼西亚政府已有多颗通信卫星用于本国广播电视等通信领域。多年的卫星运营经验让他们的运营团队深知卫星性能，并在“印尼-帕拉帕”卫星的竞标要求中提出了多方限制。研制团队获得印方竞标资格后，迅速对印方的要求展开研究和调研。为了高度契合印方的要求，提高中标概率，研制团队制定了三套不同推进方式与不同整流方式组合的方案。从宣讲到问答交流，研制团队都充分展现了中国航天的风采，并通过层层筛选，同国际顶级卫星制造商法国泰雷兹公司一同进入最后一轮角逐。在最后一轮竞标中，印尼方对我们提出的方案与法国泰雷兹公司提出的方案进行一轮又一轮的比对，双方在卫星寿命和价格上不分伯仲。最终，我方在卫星性能指标上仅以比对手多出 3%的微弱优势胜出，为中国航天拿下了这个来之不易的订单。

卫星制造商的实力，不仅彰显在国际商业卫星订单数量的不断增加上，也体现在为出口的卫星所购置的保险费率逐步降低。“东四”平台卫星成功做到了这一点。作为保险购买的技术支持，研制团队持续关注国际商业卫星保险市场的动向，进行深入细致调研，并通过提升自我硬实力，提高“东四”平台卫星在国际市场的认可度，从而使卫星保险费率逐步降低。第一颗“东四”平台国际商业卫星——尼日利亚通信卫星一号的保险费率是国际同期市场平均费率的140%，而亚太九号的保险费率已经下降至国际同期市场平均费率的83%左右，远低于国际市场平均水平。可见，“东四”平台卫星已经完全得到国际市场的认可！

历经十多颗国际商业卫星的磨炼，“东四”团队砥砺前行，不负众望，拿下一个又一个国际商业卫星订单。当初的“狼来了”的局面没有变化。可是，我们再也不怕了！

四、南南合作“星星桥”

近年来，中国在通信卫星领域取得长足发展，出口的十多颗通信卫星先后镶嵌在浩瀚星空，联结成一条“太空丝路”。它们的“星光”覆盖到了全球80%的陆地，惠及全球80%的人口，为“一带一路”及周边地区提供了全方位的卫星通信服务。

通信卫星是我国较早走出国门、服务“一带一路”及周边国家和地区的高科技产品。在五院，几十年间，卫星“出口”的脚步不停，而基于东方红四号卫星平台的多颗出口卫星，就像一颗颗耀眼的明星，闪亮在丝路上空。

2007年5月，中国卫星出口史上迎来标志性时刻——五院研制的尼日利亚通信卫星一号成功发射，实现了中国航天整星出口“零”的突破。该星使用中国第三代通信广播卫星平台——东方红四号卫星平台，整体

中方技术人员与外方学员交流

性能达到国际同类通信卫星先进水平。但遗憾的是，卫星发射后的第二年，由于太阳帆板驱动机构故障，使电能耗尽而失效。

即便如此，这颗卫星依旧意义深远。对于尼日利亚而言，该卫星帮助这个非洲人口最多的国家实现了太空梦想，更重要的是，它为这个位于非洲西海岸的国家注入了弥足珍贵的“航天”基因。正如彼时尼日利亚科技部部长特纳所言，中国不仅出售了卫星，还帮助尼方培训了技术人员，双方的合作开创了发展中国家高科技领域合作的新典范。

事实的确如此，从 2005 年 11 月到 2007 年 1 月，五院对两批尼日利亚学员进行了专业培训。其中，负责空间段工作的学员有 25 名，培训期长达 15 个月，包括宇航基础知识、卫星专业知识、AIT 现场培训及虚拟卫星设计等内容；负责地面段工作的学员也是 25 名，培训期为 8 个月，主要是宇航基础知识和卫星专业知识。培训为尼日利亚航天事业

委内瑞拉通信卫星一号评审会

的发展奠定了良好的人才基础。

就在尼日利亚通信卫星一号打响“东四”平台走出去第一枪之后的一年，第二颗“东四”平台的出口卫星也走出了国门，在拉美地区绽放。

2008 年 10 月 30 日 0 时 53 分，委内瑞拉通信卫星一号在西昌卫星发射中心成功发射升空。这是我国首次向拉丁美洲用户提供整星出口和在轨交付服务，也是委内瑞拉拥有的第一颗通信卫星。

“委星一号”由五院研制，主要采用东方红四号卫星平台，起飞重量 5100 千克，装载有 14 路 C 波段、12 路 Ku 波段、2 路 Ka 波段转发器和 4 副通信天线，其中我国自主研制的 C 波段双栅天线首次在卫星上使用。该星输出功率 7.75 千瓦，设计寿命 15 年，定点于西经 78 度的地球同步轨道，信号波束覆盖大部分拉丁美洲地区及部分加勒比海地区。

委内瑞拉通信卫星一号

这是委内瑞拉拥有的第一颗通信卫星，主要用于通信、广播、远程教育、远程医疗等，对委内瑞拉改善国家基础设施，造福边远地区民众，提高人民生活水平具有积极意义。

两个多月后，这颗卫星通过在轨测试，正式交付给用户。在委内瑞拉北部瓜里科州埃尔松布雷罗地区的巴马里地面卫星主站，委内瑞拉时任总统查韦斯参加了交付仪式。他动情地说，在中国的帮助下，委内瑞拉拥有了第一颗卫星，这在不久前还是“一个看似不可能实现的梦想”。委内瑞拉非常感谢中国。他兴奋地宣布，交付仪式当天的电视直播节目就是通过“委星一号”向全国直播的。

在委内瑞拉，这颗卫星被视作珍宝。仅一事例便可证明——在委内瑞拉，这颗星被命名为“西蒙·玻利瓦尔卫星”，以纪念这位 19 世纪拉美独立运动领袖、委内瑞拉民族独立的英雄。此后两年时间里，“委星一号”的出色表现不断经委方工作人员之口传入中国。委内瑞拉科技部网站更是专门以"'委星一号'在轨两年，运营状态完美"为题介绍这颗卫星，认为"目前卫星运行状态完美，自运营以来一直符合设计指标"。

同尼日利亚一样，中国对委内瑞拉航天通信服务，不单单是帮助发射一颗卫星上天。在当年委内瑞拉宇航局庆祝"委星一号"运营两周年活动中，该局执行局局长弗朗西斯科表示，"通过这一项目，委方的技术人员在中国接受了培训，回国后负责卫星的监控和测控，这反映出委内瑞拉已经迈入航天国家行列"。

在中委双方的共同努力下，"委星一号"的功能得到最大限度开发。公开数据显示，"委星一号"在轨顺利运营两年，全国尤其是偏远地区，已安装 2500 多个卫星地面接收天线，已链接 1700 多个教育中心、89 个能源点、214 个农业基础设施，在远程医疗中也发挥着积极作用。

2011 年 12 月 20 日，在群山环抱的西昌卫星发射中心，中国与尼日利亚的第二次合作迎来关键时刻。当天，尼日利亚通信卫星 1R 成功入轨。

有了前车之鉴，第二颗尼星的研制格外谨慎。"尼星 1R 无论对航天科技集团还是对尼日利亚来说都具有重要意义。从项目签订开始，我们就深感责任重大，要求全体研制人员全力以赴做好各项工作，用高质量满足客户需求，为航天争光，为祖国争光。"在见诸报端的描述中，尼星 1R 总指挥、总设计师李峰这样说。

尼日利亚通信卫星一号在轨失效后，五院对曾经造成太阳翼故障的太阳帆板驱动机构重新进行了设计、鉴定和可靠性试验，加强了过程控制。在我国后续发射的通信卫星上，都采用了新设计的驱动结构。截至尼星 1R 发射前，中国航天科技集团已有 5 颗基于"东四"平台研制的大型通信卫星成功在轨交付，并都稳定运行。

尼星 1R 的研制过程历时 29 个月，中方与尼方都把确保质量摆在了第一位。“在工作中，由于要准备中英文两套文件，我们不断加强英语学习，这样才能更好地开展工作。”研制骨干成员介绍说。

尼日利亚通信卫星 1R 发射时，正是尼日利亚的下午，当地所有的电视台都转播了发射实况。“尼日利亚人民非常期待这次发射。”尼日利亚通信卫星公司时任总裁如法在接受媒体采访时说。在他看来，中尼之间的合作更像是“兄弟”，甚至像家人一样。“‘尼星’一号失利时，我们承担了来自公司内部与公众的巨大压力，因为这是我们国家第一颗通信卫星，很多人对航天未来如何发展产生了怀疑。面对巨大的挑战，中国给予了我们很大的支持。2009 年，中尼共同签署了尼星 1R 项目，航天科技集团决定为我们研制一颗替代星，这为我们省了很多钱。”

2012 年 3 月 19 日，通过在轨测试后，尼星 1R 正式交付给尼方。据尼日利亚官方数据，卫星将为尼日利亚提供超过 15 万个与通信有关的就业机会，卫星提供的双向高效宽带，预计可以为尼方的宽带用户每年节约超过 9500 万美元，为非洲用户节约电话中继和数据交换业务费超过 6.6 亿美元。

中国通信卫星在海外开疆拓土，在先后抵达非洲和拉美地区后，再度折返回祖国周边的东南亚。

2015 年 11 月 21 日 0 点 07 分，中国在西昌卫星发射中心用长征三号乙运载火箭成功将老挝通信卫星一号发射升空，卫星顺利进入预定运转轨道。当天，中共中央总书记、国家主席习近平与老挝人民革命党中央总书记、国家主席朱马里互致贺电。

老挝通信卫星一号是中国对东盟地区的首次整星出口，对推动国家“一带一路”倡议实施，加强我国同东盟地区的政治、经济和文化交流合作，深化中老两国友谊具有深远意义；同时，它也是老挝的第一颗通信卫星。

老挝通信卫星一号采用东方红 4S 卫星平台，运用综合电子技术、锂离子电池技术等国际先进技术，星上软件具有自主故障诊断和恢复功能。有效载荷包含22路转发器以及2副天线，可同时播出60—80套电视节目，为老挝及东南亚等区域用户提供卫星电视直播、通信和数据传输等服务，服务寿命为15年。

要说采用了东方红4S平台的老挝卫星与其他通信卫星最大的区别，当属使用了新一代综合电子技术和锂离子电池技术。其中，创新的综合电子技术将“东四”平台中使用25台设备才能实现的功能集成在5台设备上，使卫星不仅瘦身65千克，而且“体魄”更强健了。

在其他通信卫星上，星务和控制要靠两台计算机的“大脑”来完成。而在老挝通一号信卫星上，一台“最强大脑”就可以完成这两部分功能。这台“大脑”的软件还有“安全卫士”的功能，可以智能检测到卫星的异常，并快速对故障进行处理，最大限度保证卫星通信正常。

老挝通信卫星一号成功发射

除了造福老挝百姓，对于中国航天事业而言，这颗卫星还扮演着“拓荒者”的角色。据了解，东方红 4S 平台所采用的电推进、综合电子和锂离子电池技术都达到了国际领先水平，这些新技术亦在后续的“东四”增强型和“东五”平台上直接应用。

在走出国门的道路中，我国的通信卫星脚步不停，凭借扎实的技术与真诚的态度，穿行在西方大国设置的层层阻碍之中，打破封锁、寻找伙伴，搭建了一座座促进国际友好往来的“星星桥”。事实再一次证明：科技的力量跨越国界，真诚的国际合作无法被阻挡。

五、中国老师真赞

在“一带一路”沿线国家老挝首都万象的一个城镇里，对 20 多岁的 Phet 而言，自从作为万象地面站的控制轨道工程师参与到老挝通信卫星一号的项目后，他曾经遥不可及的航天梦想终于实现了。而更令他惊喜和难忘的是，中方提供的卫星在轨操作与管理培训，让他和卫星之间实现了真正的零距离接触。“我想用‘充实’和‘快乐’来描述经历的在轨操作与管理培训，虽然一切都是那么地陌生，但是在各位老师的陪伴下，我并没有害怕和退缩，而是积极学习相关资料，克服了遇到的各个问题，最终完成了这次培训任务。”Phet 在回忆自己的培训生活时如是说。

作为立志成为世界一流的通信卫星产品供应商和综合服务提供商的单位，五院通信卫星事业部 2008 年 7 月成立后，在出口卫星的同时，也着力提供细致完备的技术支持，其中为外方进行的技术培训便是提供的重要服务之一。古人讲，授人以鱼不如授人以渔，为了能够在卫星交付后由用户承担起在轨管理任务，通信卫星事业部持之以恒地坚持培训，范围覆盖了卫星基础和卫星专业课、卫星虚拟设计、卫星模拟器及

玻利维亚学员学习卫星相关课程

卫星在轨操作与管理培训等多个模块，可以说，倾囊传授了卫星设计与在轨管理的关键技术，确保外方学员学有所成。

俗话说，台上一分钟，台下十年功。在为学员们进行细致讲授的背后，通信卫星事业部的培训讲师们花费了更多的时间和精力准备相应的课程。

刘文婷是通信卫星事业部一名经验丰富的测控分系统设计师，多年来，先后参与研制了多颗国际商业通信卫星，并培训了多期外方学员。她说，各个国家选派的学员们都有一定的工程基础，甚至有人已经参加过相关国际宇航组织开展的培训课程，因此对他们的培训必须更有针对性。同时，这些学员非常活跃，经常会就课程内容与培训老师进行讨论，老师必须对答如流并且不容有错，无论是语言关、技术关还是技巧关，都面临着极大的考验。

此外，在传统的PPT教学和卫模操作的基础上，为增强培训课程的趣味性和互动性，通信卫星事业部特别研制了姿轨控仿真培训系统，采用沉浸式教学方式进行创新型培训。通过系统中的三维场景再现，极大地提高了学员对卫星在轨状态的理解；采用中英文对照的整星测试遥测界面，加强了学员对整星遥测的直观理解；相对监视枯燥的数字变化，采用图形及各种颜色表示的遥测状态变化，让学员能够准确捕捉到遥测状态的变化。遥控模块采用整星遥控界面，一方面加强学员对遥控指令格式的理解，另一方面增强了操作的简约性。在实际培训过程中，外方学员对这些方式表现出了极大的兴趣，均表示采用此种方式大大增强了他们对卫星系统的理解。

同时，为了照顾到不同学员的生活习俗与宗教信仰，还特别开辟了相关专门的场所供他们使用。细致入微的服务不仅让远在他乡的学员体会到了通信卫星事业部大家庭的温暖，也为培训工作的开展打下了坚实的基础。

巴基斯坦卫星KHTT培训是五院首次承担的时间紧、任务重、难度大的培训项目，在当时无疑是非常具有挑战性的培训项目。在短短几个月的时间内，要按照正样卫星的研制流程，用宇航级的产品为巴方学员研制出一颗电性星，并利用电性星为60名学员开展卫星理论和电测实操培训工作。另外，所有巴方学员需要操作或者参考的测试软件、测试设备、测试文件等，均需要进行英文化处理。还有场地、各方面保障条件、保密、测试现场管理、测试细则的英文化、培训教师的讲义编写与试讲考核、培训课程设置等，尤其是开创性的电测实操培训工作，都是第一次，这在当时被认为是“不可能完成的任务”。

学习本是枯燥的事情，国籍和语言的差异无疑进一步拉大了教与学的距离。如何让学员们更有效地掌握本就偏重实践的整星综合测试内容，老师们设计出各种“招数”。针对流程性的内容，请学员们各自扮

巴基斯坦学员参加课堂培训

演流程中的一部分进行接龙。“临射前起飞状态设置”，一个令人无比激动的时刻，学员们各自代表一个分系统，一起走流程，各自汇报临射前自己分系统的设置状态，身临其境的感觉让学习过程紧张而又有趣。针对较为枯燥的现场管理规定的学习内容，不是直接灌输规章制度，而是诱导学员们自己思考测试现场应该注意哪些事情，让学员们自己对自己提要求。巴基斯坦学员是出了名的“好学”，特别是实操培训中，进入现场后的巴方学员瞬间变成“好奇宝宝”。他们会问电缆为什么有的是绿色的，有的是灰色的？电缆中间为什么会用海绵包覆？计算机的连接方式、数据的流转？他们希望将所有看见的东西都知其所以然。时间一久，外方学员也学会了简单的中文，开始用汉语与老师打招呼或是语句中夹杂着汉语。

五院通信卫星事业部 AIT 中心承担巴基斯坦正样卫星测试工作的 7

人团队勇敢地承担起了这份履约国际合同的培训任务。在承担正样星研制工作的同时，为使后续的实操培训顺利开展，测试团队几乎没有休过一个完整周末，争分夺秒对用作培训的电性星完整地做了一次“健康检查”。

记得因为通信舱的一个单机出了点问题，导致测试进行不下去，而实操培训迫在眉睫。当时的测试主任设计师李朝阳临危不乱，找来单机的 IDS 表，一点一点地捋接点、找问题，硬是在培训前顺利解决了问题。

他们还编制了长达 200 多页的英文培训讲义，完成了所有的培训讲义和测试细则的评审工作，组织所有培训老师进行了试讲和专家考核，将所有的测试设备及软件进行了英文标识张贴和软件英文化，使所有的准备工作完美完成。

电测培训工作分为在神舟学院的理论培训及在航天城总装大厅的测试实操培训两部分。如果说在神舟学院的理论培训只是考验 KHTT 培训团队的英文口语能力和业务水平，那么在航天城 102 厂房长达两个月，历经通信舱、平台、B 状态三个阶段的实操培训才是对培训团队培训能力的真正考验。具有外方学员培训经验的只有黄燕一人，但也只经历过理论培训，实操培训也是第一次。在此期间，在测试主任设计师李朝阳和副主任设计师黄燕的带领下，年轻的讲师们成长得很快。他们以娴熟的英语、过硬的业务能力向 60 名巴方学员展现了中国年轻一代航天科研工作者的风范，并以严谨的工作态度、丰富的工作经验赢得了全体学员的认可和尊重。

60 名学员的现场管理及保密工作难度很大，巴星 KHTT 项目办和神舟学院鼎力相助，和 KHTT 培训团队共同制订方案，60 名学员分为四组，每组学员在现场培训的同时，其他小组学员也由助教带领进行答疑、做作业、写测试细则。培训时光对于 KHTT 培训团队是“痛并快乐的”，对于巴方学员更是充实而具有挑战性的。最终，60 名巴方学员

委内瑞拉学员参加培训考试

掌握了卫星各分系统测试项目，亲自上手操作，亲自编写测试总结报告，经历了一颗电性星的完整工厂测试流程，为当时“不可能完成的任务”交上来一份完美的答卷。

外方学员与“老师”们的交往中，还时常发生一些有趣的事情。

外方学员中的华裔以及精通中文的资深留华学生，责无旁贷地成为培训教师和学员之间沟通互动的纽带。虽然培训教师和外方学员都具备优秀的英语交流能力，但由于双方的母语都不是英语，因此在很多教学细节的理解上可能会存在偏差。玻利维亚学员中有位祖籍福建的华裔，经常会反馈外方学员听不明白的内容，例如中国老师说“earth”时，他们有时会听成“as”，从而使培训教师说他们容易混淆的词汇时故意放慢语速。老挝学员中有一位中文名字叫顾凯的小伙子，在中国留学多年，熟悉中国人的思维，精通中文，在课上听不明白的，他会要求教师

中国和玻利维亚的技术人员开展足球友谊赛

用中文讲给他听，他再翻译给本国学员。在印度尼西亚的学员中，有两位祖籍广东的第四代华裔，虽然已经不懂中文，思维习惯也和国人相差较大，但仍然保留了华人特有的勤奋和钻研精神，无论是课上的知识，还是课下的实践环节，都能很快融入。

三尺讲台，诲人不倦。十几年间，培训讲师们顶住了各种压力，顺利完成了从委内瑞拉、巴基斯坦到阿尔及利亚等多组外方学员的培训任务。其间收获的一次次掌声，学员们用不太标准的中国话说出的“老师真赞”，都是对培训讲师们莫大的肯定和鼓励。截至 2021 年，已先后有 26 期 500 余名学员接受五院通信卫星事业部提供的培训服务，学员国籍覆盖委内瑞拉、玻利维亚、老挝、阿尔及利亚、白俄罗斯等国家。他们不仅将中国航天领域的先进技术和管理理念带回自己的国家，回国后更是或成为相应领域的业务骨干和精英，或成为航天局的技术带头人或行政高层，有效推动了所在国航天技术、管理体系的发展。他们在全球各地的地面站里精心“牧星”，承载着中方的美好祝福和希望，带着彼此至深的友谊踏上了另一段属于他们的征程。

六、让卫星在太空里安心“安家”

人们常说，没有什么资源是取之不尽用之不竭的。因此，人们珍惜水资源、矿产资源、煤炭资源，等等。那么卫星在太空中赖以生存的资源是什么？答案就是卫星频率和轨道资源。

卫星频率和轨道资源是各国开展卫星通信、广播、气象、导航、遥感、载人等空间业务不可缺少的有限资源。

众所周知，在离地球 35768 千米距离的空间，有一条地球静止轨道，在这个轨道上的卫星能够和地球同步转动，不间断地凝视地球，非常适合开展各种空间业务。而这一条黄金轨道早已十分拥挤，大约每隔 2 度就有一颗 C 频段在轨通信卫星，每隔 1.5 度左右就有一颗 Ku 频段在轨通信卫星，甚至已有 8 颗卫星共同使用一个轨道位置。

既然地球静止轨道如此拥挤，那非地球静止轨道的情况又怎么样呢？

实际上，想要在非地球静止轨道部署卫星，同样非常困难。

早在 20 世纪 90 年代第一代低轨卫星星座出现时，美国联邦通信委员会就判断，非地球静止轨道没有足够的频率和轨道资源可供所有申请者使用。当出现类似 spaceX 这样的先行者占领空间频轨资源后，会让原本不富裕的大家庭更难以养活其他孩子。

为了让卫星在太空安心“安家”，五院通信卫星事业部于 2013 年 10 月成立了空间频率资源开发中心，并以空间频谱业务开拓与实施、国际商业通信卫星市场开拓为主要业务，拓展了国际化、专业化的发展道路。

频轨资源可以说是卫星在太空里的“家”，发达国家很早就开始给卫星“安家”，在太空中占据了很多“地皮”，发展中国家只能在夹缝中生存。因此，在东方红四号卫星平台参与国际市场竞争的过程中，经常遇到一个有趣的问题，就是很多发展中小国一方面需要运营自己的通信卫星，另一方面又不具备频率资源和轨道位置协调能力。于是在合同谈判期间，客户经常会提出：“能不能提供技术支持，帮我们申请频率和轨道位置?”

为了支持东方红四号平台卫星的出口，更为了让更多发展中国家迅速进入信息时代，频率中心勇敢地承担起了这项烦琐、复杂而又必不可少的工作。

玻利维亚通信卫星的出口合同就是一个案例。

2010 年，在世界上海拔位置最高的首都城市玻利维亚的拉巴斯，全球顶级卫星制造商齐聚于此，竞标玻方第一颗通信卫星。但是玻利维亚没有频率轨道资源，这个问题得不到解决，卫星就无法上天。没有频率，就没有合同。前方传来问题，后方立即行动。五院频率协调团队花了整整两个月的时间，夜以继日，硬是在被 Intelsat、SES 等“大牌”卫星密密麻麻覆盖的美洲上空，论证出了一个适合玻方的轨位，量身打造了包含频率服务的一揽子合同。

根据国际电联的规定，每个主权国家都拥有自己的规划资源，其中包括了频率资源和轨道位置。但是规划资源中的频率是非常有限的，而且对波束覆盖区有着非常苛刻的要求。如果完全按照规划资源来设计，就只能发射一颗容量很小、波束非常狭窄的卫星。这对于国土面积狭小、人口不多的国家来说，经济效益会非常差。所以，频率中心为玻星设计了“频率资源扩展使用”方案，也就是在玻利维亚现有规划资源基础上实施扩展，制定更合理的卫星总体方案。但这就需要重新申请频率

玻利维亚通信卫星轨位咨询合同签约仪式

资源和轨道位置。

当时，世界排名第二的欧洲卫星公司（SES）同样在扩展南美洲的业务，与玻星的规划发生了冲突。队伍中的年轻人在老专家的带领下，采用了两条腿走路的方法，一边为玻利维亚本国的谈判人员提供教育培训服务，一边为玻星设计协调和谈判策略。

国际通信卫星运营商为了保护自己的利益、服务于未来业务拓展，往往会把要求提得非常高。每一兆频率、每一平方千米覆盖区，都要经过艰苦的谈判和协调才能拿下来。而玻利维亚方面的人员专业能力不足，对谈判造成了很大影响。在很多问题上，需要玻方人员谈判结束后，把争议内容反馈给中方团队，理解消化之后再给出对策。然而，南美洲国家语种复杂，翻译过程中就很容易造成误读。不但如此，玻方在协调期间，渐渐发现其国内也存在复杂的频率协调问题，需要在这个过程中一并解决。这又增加了频率协调团队的工作难度。

经过艰苦的工作，玻利维亚通信卫星的频率和轨道资源问题终于得到了解决，卫星顺利发射并投入使用。2013 年 12 月 21 日，玻利维亚时任总统莫拉莱斯专程赴西昌观看发射，成功后，与习近平主席互致贺电。

到 2015 年底，玻利维亚通信卫星转发器的出租率已达到 75%，月租金收入达到 1900 万美元。同年，玻利维亚航天局被评为全球最佳新秀卫星运营商，到 2020 年底，全年收入达 2500 万美元。频率中心不仅为用户提升了国际影响力，还带来了巨大的商业价值，充分说明了频率协调工作的成功。

有玻利维亚通信卫星的成功案例作为引导，相当多的后续用户，例如阿尔及利亚、柬埔寨、埃塞俄比亚等都提出，希望由五院来为他们提

我方设计师与国际电联有关负责人交流

供频率和轨道资源协调支持工作，这也成为东方红四号和五院在国际市场竞争中的一项独特的国际竞争力，打出了东方红四号和中国航天的名气。

都说空间频轨是没有国界的，但是每颗卫星都有自己的国家。为了让卫星安心“安家”，就得提到一个国际组织，这个组织协助各个国家的卫星在空间“安家”，这个组织就是国际电联。

国际电联是主管信息通信技术事务的联合国专门机构，也是联合国机构中历史最悠久的一个国际组织。根据《组织法》规定，“国际电联有责任对频谱和频率指配，以及卫星轨道位置和其他参数进行分配和登记，以避免不同国家间的无线电电台出现有害干扰”。每三至四年举行一次的国际电联世界无线电通信大会（WRC）是国际频谱管理进程的核心所在，同时也是各国开展实际工作的起点。世界无线电通信大会审议并修订《无线电规则》——确立国际电联成员国使用无线电频率和卫星轨道框架的国际条约，并按照相关议程，审议属于其职权范围的、任何世界性的问题。

参与国际电联议题研究是一项“前人栽树，后人乘凉”的工作，可能效益体现并不快，但对国家和航天维护空间频率利益至关重要。2019年世界无线电通信大会上，频率中心结束了一个国内牵头议题的研究工作，同时开启了2023年世界无线电通信大会的议题研究。该中心成员全力参与2015—2019年世界无线电通信大会周期内的议题研究工作，积极准备、主动作为，为中国航天在国际范围内争取了更多的话语权。自2012年起，经过近十年的努力，从没有资格承担国际电联议题研究工作，到成为国内为数不多的能够承担两项议题研究工作的团队，频率中心一直在进行努力。

2019年7月，亚太电信组织2019年世界无线电通信大会（WRC-19）第五次筹备组会议（APG19-5）在日本东京拉开帷幕，来自亚太地区

73个国家和地区的529名代表参加了此次会议。本次会议中，基于过去这一研究为期4年不间断的研究与努力，频率中心孙茜成功当选未来大会候选议题起草组主席，主持2023年世界无线电通信大会七项候选议题的具体研究和讨论，实现了五院深度参与国际会议的重要突破。

2019年11月，备受瞩目的2019年世界无线电通信大会在埃及沙姆沙伊赫召开。作为三项议题的国内第一责任单位，以及受亚太电信组织委托承担其他四项议题的亚太区域发言、协调任务，我方代表在本次会议上充分发挥主观能动性，积极制定应对策略，会上积极发言，会下积极开展交流，全力以赴争取并维护我国无线电频谱和卫星轨道资源使用权益。

WRC-19是国际电联历史上又一个成功的里程碑，也是世界无线电通信领域的又一次盛会。世界各国为如何公平、高效地使用无线电资源而进行的研究工作不断深入，频率中心持续深度参加空间频率共用和划分的研究工作，为中国航天贡献力量。

空间频率和轨道作为属于全球的稀缺资源，在国际电联的平台上，是通过一定的国际规则来分配和使用的。频率中心的频率工作就是在国际和国内一系列的管理规定的框架下，去履行要求所要做的申报、登记、协调、技术分析等一系列的工作。以我国为例，现在有关部门已经明确要求，专业且具体的频率轨道资源分析协调工作是航天器，尤其是民用航天器立项的一个必要前提。因为航天器在轨运行时，如若发生干扰，不仅会影响到航天器本身以及航天器用频安全，还会成为国与国之间的外交问题。因此，频轨资源获取工作不仅需要走国际化发展道路，更需要从专业化角度去解决技术问题。

2017年以来，频率中心的技术人员做了一件“大事”：面对当时国内其他单位的激烈竞争，他们克服了很多困难和挑战，在频率资料的申报上，基于现有对于星座的论证和设计，向国际电联申报了几份低轨星

技术人员就国际化工作开展交流

座网络资料，其中涉及一些比较重要且敏感的频段。虽然地位比以前国际上的一些星座落后，但频率中心申报的频率资料比后续几年发展的很多星座优先，占据了一些地位。随后，借助于信函协调和与国家主管部门间的协调，稳步推进与国际上多家大型操作者及组织的频率网络资料的协调工作，其中包括有 Immasat 和 OneWeb 等，为卫星互联网星座首发星的发射扫清了频率障碍。

在申报星座频率的时候，国际电联针对这个复杂星座提出了一些苛刻的验证指标。这些指标无论是在理论算法上，还是在计算机的仿真验证方面，都给频率中心团队带来了一些比较大的困难和挑战。一方面是因为不熟悉，另一方面是因为该验证方法对现有的计算资源及硬件设备都有了更高的要求。为了发展和掌握我国低轨星座研究领域的核心技术，频率中心的技术人员认真研究国际规则、系统特性，开展了一轮又一轮干扰建模仿真试验。星座系统节点多、计算量大，需要计算力较强的仿真机来配合计算，最长的一次仿真机跑了 17 天，多个仿真机共同进行计算仿真。仿真机在 17 天的工作中差点瘫痪。国内协调也困难重重，低轨卫星星座是一个新事物，在协调圈内没有先例可循，多个卫星操作者都担心星座的发射会影响自己的在轨系统，所以卫星操作者们都非常谨慎。

面对困难，作为频率中心的骨干人员，袁俊、田野、江帆等认真思考，积极谋划，充分挖掘和发挥频率资源的顶层战略规划作用，大胆假设，小心论证，为通信卫星领域的频谱工作和市场开拓工作作出了积极贡献。他们平日积极沟通，帮助多名新员工成长为频率工作的中坚力量；作为督导师指导多名新员工在多个研究分支开展工作；面对在研型号没有频率工作相应核查能力的问题，将频率工作纳入型号管理流程。作为频率中心的成员，在通信卫星国际化的进程中，他们持续发挥着重要的骨干作用，为五院在频谱技术发展和市场开拓领域不断前进而贡献自己的力量。

在长期实践中，频率中心坚持自立自强、深挖技术根基，下定决心、保持恒心、找准重心，锐意攻坚克难、勇于创新突破，加速推动频率领域核心技术的突破，打造了一支以技术为基础的团队，走出了一条国际化、专业化的前进路子。

这支队伍常年战斗在频率研究领域前线，有着扎实的功底与厚重的积累。他们主动思考，积极谋划，提出将多系统间频率共用验证与设计技术作为本专业核心技术的发展目标，以此抢占频率兼容共存技术制高点。他们不仅有效利用规则，积极赢得先机，有力地维护我国国家安全与利益，而且以过硬的本领，为各方面用户提供优质的咨询服务，受到了各方面的普遍赞誉，尤其是有力推动了中国航天国际化发展，助力外交大局和推动构建人类命运共同体。

七、靠实力，言必信行必果

西汉季布因说话算话，极有信用，在当时流传着一句名言：得黄金百，不如得季布一诺。2000 多年后的华夏子孙在国际合作卫星研制项目上，依靠自己的实力继续着“一诺千金”的故事。

实力的体现，不仅表现在帮助弱者，更体现在征服强者。当东方红四号卫星平台的品牌在国际市场上打响后，研制团队也终于踏上了欧洲的土地。作为传统的航天强洲，欧洲一直不乏顶级卫星制造商。这一次，研制团队凭借强劲的实力以及多国的口碑，在与世界顶级卫星制造商竞争中获得了白俄罗斯人的青睐。

白俄罗斯通信卫星一号运营范围是白俄罗斯本土，可是由于白俄罗斯周边国家都有各自的卫星，并且对卫星频率和覆盖区域限制多，卫星天线的覆盖区域一直都是一个大难题。精细的覆盖区域要求，对研制团队来说，又是一个史无前例的难题，对“东四”平台的区域波束天线也是一大考验。

研制团队在工程总设计师徐福祥的领导下，多次召集卫星天线总体设计专家和天线相关责任人，反复论证，不断试验，失败了就再来一次。攻关的过程中，有人觉得指标已经很接近用户需求了，问题也算是解决了。“接近指标是不够的，我们必须达到，而且我们有实力达到！”卫星总设计师李杨和总指挥魏强都“执拗”地坚持最初的目标。最终经过长达数月的讨论和实践，天线各项指标均满足了用户的要求。

好事多磨，在白俄罗斯通信卫星一号即将进入整星热试验阶段时，进口的太阳帆板驱动机构功率滑环出现了问题。整星热试验在即，时间节点是年初就定下的，已经没有调整的余地了。研制团队立即派出卫星控制系统专家赶赴欧洲了解情况，解决问题。他们从供应商处得知，这类产品都是根据年初的需求进行定制，并没有多余的库存可以临时调用，而且该部件生产和更换所需周期长，恐怕无法满足当前的时间需求。

“没有时间犹豫了！”研制团队连夜召集控制专家开会讨论，经过性能分析以及数据审查，当机立断，决定用国产部件取而代之。

然而，当年白俄罗斯通信卫星一号合同签署后的欣喜，掩盖了研制中将会遇到的一个巨大陷阱——白俄罗斯作为受到欧盟联合制裁的国家，对其实施的产品禁运中包括了宇航元器件产品。而在中白两国就卫星研制签署的合同中，却明明白白写着相关有效载荷产品使用的是来自两个欧洲国家的，即“引进件”。面对此种情况，我方提出了三个解决方案：一是选用国产化产品；二是对原公司开展争取工作；三是引进不受限制产品替代原引进件。对于方案一，白俄罗斯方面不予采纳；方案二的结果是，作为不可抗力原因，其中一个国家毫无商量地关闭了向我国出口用于白俄罗斯卫星的产品进口渠道。而另一个国家则留下一道门缝：换一个不在政府限定出口范围的公司产品你们同意不同意？结果是只有方案二部分＋方案三全部，而这意味着卫星发射将延迟3—5个月。此消息一出，白俄罗斯方面立即派出高层来访，直接和中国航天科技集团董事长会谈：中白两国友谊源远流长，今后的合作长期稳定。此时，我方也明确表示：卫星发射按合同计划实施。

一纸合同就是一份承诺。实现这一承诺，不仅花费了真金白银，更显现了研制者的智慧。产品换厂家，多出来的经费我们贴；另一个产品因要得急，厂家高开的价钱我们掏。按照既定流程根本无法实现按期发射，就将原标准流程拆分为若干个短小流程，部分到货的就先部分装星，并完成可进行的部分工作。2015年7月20日，最后一批元器件到货，此时，距离进场不足140天。“标准不降、程序不减”，超常规但科学周密的流程得以实施。2015 年 12 月 5 日，白俄罗斯通信卫星一号抵达发射场，站到了飞天的起飞线上。2016 年初，白俄罗斯通信卫星一号冉冉升空，并成功在轨交付用户。

作为国际舞台上的“后来者”，研制团队深刻认识到，想要在高手如林的世界卫星舞台上占有稳固的一席之地，不断紧跟时代的步伐，持续提升自我、突破自我才是正道。

随着时代的进步、需求的发展与技术的更新，研制团队在东方红一号、二号、三号的基础上，成功孕育出了东方红四号卫星平台。由于其通用性与普适性，东方红四号卫星平台成为研制团队承接国际商业卫星订单的主角，并不负众望地成为世界商业通信卫星舞台的明星。“台上一分钟，台下十年功”，这个“明星”勤学苦练，不断实现技术突破，紧紧跟上了世界发展的步伐。

白俄罗斯通信卫星一号装入整流罩

委内瑞拉通信卫星一号的成功研制，迈出了东方红四号卫星平台技术突破的重要一步。委内瑞拉通信卫星一号是研制团队斩获的第二颗国际商业通信卫星订单，它隶属于拉丁美洲的重要国家——委内瑞拉。

有了尼日利亚通信卫星一号的竞标经验，研制团队很快便用东方红四号卫星平台叩开了南美洲的大门。虽然有了几颗卫星的研制经验，但研制团队还是一丝不苟、披星戴月地加紧研制。研制的过程按照计划进行，各方面进展很顺利，但卫星太阳帆板驱动机构的技术瓶颈，在前续几个型号的基础上，一直未能得到有效解决。随着交付的时间越来越近，团队里每个设计师的眉头都皱成了一团。

与其坐以待毙，不如迎难而上。研制团队组织了团队内外的控制领域和机械领域的专家，分析了之前几颗卫星上所用的太阳帆板驱动机构在设计、生产和试验过程中的记录及数据，有针对性地找出原太阳帆板驱动机构所存在的缺陷并对症下药。又是多少个日出到日落，再从日落到日出，研制团队专家组终于完成了新型太阳帆板驱动机构的鉴定及正样研制，保证了装星时间，确保了整星按期发射。

这个驱动机构能满足要求吗？能！

2008 年，委内瑞拉通信卫星一号的成功发射和正常运营，证明了研制团队的技术实力与判断力，也正式开启了东方红四号卫星平台踏上国际舞台的新纪元。

高科技的道路是一条永无止境的路，在这条道路上需要不断突破自我，才能站稳属于自己的舞台。这是一条铁的定律，研制团队也用铁一般的意志在坚定地执行着。

2006 年，“东四”团队签下了巴基斯坦的一颗通信卫星合同。这一次，用户的需求较以往来得更加苛刻一些。用户要求精确实现卫星天线转动，其要求转动的角度精度之高，是研制团队从未遇到过的。

作为卫星总体，研制团队连夜召集天线等方面的负责人和专家，对

巴基斯坦技术人员到卫星现场了解工作进展

该问题进行剖析并寻求解决方案。不知道经过多少个这样攻坚克难的昼夜，研制团队通过对大量国外文献的调研，并结合了既有的相关预研成果，终于在天线交付期限到来之前，利用主反射面微动可调技术，满足了天线转动角度高精度的要求。

这样攻坚克难的故事在卫星研制的过程中不胜枚举。

玻利维亚通信卫星出场评审持续 24 小时不间断，设计师们倾力完成 300 余项待办事项……

老挝通信卫星一号首次实现星上综合电子技术，开辟了综合电子应用的新道路……

亚太九号通信卫星载荷实现多路上行信号对一路或多路下行信号，其等效通道数量达到 100 路，技术水平达到国际领先水平……

阿尔及利亚通信卫星一号首次实现星上设备全部国产化……

玻利维亚技术代表来访五院

正是因为研制团队在卫星研制的漫漫长路上不断求索，才造就了东方红四号卫星平台的国际地位。

路还在继续，研制团队的步伐正沿着这条科技之路，迈向远方。

第五章

民商用通信卫星的崛起

中国人徜徉在航天科技营造的奇幻时空里，不过半个多世纪。从卫星上天到数据落地，通过收音机、电视机、手机等可触可感的物件，人们真切感受着航天科技的独特魅力。而在形形色色的卫星中，与民众关系最紧密的，当属通信卫星。

在民用领域，由五院抓总研制的通信卫星，已成为提振国民经济、改善人民生活的重要力量。数据显示，这些“中国高端制造”的通信卫星产品和服务，已经覆盖全球80%的陆地和80%的人口，让数十亿人享受到航天科技带来的现代文明成果，有力推动了“一带一路”建设和构建人类命运共同体。

在商用领域，卫星通信业已成为我国航天商业化的支柱产业。卫星规模化发展将成本摊薄，对通信卫星的渴求被激活，相关产业真正进入爆发成长期。通信卫星“国家队”力量亦随之显现，在激荡澎湃的历史浪潮中，再度释放出“弄潮儿”般的巨大能量。

同时，我国的通信卫星大踏步走出国门，凭借扎实的技术与真诚的态度，穿行在西方大国设置的层层屏障之中，打破封锁、寻找伙伴、拓展合作。

在民商用通信卫星崛起发展的岁月里，有过欢欣鼓舞的成功，也有过万人泪下的挫折，创造了奇迹与效益，留下了荣光和记忆。

一、“东四小子”的爬坡路

卫星公用平台设计思想的首创，给卫星事业谋取了广阔的空间。目前我国通信卫星领域的王牌卫星平台非东方红四号莫属，依托东方红四号平台，也衍生出了东方红四号增强型、东方红四号S、全电推等卫星平台系列。

这些卫星平台孕育了多颗了不起的民商用通信卫星，它们如一个个脱离母胎的孩子，在大千世界中各显神通。

2011年6月，中国共产党即将迎来90岁的生日。21日零时13分，长征三号乙运载火箭在西昌卫星发射中心点火起飞，成功将中星10号通信卫星送入太空。

中星10号是对我国东方红四号卫星平台充分“挖潜”的一颗卫星。它由五院抓总研制，采用了我国自主研制的东方红四号卫星公用平台。作为一颗用于广播和通信领域的地球静止轨道通信卫星，它将接替已经在轨运行13年的中星5B卫星，为中国及周边国家和地区用户提供优质的通信服务。

与此前相比，这一次中国通信卫星有了大幅飞跃。中星10号卫星总指挥、总设计师魏强说：“从中星5B到中星10号，我国卫星研制能力有了大幅提升。”

中星10号卫星对东方红四号卫星平台的潜力进行了充分的挖掘。这颗卫星不仅容量更大，覆盖范围和定点精度也要更优。这意味着，不仅用户的地面天线设备可以更小、灵敏度更高、通信质量更好，而且价格会更低。

这得益于我国通信卫星技术水平的提升。十几年间，我国卫星自主研制能力逐步增强。一方面，通信卫星在轨寿命提高，转发器通道数增多，功率增大，卫星平台的承载能力和可靠性增强；另一方面，通信卫星的数量也在不断增加，提供通信服务的能力在增强。卫星研制能力的提高为卫星通信事业的发展提供了强有力的支撑，通信卫星运营服务也在国际上进一步打开了市场。

中星 10 号卫星上装有 30 路 C 波段转发器和 16 路 Ku 波段转发器，发射重量 5220 千克，整星功率达 11450 瓦，设计工作寿命 13.5 年。彼时，它是我国在轨的通信卫星中转发器通道数量最多、功率最高、发射重量最大的一颗。

历史的车轮滚滚向前，发展的步伐从未中断，“东四”平台卫星同样如此。仅仅两年之后，另一颗卫星再次刷新了“东四”平台的纪录。

2013 年 5 月 2 日凌晨 0 时 6 分，在我国西昌卫星发射中心，托举着中星 11 号卫星的长征三号乙运载火箭发射升空。当时，这颗卫星被

中星 10 号卫星天线展开

称为“东四平台最强星”。

强在哪里？

“中星11创奇迹，携带许多转发器；测控数管新技术，供电热控没问题；控制推进来位保，东四平台跑不了；点动天线更奇妙，哪里需要哪里照。”五院试验队员索洪海创作的这首《中星11·新星》，形象地说明了该卫星的“强大”。

中星11号卫星采用我国自主研发的东方红四号卫星平台，由五院负责研制。作为一颗用于广播和通信的地球静止轨道通信卫星，它主要用于为亚太地区等区域用户提供商业通信服务。该卫星设计服务寿命为14年，装载了C频段和Ku频段共45路转发器。

这是我国当时自行研制民商通用卫星中转发器数量最多、载荷功率最高、重量最大的通信卫星。继中星10号之后，它再次刷新了纪录。

中星11号卫星太阳翼展开

其实，中星 11 号卫星与中星 10 号卫星一脉相承。前者以后者为设计基线，增加了半年寿命和可动点波束覆盖区，且装载了 26 路 C 频段转发器和 19 路 Ku 频段转发器，5 副天线，有效载荷功率 8477 瓦，服务寿命 14 年，发射重量为 5234 千克。

“最强星”的练就，源自一场“减重量革命”。

中星 10 号是在与法国合作的基础上研制的，这次经历让中国航天人见识到了更为先进的卫星技术。为了能够带动国内研制水平的提升，在中星 11 号面前，中国航天人毅然决定自行研制卫星的有效载荷。然而，容量如此之大，功率如此之高的卫星，在国产通信卫星的研制史上尚无前例。

单从转发器数量来看，在此之前，国内自行研制的通信卫星中，基本都是 30 多路，如今，在中星 11 号上却达到了 45 路。随之而来的，就是如何布局，如何给这个功率大、热耗高的大家伙供电、散热。如果继续沿用以往的设计思路，不仅在布局上“够呛”，而且还会让卫星“超重”。面对如此大的困难，研制团队对照国外同类型的卫星寻不足、找差距，最终，减重的任务压在载荷设备和平台设备上。

“经过多次思想碰撞、仔细论证，我们决定采用矩阵式指令和遥测、CSB 总线技术，来减轻通信舱电缆网重量。”时任测控系统设计师熊晓将介绍说：“实践也证明，具有矩阵式指令和遥测接口、CSB 总线接口、模块化组合的载荷综合业务单元，不仅提高了卫星综合电子系统能力和卫星性能，整个平台设备为卫星减重近 30 千克。”

在转发器的设计、布局上，该团队充分借鉴中星 10 号卫星有效载荷技术和研制经验，研制了体积更小、重量更轻的 Ku 频段介质输入多工器，国内带宽最大的 C 频段馈源等，提高了有效载荷性能，也成功实现了为卫星减重。

为了减重，该研制团队可谓绞尽脑汁。他们充分利用信息化手段，开展卫星全三维布局设计，有效指导了卫星总装、电缆网设计、加工与安装。

时任机械主任设计师王益红说：“在三维图上，我们严格计算每一根电缆线的长度，实现了大容量、大功率、大热耗通信舱的优化设计，有效控制了高、低频电缆重量，为卫星减重作出了贡献。”

2015 年 11 月，我国发射升空的老挝通信卫星一号采用了一个“不三不四”的平台——“东四”S 平台。听着有点奇怪，但事实却是如此，因为严格来说，这颗卫星既不是“三”也不是“四”，而是介于两者中间。

“‘东三’卫星平台的发射重量是 2.3 吨，‘东四’卫星平台的发射重量是 5.1 吨，中间出现了一个断层。最初决定研制‘东四’S 平台，就是为了填补这一能力空缺。”老挝一号通信卫星总设计师李峰说。

2009 年，“东四”S 平台获国家批复立项了。该平台在最初设计时，兼顾了通信卫星和导航卫星的应用需求，只是在后来转入正样卫星研制后，导航卫星才根据自己的任务要求进行了局部更改。这样，新一代北斗导航卫星与老挝通信卫星一号始出一家。

老挝一号通信卫星顺利完成第二次总检

“既要站在‘东四’平台的肩膀上，又要有新的突破。”据李峰介绍，“东四”S 平台的部分平台和载荷直接继承了“哥哥”“东四”的成熟产品，结构与“东四”大同小异，“中心承力筒 + 壁板”构成了其强壮的骨骼，把整个平台分割为 5 个模块。

但“东四”平台研制较早，有些技术慢慢变得陈旧，尽管在过去十多年里也经历了多次改进，但毕竟是小修小改。“借助于‘东四’S平台开发，对星上的电子设备进行一次系统的更新换代。”李峰说。因此，对于“东四”S平台上的另外41台单机，研制团队决定采用新研发或者技术改进比较大的产品。

国际上备受先进卫星平台青睐的综合电子、锂离子电池以及电推进技术，被“东四”S平台迎为“座上宾”。但是，由于国产锂电池还没有在高轨环境下使用过，一时间内部出现了争议，有人甚至建议在老挝卫星上引进国外的锂离子电池。

李峰态度坚决。他与电池研制单位一起攻坚克难，把国产锂离子电池与国外产品进行全面分析比对，最后得出结论：“国产锂离子电池的设计理念和参数指标已经达到了国际先进水平，缺少的只是飞行经验。如果地面验证充分，完全能够满足飞行要求。”

事实证明，李峰的这个坚持是对的，已经上天的新一代北斗导航卫星采用的就是国产锂离子电池。这看似一小步的前进，对国产锂离子电池的发展却有着划时代意义。

“东四”S平台的重大意义还在于验证卫星平台新技术。它的研制成功标志着我国卫星平台技术性能已全面与国际先进水平接轨。过去我国通信卫星平台始终是瞄着国际先进水平，追赶着发展，如今“东四”S平台整体性能已经基本与国际先进水平持平。

“东四”S平台所采用的电推进技术、综合电子和锂离子电池技术都达到了国际领先水平，“东五”平台的所有新技术几乎都在“东四”S平台研制过程中得到了储备，研制成功后在国际上处于领先水平，使我国通信卫星平台研制从跟踪发展转向领先发展。

严慎细实、步履不停，通信卫星继承了中国航天的优良传统，一步一个脚印地向前。

二、航天史上的“星坚强”

“星坚强”的这个故事，值得拿出来讲一讲。

2017年6月19日凌晨，四川西昌，天色未晓，万物沉寂。在黑黢黢的群山之中，中国航天史上一枚颇具历史感的卫星——中星9A，轰轰烈烈地上路了。但人们都没想到，这只是它最后一段荆棘之路的开始。

暂且把时间拉回到2006年。

2006年深秋的某个凌晨，西昌卫星发射中心同样传来光芒与轰鸣。这次发射的是鑫诺二号——我国首颗自主研制的广播电视直播卫星，也是彼时东方红四号卫星平台的首发星。

火箭飞行约25分钟后，星箭分离，卫星进入预定轨道。但一周之后，疑似从网络上的烧星者（卫星爱好者）中传来消息：鑫诺二号出问题了？一个月之后，这一疑问得到证实。官方通报称：由于某些尚未确定的原因，卫星无法提供通信广播服务。发射失利了。

这次失利打乱了一个长远的计划。按照我国广电部门的安排，鑫诺二号计划和另外一颗广播电视直播卫星——中星9号要先后入轨，一起构建中国第一代广播电视卫星直播系统。但鑫诺二号的突发状况，让这一设想未能成行。

卫星失利，众人皆哀，但值得庆幸的是，痛定思痛之后，补救工作很快开展起来。2007年，鑫诺四号正式启动研制工作，它的任务是接替鑫诺二号，与中星9号一起在东经92.2度轨道位置共轨工作，构建中国第一代广播电视卫星直播系统。

承担鑫诺四号研制任务的是五院通信卫星事业部，卫星依然基于东方红四号卫星平台。有了此前研制直播卫星打下的基础，这颗卫星的研制顺风顺水。

2009 年 6 月，卫星已经顺利通过平台测试和通信舱测试，即将进入整星合成阶段。同年，鑫诺卫星通信公司整体并入中国卫星通信集团有限公司，鑫诺四号也即将编入“中星”序列。就在这个时候，接到上级部门通知，在对国内直播卫星市场进行仔细评估之后，认定该市场尚未完全成熟，再次发射一颗直播卫星将会面临运营、成本等多方面的压力，没必要浪费资源。上级部门决定，延缓鑫诺四号的发射计划，将卫星存储起来。

这一存，便是六年。

时光的脚步来到 2015 年。

2015 年初，封存近六年的鑫诺四号重见天日，且被正式编入“中星”序列，命名为中星 9A。

卫星封存的六年时间里，国内直播卫星界发生了翻天覆地的变化。一方面，2010 年之后，国内直播卫星业务飞速发展，偏远地区的百姓对直播卫星服务的需求增长；另一方面，已经在 2008 年 6 月发射的中星 9 号用户数量不断增长，备份星的需求越来越紧迫。

正是在这样的背景之下，鑫诺四号的研制工作再次启动。2015 年初，五院通信卫星事业部的工程师们要在新的起点上，继续书写这个“未完待续的卫星故事”。

“如何最大限度发挥留用星的价值，尽可能压缩成本，是此次重启研制所要解决的重点问题。”卫星副总设计师许晓冬说。为了充分保证中星 9A 的产品质量，中星 9A 项目团队竭尽所能：他们制定了长期留存产品的选用原则，并创造性地开展了留存产品器件、材料、性能等评估工作，从多层面开展卫星的复测、补充试验验证等。这也为后续其他飞行器的长期储存打下了基础。

项目团队首次使用全息三维成像手段，对卫星天线安装结构、通信舱总装后状态进行三维照相，利用信息化手段，对产品状态进行评估，为留存结构产品评估、总装风险评估和实施操作提供有益的参考。

除了发挥留用产品价值外，项目团队还针对客户的新要求，扩大卫星的覆盖范围，新增转发器通道数量，利用最新技术对关键产品进行更新换代，部分留用的产品全部是“质量过硬”的产品。“这是兼顾成本和效益的最为合理的方案。”许晓冬说。

这次的研制重启工作让项目团队为中国航天产品的品质感到自豪，在对留存产品进行评估的过程中，他们发现有些产品即便封存十年以上，品质依然不改，还有些产品即使是十来年前的工艺手法，但水准依然不输国际水平。

项目团队的巧手妙招使封存六年的中星 9A 满血复活了。

时间的脚步终于到了 2017 年。

中星 9A 卫星研制团队做卫星技术状态分析

2017年6月初，在西昌卫星发射中心，焕然一新的中星9A整装待发。“迟到”10年之后，中国人自己研制的直播卫星终于要在深空中觅得一席之地。

其实，相比于封存前的鑫诺四号，中星9A做出了很多改变。

首先，它专门设计了南海波束，将电视信号扩展到更为广袤的南海海域。正式投入运营后，它将彻底解决南海海域、岛礁的政府工作人员、部队官兵、人民群众收看广播电视节目的难题，确保了中国主权地区的直播卫星覆盖，“具有宣示主权的意义”。

其次，它的发射入轨，可以充分利用轨道资源。正如地球上的各种资源被作出分配，太空中的卫星轨道资源也被划分。在我国多条轨位中，东经92.2度轨道已有中星9号卫星运行，而位置较为优越的东经101.4度轨道一直处于闲置状态，而中星9A填补了这一轨道的利用空白。

此外，针对中星9A进行的航天器产品长期存储评估与应用实践工作，为国产卫星冲击“快、好、省”的研制目标，也为国内批量生产航天器产品积累了宝贵的工程经验。它的成功发射和在轨稳定运行，为用户节省了大批研制经费，为提高卫星运营效率做出了有益的探索。

中星9A卫星发射场试验队合影

与此同时，国内的直播卫星市场，也迎来如火如荼的春天。

一方面，百姓对直播卫星的需求被彻底激活。据可靠数据显示，自国内首颗直播卫星中星 9 号投入运营近 10 年以来，国内直播业务发展迅速，截至 2017 年，国内直播家庭用户已达 1.2 亿，这是世界上最大规模的直播卫星用户群。在如此大规模的用户面前，中星 9A 的"备份"意义被凸显出来。假设中星 9 号出现异常，中星 9A 可以快速"飘移"过去接替作业，以保障 1 亿多家庭用户的电视信号不会中断。

另一方面，直播卫星行业对经济的贡献率直线飙升。2016 年美国卫星产业协会（SIA）公布的《卫星产业发展报告》指出，2015 年全球大众通信消费业务收入 1043 亿美元，其中卫星电视业务收入 978 亿美元，占比达 94%。而在国内，直播卫星同样正在构筑一个庞大的产业链。粗略统计，直播卫星产业包括机顶盒、电视机和内容三大板块，仅机顶盒这一项，直播卫星"户户通"工程将直接拉动机顶盒、芯片、天线厂商的发展，预计带给制造行业 1000 亿元左右的产业机遇。

万事俱备，只待东风。

2017 年 6 月 19 日凌晨，中星 9A 在西昌升空。

不幸的是，这颗命途多舛的卫星再次遇到波折——发射过程中火箭三级工作异常，卫星未能进入预定轨道。虽然在航天事业的征途中挫折在所难免，并且执行任务的火箭很快已完成技术归零和举一反三工作，但对于中星 9A 而言，无疑是一大损失。

中星 9A 的预定初始轨道远地点高度约为 4.2 万公里，而卫星实际初始轨道远地点高度只有大约 1.6 万公里，如此大的入轨偏差，在国际同步卫星发射历史上是罕见的。而要实现卫星最终进入地球同步轨道，只能由地面控制卫星利用其自身携带的推进剂实施变轨，应急处置技术难度大、要求高、过程复杂，对卫星本身也是一个巨大的考验。

在危机面前，中国航天人创造奇迹的力量再次显现。在五院飞控试验队与西安卫星测控中心的密切配合下，通过准确实施 10 次轨道调整，2017 年 7 月 5 日 21 时，中星 9A 成功定点于东经 101.4 度赤道上空的预定轨道。据官方通报：卫星各系统工作正常，转发器已开通，后续将按计划开展在轨测试工作。

定点成功的这个夜晚，被航天人士称为“中国航天在晦暗的低谷中绽放的一抹亮色”——但不为人知的是，这抹亮色源自科技人员 16 个昼夜不眠不休的“太空抢救”。价值十几亿元的卫星抢救回来了，虽然损失了部分卫星推进剂有可能影响卫星的使用寿命，但毕竟还是值得说一句“万幸”。“千人一杆箭、万人一颗星”，发射卫星是这样，抢救卫星也是如此。

时光悠然。从鑫诺二号发射失利到替代星启动研制，从鑫诺四号封存六年到重见天日时更名为中星 9A，从发射场的惊心动魄到飞控中心的妙手回春，这颗卫星仿佛再现了中国航天史上的曲折岁月，也再现了中国航天人创造奇迹的能力。

中星 9A 卫星在轨交付仪式

如今，风雨已过、夙愿终偿，所有的梦想似乎都不再遥远。

三、“‘东四’增强”强在哪儿?

2010 年，还在东方红四号平台卫星研制“风声水起”的时候，五院就提出，“在‘东四’平台基础上，进一步开展技术创新和能力提升工作，全面提高平台能力，满足未来国内外通信卫星领域的应用需求”。2011 年底，中国航天科技集团领导指示：要充分借鉴欧洲“阿尔法平台”（Alphabus）开发的经验，加速新技术的应用，提升卫星能力。

能力，要不断增强！就这样，“‘东四’增强”的研制，启动了。

“东四”增强型，顾名思义，是比东方红四号平台更胜一筹的卫星平台。“东四”增强型平台是对“东四”基本型平台进行设计改进，快速实现卫星服务寿命、有效载荷质量和容量提升的一个新型平台。

2012 年 1 月 3 日，“东四”增强型平台方案确定。平台研制的目标是提高我国通信卫星平台卫星服务寿命、转发器数量、载荷质量、载荷功率等主要技术指标，使之达到世界先进水平，提高我国通信平台国际竞争力，满足用户的需求，同时实现多项关键技术的工程化应用。

在加速平台方案设计与优化工作方面，团队梳理采用新技术的前期验证情况。为了进一步加强“东四”增强型平台产品推介，研制团队还积极走访用户，充分重视其反馈的意见，完善平台方案，确保平台开发成果早日推向市场。

“东四”增强型平台带来了我国卫星平台开发模式的全新探索。

最开始筹划研制“东四”增强型平台时，尽管尝试了利用多个渠道申请“东四”增强型平台的立项和资金投入，但是都未能成功，迫在眉睫之际，五院决定自主出资开展“东四”增强型平台的开发工作。

自主投资进行开发，不仅要求平台的定位要准确，还要确保“快、好、省”地进行开发和投入市场，并对开发的周期、经费进行严格的规定。在此情况下，项目研制团队广开思路，创造出一种工程化平台验证的途径。

为了有效降低验证工作费用、缩减验证周期并保证验证的充分性，按照系统工程理论，团队首次提出并采用了系统优化验证的方法，以一颗工程星验证来代替传统的结构星、电性星（热控星）等，实现了“一星多用、综合验证”的目的，同时利用“工程星＋热模拟舱＋分系统＋单机”的“集中＋分散”式验证模式开展平台验证工作。利用该方法有效缩短了该平台研制周期，节省了研制经费，完成平台关键技术验证和平台系统级的验证后具备转入正样卫星研制的条件。

“东四”增强型平台的实践表明，工程化验证是一种行之有效的提高验证效率的方法，这种方法也被广泛应用在后续的相应新平台开发过

“东四”增强型模型亮相多届珠海航展

程中，五院围绕“东四”增强型平台的开发过程和模式也成为重要创新点，为后续多个平台所借鉴。

2015 年 12 月，基于“东四”增强型平台的首发星中星 18 号卫星项目启动。2016 年 8 月，基于“东四”增强型平台的全配置首发星亚太 6D 卫星项目启动。2017 年 10 月，基于“东四”增强型平台的国际卫星帕拉帕–N1（Palapa–N1）卫星项目启动。

“东四”增强型平台迎来了自己的“春天”。

“东四”增强型强在哪里？

“这个平台具有‘高承载、大功率、长寿命、高可靠性’等优势，能力更强、更加智能，能够满足未来各类卫星通信应用需求，具有广阔的应用前景。”“东四”增强型平台副总设计师石明介绍说。

最核心的是承载能力强。有效载荷承载能力好比一辆汽车的底盘，是衡量卫星平台能力的重要指标。作为一款大中型容量通信卫星公用平台，“东四”增强型平台的承载能力达到了国际先进水平。在卫星领域，有一个衡量卫星承载能力的典型指标——“载干比”，即有效载荷质量与干星质量之比，这个比值越高，表示卫星平台的承载能力越强。与国际主流通信卫星制造商的典型平台进行对比，“东四”增强型平台的能力达到了同期的先进水平。

“东四”增强型平台在“东四”平台基础上探索新的技术路线，实现能力的跨越提升。

首先是卫星平台的大承载能力结构。结构承载能力体现了平台适应不同运载火箭以及承载载荷质量的水平。“东四”增强型平台设计整星起飞质量为 6 吨，在不改变主承力结构设计的基础上，通过抬高中心承力筒高度以及改进材料工艺水平，实现了在主结构质量不增加的情况下，承载能力提升 0.5 吨的设计目标。

其次是多层通信舱。多层通信舱是实现有效载荷数量、质量提升的重要手段，增加一层通信舱意味着增加了近 12 路转发器的布局空间，有效提高了转发器的携带数量。通过合理分析、优化以及利用人机工程等技术手段，“东四”增强型平台确定了多层通信舱的构型和布局状态。

再者是大功率供配电。供配电能力是实现有效载荷功率提升的关键。为实现 10 千瓦的有效载荷功率，设计人员对平台功率产生装置、功率传输装置、功率储蓄装置等进行了全面升级，增加了太阳翼电池板数量，同时使用高效率太阳电池片，提升了功率产生能力；增加了太阳翼驱动机构传输通道，同时降低传输通道损耗，提升功率传输能力；选用了高比能量的锂离子蓄电池、并采用高容量电池组，提升功率储蓄能力。

还有先进的推进系统。通信卫星服务寿命往往取决于推进剂的限制，先进推进系统一方面解决卫星的服务寿命要求，一方面将推进剂的

亚太 6D 通信卫星运抵西昌

质量转化为有效载荷，提升卫星的应用价值。电推进技术在“东四”增强型平台上的应用，使其能力大幅提高，同时紧跟国际先进科研方向，应用超大容积贮箱、大容量高压气瓶、高比冲发动机，解决了推进剂装填量的限制问题，保证了卫星在轨服务寿命。

除上述技术特点外，“东四”增强型平台还采取了三维热管网络、高精度姿态控制、重叠压紧展开天线等技术，从多个维度促进了平台综合技术水平的提高。

作为一款高性能的通信卫星公用平台，“东四”增强型平台可支持一种或几种有效载荷组合体，适应大容量广播卫星、直播卫星、跟踪与数据中继卫星、高轨遥感以及其他地球静止轨道应用卫星的需求。通过采取灵活的配置，可满足国内外用户的不同应用需要。

2020 年 7 月 9 日 20 时 11 分，亚太 6D 通信卫星在西昌卫星发射中心由长征三号乙运载火箭成功发射。基于东方红四号增强型平台的亚太 6D 是同期我国卫星中转发器数量最多、输出功率最大的民商用通信卫星。

由于采用了全新东方红四号增强型平台，亚太 6D 通信卫星的有效载荷重量是普通“东四”卫星的 1.5 倍，转发器设备数量是普通“东四”卫星的 2 至 3 倍，波导数量是普通“东四”卫星的近 6 倍。结合东方红四号增强型平台的结构特点和亚太 6D 通信卫星的实际需求，项目团队创新提出采用“扩展通信舱”构型和“通信舱水平板”的结构形式，并通过耦合热管设计，确保了亚太 6D 通信卫星超大规模的有效载荷既“放得下、摆得好”，又“散热快、不发烧”。

此次基于东方红四号增强型卫星平台的亚太 6D 通信卫星成功发射，实现了该卫星平台在国际商业航天舞台上的“首次亮相”。作为中国高端出口商业通信卫星的又一张“闪亮名片”，对于我国东方红系列通信卫星的国际化发展有着十分重大的意义。

事实上，“东四”增强型平台的应用目标之一就是国际市场，在开展定位分析时，上级领导指示“要对国际市场进行充分的调研，对国际卫星制造商进行对标”。研制团队通过对近年来国际通信卫星发射情况及未来10—20年国际通信卫星市场调研，确定了中大容量平台将在未来10—20年继续扮演重要角色；通过与国际上近10家通信卫星制造商及其主要平台的技术对标，确定了平台开发的目标和应用的技术手段。同时通过从总体、分系统到主要单机的对标，大大开阔了视野，找到了差距和奋斗的目标。

此外，基于“东四”增强型平台研制的中星9B、中星6D也已成功发射并在轨交付用户，作为我国重要的通信广播卫星，承担了我国传输广电节目并提供应急保障通信的任务。“东四”增强型平台能够满足未来10年左右的应用需求，预计应用该平台的通信卫星可达40余颗，超出以往平台通信卫星的总量。除此之外，“东四”增强型平台仍在国际市场上不断地寻求着用户，谋求新的国际合作机会，拓展新的应用空间与增长点。

“东四”增强，能力更强。当前，平台呈现出蓬勃发展的应用现状，未来，它将续写“东四”平台更多的传奇故事。

四、和空间站视频对话就靠它

中继可以说是一种历史悠久的通信手段，力所不能及的情况下，中继可以快速传递信息。我国古代抵御外敌时，就采用中继的方式来传播敌情，这就是我们所熟悉的烽火，它使远在千里之外的指挥中枢也能迅速知晓敌情，效率远超千里马。只不过这种中继的方式携带的信息太少，也难以确认消息的真伪，于是就有了“烽火戏诸侯”的故事。

城墙烽火台的位置越高，传递的距离也越远，一定程度上可减少烽火台修筑的数量，即中继的数量。至今这一原则仍旧在延续，通信卫星通过中继的方式延伸到36000千米高的地球同步轨道之上，在这一高度上，三颗通信卫星即可覆盖全球除南北两极之外的绝大多数地区。

2019年3月31日，天链二号01星在西昌卫星发射中心成功发射。这是我国第二代地球同步轨道数据中继卫星的首发星，其成功发射使我国数据中继卫星系统能力大幅提升。从2003年中国第一位航天员杨利伟分秒必争地与地面通信，到2013年神舟十号航天员王亚平从容不迫地给全国中小学生上一堂航天科普课，再到2021年中国“天宫”上线后天地之间画面高清互传，“天链卫星”一直是超级幕后英雄。

（一）从无到有：杨利伟的孤独和王亚平的直播

任何航天器的数据都只有传输到地面控制中心，才是有意义的。大多数飞在几百公里高的航天器每90分钟左右就绕地球飞一圈，这意味着它们大部分时间都无法与地面定点控制中心通信。载人航天飞行器一般在距离地球400千米高度左右，只有在飞临控制中心或地面通信网附近时，才能够联系得到，其余时间都处于“失联”状态。

虽然，浩瀚的太空也先后被我们赋予了“美丽的世界”“军事的高地”“寻找其他文明的希望”等含义，但这些超越科学话语的修辞却无法掩饰初期宇航员的孤独和艰辛。再大的载人航天器与地球上的广阔天地相比，也只不过是一个小小的金属罐子，在这样远离地球、远离亲属的密闭空间工作生活，短则几天，长则几百天，没有网络通信无法与外界联系，所有的意外和风险无法及时地被他人知晓。

2003年，中国第一位航天员杨利伟在轨期间数次与地面控制站进行了“天地通话”。但这种通话都有着很严格的限制，必须在地面测控站收到“神舟五号”信号后，利用极短的时间窗口，抓紧进行通信。其余的时间，他或悬浮或蜷缩在狭小封闭的舱内，等待下一个通信周期的到来，默默忍受着孤独、寂寞和压力。

在 2013 年 6 月 20 日“神舟十号”飞船中情境便大不相同了。北京时间上午 10:04 至 10:55，在指令长聂海胜和摄影师张晓光的协助下，中国首位“太空教师”王亚平航天员通过质量测量、单摆运动、陀螺运动、水膜和水球等 5 个实验，展示了微重力环境下物体运动特性、液体表面张力特性等物理现象，中央媒体通过卫星通信给全国中小学生直播了 51 分钟的太空科普课堂。

这一切的巨大变化就来自这个新的通信手段：天链一号中继卫星通信系统。载人飞船围绕地球飞行超过了 2 万里依旧保持通话状态，好似在太空中拥有一座一座烽火台，这些烽火台可以彼此通信，只需三颗就可以实现对地球的全覆盖。

由多颗中继卫星组成的全球覆盖系统能实现在任何时段对用户航天器的实时信息传输，它的投入使用已使航天测控和信息传输领域发生了革命性的变化。

2019 年起发射的天链二号卫星采用东方红四号卫星公用平台，主要用于为飞船、空间技术实验室、空间站等载人航天器提供数据中继和测控服务，也能服务于中、低轨道遥感、测绘、气象等卫星，还能为航天器发射提供测控支持。

（二）从有到强：我国中继卫星天链兄弟团“上线”

如果说天链一号实现了我国数据中继卫星“从无到有”的跨越，天链二号卫星则要实现“从有到强”的转变。

天链一号系统建成后，成为世界上第二个具有对中低轨道航天器全球覆盖能力的中继卫星系统，具有高覆盖、实时、传输速率和高效费比等优点，曾为天宫一号与神舟系列飞船数次成功交会对接提供数据中继和测控服务，开辟了我国天基测控新纪元。

出于载人航天工程建设和中国空间站建设等重大需求，我国开展了天链二号卫星系统研究攻关。在平台选用上，相比基于东方红三号平台研制的天链一号卫星，天链二号卫星采用东方红四号卫星平台，其性能更优、载重更大、服务寿命更长。

据天链二号卫星总设计师赵宏介绍，该卫星配有多副新型天线，这使它的数据传输能力较上一代天链卫星有很大提升，传输速率增加了一倍。天链二号卫星在轨组网运行，与天链一号系统合作工作，使我国数据卫星系统性能更优、功能更强大。其中，在 2020 年 12 月长征八号运载火箭首飞任务中，“天链兄弟团”协力助飞，天链一号 02 星即捕获目标并持续跟踪至星箭分离，为火箭各级分离、抛整流罩等关键动作提供重要信息传输支撑。在星箭分离后，天链二号 01 星可以迅速捕获到火箭上搭载的中继终端，这一方面意味着中继终端上的高码速率波束可以

天链二号卫星研制人员在讨论试验数据

更快地传输信息，另一方面也说明了中国空间信息传输测控与任务跟踪的精度已达到较高水平。

此外，天链二号卫星的自主能力得到增强，并增加了多目标任务调度功能，可以自动接收多目标任务，并自主排序完成。

（三）“啃硬骨头”：拒绝妥协解决世界性难题

“为了攻克一项最重要的关键技术，我们多花了两年多时间。”天链二号卫星总指挥张鹏说。

从立项到整星转初样，研制团队用了三年时间。对于其他“东四”平台卫星，这一周期足以转正样，甚至用不了多久就可以发射了。但为了实现卫星数据传输能力大幅增强、服务目标数量翻倍等目标，天链二号卫星研制团队开始了“啃硬骨头”的艰难时期。

国内没有同类研制经验可以借鉴，他们查找了国外技术资料，发现国外曾开展过此类技术攻关，却因难度太大绕道而行，转为其他技术替代。借鉴学习的路被堵死。

在各级组织的支持下，研制团队集结航天系统内外专家力量，在热控、结构、控制、电子、天线以及材料工艺等方面开展攻关。由于技术难度大、研制周期长，不少专家建议适当降低标准和要求，部分团队成员也因工作需要陆续离开并投入到其他项目，但团队骨干拒绝妥协，坚持“不抛弃、不放弃”。经过近三年努力，他们完成了上百项试验验证，最终解决了这一世界性难题。

“在研制过程中，由于合资单位多，随之而来的协调工作相应增大；我们成立了研制跟产队伍，近 5 个多月连续跟产，24 小时主线不停，那段时间真的很艰难，但终于熬过来了……”卫星副总设计师詹克强回忆时不胜感慨。

卫星副总设计师李向阳为了这颗卫星，常常加班到深夜，顾不上照

天链二号卫星发射场试验队临时党委组织参观学习

顾家人孩子，自己也瘦了一大圈。卫星总体主任设计师马晓兵，曾有被其他项目团队“挖”走升职的机会，但为了这颗星甘愿放弃了。团队里还有其他很多设计师也都是长期默默奉献，不计较个人得失。

“我们这个项目很难，但坚持下来就都是好样的，只有不断创新，技术自主，中国才能早日迈进航天强国之列。”卫星总指挥张鹏如是说。

2021 年 6 月 23 日，习近平总书记同神舟十二号航天员乘组天地通话。大屏幕上，航天员的视频画面清晰，声音清脆响亮。同一时刻，由天链一号 03 星、04 星，天链二号 01 星三颗中继卫星组成的天基中继系统实时保障着这场天地通话。

2021 年 12 月 14 日，天链二号 02 星成功发射。仅 7 个月后，太空迎来了天链二号 03 星“入列”。天链二号三星组网，并与天链一号系统相互兼容、协同组网，为包括神舟载人飞船、天舟货运飞船、中国空间站以及各类中低轨卫星、运载火箭、舰船载平台等航天器和陆海用户平台提供数传和测控服务。中国空间站从全面建造到在轨长期运营，天链系统持续提供服务，让“感觉良好”“北京明白”有着强大底气，不断推动并见证中国航天创造新的历史。

五、备受青睐的“高通量”卫星

近年来，一个概念席卷了卫星界，也成为普通百姓认识航天的一个新窗口——高通量。

你是否在为飞机上不能上网而苦恼？你是否因为驰骋在美丽的草原上不能视频聊天而遗憾？你是否由于身处山区无法发朋友圈而痛苦？在高通量通信卫星这里，这一切都不是问题。

高通量通信卫星（HTS，High Throughput Satellite），也称高吞吐量通信卫星，是相对于使用相同频率资源的传统通信卫星而言的，其主要技术特征包括多点波束、频率复用、高波束增益等。它可以提供比常规通信卫星高出数倍甚至数十倍的容量，传统通信卫星容量不到 10Gbps 每秒，高通量通信卫星的容量可达几十 Gbps 每秒到上百 Gbps 每秒。

在中国工程院院士周志成看来，2017 年是中国卫星高通量通信时代的元年。这是因为，这一年，一颗卫星掀起了国内宽带市场的一场革命。

2017 年 4 月 12 日，中国在西昌卫星发射中心成功发射了首颗高通量通信卫星。卫星在轨完成试验验证后，被命名为中星 16 号，特别用于远程教育、医疗、互联网接入、机载和传播通信、应急通信等领域。这颗卫星的成功发射，推动中国步入高通量通信的新时代，人们对于宽带通信“无处不在、无时不待”的需求将最大限度地得到满足。

这颗卫星具备开创性意义。中星 16 号也成为当时国内容量最大

技术人员在中星 16 号卫星试验现场勘查

的宽带卫星，通信总容量超过了之前中国研制的所有通信卫星容量的总和。

中星 16 号首次在我国卫星上应用 Ka 频段多波束宽带通信系统，研制团队突破了 Ka 载荷多波束宽带系统设计、天线反射器型面精度控制和测量、天线指向精度标校等一系列技术难题，相关技术达到了国际先进水平。该卫星还首次在我国高轨卫星上应用激光通信系统。激光通信具有高带宽、高传输速率的优点，是满足大容量、高速率通信的重要手段之一。五院研制团队通过与哈尔滨工业大学等单位联合攻关，成功将激光通信系统应用于高通量卫星，相关技术指标达到国际先进水平。

2017 年 12 月 18 日 20 时 45 分，经过 8 天紧张有序的飞行控制工作，阿尔及利亚通信卫星一号历经 5 次变轨、3 次定点捕获，成功定点于地球静止轨道西经 24.8 度，为后续投入运营打下坚实基础。中阿双方在西安卫星测控中心共同见证了这一历史时刻。

一周前，中国在西昌卫星发射中心用长征三号乙运载火箭，成功将阿尔及利亚通信卫星一号发射升空。这既是阿尔及利亚的第一颗通信卫星，也是中国首颗高通量国际合作商业通信卫星。

“阿星一号”有效载荷覆盖 Ku FSS、Ku BSS、Ka 和 C/L 四个频段，共有 33 路转发器和 7 副天线。高通量体现在设计人员攻克 Ka 载荷多波束宽带系统设计等难关，使卫星支持多用户、大容量双向通信，具备双向宽带通信能力。该卫星载荷设计灵活，卫星 Ku 频段有效载荷设计增加多种切换功能，有 38 个通道具备可切换能力，整星电缆网采用数字化设计、生产和装配，研制效率大大提升。

“阿星一号”针对用户需求，采用 Ka 频段多波束天线技术，支持多用户、大容量双向通信，具备双向宽带通信能力。Ka 频段通信载荷

技术人员检测阿尔及利亚通信卫星一号状态

由 12 路转发器和 2 副天线组成，实现 8 个用户波束和 1 个信关波束，提供宽带高速接入服务。据卫星总设计师王世波介绍，卫星突破了 Ka 载荷多波束宽带系统设计等技术难题，相关技术达到了国际先进水平。

短短几年后，亚太 6D 通信卫星就将我国高通量通信卫星技术能力提升到国际一流水平。2020 年 7 月 9 日发射后，该卫星主要面向亚太区域用户提供优质、高效、经济的全地域、全天候的卫星宽带通信服务，用以满足其海事通信、航空机载通信、陆地车载通信以及固定卫星宽带互联网接入等多种应用需求，将在商业通信、应急通信和公共通信方面发挥重要作用。卫星采用 Ku/Ka 频段进行传输，通信总容量达到 50Gbps，单波束容量可达 1Gbps 以上，可以为用户提供高质量的语音、数据通信服务；采用 90 个用户波束，实现可视范围下全球覆盖，在载荷重量、通信容量、设计复杂程度等方面，刷新了国内同类通信卫星的最高纪录。

2022 年 11 月 5 日，我国又发射了一颗高通量卫星——中星 19 号。该星传输速度更快、范围更广。“高通量卫星，它的优势是带宽非常宽，传输速率非常快”，研制人员描述说，“相当于我们在家上网，网络由 2G、3G 到了 5G，带宽越宽，下载视频或是进行视频通话，就会更加顺畅，体验就会更好。”

除了传输速率的优势，中星 19 号卫星还有着更广的通信服务范围，可覆盖跨太平洋航线、东太平洋海域及北美西海岸，为用户提供语音、数据等通信服务。研制人员介绍说，我国首颗高通量卫星——中星 16 号主要是覆盖我国大部分地区。现在，中星 19 号卫星覆盖的主要是到北美的航线，从而使得我国的卫星高通量业务的服务覆盖范围更加广阔。

更广的覆盖范围可以带来更好的通信服务。“比如说，在一个航线上，你在通信卫星的覆盖区范围内，可以上网。如果飞机不在通信卫星的覆盖区，可能你的手机就上不了网了，等到下一个卫星能够覆盖的时候，才能继续上网。”研制人员说，“针对这一问题，我们努力把高通量卫星的覆盖区范围进行再扩大，让全程全航线都能够享有这种互联网的服务。”

高通量，究竟会对人们的生活带来何种改变？

经过多年的建设和发展，无线网络信号已经覆盖国内所有城市和主要乡镇。但是，我国幅员辽阔、地形复杂，在偏远山区、沙漠、草原、海洋等地方，信息传递仍属于盲区；同时，随着人们生活方式的改变，网络成为人们旅行途中必不可少的需求，在飞机、火车、轮船上没有网络的缺憾确实让人恼火。

打破这一僵局的关键在于寻求新手段，高通量卫星正是在这样的背景下应运而生。在那些地面无线信号覆盖不到或光缆接入达不到的地方，都可以通过这种卫星方便地接入网络。也就是说，不管是在偏远的小山村，在广袤无垠的沙漠上，在远离喧嚣的海岛上，在高耸入云的山顶上，还是在2G/3G/4G/5G信号覆盖不到的飞机、火车或者游轮上，我们都可以通过卫星享受不间断的高速上网冲浪体验。

网络连接世界，技术引领变革。生活方式因高通量而改变。空中上网，让高速互联不再遥远；列车宽带，让旅行途中不再乏味；海上互联，让亲朋好友不再担心；无缝接入，让宽带遍布每个角落。通过高通量卫星，人们将有机会在任何地点、任何时间享受上网冲浪的乐趣、进行视频聊天、晒微博或者发朋友圈，许多梦想也会因此而得以实现。

放眼未来，让中国制造的卫星覆盖全球，服务于全世界人民，是所有通信人不懈努力的美好心愿。随着星地一体化通信技术的不断发展，随着空间基础设施建设的不断完善，让互联网在全球“任何地方、任何时间”无处不在的梦想终将成为现实。

六、“天通商用”，中国自己的卫星电话来了

李宣良来自新华社，他的大半辈子都在以军事记者的身份前往新闻现场一线，有些事一旦经历，便会铭记终生。当提到汶川地震，提到映秀镇时，那些记忆像是打翻了的牛奶瓶子，不能再复原，无法再弥补。

打，还是不打——他右手的食指放在海事卫星电话的拨号键上，迟迟决定不了是该摁下，还是该收回。作为新华社的记者，“5·12”地震后他在汶川映秀镇的七天七夜里，最困难的不是没有水、没有食物，而是没有电。通信线路、大型通信设施全部遭到破坏，无论是有线通信还是无线通信都几乎瘫痪，仅有的一台海事卫星电话除了发稿，绝不能拨打联系外界，电量也要省着用。5 月 15 日，李宣良如往常一样用海事卫星电话传完稿件，抬头一看身边站着七八个受灾群众，手里捏着纸条，李宣良不敢直视他们想打电话的期待眼神。

在通信和交通中断后的“孤岛”映秀，仿佛是人类社会的末梢神经。被砸伤的痛楚、亲属分离的撕裂、劫后余生的希望散落在废墟中，共享着一个怎样也传递不出去信息的庞大“孤岛”。李宣良的海事卫星电话，成了灾民眼中的生命纽带和桥梁，那时的中国还没有自主研发卫星移动通信服务，为了应急通信只能花费高价使用海事卫星等国外商用移动通信系统。

最后，李宣良还是无法拒绝，7 天中他为灾民拨打了 100 多个电话，因此少发了几条稿件，但是依然觉得值了。他一边盼望着映秀的生活可以尽快恢复元气，一边在想什么时候中国有属于自己的卫星电话。

终于等来了这一天。

2016 年 8 月 6 日，中国在西昌卫星发射中心用长征三号乙运载火箭，成功发射了天通一号 01 星。

这颗卫星承载了一代人的期盼，天通一号 01 星作为由五院负责研制的我国首颗移动通信卫星，也被誉为“中国版的海事卫星”，其成功发射标志着我国进入了卫星移动通信的手机时代，填补了国内空白，具有重要的里程碑意义。

（一）确保灾后应急通信，实现通信无缝覆盖

天通一号卫星是在 2008 年“5 · 12”汶川大地震之后开始提上日程并由总理专项基金支持的项目，首要任务是在我国遭受严重自然灾害时实现应急通信，填补国家民商用自主卫星移动通信服务的空白。

2010 年，五院突破了大口径可展开网状天线、多波束形成等关键技术，提前启动了我国 S 频段大容量地球同步轨道移动通信卫星的首发星——天通一号 01 星的研制工作。2016 年，天通一号 01 星成功发射，

天通一号卫星吊装上塔架

实现了我国移动通信卫星零的突破。2018 年 7 月，天通一号卫星正式投入商用，天通一号卫星系统通过与地面 4G、光宽带网络融合，构建了陆海空一体化的泛在信息网络基础设施。2020 年 1 月，天通一号卫星系统正式面向社会提供服务，使用 1740 号段作为业务号码。

卫星总设计师陈明章说："天通一号系列卫星研制成功，使中国人拥有了自主知识产权的卫星移动通信系统；标志着我国在新载荷、大平台的研制与应用等领域进入了国际领先行列。同时，也表明我国在卫星的设计制造能力、平台技术、载荷技术、基础元器件、原材料和地面仿真试验验证技术领域，达到了较高的技术水准，可以有力提升我国后续同类卫星的研制水平。"

2008 年的汶川地震，震痛了整个中国；2017 年的九寨沟地震则让世界看到了"中国力量"。2017 年 8 月 8 日晚，四川阿坝藏族羌族自治州九寨沟县发生 7.0 级地震。这一次中国没有给自然灾害机会，中国电信与中兴通讯公司第一时间向九寨沟灾区调拨了天通一号卫星电话，在通信网络恢复之前用于救灾部队、漳扎镇灾区单位的紧急通信，协助相关部门在灾区救援黄金 72 小时内指挥救援工作。此外，在大兴安岭扑灭山火、最强台风"山竹"登陆防汛工作、长征十一号海上发射画面回传等重要场景中都有天通一号的功劳。

除了在应急通信方面能够实现灾难救援、海上救助和偏远地带救援，天通卫星还能够支持保密的语音通信、数据传输和视频会议，从而在区域安全、反恐等方面发挥作用；在公共通信方面，能够实现远程教育、远程医疗、广播和直播等业务；在商业通信方面，能够为科考、勘探等高端商业用户提供互联网接入、个人移动通信等业务。

进入新时代，中国已经建成了 14.7 万公里的高速公路，上面跑着超过 2 亿辆私家车。中星、亚太、天通等为代表的通信卫星，以风云、资源、海洋等为代表的遥感卫星，还有大家所熟悉的北斗导航卫星，共同构成了我国天地一体化的空间基础设施体系，推动信息以前所未有的速度和规模流动，并激发着人们对信息的获取和使用。

卫星移动通信系统因其灵活移动和便携的特点，能够实现对海洋、山区和高原等地区近乎无缝的覆盖，满足各类用户对移动通信覆盖性的需求，具有很高的民用和商用价值。

（二）攻破低 PIM 技术，剔除干扰信号流的每一块“暗礁”

作为我国首颗移动通信卫星，天通一号卫星关键技术多，难度很大。经过五年多的技术攻关，研发人员攻克了多项关键技术，实现了我国移动通信卫星技术的重要突破。

低 PIM 技术是整个卫星系统最关键的技术之一，也是国际宇航界共同关注的技术难题。无源互调（PIM），是指天线在大功率发射的同

天通一号 02 星设计师分析卫星试验数据

时由于天线接收灵敏度高，发射时产生的杂波会落入接收通道，形成干扰，严重影响通信能力。

如果说单频天线是一条平静的河流，多频天线就是多条河流交汇，流向错综复杂，暗礁涌动。一条小船在小河中可以安全航行，在暗礁埋伏的大河中就很容易翻船。如果 PIM 问题不解决，原本卫星可以同时支持 5000 路通话，由于 PIM 问题存在可能只能同时支持 500 路通话甚至更低。项目团队历经艰苦攻关才终于完成了国际首次整星级无线 PIM 试验，验证了载荷系统 PIM 指标，满足卫星任务要求，标志着我国这一技术处于国际领先水平。

“在技术层面，天通一号卫星的技术指标与能力水平能够达到国际第三代移动通信卫星水平，它标志着我国正式进入了地球同步轨道移动通信卫星俱乐部。”天通一号卫星总设计师陈明章说道。天通一号在设计上引入三维数字化设计技术，采用了单机集成设计、混合集成电路等技术，集成多种信息处理功能，用一台单机就可以实现过去多台单机完成的任务，有效提高了卫星效能。

从长远角度来看，天通一号卫星的研制成功使得我国在役的主流通信卫星平台——东方红四号卫星平台的能力得到进一步提升与扩展，载荷及散热能力等多个指标均实现了突破，“载重比”达到目前“东四”平台的领先水平。“天通一号卫星的设计能力、平台技术、载荷技术、基础元器件、原材料和地面仿真试验验证技术，达到了较高的技术水准，其具有自主知识产权的天线技术以及元器件、原材料、设计验证方法等，都可以广泛应用到其他型号的卫星研制中去。”天通一号卫星总指挥边炳秀说。

2020 年 11 月 12 日、2021 年 1 月 20 日，在西昌卫星发射中心长征三号乙运载火箭分别成功将天通一号 02 星、天通一号 03 星发射升空。03 星与 01 星、02 星组网成功运行后，实现亚太地区全覆盖，大大提升

天通一号 02 星吊装上塔后部分试验队员合影

国家应急通信保障能力。这大大扩展了我国国土及周边海域的各类手持和小型移动终端语音与数据通信覆盖面，能够满足更多民商用户多样化通信需求，提供全天候、全天时、稳定可靠的语音、短消息和数据等移动通信服务。

（三）“一支队伍”，坚强的前锋与永不停歇的后卫

2008 年谋划建设，2011 年立项研制，2016 年发射入轨，再到 2020 年开始提供商用服务，中国自主设计的卫星移动通信从目标到现实走过了 13 个年头。卫星总指挥边炳秀说：“从 2011 年天通一号工程正式立项开始，我们组建了一支研制队伍，大家团结一心走到现在，这源于大家对团队、对事业的认可。”在研制队伍里有勇敢拼抢的前锋，也有一帮永不停歇的后卫。

由于天通一号02星、03星同时启动研制，研制队伍的时间和精力便显得“捉襟见肘”，卫星副总指挥徐东宇干脆“扎根”现场，灵活安排计划、合理调配人员，把研发流程做到最大优化。2020年，在AIT测试人员的共同努力下，02星、03星顺利完成了整星力学、热试验等七次大型试验，充分保证了卫星研制进度。

研制卫星的“艰难”过程，也充分锻炼了队伍的能力和韧性。刚一进入2020年，新冠疫情突如其来，负责AIT测试的宋志操、张岩、柏芊等人坚守岗位，成为“完美逆行者”；负责总体技术的靳松快速熟悉岗位工作，入职一年就挑起了“大梁”；02星在轨测试期间，李殷乔、杨丽、梁新刚、李强等优化测试项目、与用户积极沟通，每天都工作到凌晨，最终圆满完成了测试任务；机械总体负责人张磊默默耕耘，在做好本职工作的同时还发挥了“传帮带”的作用；01星的主任设计师孙治国精于业务，在02星就担任了副总设计师的职务……

我国卫星通信移动系统的建成离不开这支队伍十年如一日的默默耕耘，他们创造了历史，历史也将永远铭记他们的功勋。

预计到2025年，中国移动通信卫星系统的终端用户将超过300万，用户可以依赖天通卫星实现个人通信、海洋运输、远洋渔业、航空客运、两极科考及国际维和等方方面面的通信需求。在未来，我国还将进一步提升卫星移动通信服务容量和覆盖区域，实现卫星移动通信的规模化应用与运营，为“一带一路”空间信息走廊建设与应用等搭建重要的支撑平台。

如今的李宣良年事已高，再没有采访过重大非战争军事行动，但他依旧会给新记者传授采访经验，告诉他们民商用的卫星电话是必不可少的工具，并且不厌其烦地介绍使用方法。他相信在海洋、山区和高原等地区总会有人用得上卫星通信，或许是帮助南海石油勘探开采，抑或是在大兴安岭林场某个瞭望塔上从事森林防护，甚至是乘坐飞机旅行时使

天通一号系列卫星研制团队合影

用网络服务，一切皆有可能。

七、整星测试：通信人的创新与变革

作为卫星从研制到发射流程的最后一道关卡，就像足球“守门员”牢牢把控着最后一道防线一样，“整星测试”是能够及时发现卫星问题、诊断故障的“预警器”，也是卫星质量和性能的“把关人”。

为了保证卫星各个系统达到设计的要求指标，整星测试对整颗卫星做“全身体检”，检测其性能能否满足发射的要求，充分检查所有单元级、系统级的问题，进而保证卫星发射后最终工作状态的安全可靠。可以说，一颗卫星最终能否发射成功并完成相应任务，在很大程度上取决于“整星测试”来检测和验证其性能能否满足发射的要求。

随着我国卫星发射数量越来越多，测试项目越来越复杂，整星测试技术也在不断迭代升级。20 世纪 80 年代以前，我国对卫星的测试采用的还是手动检测的方式，比如，我国首颗人造卫星——东方红一号卫星是完全依靠人工，通过手动按钮来完成测试。而如今，我国仅在2020年全年就发射了将近40颗卫星。面对如此快节奏、高密度的卫星发射，以人工操作为主要手段的传统测试模式不可能满足需要。

创新引领变革，传承书写担当。一代代实干者接力奋斗，开发了我国第四代整星测试技术，以数字化、自动化为特征，全面提升了卫星测试效率和测试质量。新一代卫星综合测试模式逐渐形成。

巴基斯坦通信卫星1R测试现场

（一）创新注入“新动能”

一体化集成测试系统作为我国最新的“整星测试”技术，开创了我国卫星测试的新模式，有效解决了我国大型卫星研制中的测试瓶颈问题。

这个被专家称为“我国卫星测试领域的一次重大跨越”的技术创新，最初却来自于一群年轻测试工程师的大胆想法。2008 年，五院通信卫星研制任务逐渐大幅增长。一颗大型通信卫星测试项目往往能达 10 万多个，以人工操作为主的测试模式，不但工作量大、效率偏低，而且质量保证难度大，以李砥擎、魏振超、温洁等为代表的年轻测试工程师们谋划着能研制一套可以进行自动化测试的软件。

这些年轻测试工程师们勇于探索，敢于走没人走过的路。他们每天在正式工作结束后主动加班进行软件开发，只有额外的工作没有额外的收入。新系统在运行初期仍然出现了很多意想不到的问题，李砥擎、魏振超分别在各自负责的型号中顶着压力率先应用，面对质疑，倾听抱怨，耐心解释，加班修改，付出常规工作数十倍的精力和时间，推动系统一步一步走向成熟。

创新，就得能啃下难啃的“硬骨头”。

为解决射频测试通用化的难题，研发人员投入到“第三代射频测试软件”的研制之中。2011 年 7 月，针对通信卫星转发器测试和跟踪测试软件操作界面不统一的问题，通信卫星事业部 AIT 中心和班组下决心解决痛点，重新研制射频测试软件。

软件开发伊始，就要求瞄准应用于某型号测试。时间紧、任务重，研发人员就将软件承制方开发人员请到了测试现场旁的办公室进行流程编制和调试工作，这一集同的工作方法极大缩短了软件研制时间。张阁、谢华、徐汝军、杨梅、郝时光以及其他射频组人员为软件的研制付出了极大的精力，他们把下班时间从五点直接改为十点，有时为了解决一个问题甚至工作到凌晨。

有志者事竟成。第三代射频测试软件之后成为通信卫星标配射频测试软件，软件测试效率提升一倍多，在中国航天科技集团组织的成果鉴定会上，专家组一致认定该软件有重要创新，达到国际领先水平。

（二）激流勇进，变革不息

中国航天从无到有，从后发追随到与世界航天大国比肩，如果墨守成规就不会有这样的成功，变革一直是航天人孜孜不倦的追求。

民商用卫星测试验证团队就继承了“变革”的基因。在完成中星11号等卫星测试之后，热控测试人员李鹏、孙海燕、王颀玥发现取消数管负载等效器后，直接设置热控自控回路上下限阈值进行热控功能测试同样能达到卫星热控测试验证目的，不但能节约上百万设备研制成本，还可以提升测试效率。李鹏将这一想法与测试主任设计师交流后，两人一拍即合，仅用一周时间就完成了“关于直接更改热控自控回路上下限阈值进行热控自控功能测试论证”的报告。

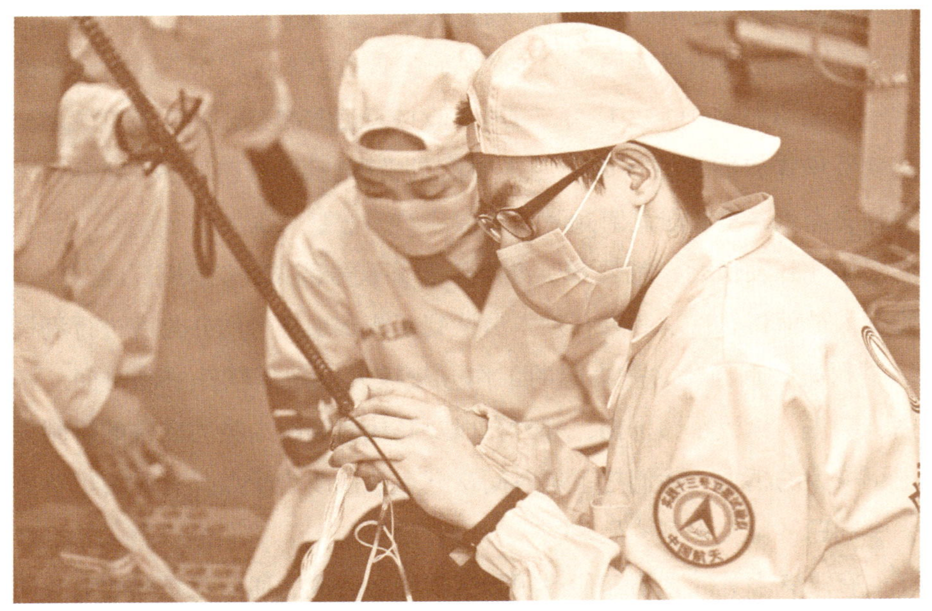

中星16号卫星技术人员检测电缆

变革的基因同样离不开鼓励变革的“土壤”。论证报告进一步获得了测试专家的支持，他不仅非常赞成这项卫星测试方法的变革之举，还对论证报告提出了修改建议。尽管在之后的论证报告评审会上，这项变革建议遭到热控总体的质疑；但随后经测试主任设计师对这项测试变革的好处和弊端做了更细致的说明后，这项变革在型号中得到应用，带来的好处也显而易见。后续的所有型号已经都在应用这项热控变革测试方法。

2017 年，为进一步提高卫星测试效率，优化测试流程，AIT 中心牵头开展通信卫星低频接口测试优化论证工作。当时，AIT 中心主任魏振超带着谢华、张晓明等人开展了论证，对测试覆盖性的保证等问题进行了一轮又一轮的讨论。

为推动这项变革，论证组成员不断吸纳专家建议，借鉴国外经验。他们研究了国内遥感平台卫星、小卫星、国外先进宇航公司的做法，把接口按照电气特性分 7 类 28 小项，掰开揉碎逐个论证测试目的、测试方法，优化前后测试矩阵，提出优化建议。这些工作都是型号测试之外的工作，论证组的成员们不去计较这项额外工作的付出，只是为了一个目标——优化流程、提升效率。

如今低频接口测试优化已经推广到所有通信卫星型号。每每提及这事，测试设计师们都会由衷地表扬论证组成员们几句。事情虽然过去了许久，但还被大家津津乐道。

进入“十四五”时期，通信卫星市场对高通量载荷需求不断增加，卫星转发器通道数由十到百、测试配置数由百到千。研制队伍主动适应新形势，继续探索前进。2022 年，应用新一代射频测试系统的中星 26 号卫星进行整星热试验阶段测试，共完成 1000 余个测试配置执行，测试阶段总体运行稳定，测试效率提升约 30%、人员减少 50% 以上。通信卫星测试领域再迎重大变革。

实践十八号卫星测试现场

（三）“传帮带”代代传，使命担在肩

航天工作有着“传帮带”传统。年轻人进入单位后，往往会由一个资历年长的老同志带着，年轻人一般都称为“师父”或“老师”。通信领域也如此，一代通信人影响着下一代通信人。

谢华和杜磊回忆起作为新人，第一次干测试指挥时，全靠“师父”李朝阳的悉心帮助。当时，李朝阳肩负着中星 10 号和巴基斯坦通信卫星 1R 的研制任务，还面临着通信卫星史上不曾有过的卫星电爆阀、单向阀更换等卫星研制流程调整。李朝阳每天都在思考流程变化带来的测试影响，还不停地拿笔给新人写下，“提醒谢华：SADA 安排装除湿仪”“SADA 安排太阳翼展开指示测试”“SADA 转动功能检查工作程序记录表”……谢华至今还珍藏着这些小纸条。

“测试的初衷是把好卫星研制最后一道关，是发现问题、暴露问题。”“测试工作不是把所有序列跑完了就可以了，不能把测试干成计件工作。”杜磊依然还铭记着李朝阳对他的谆谆教诲。

老一代航天测试人严慎细实的工作作风也影响着年轻一代测试人。王天麒入职以来首次担任型号控推电测一岗，承担起了时间紧、任务重的亚太 6D 型号测试任务。而作为控推测试经验丰富的“前辈”，任立新在首次作为测试指挥参与型号任务的同时，也抽出时间给予王天麒指导和帮助，以口口相传的方式，将自己多年工作总结下来的测试经验传授给了王天麒。而经过一个阶段的磨砺，王天麒也形成了自己的测试体系，待到下一阶段开始时，任立新笑称，自己也算是“功成身退”了。

从这一阶段的第一天开始，王天麒也把自己留意到的注意事项、遇到过的问题和解决方法都记了下来。这些将是他留给下一位新员工的宝贵经验。

在薪火相传中，一大批“90 后”新人迅速成长起来，成为通信卫星未来的中流砥柱。常雅杰面对离子推力器的新知识、新设备、新技术、新状态，不惧挑战，常常工作到深夜，始终以饱满的精力投入到工作中，2020 年的新春佳节她也是在繁忙的热试验中度过的。

在供配电测试一岗工作的张斯明，经常加班加点保证测试进度。尤其是在亚太 6D 热试验过程中，由于值班、测试轮换人员短缺等诸多不利因素，张斯明连续多日奋战在试验一线，多天就睡在紧缩场的休息室，在事业需要和任务关键的时刻，展现了担当。

依托不断发展的卫星平台技术，各式各样更加先进的民商用通信卫星被研制出来。它们星光熠熠，在大千世界中各展神通，推动中国通信卫星和卫星通信实现迅猛发展，让《东方红》的悦耳旋律回声嘹亮，愈发地激荡人心。

第六章

东方红五号：比肩国际高水平

从东方红一号走来，我国通信卫星领域发展迅速：东方红二号、东方红三号先后发射成功、投入使用，东方红四号走出国门、走向世界，瞄准下一代通信卫星能力水平的东方红五号平台卫星在轨验证成功，推动我国通信卫星平台切切实实地走出了一条“指数式”能力跃升之路。

我国于 2008 年启动东方红五号平台的论证工作。不同于东方红三号、四号平台，东方红五号平台创新采用了桁架结构技术，这比传统的承力筒式结构承载能力更大、适应性更强。2019 年 12 月，基于东方红五号平台研制的实践二十号新技术试验卫星成功发射；2020 年 4 月，实践二十号卫星核心试验全部完成，包括高速激光通信技术、电推进技术在内的多项核心关键技术首次在轨验证，多个空间技术领域的新产品在轨正常工作，标志着我国航天领域多项关键技术、材料和产品达到了国际领先水平。

东方红五号平台可以满足不同功能卫星的研制需求，可广泛应用于高轨通信、微波遥感、光学遥感、空间科学探测、科学试验、在轨服务等多个领域，成为世界航天领域少有的多适应性平台，能够满足未来 20 年的卫星应用需求。

此外，“东五”平台还创新设计理念，实现了智能化自主运行管理，从而有效提升了卫星的易用性；通过分舱模块化设计和数字化研制模式，大幅缩短研制周期，有效提高了设计生产效率；平台的单机国产化率达100%，有力牵引了我国航天装备发展。

一、立项时，我们心里已经很有底了

早在2006年，我国“第三代卫星平台”——东方红四号卫星平台处于紧锣密鼓的研制、上星时，五院凭借对通信卫星市场的超前分析，已经敏锐地感觉到了国内、国际市场对大容量通信卫星的迫切需求，提前启动了东方红五号卫星平台的论证工作。

“为什么要开发‘东五’平台？”曾有人问。

“因为我国需要大容量的通信卫星。”航天科技领域专家居安思危，深怀忧患意识和责任意识，对此有着十分清醒的判断。长期以来，我国形成了以东方红三号、四号为代表的“东方红系列”卫星平台及型谱化产品。东方红五号卫星平台的出现既能填补平台型谱在超大型卫星平台方面的空白，也可满足中国未来20年内大容量通信卫星的应用需求。但是当时，东方红五号卫星平台到底该是什么样的，研制人员坦承“自己也没想清楚”。

东方红五号卫星平台的论证之路是漫长的，五院研制团队用了近十年的时间推进这项工作。在原总装备部、中国航天科技集团的大力支持下，五院研制团队根据国家“十一五”和“十二五”规划，进行了两个五年计划的预研论证，明确了应用需求，梳理并攻克了关键技术，打牢了研制基础。2010年，为了集中力量精准发力，五院以通信卫星事业部新成立的“新型卫星平台总体研究室”为依托，正式启动了对新一代超大型通信卫星平台的背景预研论证工作，并自筹经费开展先期技术攻关。论证过程中，团队一直对标世界最前沿的技术，并不断完善、提升平台性能指标。

进入21世纪后，各主要卫星研制厂商纷纷在政府的主导下建立了较为完善的平台型谱，发展超大型平台成为重要趋势。其中，在欧空局和法国国际空间研究中心主导下，由阿斯特里姆和泰雷兹·阿莱尼亚空间公司联合研发的 Alphabus 平台载荷承载能力达到了 1500 千克，载荷功率 18 千瓦，服务寿命 15 年；美国波音公司的 Boeing–702 平台，载荷承载质量为 1200 千克，载荷功率为 12—18 千瓦，服务寿命 15 年。国际卫星平台发展呈现超大型化、整星功率与有效载荷承载能力显著提高、多载荷适应以及升级与换代同步进行的趋势，国际通信卫星市场竞争态势日趋激烈。

通过多轮论证，东方红五号卫星平台的功能与定位逐渐明确：能够适应新一代大型地球同步轨道通信卫星和对地观测卫星等多种应用需求的全新超大型卫星平台；或者说是能够满足我国未来更大功率、更高承载能力、更长寿命卫星的应用需求。

“东五”平台副总设计师裴胜伟在回忆那段“从没想清楚到想清楚”的日子时说：“我们当时认为，确定‘东五’平台的技术指标体系是关键。”彼时，从华南理工大学图像处理专业博士毕业进入五院工作不到两年的裴胜伟，刚牵头完成某空间安全领域卫星的论证工作，就在周志成总指挥的鼓励下，毅然挑起了中国航天科技集团科技创新研发项目——东方红五号卫星平台研究的重担。他和研制团队一起，持续调研国际通信、遥感等卫星领域应用需求和发展趋势，仔细分析对标国外先进平台，逐渐论证确定了东方红五号平台技术指标体系。按照设计指标，基于“东五”平台的卫星起飞重量可达 8000—9000 千克，整星功率 28 千瓦以上，载荷承载能力可达 1500—1800 千克，载荷功率达 18 千瓦，载荷舱散热能力达 9 千瓦，设计寿命长达 16 年。“东五”平台技术指标相比“东三”“东四”等我国在役卫星平台实现跨越式提升，达到国际领先水平。

但指标体系仅仅勾勒出了“东五”平台的大致轮廓和方向，如何细化、完善、验证平台方案，是对研制团队更大的挑战。卫星平台的结构是平台研制的基础，平台的结构形式也成了团队首先要解决的难题。论证初期，对于东方红五号平台是继承我国东方红系列卫星平台的承力筒式结构，还是该采用桁架式承力结构，国内专家持有不同意见。“东三”平台和“东四”平台均采用承力筒式结构，国内在这方面有较好的基础，相对而言，技术攻关难度较小。桁架式结构是一种全新的卫星承力结构，国内技术基础较弱，但是能有效降低卫星质心，提高平台的载荷适应性，满足多种类型载荷的需求，成为包容性更强的“公用平台”。论证团队针对“东五”平台应用需求，从多载荷适应性、结构效率、分舱模块化设计、可扩展等多个维度进行了详尽的分析和比对，进一步形成了基于桁架式结构和承力筒式结构的两种卫星平台方案，经过一次次的技术研讨、不断优化平台方案，并进行了系统充分的技术比对，得出了东方红五号卫星平台应该走桁架式卫星平台技术路线的结论，获得了领域内专家的一致认可，为“东五”平台实现国际领先奠定了基础。

然而，采用与以往承力筒式结构截然不同的桁架式新型结构，其结构优化设计、传力特性以及试验验证等均给研制团队带来了新的挑战。在“十一五”“十二五”预研论证中，团队对桁架式结构进行了深入钻研，一步一步完成了原材料设计、部组件设计和整星结构优化，再从原材料验证、部组件试验验证到整星结构验证，对桁架式结构进行了充分的优化设计和试验验证。2014 年 4 月，东方红五号卫星平台结构静力星顺利通过了鉴定级结构静力试验，为采用桁架式主承力结构的“东五”平台研制奠定了基础。

长期以来，我国通信卫星平台的技术水平相对地落后于欧美国家。在“东五”平台研制初期，研制团队就定下了要实现“东五”平台技术指标达到国际领先的目标，并在项目论证过程中，梳理出包括结构、控制、热控、供配电等方面的八大关键技术。只有每一项技术突破现有水平，达到国际水平，才能确保平台的整体指标实现国际领先。面对论证中的各种困难，论证团队充分发挥航天人缜密、勤勉、果敢等优良品质，以极高的热情与耐心，共同打造新一代卫星平台的蓝图。其中，李学林、李东泽、唐勇面向通信、遥感以及大型展开天线等应用需求，完成了桁架式卫星平台构型布局优化，确定了“东五”平台彻底分舱模块化方案，给出了公用推进服务舱以及三种载荷的构型；李新刚、刘敏从任务分析、单机选型配置、工作模式等方面详细论证了“东五”平台姿轨控分系统技术指标体系和技术路线，确定了具有高精度姿态确定与在轨长期自主导航的姿轨控总体方案；黄华钻研数字计算方法，对贮箱和气瓶容积、推进剂不平衡排放、推进剂剩余量等关键指标进行仿真论证，优化了化学推进分系统配置方案，同时还通过自然科学基金课题等研究“东五”平台的各类动力学难题，为系统优化奠定理论基础；为了优化“东五”平台电推进分系统方案，仲小清详细论证不同电推进技术方案，确定“东五”平台采用大功率多模式离子电推进的技术路线，使得“东五”平台成为国内首个在轨全电推位保和首个采用化推和电推混合变轨的卫星平台。此外，论证团队通过论证，还明确了采用分层可扩展的通信舱结构形式、载荷舱三维等温设计以及可展开热辐射器设计，大幅提升了平台载荷布局能力和散热能力，国内首次采用二维二次半刚性太阳翼器方案、大功率电源控制器方案、大功率太阳翼驱动机构方案等，有力地支撑了“东五”平台总体论证工作，也奠定了“东五”平台技术指标的先进性和领先地位。

在立项论证阶段，对于东方红五号卫星平台这样大型、复杂的系统工程项目，审批流程时间长、程序复杂，需要准备的材料非常多。论证团队借鉴了五院型号研制项目办管理模式，成立论证管理队伍，使立项论证工作管理和推进更加规范、有序，有效促进了“十二五”期间研究成果的快速转化。在用户组织的立项论证评审过程中，“东五”平台的

东方红五号卫星平台总设计师李峰（右）和副总设计师裴胜伟在卫星研制现场

立项论证报告得到了与会专家的高度赞扬：“这是近几年立项论证报告中写得最透彻、最专业和最完整的。”

2015 年 4 月，“东五”平台终于获得国家国防科工局和财政部联合立项批复，标志着其研制工作正式进入工程实施阶段。立项时，先期攻关的大功率太阳翼驱动机构、半刚性太阳翼、可展开式热辐射器、新一代大功率电源控制器、板式贮箱等近 10 项关键单机已完成样机研制与地面试验验证，平台结构星完成总装并顺利通过力学验证、热试车星圆满完成整星地面点火试验……一个起飞重量 8 吨、设计在轨寿命 15 年的新一代大型地球静止轨道卫星平台，呼之欲出。研制人员说：“真正立项的时候，我们心里已经很有底了！”

二、要实现跨越发展，必然要有所突破

每次被问到平台和卫星的关系时，“东五”平台研制人员总爱做这样的比喻：“从某种程度上来说，卫星平台好比一辆公共汽车，通过搭载不同的‘乘客’（载荷），来实现卫星的应用性能。”

“东五”平台这辆“公共汽车”从设计之初，就瞄准世界一流水平。平台具备多适应、大承载、高功率、高散热、高精度、可扩展、智能化、数字化、快速研制的能力，不仅可以满足通信、遥感等卫星的需求，而且还可以经过适应性修改，满足在轨服务、辅助上面级等需求。

（一）出发！技术赶超世界一流水平

“‘东五’平台设计技术指标先进，与当前世界最先进的 Alphabus 卫星平台指标相当，部分指标甚至超过 Alphabus。”对此，研制团队无比自豪。

为实现多载荷适应性以及高承载能力，“东五”平台采用桁架式主承力结构形式，根据不同载荷形式，载荷舱可采用桁架式、箱板式承力结构形式，具有载荷适应能力强的特点。载荷舱载荷通过两舱接口向下传递，推进服务舱载荷通过主承力结构传递至星箭对接环，具有传力路径简单的特点。同时在“东三”“东四”平台模块化研制理念基础上，对“东五”平台进行了彻底的分舱模块化设计，并为不同形式载荷舱提供多个硬点连接的统一接口形式。“‘东五’平台和载荷舱的研制工作并行开展，研制期间不必‘见面’，待到‘见面’时仅需要通过两舱间的标准接头进行连接便组合为整星。”“东五”平台副总设计师裴胜伟介绍。

平台采用全新的绷弦式二维二次展开半刚性太阳翼、高光电转换效率的太阳能电池片、新一代电源控制器、新一代大容量高比能量锂离子

蓄电池、大功率太阳帆板驱动机构等技术，大幅提高卫星的载干比以及电源效率，实现整星寿命末期分点28千瓦大功率供电能力。很多人都把太阳翼比作卫星的“翅膀”，不过它的作用可不是用来飞行，而是为卫星提供能源。“东五”平台身躯庞大，它的“翅膀”是我国面积最大、翼展最长、展开方式最复杂的太阳翼之一，双翼展开比波音737飞机的翼展还要宽上10米。尽管这双“翅膀”十分巨大，但是却“身轻如燕”。作为国内首个“绷弦式”太阳翼，机电部分的重量比由以往型号的1∶1下降至1∶2，机电重量比创下历史最低。

相较“东四”平台40多路转发器，“东五”平台转发器承载数量多达120余路，“东五”平台扩展型转发器承载数量更是高达150路。载荷舱发热量也随之加大。“东四”平台的两块舱板直接散热量为3.7千瓦，按照每平方米舱板250瓦的散热量，需要面积为14.8平方米的舱板。如果照这样设计，“东五”平台的舱板将达36平方米，近乎前者的2.5倍，面积过大难以实施。

然而，再“大”的难题也难不倒“东五”平台研制团队。科研人员一方面为“东五”平台设计了双面散热的可展开热辐射器，扩展其散热面积，使每块舱板只有10平方米大小；另一方面在载荷舱本体使用了泵驱单相流体回路，提升其散热能力，也使整星结构更加紧凑。

此外，宽带大容量卫星应用的是多波束天线，对指向控制精度要求极高，指向一旦偏离，通信容易中断。因此，“东五”平台还采用了长寿命的新型半球谐振陀螺，通过动力学参数辨识等技术实现对带有大挠性附件卫星的高精度姿态控制，使整星姿态控制精度可高达0.03度。

与“东方红家族”其他卫星平台相比，“东五”平台的能力也大不同。科研人员为其设计的有效载荷重量为1500千克，是“东四”平台的2.5倍、“东三”平台的7.5倍；载荷功率为18千瓦，是“东四”平台的3倍、“东三”平台的9倍。“东五”平台要突破承载能力瓶颈，就要解决推进系统的选型问题。传统卫星均采用化学推进系统，以“东四”平台为例，据测算，“东四”平台在轨每年要消耗45千克推进剂，按在轨15年计算，推进剂共需约700千克。而“东五”平台体型更大，预计每年的化学推进剂消耗量要在80千克，这对卫星的载荷承载能力的影响无疑是非常大的。为此，团队突破了离子电推进系统的关键技术，选择了混合推进系统，由化学推进和电推进提供混合动力，相当于打造成卫星里的“油电混动汽车”。化学推进力量大，效率低，适合快速变轨和调整卫星姿态，尽快将卫星送入既定工作轨道；电推进力量小，但推力精度高、效率高，适合在轨长期进行精确轨道调整。平台的化学推进系统使用了最新的板式贮箱、超声波流量计、高精度压力传感器和热容法等产品和技术，实现了对燃料的精确测量和管理，确保一滴推进剂都不浪费。电推进方面则选择了高功率多模式的离子电推进系统，不仅推力、比冲等综合性能优异，还拥有了低、中、高三功率的工作模式，任务能力由南北位保单项任务拓展到变轨、位置保持和动量轮卸载多项任务。“东五”平台采用大功率双模式的电推进技术，每年耗费10千克氙气，同样在轨15年只需150千克左右的氙气，比冲却能提高10倍以上。

（二）好产品赢得市场

早在“东五”平台研制之初，渴求大容量通信卫星的国内外市场用户便“盯”上了这个具有升级换代意义的卫星平台，其推广也被国家列入“一带一路”建设的战略规划之中。

“我们的平台还在研制之中，就已经被用户给‘预订’了。”“东五”平台设计师回忆道，相比于之前的“东四”平台，“东五”平台从各个方面来说都上了一个大台阶。尚在研发阶段，便有各方来打探它的消息。

“东五”平台肩负着闯市场的时代使命，除了应用于传统的通信卫

“东五”平台卫星转运前准备工作

星，“东五”平台还能适应微波遥感和光学遥感卫星等新需求。

和许多面向市场的卫星一样，“东五”平台也具备便于用户应用的特点。以前地面人员大约每周都要对“东四”卫星进行授时、测轨和位保；而基于“东五”平台的卫星能够实现卫星自动撤轨并制定位保策略，地面只在卫星有严重问题时才需纠偏，一般故障将会被卫星自行“消化”，并将“自愈”结果反馈给地面用户。

面向未来 20 年民商用及多用途卫星需求，“东五”平台的充分验证将使我国卫星平台能力与技术水平达到国际先进水平，是我国航天强国建设的重要标志。

三、创新研制模式，为航天发展铺路搭桥

“东五”平台各项技术指标全面对标国际一流超大型卫星平台，指

标体系亮眼，技术实现跨代发展。这样一个超大平台的成功开发堪称中国航天的“国之重器”和“核心能力”，也为未来20年内多个领域卫星提供了首选平台。在全体参研队伍的努力下，“东五”平台完成了全面的设计和地面验证，但由于卫星具有高价值、高风险的产品属性，第一个采用“东五”平台的卫星必然要承担选用新平台的风险，在轨一旦出现问题，损失将会十分惨重。谁会成为“东五”平台的第一个用户，谁敢做第一个吃螃蟹的人？

就在此时，“东五”平台总指挥周志成大胆地提出一个新思路：“我们能不能先把平台打到天上去验证，让用户看到我们的实力，给他们吃一颗定心丸！”自主投入生产一个新平台，并实现在轨验证，这是中国航天发展史上的第一次，对设计团队来说无疑是一个巨大的挑战！面对这样的新课题，大家没有退缩，反而秉承着革命乐观主义精神提出，既然平台有了，我们还可以充分利用这次机会，把事关我国空间安全和核心利益的前沿技术送到太空进行验证，确保我国航天多个领域在未来10至15年处于优势地位，实践十八号卫星就这样应运而生。

（一）广发英雄帖，面向全国征集搭载项目

为了更好地发挥卫星的作用，五院广发英雄帖，面向全国征集搭载项目，得到了社会各界的热情反馈。大家心里都清楚，航天领域产品筛选严格，一旦获得了搭载验证的机会并在轨验证成功，就意味着该项技术未来会很快得到工程应用或技术推广，而申请单位也将在该领域获得更大的话语权。清华大学、浙江大学、中国科学技术大学、哈尔滨工业大学等国内一流高等学府，中电集团及中国航天科技集团的多家兄弟单位，都纷纷提交了项目申请，希望利用这次难得的机会实现新技术、新产品的在轨飞行。面对繁杂的申请，本着航天亟须突破的核心技术验证、打破国外“卡脖子”产品垄断的国产化产品验证及进行新理论、新

领域技术探索的原则，经过多轮严格的筛选，最终 13 项载荷项目获得了“船票”，成为了实践十八号卫星的用户。这其中既有面向未来高通量通信卫星所必须掌握的 Q/V 频段通信载荷技术，也包括具有更高传输速率、更强抗截获能力的激光通信技术；既有支持高轨量子通信信道特性研究的新领域技术探索，也有打破长期进口局面，以大规模 FPGA 芯片、抗辐射微处理器、PROM、SRAM 为代表的国产化器件的应用，旨在全方位提升自主可控能力。

（二）保搭载就是保未来

每个搭载载荷都是自身专业领域的前沿技术，很多都是刚刚完成理论研究或原理样机，离工程应用还有很大距离，研制周期也异常紧张；而作为“实践”卫星上的搭载载荷，一旦不能满足卫星整体的研制进度要求，就很有可能被迫“下车”。面对存在的现实困难，项目团队顶着压力，一步一个脚印扎实推进。

以通信载荷为例，高通量卫星作为通信卫星领域近年来的重大技术和应用突破，以其高容量、低带宽成本的优势，迅速成为当今国际通信卫星市场的主打产品。高通量卫星意味着需要占用更多的频率资源，采用 Q/V 频段载荷作为关口站主用载荷，是国际航天在高通量卫星研制上的重要方向。由于工作在高频段上的 Q/V 载荷噪声功率大，星地链路间的信号损耗也比较大，需要进行毫米波宽带低噪声接收、窄波束高增益天线及大功率放大器等产品的研制，这些对于卫星载荷总体设计和单机研制来说都是新的挑战。以往在载荷技术的应用上，我国一直处于跟跑的状态，先引进载荷产品，再进行国产化研发；而 Q/V 载荷在国际上也尚处于产品研发试用阶段，无论是技术还是产品方面都对我国进行严格“禁运”，要实现弯道超车，只能靠自己。手头上什么都没有，从查文献、调研研制背景开始，到方案设计、效果评估，从研制风险控制、试验设备的准备到试验项目的确定，所有的研制项目都是项目团队自己规划的。从 V 频段小型化低噪声接收机到 Q 频段高功率行波管放大器、从跳波束通信载荷到宽带柔性载荷、太赫兹信标，几乎所有的核心设备都是首次在卫星上使用。面对前所未有的技术难度和紧张的研制周期，团队的合作显得尤为重要，在单机研制过程中，只要设计师提出需要协调的技术问题，载荷总体都是第一时间响应，召集相关人员讨论、协商、快速决策，他们讲技术、讲合作、讲奉献，体现出了良好个人素养和专业素养。产品研制成功了，Q/V 载荷的系统测试同样是难题。没有成熟的系统，没有成熟的软件，设计师就自己搭系统，自己编软件，测试过程中需要一台毫米波频段的矢量网络分析仪，全国仅有几台，通过与供应商的反复协商，将这台测试仪器借了出来。最终，Q/V 载荷 AIT 团队用了一周的时间搭建了新的测试系统，边摸索边测试，为后续的工程研制积累了经验，打开了 Q/V 频段在高通量卫星应用上的新天地。

如果说 Q/V 载荷的研制是升级，那么激光通信载荷的研制就是跨代发展的案例。相比于传统的微波通信，激光通信由于其传输速率高、保密性好、抗截获能力强等优势，成为卫星通信和数据传输的“新宠”。早在“十一五”末期，五院西安分院就开始了背景预研项目激光终端相关原理的研究和技术摸索。十年磨一剑，2016 年初，研制团队迎来了激光终端首次在轨搭载的新机遇。即便留给激光终端的研制时间只有 18 个月，即便当时的研制基础仅有一个初步的工程样机以及近 30 项亟待突破的技术难点，研制团队还是毅然提出了“保搭载就是保未来”的口号，并主动给自己“加戏”，将原本计划的单一体制激光终端验证扩展到可实现三种不同的通信体制，本着科学探索的精神，为激光终端未来技术的发展做好储备。从在激光通信领域一片空白，到激光终端关键技术比肩国际一流，我国在激光终端领域的研制经历了从蛰伏到一飞冲天、最终辉煌“逆袭”的历程。同时，研制单位也经历了从最早在只有80平方米的试验室里搞预先研究，到搭建临时试验场地推进研究，再到之后已经建成的2000平方米的激光终端研制生产线大展拳脚的历程，研制队伍也从最早的18人，发展到80人。随着激光终端研制技术的成熟，小型化和批量化研制正在成为主流，多个国家重大工程项目都瞄准了激光终端的应用潜力和应用价值，纷纷抛出了橄榄枝。激光通信迎来了广阔前景。

（三）理想很丰满，现实很骨感

参与搭载项目研制的单位有一部分是高校和非航天部门，他们的理论前沿、概念先进，但对于航天产品的高可靠、严要求没有概念，对航天特殊的应用环境缺乏了解。卫星总体设计师要比研制常规型号的设计师更有耐心、细心和恒心，与这些研制团队一起打造出符合航天标准要求的高新科技产品。

“理想很丰满，现实很骨感”，这是搭载载荷分系统主任设计师仲小清常常挂在嘴边的一句话。在研制过程中，有的单位在产品设计时没有考虑供电安全防护措施，一旦产品发生短路故障，可能直接影响平台，甚至整星的安全；有的单位使用的一款元器件，在其地面应用的产品上大量使用，可是在进行热真空试验时却意外烧毁了；还有的单位产品设计使用了一款特殊的电连接器，总体设计师查遍了五院的物资库都没有找到同款，就要求搭载方自行备货，可当设计师收到淘宝网店快递过来的产品时，内心五味杂陈，哭笑不得……类似这样的事情在整个研制过程中时有发生。为了使这些研制单位能够设计出符合航天品质要求的产品，仲小清带领了一支搭载专业小分队编写了《卫星搭载载荷通用技术要求》《卫星用电气、电子和机电（EEE）元器件保证要求》等手册，并开展大量的宣传和贯彻工作，明确载荷设计及试验规范、载荷与平台接口设计要求、元器件选用标准等，有效提升了载荷设计的规范性和可靠性，同时确保平台安全，避免故障蔓延风险的发生。他们还独创了一套 EXCEL 表格，对搭载载荷的基本信息、资源需求、接口参数、研制进展、待办事项完成情况、测试联试等情况统一进行管理，每周召开工作例会，随时进行动态更新，全方面了解情况。在整个研制过程中，他们与搭载单位通力合作，互相学习，取长补短，最终所有研制单位都按要求交付了产品并顺利通过了整星的系统考核。

四、见面道辛苦，必定是“东五”

2017 年 7 月 2 日，基于东方红五号卫星平台的首颗新技术试验验证卫星——实践十八号卫星在我国海南文昌航天发射中心发射，研制队伍只用 18 个月时间便完成了新平台验证及一颗正样卫星研制任务，创造了中国航天史上卫星研制周期最短的奇迹。不忘初心、牢记使命、愈难愈进、愈挫愈勇、愈战愈强的“东五”团队被誉为五院的金牌团队。

（一）念念不忘，必有回响

东方红五号卫星平台立项前，卫星研制团队已经默默耕耘了数载春秋。2015 年，平台终于获得国家国防科工局和财政部立项批复。按照常规流程，研制队伍将按部就班、稳扎稳打，用 40 个月的时间完成平台初样研制工作，而后再通过首发卫星，在轨进行平台的关键技术验证。

与此同时，发射卫星所要用到的运载工具——由兄弟单位一院抓总研制的我国新一代大型运载火箭长征五号，也进入了冲刺阶段。长征五号将我国现役运载火箭的运载能力提升两倍多，肩负着发射月球探测器、空间站、火星探测器等一系列重大工程型号的使命。根据我国的航天发展规划，长征五号必须尽快完成飞行技术验证，才能赶上探月、探火这样数年一次的深空任务的宝贵窗口。

作为我国“东方红家族”中最大的卫星平台，毫无疑问，未来“东五”平台必将携手中国运载能力最强的长征五号火箭来执行发射任务。为了尽快对“东五”平台新技术进行验证，五院积极向上级提出申请，希望能抓住长征五号火箭试验箭的发射机会对“东五”平台的关键技术指标进行在轨验证。

2017 年年中是长征五号第二发试验箭的发射窗口。“东五”平台如果要搭载验证，必须赶上这次宝贵的发射机会，否则将会推迟数年才能发射。当长征五号发射日期敲定的消息传来时，留给卫星研制队伍的时间，只有短短的 18 个月。

航天是可靠性要求极高的行业，即使是一颗成熟的商业通信卫星，

“东五”平台卫星太阳翼光照试验

研制周期也需要 24—28 个月，何况实践十八号卫星采用的还是全新的平台，如何在保证正样卫星研制进度的同时，开展充分的可靠性验证工作，这看似就是不可能完成的任务。

（二）心系祖国，直面挑战

面对压力和质疑，研制队伍没有犹豫，没有退缩，毅然决然地接下了这个艰巨的任务。

首要的考量是国家的需要。"东五"平台作为我国首个超大型卫星平台，是我国航天强国建设中的重要里程碑，它的成功可以提升中国航天事业的核心竞争力，为加强国防建设做好储备。越早发射这颗验证卫星，我国的航天事业就能越早向前迈进一步。

其次，则是研制队伍所有人的心愿。为了"东五"平台的立项，研制团队整整奋战了十年时间，付出了大量心血，怎么可能不渴望它的成功飞天呢?

总指挥周志成是整个团队的"定海神针"，他不仅有着丰富的型号研制经验、过硬的技术功底，还有着坚定的理想信念和强大的号召力，他对航天事业的热爱无时无刻不在影响着这支年轻的团队。"我们就是要将不可能变成可能，把可能化为可控!"这是他对研制队伍最朴素的要求。

总设计师李峰承受着巨大的压力，进度刻不容缓，但他始终保持着清醒的头脑。他深知只有吃透技术、一次做对才是保障研制进度的最好方式。因此，无论是对卫星总体方案的优化迭代，对单机设计的审查确认，还是对元器件原材料的选取把关，他都事无巨细、从严控制。

副总设计师裴胜伟十年磨一剑，见证了"东五"平台从无到有的全过程。在任务明确后，他带着几位技术骨干连续奋战几个昼夜，根据此前"东五"平台论证过程的丰富经验，梳理出多项技术和进度关键点，并安排精兵强将重点跟踪和控制相关风险，对卫星的成功研制起到了提纲挈领的作用。

副总指挥孙征虎则带领了一支经验丰富、执行力超强的指挥调度团队，一方面加强与院部机关的沟通，另一方面积极协调各个厂所，优化流程，多线并行，确保各项工作顺利开展。

经过充分的准备，卫星要在短短 18 个月中从图纸变为实物，并完成所有的考核验证与试验，逐渐有了一个清晰的框架。

要满足研制周期的要求，最核心的是确保方案不颠覆、工作不反复。从公用卫星平台到带有有效载荷的正样卫星，机械接口的匹配性、总体布局的协调性、电气接口的兼容性，包括各种器件材料的供货周期等等都需要统筹考虑。卫星上有几百台设备、10 万多个元器件，哪些要改、哪些不改便成了一项浩大的工程。技术人员重新打开了此前的设计文档，确定细节，有力保证了方案的正确性。

要满足研制周期的要求，最有效的是提升研制手段。“东五”平台在设计时就大力推广使用数字化研制手段，各个分系统构建了卫星平台基础数据库，如今可以方便地查询引用；设计师们十年磨一剑，积累了多种多样的程序包、速算表等数字化分析工具，随着型号研制的进程又不断开发新的软件工具解决具体问题。通过充分运用这些数字化手段，使得开展高效的卫星多学科总体优化设计成为可能。实践十八号卫星的研制在国内首次实现了整星数字化协同优化设计，开展了三维数字化设计与制造、数字化分析与仿真、数字化信息流设计与应用、数字化测试、构建三维模型体系等工作，大大提升了研制效率。

要满足研制周期的要求，最具挑战的是优化研制流程。优化不是简化，而是要在满足质量的前提下合理安排工作项目和工作顺序。“东五”平台是一个全新的平台，搭载的试验载荷更是新鲜事物，没有以往的成功案例做基础，优化流程就更需要设计师们扎实的理论功底以及指挥调度系统的统筹安排能力。经过反复沟通、协调、确认，最终明确了两条主线并行推进、环环相扣，在 18 个月内不仅按照一颗正样卫星的标准，完成了新技术验证载荷的征集、整星方案论证、单机产品研制、系统级电性能测试及各项大型试验，同时还完成了 80 多项可靠性研制试验以及 11 个大项的系统级试验验证工作，有效提升了“东五”平台的成熟度。

（三）发扬老一辈航天精神，艰苦奋斗，把梦想变为现实

“成功是百分之一的聪明才智和百分之九十九的辛勤汗水组成的。”方案再好，也要人去实践。纸面上十米高的卫星，从一个个几克、几十克的电阻、芯片开始，焊接组装成一台台几十公斤的模块单机，再组装成数吨重的完整卫星，需要经历设计、加工、装配、检验、测试等多个环节。五院领导对型号给予了大力支持，各厂所的领导也纷纷开了绿

研制团队判读卫星试验数据

灯，提供人力物力，全院拧成了一股绳，都想打赢这场战役。成百上千的航天人投入到繁杂的工作中，用一腔热血点燃热情，打造出质量过硬的卫星产品，用实际行动完美地诠释了航天人“特别能吃苦、特别能战斗、特别能攻关、特别能奉献”的精神。

研制初期，各厂所的元器件备料纷纷亮起红灯，由于时间周期太短，很多器件的采购周期根本无法满足型号要求。为此，院物资管理部门组织全院大协作，各厂所间互相调配物资，确实没有库存的就去生产厂家需求协助。不到半年时间，他们几乎跑遍了全国所有的元器件厂家，所到之处也都获得了最大程度的支持。看着一台台的产品上线生产，他们才露出了欣慰的笑容。

新一代国产化电源控制单元是研制技术难度最大的产品之一，功率高、散热难、瞬态特性复杂，无论是理论仿真、电路设计还是工艺实现、过程控制，每一个环节都需要精准控制。尽管设计师们已经付出了巨大努力，但研制过程依旧经历了不少波折。每一次的问题分析，每一次的试验验证都被设计师们当作宝贵的经历。一次次的问题归零，使得设计师们对产品特性认识得更加准确，也使得设计更加稳妥可靠。各个厂所研制队伍凭着严慎细实、精益求精的工作态度，保质保量地按时交付每一台产品，为系统工程的实现奠定坚实的基础。

2017 年 1 月至 5 月是这场“战役”最艰难的时期——实践十八号卫星进入了 AIT 冲刺阶段。除夕前一天的晚上，李峰总师带领着项目团队，在总装测试现场进行了第一次总装状态交接及状态确认工作，这意味卫星研制正式进入了最后的系统测试及试验环节。从此，一群人没日没夜地围着实践十八号卫星转，总装、测试等各工种紧密配合。“只能人等星，不能星等人”这句话贯穿了实践十八号卫星研制始终，成为全体研制人员坚持的工作信条。“所以经常是一道工序完成，几个人刚退下来，另外几个人呼啦一下子就冲了上去，跟接力跑似的。”忆及当时，大家都十分感慨。

测试现场的指挥办公室就是战斗指挥部，那里立起了一块白板，指挥人员随时更新进展情况，提前梳理后面环节需要的各种保障条件。这块白板陪伴着调度人员，见证了奇迹实现的每一个点点滴滴。

裴胜伟回忆那时的状态，“每周只回 1—2 次家，办公室里一直放着一张行军床，还备齐了全套的洗漱用品，加班太累了就直接撑床凑合一下，睡醒了就爬起来，洗把脸继续工作”。由于长期工作劳累，他突发气胸病，所幸发现及时，送到医院进行了手术，静养了几天。然而，放不下型号的他在病房床头摆满了参考书籍，几乎每个去医院探望他的同事都会带着任务回来，感觉不像是去看望病人，而是刚刚开了一个技术讨论会。

让人难忘的事有许多。年轻小伙儿宋可桢结婚当天不断通过电话处理型号的事情，还在工作群里频频回复消息，被同事们“嫌弃”说“好好结你的婚吧”。电推进系统是一种新型的推进系统，能够承担系统测试任务的人凤毛麟角，常雅洁和何艳两员女将毅然承担了这项艰巨的任务，测试强度最大的时候经常可以看到两个女生轮流倒班测试。在进行电磁兼容性试验时，由于卫星上搭载了大量不同种类的新型载荷，试验结果会怎样谁都不敢打包票，李朝阳产保经理和几个负责人就干脆在测试间守了三天，随时研判现场的卫星状态，一旦发现异常信号，马上查找来源，及时做出相应的调整。总指挥周志成身兼数职，每天处理完大量工作后，再晚也要去测试大厅转一圈看看状态。“有时候周总来了，就一个人坐在电脑前静静地看现场测试数据，工作人员都没发现他”。

回想起那 18 个月超高强度的工作，每个人都觉得疲惫，可每个人又都觉得浑身充满了斗志，因为身边的每一个人都在全力以赴，互相激励着奔赴共同的目标。每个人内心似乎都涌现出了一种共同的力量，驱动着个体去奋战，要以最好的质量做完自己的那一部分，以最快的速度产出成果。所有的这些成果汇聚在一起，真正实现了卫星在规定的时间出厂，运到海南与火箭“会面”，创造了卫星研制历程中的一个奇迹。

从周一到周日，航天城里办公楼和试验大厅的照明灯总是亮到深夜，映照着“东五人”加班的汗水，与那点滴细微的反射光芒相呼应。每个人的光芒都很小，但这些光芒就如同夏夜的萤火虫，在梦想的大地上交替闪烁，最终汇聚成光的网络，点亮了我们头顶的璀璨星河。可以期待，蕴含着信念和力量的光流，将托起代表静止轨道卫星未来的新型平台，托起中华民族的星空梦想。

（四）“可惜了，可惜了”

2017 年 7 月 2 日，这注定是一个被中国航天史铭记的日子。当天 19 时 23 分，伴随着巨大的轰鸣声，搭载着实践十八号卫星的长征五号遥二火箭在海南文昌航天发射场点火升空。

火箭和卫星试验队员们在发射现场紧张而有序地工作着，现场和后方的人们都在翘首期盼着。火箭起飞工作正常、助推分离正常……每一个动作完成，现场都会响起欢呼和掌声，设计师们紧张研判着卫星的工作状态，遥测接收正常、指令执行正常、卫星排气正常……大家的神情逐渐放松了下来，然而没过多久，火箭飞行竟出现异常。

眼看着遥测显示屏上火箭的速度和高度一点点下降，试验队员的心也一点点地坠落下去。李峰总师回忆起实践十八号发射的情景时仍然历历在目：“当时我就坐在指挥大厅，旁边就是火箭系统的总师总指挥。”“发现火箭曲线异常后，虽然内心迅速做出了评估，也做了最坏的打算，但看到火箭系统的设计师们正在紧张地判读数据，研判形势，我只能默默地祈祷。”

经过一番紧急“抢救”，还是于事无补，官方不得不遗憾地宣布：“长征五号遥二发射任务失利。”大家的第一反应都是“不愿意相信”，倾注了十几年心血、奋力赶制了 18 个月的“东五”平台卫星，就这么没了？当五院领导第一时间赶到卫星试验队工作现场时，许多人已经无法控制情绪，默默流泪。做过型号的人都有同感，那是一种像失去了自己孩子一般的痛苦。

“我们失去了攀登高峰的机会，但更要坚定站在顶峰的信心，因为我们已经奔跑在路上，迈出了坚定的脚步。加油！加油！”周志成总指挥尽力平复自己的情绪，向大家转达了五院领导刚发给他的短信内容，但刚一张嘴，也有些哽咽了……当人群散去，回到驻地，周志成也掩饰不住内心的悲痛：“上天真是一点机会都没给我们啊，哪怕火箭再打高一点，卫星自己爬上去都行。”他无比痛惜地对身边人倾诉道，听者无不动容。

雄关漫道真如铁，而今迈步从头越。2017 年 8 月，距长征五号火

研制团队努力平复悲痛情绪、认真查看卫星数据

箭发射实践十八号卫星失利仅一个多月的时间，研制团队便向五院提出申请，启动实践二十号卫星项目的研制工作。用“黄沙百战穿金甲，‘东五’不胜势不还”来表达他们对“东五”平台势必成功的坚定信念，最合适不过了。

五、失去攀登高峰的机会，更要坚定站在顶峰的信心

“东五”平台被寄予厚望，实践二十号卫星的立项更是来之不易，必须要高效率、高效益、高质量地完成卫星研制任务，为后续“东五”平台卫星的立项铺路搭桥。目标就在前方，五院研制团队重振旗鼓再出发，他们脚步更加坚定，志在攀登高峰、比肩国际一流。

（一）“做当前技术含金量最高的卫星！”

长征五号的第三发试验箭应该搭载什么载荷，这是摆在组织面前的一道选择题。毫无疑问，“东五”平台的技术验证需求是最迫切的，也是对未来市场开拓最有利的选择，但一旦运载发射失败，损失也将是最为惨重的，而且第三发火箭的发射周期更紧张，选择一个更为稳妥可靠或者成本代价更小的搭载方案成为当时的一种呼声。虽然“东五”研制团队仅用一个月的时间就完成了实践二十号卫星的方案论证，团队上下对于再研制一颗试验卫星信心十足，但领导们心里清楚这次我们将面临着失败不起的局面。再难也要坚定信心、顶住压力、勇往直前！经过对遥三火箭搭载方案的严格筛选和评估，中国航天最终决定还是把这个宝贵的机会留给“东五”团队，留给实践二十号卫星！

“既然我们争取到了这次宝贵的机会，就要更加珍惜，实践二十号卫星不仅要成为目前世界上发射重量最重的通信卫星，还要成为目前中国技术含量最高的卫星。”周志成对研制团队提出了更高的要求。

从 2017 年 7 月失利到 8 月新项目踏上征程，在短短一个月时间里，研制团队开展了多轮项目立项论证工作，瞄准航天未来发展需求，对实践十八号卫星搭载试验载荷进行逐一评估，同时继续征集新的项目。

为了能够搭载更多的试验载荷，充分发挥卫星的在轨应用效能，研制团队持续优化运载火箭的耦合分析，将卫星的起飞重量由 7600 千克提升至 8000 千克，这将是同期世界上最重的通信卫星，也是我国研制的发射重量最重的卫星。相较实践十八号卫星，实践二十号卫星的载荷更加丰富，仅载荷重量就提升了 50%。载荷功能也更加突出，甚高通量通信载荷由单纯的技术验证升级为可以提供真正业务能力的通信系统，并增加了跳频通信、太赫兹通信等新载荷；激光通信增加了与微波通信的铰链，进一步丰富了应用场景；新增的载荷技术对推动牵引遥感、空间科学探测、空间安全等领域的发展也具有深远意义。

（二）奔赴同一个梦想

“东五”团队凝聚起五院各系统、各专业、各年龄段构成的人才队伍，他们以惊人的毅力和凝聚力经历了从实践十八号的失利到实践二十号的成功，用热血和汗水铺就“东五”平台的光明前路。

以徐福祥为代表的一批航天专家，时刻关心着“东五”平台的研制进展，以自己的丰富经验和深厚的专业功底为型号的顺利研制保驾护航。离子电推进系统供电系统的高压绝缘防护设计是公认的技术难题。已经近 80 岁高龄的五院老院长徐福祥，听说型号在研制过程中遇到了难题，二话不说、勇挑重担，带领了一支由全国行业内经验丰富的专家、型号总师、可靠性设计师组成的专项小组，多次往返于北京和兰州两地，对设计准则的符合性、元器件选用的规范性、工艺方案的合理性、过程控制的一致性、试验验证的充分性等各个环节进行了严格的审查把关，为进一步提升产品的可靠度提供了有力的支持。

实践二十号卫星垂直转运

实践二十号卫星的产品保证经理郝燕艳提醒大家，虽然我们有实践十八号卫星的研制经验，但成功不代表成熟，何况我们的卫星还没有经历真正的太空大考。她及时组织研制队伍对实践十八号卫星研制过程的经验教训进行总结，对需要设计改进的项目拉条挂账，逐一落实；对影响卫星成败的关键环节反复审视，组织补充开展了 30 余项可靠性增长试验，进一步提升技术验证的充分性。在她的带领下，设计师们充分发挥聪明才智，在卫星好用易用性、可靠性上下苦功夫。李雅琳作为供配电分系统主任设计师，面对着 20 千瓦级的高功率供电系统，经常在整星供电大图、接地大图前一站就是几个小时，对于整星供电通路上的每一个环节他都了然于胸，对于所有单机的安全防护设计他都一一审核把关。软件团队持续完善卫星的自主管理策略和故障诊断与恢复能力，实现了卫星智能化自主运行管理，极大减轻了卫星地面操控的压力。总体副主任设计师刘敏巧妙地提出利用并联贮箱非平衡加注实现卫星零配重

实践二十号卫星研制现场

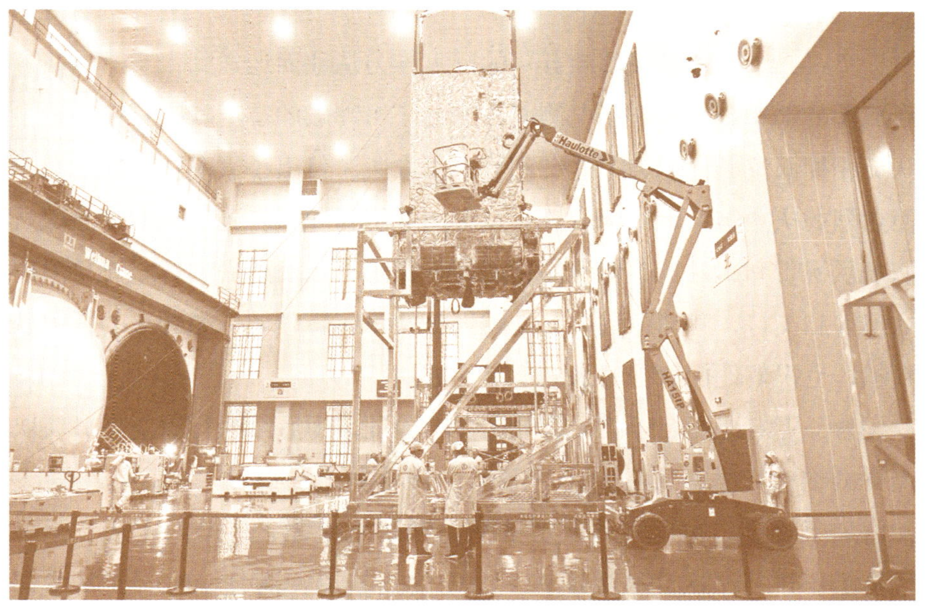

实践二十号卫星在进行热试验

块的质心配平策略，优化后增加推进剂携带量超过 20 千克。

2019 年底，我国研制的地球同步轨道发射重量最重、技术含量最高的卫星——实践二十号卫星终于与长征五号遥三火箭一起站到了海南文昌发射场的发射塔架前，等待着一飞冲天，去实现研制团队的共同梦想。

六、夜空中最闪亮的功勋章

2019 年 12 月 27 日，长征五号遥三箭起海南，长征五号火箭搭载基于东方红五号卫星平台的实践二十号卫星出征寰宇。新时代昭示新使命，新征程呼唤新作为。通信卫星团队满怀信心、众志成城，向着浩瀚星海，向着世界通信卫星领先水平继续挺进。

（一）起飞后的 9 个昼夜

实践二十号卫星被“胖五”的巨大推力从地面运送到太空，星箭分离成功的那一刻，发射场电测间内响起了雷鸣般的掌声和欢呼声，很多队员相拥而泣，他们为了这一刻等待了太久、付出了太多！在随后简单而热烈的庆功宴上，中国航天科技集团党组领导亲自到现场向试验队员们表示祝贺和感谢！感谢他们在实践十八号卫星发射失利时对兄弟单位的理解和支持，感谢他们对突破航天新技术、新领域一如既往的努力和奉献，也祝贺他们取得的来之不易的成功！

为了更好地配合运载火箭开展在轨验证，为后续执行深空任务获取宝贵的在轨数据，实践二十号卫星的转移轨道与以往不同，给变轨设计增加了难度，也对试验队员的精力和耐力带来了考验。实践二十号卫星需要进行 7 次变轨才能进入预定的圆轨道，而且变轨时间基本都在晚上进行，有 4 次以上都是后半夜。试验队要提前 2 个小时上岗，点火持续一个半小时，再加上两三个小时的判读，基本上就是一个通宵，尤其是第一次变轨与星箭分离的时间仅仅间隔了5个小时。大家来不及尽兴庆祝，更来不及休息，就再一次集结在了任务大厅内，开始了新的征程。

“变轨指令已发出，发动机点火，卫星状态正常”，随着一条条指令的发出，队员们严谨跟踪判读卫星状态，确保不遗漏任何细节。实践二十号卫星经历了9天飞行，顺利完成了7次变轨以及二维二次太阳翼、可展开热辐射器、三重叠天线为代表的大部件展开工作。每一步的成功都是一座新的丰碑。

“实践二十号卫星已经成功定点！”2020年1月5日上午10点，五院正在召开2020年度型号工作会，全院的各级领导、院士专家及型号两总齐聚一堂，为一年的工作谋篇布局。就在这个会议上，五院领导直接宣布，刚刚从西安卫星测控中心传来好消息，实践二十号卫星已经成功定点。会场响起了持久而热烈的掌声，大家都很清楚，这成功有多么得来之不易！

实践二十号卫星成功定点

（二）成功！捷报频传

“继往开来，开创大局面！”实践二十号卫星定点成功、“东五”平台首飞成功之际，吕红剑在朋友圈写道。实践二十号卫星定点成功只是开始，后续还将开展多项关键技术的验证。好消息接连不断从飞控中心传来，每一项喜报都是对研制团队最大的慰藉，每一点进展都是中国航天奋勇前行的时代注脚。

新一代大功率供配电技术验证成功。“东五”平台采用的新一代大功率供配电技术，整星供电能力可达到 28 千瓦，半刚性二维二次展开太阳翼成功展开、高光电转换效率的太阳能电池片、新型高比能量锂离子蓄电池、新一代超大功率电源管理器等全新研制的全国产化单机均在轨稳定运行。

高承载多适应桁架式结构技术在轨验证成功。我国首次采用的桁架式主承力结构顺利通过运载火箭主动段考核，桁架式结构技术的在轨成功验证充分表明了我国已突破并掌握了超大型结构技术。我国的桁架式结构具有 8000 千克以上的承载能力，可以全面满足大型、超大型航天器对结构承载能力的需求。

万瓦级高效散热技术在轨验证成功。实践二十号卫星采用万瓦级高效散热技术，依托可展开热辐射器和新型流体回路，有效提升了载荷舱容纳比和散热能力。可展开式热辐射器依次有序成功展开，通过使用三维热管及单相流体回路热耦合的传热方法，在提高整体散热水平的同时，还有效缩小了载荷舱各舱板间的整体温差，为卫星内各设备提供了舒适的温度环境。

高效并联排放推进系统技术在轨验证成功。卫星采用了更为高效的化学推进技术，全面突破全管理并联贮箱平衡排放、大流量推进剂供给、系统混合比精确控制和剩余推进剂精确测量技术，实现化推分系统

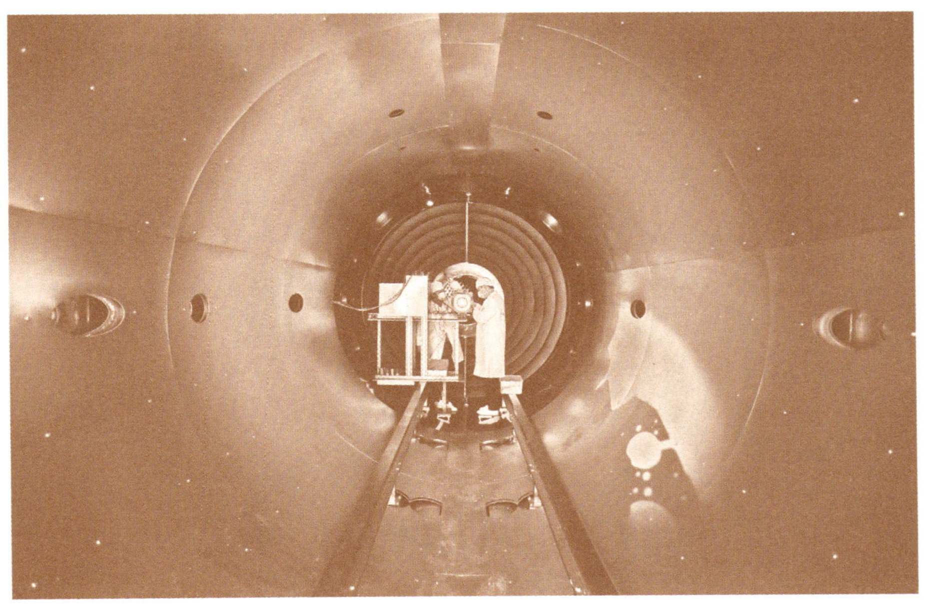

卫星“多模式”电推进系统试验准备

的全面升级换代。经在轨测试，系统混合比控制精度、平衡排放控制精度均优于 1%，成功完成了卫星变轨及定点任务，实现了燃料的高效利用，表明我国大型卫星化学推进技术实现了跨越式发展。

大推力多模式电推进技术在轨验证成功。实践二十号卫星的电推进系统更是备受关注，创造了我国卫星电推进系统在轨工作时间最长、工作功率最高的纪录。通过在轨测试表明，电推进系统产品在高轨空间环境下的推力、比冲等性能参数均达到了国际先进水平。

除了“东五”平台多项先进技术得到验证，多项试验载荷也取得了突破性进展。

国内首个跳波束技术在轨验证成功。实践二十号卫星的跳波束技术是国内首次在轨应用的、全球领先的技术。成功开展跳波束星地系统的在轨测试及演示验证，标志着跳波束转发器产品的相关关键技术得到

科研人员在进行 5 千瓦级电推进点火试验

了全面的在轨验证，提升了我国在该领域的国际市场竞争力。

甚高通量通信载荷在轨验证成功。作为未来高通量通信卫星使用的主要频段，Q/V 频段是未来研制 1Tbps 及以上超大容量通信卫星主要使用的频段。实践二十号卫星在国内首次实现了高通量宽带卫星星地通信系统试验，成功验证采用 Q/V 关口技术的载荷系统方案，全面验证了灵活载荷技术，并成功建立起太赫兹星地通信链路，真正在星地之间架起了一条信息传输的高速公路。

高速相干激光通信在轨验证成功。采用激光实现星间、星地通信是近年来的研究热点，一般来说，采用微波通信可以传送 100—1000 套电视节目，而采用光通信可以同时传送 1000 万套节目。激光通信将成为未来卫星通信的重要手段。

实践二十号卫星顺利开展了高速相干激光通信载荷的在轨测试，完成了对地通信和国内首次激光微波交链通信试验。经在轨试验证明，星地链路捕获时间、跟踪精度等核心指标能够满足任务要求，双路通信速率达到了 10Gbps，创造了卫星激光通信在轨传输速率的世界纪录。10Gbps 速率，可以在 24 秒内传输一部 30GB 的高清蓝光视频电影，相比于在轨卫星的激光系统，传输速率提高了一倍，相比于传统的微波通信，这是一个不可想象的量级。

此外，实践二十号卫星搭载的多项核心技术、基础性电子器件、新材料、新型单机，也都成功开展了在轨试验。多项技术为国际公开的首次验证，10 余项技术指标达到国际领先或先进水平。星上搭载的不少载荷在经过在轨详细测试后，已投入在轨使用，充分发挥应用效能。

实践二十号卫星的成功发射及在轨应用，多项核心技术得到了在轨成功验证，吸引了众多航天爱好者及专业机构的关注和热议，也充分证

“东五”平台研制团队合影

明了它的技术含金量，大幅提高了我国卫星平台的国际竞争力，增强了我国高轨卫星及相关领域的国际话语权。

太空探索永无止境，逐梦征程任重道远。“东五”研制队伍坚定航天报国志向、坚定航天强国信念，正在新征程上踔厉奋发、勇毅前行，要为我国航天科技实现高水平自立自强再立新功。

第七章

低轨通信卫星星座：让全球永不失联

早在“九五”“十五”时期，面对我国在卫星移动通信领域发展需要，中国航天科技集团先期开展了低轨星座相关研究与布局，在此期间，五院牵头开展了多项总体及载荷技术研究，逐项攻克技术难关。

进入21世纪的第二个十年，在欧美各国启动大规模低轨星座布局的同期，五院开展了低轨星座论证及建设研究，并积极助推国家工程立项。2017年起，五院启动“鸿雁星座”的设计论证工作，2018年底完成了首颗试验卫星的发射及在轨验证。

2019年起，以国家新基建项目“卫星互联网系统”等为代表的低轨星座建设进入实施阶段。在前期技术基础上，五院快速推进工程实施，典型卫星技术水平及主要指标达到国际先进水平。与此同时，按照中国航天科技集团提出的“高质量、高效率、高效益”整体要求，五院加速开展面向“批量化生产”的宇航科研生产模式转型研究实践，自主投入推动实施天津产业基地“卫星柔性智造生产线”及配套产业链建设，全面支撑国家低轨星座建设需要。

一、超大规模星座群很“火”

早期的低轨卫星星座规模为数十颗，如铱星系统的卫星数量为66

颗，可以实现全球范围内的一重波束覆盖，主要面向移动话音业务。20世纪90年代，美国Teledesic公司首先提出建设840颗卫星构成的低轨星座系统，但是受限于当时的工业基础能力和高昂的建设成本，不得不将预期规模降低至288颗。最终，伴随着美国互联网经济泡沫的破灭，Teledesic公司倒闭，星座建设计划最终停滞。在那个时代，建设高达数百颗乃至更大规模的星座，始终只是人们的梦想。

2014年，互联网上一条关于Outnet的新闻格外吸引眼球，该系统意图建设低轨卫星系统，实现由低轨卫星直接向地面便携式计算机终端提供WiFi服务。当时，五院相关设计师针对该系统建设可行性进行了分析，认为从当时卫星硬件能力和信息传输技术基础来看，技术风险很大。果不其然，不久后Outnet就没有了下文。

2012年，一网（OneWeb）公司的创始人格雷格·维勒提出了21世纪的首个低轨宽带卫星星座项目，OneWeb星座的卫星数量将超过588颗，旨在为全球用户提供随时随地的互联网接入服务。格雷格·维勒是成功创立了O3b（另外30亿人）系统的知名企业家。2017年，卫星设计及研制能力持续提升，大规模卫星星座建设的技术瓶颈陆续被攻克，在国内外科技媒体、各种自媒体中涌现出很多对于OneWeb系统的研究分析，航天业内对OneWeb星座系统建设信心满满。

2015年，埃隆·马斯克首次宣布了太空探索公司（SpaceX）全球高速互联网计划。马斯克是著名的实干家。2019年5月，首批60颗Starlink试验卫星发射升空。截至2021年初，SpaceX公司已发射业务卫星和试验卫星千余颗，逐步开始在部分地区提供服务。SpaceX公司具备火箭、卫星、终端等全链条研发及生产能力，并以其强大的资金运作、批产研制及发射部署能力震撼了整个航天界。2019年以来，Starlink全面替代OneWeb成为了业内的新热点，国内外对于SpaceX公司设计研制、批产制造、网络应用等方面的研究活动也日益增多。

近年来，国家相关部门相继启动了以卫星互联网行业为背景的专项论证工作，密集出台了一系列支持性政策文件，为行业发展提供政策支撑，行业迎来快速发展契机。2018年起，伴随国内外超大规模星座的热度持续升温，国内各大企业结合各自领域任务规划，纷纷启动低轨星座项目论证及试验星研制。商业航天公司也如雨后春笋般涌现出来，“互联网造星”项目也得到了资本市场的热烈追捧。

五院作为国内宇航领域的国家队、主力军，近年来以“航天强国建设引领者、空间事业发展领导者”为战略定位，密切关注领域发展动向，迅速谋划推进相关工作。

面对卫星互联网蓬勃的发展态势，五院第一时间组建型号项目团队，持续推动以鸿雁星座为代表的低轨星座系统论证及建设。中国工程院院士周志成带领的项目团队立足自身深厚的技术实力，围绕低轨星座系统开展了长期攻关研究，率先开展了我国空间互联网星座系统发展的综合性研究，分析了空间互联网建设的宏观需求，研判了国内外空间互联网星座系统的发展趋势，明确提出了我国空间互联网星座系统建设的发展思路、重点任务、技术路线。李峰总师在中国工程院院刊《中国工程科学》撰文指出，发展自主可控的空间互联网星座系统是网络强国建设的重要内容，可有效提升我国的信息网络服务能力，抢占空间信息领域发展制高点和主动权，在推进我国空间互联网星座系统的论证设计、工程建设过程中，应着重加强国家的统筹规划，加速抢占空间频率资源，加快卫星互联网标准制定，加大关键技术攻关力度，促进融合创新应用并构建安全防护体系，以此全面提升我国空间信息网络服务能力，建设弹性空间体系。

回顾整体发展历程，国际、国内低轨星座建设总体来看还处于先期建设及市场摸索阶段，各系统建设一定程度上出现了多样化、资本化趋势。不论外部形势如何变化、市场前景如何变化，五院低轨星座项目团队始终不忘初心、牢记使命，提高站位、坚定信心、准确定位、开放包容，坚决落实好国家决策部署要求，代表中国航天科技集团做好系统研究及建设工作，全力助推航天强国建设，为我国低轨星座建设积极贡献智慧和力量。

二、集智攻关、接续奋斗、共创未来

2017 年起，结合国际卫星通信发展趋势和国家任务需要，五院快速启动了鸿雁星座的深化论证工作。由于星座的功能与定位超出了传统卫星移动通信的范畴，如何谋划好、设计好、协调好这样一个星座系统对五院项目团队带来了巨大挑战。2017 年 7 月，鸿雁星座进入论证攻坚阶段，时任五院通信卫星事业部部长的周志成院士带队在五院怀柔工作区开展专项集同工作，组织相关单位技术力量共同研究星座系统的主要功能指标与初步技术方案。经过多月的集智攻关，鸿雁星座系统方案顺利通过了中国航天科技集团组织的专家评审。

2018 年，五院快速启动鸿雁星座先期建设。由于功能全面，技术跨度很大，该系统对于五院各单位以及全体研制队伍来说是一块“硬骨头”。周志成院士经常向研制团队提起 2018 年春节后读到的一篇文章，即《人民日报》署名“宣言”的评论文章——《艰苦奋斗再创业》。他要求全体项目团队牢固树立“艰苦奋斗再创业”的精神，不能停留在以往的功劳簿上，要继续开拓创新，永葆革命斗志。

2018 年全国两会期间，全国政协委员、中国航天科技集团科技委主任包为民院士首次向媒体阐述我国已启动了鸿雁星座建设工作，系统建成后将成为全球无缝覆盖的空间信息网络基础设施，为地面固定、手持移动、车载、船载、机载等各类终端提供互联网传输服务。“这个卫星互联网系统可以在深海大洋、南北两极、‘一带一路’等区域实现宽带窄带相结合的通信保障能力。通过该系统，处于地球上任何地点的任何人或物在任何时间都可以实现信息互联”，包为民院士说。2018 年珠海航展期间，中国航天科技集团也对外披露了鸿雁星座项目相关建设情况。

以鸿雁星座为代表的低轨星座系统功能复杂，技术难度极高，从方案到设计没有成熟的经验可供借鉴。其核心网、频率、移动性等方面工程实现难度大，是系统设计的拦路虎，天线等有效载荷的技术复杂度已经远超过在轨已有卫星。但是，国家需要、人民需求是五院全体项目团队持续拼搏的动力之源。2018 年伊始，五院作为总牵头单位，协调参研单位、高校等多方力量，在天津基地封闭开展系统方案论证集同工作。30 多人的论证团队历经近半年的超常工作，梳理并攻克了百余项难题。最终，项目团队顺利完成了星座系统方案和卫星初步方案设计工作。

2019 年起，国家相关部门组织开展了星座系统统筹论证与优化，

系统方案论证讨论

项目团队赴天津开展专项集同

某型号发射前项目团队在发射场开展专项集同

并推动实施试验星阶段工作。中国航天科技集团基于前期鸿雁星座论证成果与后续系统建设要求，充分融合了相关研制要求及业务验证需要，快速决策启动了多颗试验星研制。这对于推动星座系统关键技术攻关、牵引研制模式转型、拥抱商业航天机遇、凸显航天主力军地位有着重要的意义。

多颗试验星启动研制，多年论证攻关获得成果，项目团队的激动心情溢于言表。但是，研制周期只有十多个月，需要完成新研卫星平台开发，并同时研制多颗技术难度极大的试验星，在我国通信卫星研制史上尚无前例。特别是 2020 年 1 月突如其来的新冠疫情，又给繁重紧张的研制任务增添了很多障碍！

“起步就是冲刺、开局就是决战”，面对艰巨的任务挑战，周志成总指挥和李峰总设计师始终鼓舞并带领全体项目团队攻坚克难。面对突发的疫情，大年初一刚过，研制团队主要成员便马上返回航天城，开启了不平凡的研制历程。疫情形势严峻，但是大家并没有被困难所吓倒，他们严格落实防疫要求，组建了疫情防控青年突击队，确保科学防疫、科学攻关。为了强化与各单位、各专业技术协调，项目团队经常采取远程协同设计模式，通信楼的 802 视频会议室成为项目团队的常驻工作阵地。李峰总设计师虽身处湖北疫区，仍每天心系研制现场，以视频、电话等方式参加型号关键会议，指导项目工作。裴胜伟副总设计师是项目办有名的“拼命三郎”，经常要对新的卫星设计状态及关键参数进行审查与复核，审阅文件经常会到夜深人静之时，如同当年东方红五号卫星公用平台开发阶段一样，整齐的行军床成了他办公室的标配装备。“进度、进度、进度！节点、节点、节点！”每周六下午例行的院级调度会一开就是一年多，杨军副总指挥针对过程中各项风险短线进行专题调度，周密安排一项又一项的待办事项，蓝色口罩上是紧锁的眉头与坚毅的目光。“那时最放松的时间，大概只有每天深夜回家途中的一段散步

星座系统研制周调度例会

和哼唱的一首小曲吧!”陈东副总设计师在回忆当时的研制过程时开心地笑了。

复杂的技术状态、有限的研制时间、繁重的生产压力、超常的工作要求，这对于各参研单位及全体研制队伍来说成了新的常态。“使命因艰巨而光荣，人生因奋斗而精彩”，新加入项目团队的型号调度梅迪、朱开鼎目光坚定，充满必胜信心，不到一年时间，他们对卫星研制流程安排及计划管理已经驾轻就熟。在全体研制团队的共同努力下，仅用一个多月便完成了新研平台工程星的设计生产和力学试验验证，仅用不到半年的时间便完成了有效载荷星上处理电子单机研制并投入星地联调联试，仅用了不到一年的时间便完成了全部产品齐套并启动了各项整星级测试及大型试验。团队还邀请各领域专家对关键设计及研制工作进行复查，沉下心来进一步复核工作细节，努力消除各项风险隐患。2021 年年中，试验星顺利通过了出厂前的各项试验验证，出厂发射目标近在咫尺。

疫情期间卫星专项试验远程判读

2021 年 8 月，试验星在酒泉卫星发射中心一飞冲天，发射任务取得圆满成功，在轨表现堪称完美。项目团队欢欣鼓舞，喜悦之情洋溢在每个人的脸上。研制过程虽然艰辛，但是里面蕴含着中国航天人开拓进取、锐意创新的喜悦。通过多颗试验星的攻关研制，五院成功开发了国内首个面向批产的低轨卫星公用平台，卫星有效载荷多项关键技术实现工程化应用，技术水平迈上新台阶，达到国际先进水平，可以有效支撑后续低轨星座系统建设。

三、高质量、高效率、高效益

2018 年，中国航天科技集团召开了第七次工作会议。会前，中央领导同志和上级部门领导对于集团发展建设作出重要批示，提出了殷切期望。站在新时代、新征程的历史潮头，中国航天科技集团作出了加速推动航天强国建设的一系列战略部署，提出了“高质量保证成功、高效率完成任务、高效益推动航天强国和国防建设”的“三高”要求。“高质量、高效率、高效益”成为了五院型号研制、经营管理等各项工作的指导方针，也成为了各科研生产模式转型工作的着力方向。

近年来，低轨星座进入加速论证及实施阶段，后续很快将要启动星座组网工作，几年时间内需要完成成百上千颗卫星的发射部署。如果采用针对传统“大卫星”的设计理念及研制模式，卫星的设计状态无法充分适应批产要求，卫星的生产过程需要耗费较多的人力、物力、资源以及时间成本。对照任务要求，如何实现创新设计及研制模式转型，确保“高质量、高效率、高效益”地完成好星座建设任务，对五院来说既是新的挑战，也是难得的转型发展机遇。

“作为中国航天的国家队和主力军，五院专业最全，基础最好，产业链最完善，五院应当做好且必须做好生产线建设，既满足后续星座批产任务需求，又为后续大卫星高效研制奠定基础，推动卫星制造模式向批产化转型，牵引航天制造水平向规模化迈进”。五院各级领导对于卫星生产线建设充满信心。

信心来源于实力，来源于充分的准备。多年以来，五院一直在做着准备，通过宇航智造专项工程，以“数字化、网络化、智能化”为核心，围绕“系统、单机”两个层面，不断创新工具手段，持续完善产品体系，在宇航型号研制过程中取得了良好效果，也为卫星批产模式转型奠定坚实基础。在产品设计层面，建立了面向系统最优的集成设计模式，构建了数字化总装模式，打通了上下游数字化链路，实现了数字工艺设计和生产制造。在产品实现层面，形成专业集群、测试岛、远程测试等多种模式，实践了“一键式”自动化测试，具备多星并行测试能力，大幅提升测试效率。以北斗三号组网星小批量研制为试点，已实现了脉动式、流水线生产，大幅提升了整星 AIT 阶段工作效率。

2019 年以来，以国家大力推动京津冀协同发展、着力疏解非首都功能等要求为指引，在天津滨海高新区地方政府的大力支持与密切配合下，一座集“天时、地利、人和”特点于一身的整星生产线在五院天津航天产业基地内启动建设。在推动整星生产线建设的同时，为完成好后续批产阶段具体研制工作，五院统筹考虑全院研制能力，形成了“1 条整星生产线 +3 个模块集成中心 +9 类关键单机产品批产专线”为脉络的全链条产能提升基础框架。目标以天津整星生产线为牵引，全面发挥五院宇航产品配套优势，围绕全产业链全面提升各模块、产品配套能力，支撑生产线顺畅运行。

整星生产线由五院通信与导航卫星总体部抓总建设，充分融合了五院丰富的宇航产品研制经验基础，具有“柔性、智能、系统”等显著特点。“柔性”体现了对生产对象的良好适应性，如果把卫星比作汽车，线上既可以生产小尺寸的经济型轿车，又可以生产大尺寸的豪华轿车，在设计指标范围内的均可以上线生产。项目充分应用了五院宇航智造工程的“数字化、信息化”成果，具备智能制造的典型特点，将改变传统宇航产品以“人工作业”为主的生产模式。此外，五院坚持系统观念，以整星生产线为牵引，同步开展多个模块生产线及关键单机生产线产能建设，协同各供应链单位同步提升研制能力，实现全链条智能制造，支撑星座产业链健康发展。

五院整星生产线项目计划经理张海江介绍说，在天津卫星生产线上，高效物流、自动装配、一体测试、自动试验等多项智能制造成果实现应用，可大大提升人员、设备、场地等资源的应用效率，系统提升卫星研制能力。

实地探访生产线厂区，近 4000 平方米的洁净生产区域宽敞明亮，13 个生产站点依次布局，物流、装配、测试、试验等工艺设备运转顺畅。通过验证星，已经对卫星生产流程进行验证，平均每 1—2 天可以完成一个站点的生产任务。后续，按照节拍化模式运行，在量产阶段预计可以实现每周出厂 4—5 颗小卫星，年产能可达 200 颗以上。

“卓别林在《摩登时代》中呈现了流水线的作业模式，我们的生产线按照‘脉动式’节拍化生产，在传统流水线基础上进行自动化升级，星线协同设计，人机协同操作，生产阶段可以实现最优节拍，有效提升了生产效率。”张海江说。

天津整星生产线智能管控中心

以建设卫星制造行业的“黑灯工厂”为目标，“智能管控中心”——整个生产系统的控制中枢被部署在了生产线上。它就像大脑一样，对生产线任务计划执行情况、质量数据情况以及各模块、单机等配套供应链情况进行实时管控，确保对整体生产流程及各环节实现“协同、穿透”式管理。针对生产线现场工作，管控系统可结合任务要求，自动指挥现场物流 AGV、装配机器人等启动工作，自动发布数字工艺进行操作指导，现场人员重点进行关键环节确认及异常问题处置。通过人机协作技术应用，有效降低现场人员的工作强度，通过一致的生产过程及稳定的工艺设备，确保卫星在生产线全流程上实现质量可靠、过程可控。

卫星具有“高质量”的本质要求，但在生产线高效率的基础上，为了实现高效益，确保可持续，必须着力优化和压缩过程成本，以实现更高的性价比。以整星生产线为牵引，对于后续卫星批量研制任务，五院在卫星设计、物料选型、管理模式等方面做优化、想办法，积极试点，推动实现降本增效。

在卫星设计方面，按照星线协同理念，结合生产线接口及运行模式需要，强化面向批产的卫星设计，实现卫星模块化设计制造与高效集成。上线卫星虽然外形不同、功能多样，但是按照设计规范进行优化，全面做好卫星平台公用化、功能模块集成化、典型单机产品化等工作，在设计范围内进行优化，从而最大程度统一接口形式及生产模式，并充分适应各类任务需求。

在物料选型方面，研究采用专用的选型标准，同类物料最大可能实现统型，大幅压缩器件种类。同时，各类物料的质量保证要求实现动态优化，不搞“一刀切”。与卫星健康紧密相关的“心脏级”器件，严格质量要求；对于采用冗余设计的部分器件，优化质量等级要求，甚至可以选择工业级器件。此外，部分需求量大的物料采用组批采购、按需交付，以发挥规模效应，有效降低成本。

在管理模式方面，面向批产任务需要，积极研究适应批产任务的流程与方法。从基于模型的数字化设计、到开放包容的模块化配套、再到柔性智能的自动化集成，以天津柔性智造中心为牵引，五院积极构建适应批产的管理模式，实现宇航产业研制模式转型，推动高质量、高效率、高效益地发展。

进入“十四五”时期，五院天津柔性智造中心已经启动试生产工作。相信在不远的将来，“星星”们将源源不断地生产下线，运往点亮它们的发射场，助力“中国星座”完美绽放，闪耀寰宇。

验证星在整星生产线开展试生产工作

四、快马加鞭未下鞍

五院作为中国航天事业的排头兵，经过半个多世纪的发展，抓总研制了400余颗航天器，在载人航天、深空探测、通信导航、对地观测等航天领域积累了国内最为完备的总体设计及专业技术能力，具备全领域、全品类、全寿命要求宇航产品设计研制能力。五院通信与导航卫星总体部作为我国通信、导航卫星的总体单位，是低轨星座论证及建设的主力军，深耕低轨卫星互联网领域多年，正在围绕系统架构、体制协议、卫星方案和批产制造模式等方面锐意进取、协同攻关，全面牵引科研生产模式转型升级，推动低轨星座建设工作不断加速。

面向未来，五院将继续努力发挥对低轨星座及相关产业的辐射带动作用，提升自主发展能力，释放发展活力，增强市场竞争力，积极推动新基建，更好服务新时代，努力实现新跨越！

第八章

通信卫星人与通信卫星团队文化

作为中国航天发展较早的航天器领域，通信卫星在航天事业、空间事业建立和发展后不久，就建立了相应的研究力量。在系统工程理论的指导下，这支队伍经过组织化整合，逐渐走向壮大，并在航天共同体的大范畴中，凝聚形成了次一级的通信卫星科学技术共同体。

历经半个多世纪的建设和发展，这个共同体不断加强自身建设，在持续探索中开拓事业，在赓续传承中走向壮大，在强力组织中迸发力量。在这个共同体中，涌现出一大批先进分子和卓越人物，钱学森、孙家栋、戚发轫、范本尧、周志成等是他们中的杰出代表。从东方红一号走来，这个共同体传承和弘扬“两弹一星”精神，沉淀形成了富有魅力的精神气质，打造了“忠于初心、诚于价值、勇于担当、敢于超越”的通信卫星团队文化。

一、共同体的时空历程

劳动是人类的本质活动，作为劳动者的人是生产力的主导因素。第二次工业革命促进了现代科学技术时代的来临，组织成为科学技术活动的主要单位，科技发展日益强调社会化协作。从事科技活动的人员进入组织，基于一定的体制机制，联合成为共同体，迸发创新创造的活力，从而挑战并完成相当大规模、高难度的工程任务。20 世纪中叶以来，航天科技得到快速发展，已成为当今世界最具挑战性和广泛带动性的高科技领域之一。航天作为典型的现代科学技术，作为一种“大科学”，其从理论变成现实的关键一步，是在国家的意志与组织实施下，在众多行业、专业、学科共同协作下，由大量组织共同完成的。在航天科技实践中，人一方面彼此实现社会化协作，另一方面又凭借科学知识、技术工具等展开工程实践，使得这个共同体的成员具有显著的航天特色。

新中国成立后，中国共产党从领导人民为夺取全国政权而奋斗的党，成为领导人民掌握全国政权并长期执政的党。由此，中国共产党在一穷二白的基础上带领人民开始社会主义革命和建设。尽管条件艰苦、环境险恶，党和国家领导人敏锐地意识到发展航天工业对增强国防军事能力、提升综合国力与国际地位的重要意义，作出了“决定命运的”重大抉择，发展尖端技术。在中央领导同志的直接过问和协调支持下，有关方面几经争取，最终帮助钱学森等科学家顺利归国。以钱学森为代表的留学归国科学家，与民国以来本土培养的知识分子、新中国自行培养的人才，构成了中国航天最早力量的三个方面。

我国开展通信卫星技术研究的力量，早期主要分布在国防部第五研究院、七机部、中科院等。1968 年 2 月，中国空间技术研究院（五院）正式成立，首任院长是钱学森。东方红一号卫星的研制力量被集中起来，“形成拳头”，通信卫星技术研究的力量也由此实现了集合，共同体的核心力量得到凝聚。1968 年 8 月 16 日，五院 501 部成立，作为卫星研制的总体设计部。在下设的多个研究室中，二室即通信卫星总体研究室，主要承担通信卫星总体设计、分析、验证以及抓总研制工作，参与研制了我国第一颗人造地球卫星东方红一号，负责发展后续的东方红二号、三号、四号通信卫星及平台。

1970 年 4 月，东方红一号卫星发射成功，中国成为“太空俱乐部”的一员，接下来就要解决卫星实用化的问题。其中，研制通信卫星、发展卫星通信最为迫切。中央1975年批准实施“331”工程。1984年4月，东方红二号试验通信卫星发射任务获得成功，使面向全国的卫星通信成为现实。1986年2月，东方红二号实用通信卫星发射成功，我国由此进入“实用卫星时代”。不过，东方红二号及之后的东方红二号甲系列卫星，与当时的国际通信卫星能力相比仍有较大差距，不能很好满足改革开放以后快速发展的卫星通信需求。这也引发了要“买星”还是要“造星”之争。航天领域专家据理力争，呼吁“要以我为主，尽快拿出通信卫星”。

1986年3月，中央决策，明确通信卫星要靠“中国造”。这要求航天人必须在技术基础薄弱、设施条件差的情况下迈一大步，赶上20世纪80年代通信卫星的国际水平。东方红三号卫星工程的总设计师孙家栋提出，要用8年时间走完欧美等空间大国走了几十年的路，使我国

在“东二”成功发射30周年研讨会上（左起：范本尧、孙家栋、戚发轫）

通信卫星从 20 世纪 60 年代的水平，一步跨入 20 世纪 80 年代的水平。1994 年 11 月，在发射任务中因推进系统燃料泄漏、推力下降，东方红三号未能在预定轨道定点，无法正确传输通信信号，这给了国外通信卫星巨头们可乘之机。当时，我国卫星通信被迫通过购买或租用国外制造的通信卫星来实现。1997 年 5 月，东方红三号通信卫星最终发射成功，但难以从根本上扭转局面。

当时，我国相对落后的通信卫星技术水平，已对我国卫星通信的自主发展与安全可控形成严重制约。为了振兴我国通信卫星产业，赶超国际先进水平，五院决定对标当时的国际先进水平，用 4 年时间研制出新一代大型静止轨道卫星公用平台——东方红四号，夺回失去的国内通信卫星市场，并积极抢占国际市场。2000 年 3 月，在经验丰富、刚被任命为卫星总设计师的周志成的主持下，东方红四号大型静止轨道卫星公用平台开始了预发展阶段工作。团队立下了“为振兴民族工业而奋斗”的誓言。

东方红四号作为有态度、有实力的产品，迅速收获了市场的关注和欢迎。2002 年 5 月，鑫诺二号通信卫星合同正式签订。2004 年 11 月，中国航天科技集团战胜美、法、英、意、以色列等国家的 21 家公司，最终赢得了尼日利亚的通信卫星商业研制合同。这是中国第一颗整星出口的卫星，中国制造的卫星从此走出国门、走向世界。之后，东方红四号支撑我国完成一系列通信卫星研制任务，改变了我国通信卫星长期“跟跑”、仰人鼻息的相对落后局面。

2008 年 7 月，中国航天科技集团和五院综合研判世界航天发展现实与前沿，决定整合通信卫星研制力量，在五院组建通信卫星事业部，以期更好发挥队伍作用，促进领域进步。这促进了通信卫星共同体的壮大。之后，东方红四号卫星公用平台大放异彩，一系列新平台，如东方红三号 B、东方红四号增强型（“东四”E）等卫星公用平台也陆续实现工程化应用，有效满足了差异化需求。

通信卫星需求持续发展，工程能力提升没有止境。早在 2006 年 5 月中国航天科研人员就开始了“大型桁架式静止轨道卫星平台”的预研论证工作，并完成了平台方案设计。2010 年起，东方红五号卫星公用平台开始开发，最终于 2019 年底实现首飞验证，让我国的平台能力跃至世界领先水平，成为航天强国建设的重要标志。

2020 年 8 月，为了更好地推动卫星通信与卫星导航融合发展，五院决定实施宇航系统总体单位改革，成立通信与导航卫星总体部。该部作为应用卫星类总体单位，是五院通信、导航领域业务的责任主体和系统总体单位。

纵观这一时空过程，贯穿着四大特点：一是国家高度重视，各方大力支持；二是队伍以国为重，接续艰苦奋斗；三是面临重重封锁，矢志自立自强；四是坚持创新创造，顽强拼搏超越。尤其是顽强拼搏超越，从发射卫星的数量上即可窥知。1984 年 4 月至 2000 年 1 月的 16 年间，我国共完成了 7 颗通信卫星发射任务。2003 年 11 月至 2010 年 11 月的 7 年间，我国共发射了 8 颗通信卫星。2011 年，我国在一个年度内就完成了 5 颗通信卫星的发射任务，创造了纪录。2011 年至 2015 年，共有 14 颗“东方红”系列通信卫星在太空安家。2016 年至 2020 年，共有 15 颗“东方红”系列通信卫星在苍穹定点。

2021 年 1 月 20 日，天通一号 03 星在西昌卫星发射中心成功发射，这是我国第 3 颗移动通信卫星，也是中国航天进入“十四五”之后宇航领域的开局之战。首战告捷，让中国航天在新发展阶段迎来“开门红”。2021 年 12 月 30 日，通信技术试验卫星九号发射任务取得圆满成功，这是中国航天在“十四五”开局之年的收官之战，也是一年之内第九颗通信卫星飞上苍穹。这再次刷新了年度通信卫星发射数量的纪录。2021 年，九星九连捷，通信通天下！

二、广泛的系统工程

钱学森回国后在推动中国航天事业建立和发展中，将其倡导的系统科学理论与实践结合起来，为中国航天发展提供了重要理论依据。系统工程方法是系统科学理论的重要内容，是组织“系统”的规划、研究、设计、制造、试验和使用的科学方法，是一种对所有“系统”都具有普遍意义的科学方法。[①] 该方法不仅在简单的小系统中有效，而且在涉及多人多因素的大型复杂事物的组织管理问题时，更能凸显其必要性、优越性、科学性和重要性。

从一般意义上说，人类要开展并实施航天活动，需要建立庞大的以航天器为核心，由航天器（卫星、飞船、探测器等）、航天运输系统（主要是火箭）、航天发射场、航天测控网以及应用系统等组成，以完成特定航天任务为目的的航天工程系统。无论是在技术统筹还是在工程实现上，都需要从系统的高度来加以把握。

从组织与管理意义上说，钱学森吸取苏联设计局的经验，结合中国的实际，创造性地提出在中国建设型号院的思想。型号院主抓型号的总体，负责型号总体系统的管理与协作；型号院中再设总体设计单位，作为型号院的核心。这成为中国航天组织架构演变的重要依据。

在钱学森的影响下，系统工程在中国航天整个发展过程中影响深远。系统工程要求其使用者自觉地把工程对象看作系统，在处理工程问题过程中既从共时性角度将对象看作由部分组成的整体，了解把握各部分间的相互联系，站在系统全局的高度处理问题；又基于历时性的角度

① 钱学森、许国志、王寿云:《组织管理的技术——系统工程》,《上海理工大学学报》2011 年第 6 期。

把工程问题认识为由相互关联的阶段、步骤、工序等组成的过程，注重对全过程的把握，并以其为出发点关照好各阶段的衔接。

航天器既由一系列系统组成，又与其他同级的系统共同组成航天工程系统。航天工程的开展、航天事业的发展，从横向看离不开政治、经济、军事、社会其他系统的支撑，从纵向看则服从并服务于其所处的具体时代背景。因此，向内向外综合看，航天器这个系统是一系列嵌套而紧密联系的系统中的一个层级。

卫星是航天器的主要种类。卫星工程任务要实现成功，一方面要置于由卫星自身与运载、发射场、测控、应用系统共同构成的，贯穿卫星设计与制造、卫星发射、卫星测控和卫星应用整个过程的更大一级的卫星工程系统之中来进行统筹。卫星工程技术的提升、卫星任务或项目的完成，离不开以“长征”系列火箭不断迭代为代表的运载技术发展，以位于酒泉、太原、西昌、文昌等地的发射场建设，以飞行控制基地建设和地面应用站建设为配套的测控及应用设施建设。另一方面，在管理与组织机制上，既要成立总体设计部门发挥抓总作用，又要强调总体设计部门内部、总体设计部门与其他协作部门的配合协调，同时还要成立相应的项目办公室，建设以总指挥、总设计师为首的总指挥系统和总设计师系统“两条指挥线”。

在通信卫星领域，系统工程得到了广泛的应用，对通信卫星的队伍组织、事业发展起到了至关重要的作用。

首先，通信卫星工程就是系统工程。从一般意义上讲，通信卫星工程指针对某一项通信卫星的研制任务或建设项目的实施，包括通信卫星制造和试验，以及将通信卫星送入预定轨道和完成在轨测试验证。整个系统包括卫星的方案设计、平台研发创新与继承、有效载荷研制、卫星测试、卫星发射及在轨测试等环节，这些环节又由不同的子环节构成。实施系统工程的管理和系统各部分的协调配合、各环节的相接衔序，均

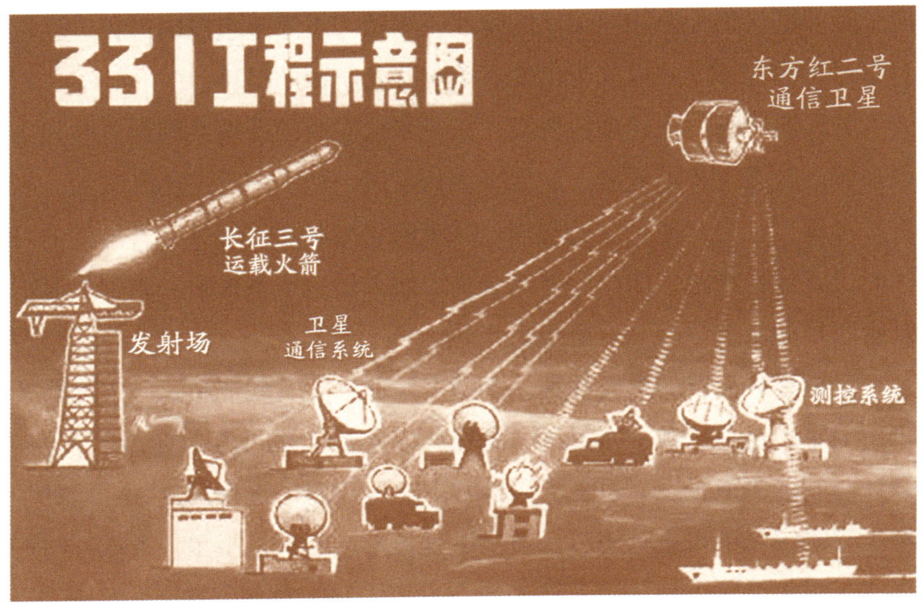

“331”工程示意图

不可或缺。

其次，通信卫星工程又从属于更大的系统——通信卫星工程系统和卫星通信系统，再往上是空间事业系统、航天科技系统、国民经济社会发展系统等。要实现通信卫星工程，必须考虑其所在的更大一级的系统——由前后衔接、不同阶段的通信卫星工程系统和卫星通信系统共同组成——的顺利实现，考虑更高级别系统的发展需求和相应支撑，这反过来也规定了实施通信卫星工程的输入条件。

为了有效地推动通信卫星工程，五院设立专门的总体设计单位，负责统筹通信卫星的抓总研制工作。2008 年 7 月，按照发展形势需要，整合力量组建了通信卫星事业部，统筹通信卫星领域的技术路径设计与论证、平台规划与能力牵引、项目管理与协调、系统运行的可行性与不可行性研究及系统优化等职能。内设通信卫星总体研究室，具体负责总体设计与协作；设相关专业的研究室，具体负责相应分系统、技术等科研生产、研发创新、测试等任务；设相关机关，负责管理与协调；成立专门的项目队伍，负责具体型号或项目的总体工作。院、部、项目队伍三个层面的总体设计，强调从系统高度对系统工程予以把握。

在每个型号或项目的管理中，项目办公室发挥着重要作用。一般来说，针对每个型号，设立总指挥、总设计师，副总指挥（或称计划经理）、副总设计师、产品保证经理，产品保证助理、计划助理，总体主任设计师、分系统或综合测试主任设计师、项目秘书等岗位，分别按照相应的权限进行任命。整个队伍抓总型号研制各环节的各个部分，协调研制阶段其他分承研单位的配合，协调准备发射及飞控阶段试验队员派出单位、发射场、飞控试验基地等单位的配合。

在通信卫星工程的组织与推进中，总指挥系统负责的行政部分与总设计师系统负责的项目技术部分互为条件、交织并行：通过计划调度，技术协调得以实施和完成；有了技术协调作为基础，计划调度才是有意义的。总设计师系统在决策技术时，既要考虑技术的先进性，也要考虑任务的经济性和现实性，尽可能地实现技术任务对人力、物力、财力的有效利用和对周期的有效节约。总指挥系统为任务的推进提供全面的支持，统筹好队伍与资源配备，开展好思想政治工作和后勤保障，为总设计师系统确定的技术途径和方案的有序推进扫清障碍，确保研制工作的顺利进行。通信卫星的型号“两总”作为型号项目的首脑，体现为在通信卫星中发挥抓总单位的角色，并在组织的支持与协调下推进型号研制工作。

回到组织本身，对通信卫星团队的管理，也是系统化、组织化的。其中，领导班子对重大事项进行集体决策，班子的核心是行政负责人和党组织的书记，班子成员按分工主抓分管工作和部门。机关部门是具体管理协调职能的承担者，总体研究室和各专业研究室按照定位与分工，承担相应的科研任务。在部门之中还往往设有班组，作为最基本的管理单元，负责组织职工在劳动实践中创新创效，推动工作。这样，每一位共同体的成员都在这个系统之中承担相应的角色，担当相应的职责，作为系统的一个节点，在实践中共同推动系统的发展，塑造并改变着系统的面貌。

管理的实施也处处体现了系统工程与系统思维。2018年，围绕通信卫星研制工作，提出了“做强总体、做大市场、做精产品、做优流程、做实党建”的发展思路，简称“五做”，在行为与制度层面为践行使命、实现愿景提供了前进逻辑与行动遵循。它们是五个紧密联系的工作支点，是五个相互促进的着力方向。

做强总体，强调必须提高站位，深入研究，科学谋划，苦练内功，加强对通信卫星领域的系统抓总能力。这是基于系统工程理论得出的基本判断，是半个多世纪的实践带来的深刻启示。总体强，则领域强；总体领先，则领域领先。总体的地位无可替代，只能加强、不能削弱，必须以更高的站位明确职责使命，全力以赴拼搏作为。

做大市场，强调必须坚持以市场为导向，向市场要效益，在激烈竞争中站得稳脚跟、扛得住风浪。只有敢拼敢抢、“与狼共舞”，才能砥砺队伍、抓住机遇，实现能力跃升。习近平总书记讲过，技术是难点，但更难的是对市场需求的理解。必须主动跟进乃至引领领域前沿，主动满足乃至创造市场需求，做到“有所为有所不为”。

做精产品，强调必须严慎细实、精益求精，让产品质量更过硬、性能更优良。产品的质量是一个企业的核心竞争力，产品的性能决定了一家企业能否行稳致远。航天本质上是一种高风险活动，向太空进发、利用太空资源的征程从来都不是坦途。通信卫星发展历程伴随着大大小小、许许多多的挫折，必须坚持从加强产品质量、优化服务质量做起。

做优流程，强调必须转变发展思路，通过体制机制优化升级提高效率效能，增强发展动力。在新发展阶段，通信卫星领域的任务更多了、更重了，要求更高了。怎么办？只能靠流程优化，靠机制升级，靠体制变革，努力探索建立和完善现代企业制度，让奋斗的力量喷薄而出，让创新的源泉充分涌流。

做实党建，强调必须始终坚持党的领导、加强党的建设，并将其融入到发展建设各个环节。航天事业是党的事业，我国在通信卫星领域取得的一切成就都是在党的领导下实现和完成的。坚持党的领导、加强党的建设，是须臾不可离的“根”和“魂”。要始终用好这个“传家宝”，把党建工作做得更切实、更务实、更扎实。

“做强总体、做大市场、做精产品、做优流程、做实党建”，是一个完整的行为理念系统。其中，归根结底落在一个“做”字，统摄了五个方面，体现了认识指导实践的基本观点，强调要完成从认识到实践的转化。2018 年以来，对这个行为理念系统的广泛宣传和转化实践，对通信卫星领域发展起到了重要的推动作用。

三、从卫星通信到卫星通信导航融合发展

2008 年 7 月 18 日，中国航天科技集团和五院决定成立通信卫星事业部，这是通信卫星发展历程中的一件大事。该单位是在五院总体部、研究发展部、通信卫星领域项目办等单位原有的通信卫星团队基础上组建而成的，定位是我国通信卫星业务的责任主体和业务总体单位。当时，总装备部，总参谋部，中国航天科技集团，五院的有关领导、代表，出席五院通信卫星事业部成立大会并发表了讲话，表示祝贺并提出了殷切希望和具体要求。

组建通信卫星事业部是时代需要、大势所趋。进入 21 世纪以来，我国航天器研制业务发展迅速，国家和用户对通信卫星等各类航天器的

2010 年，孙家栋、戚发轫、范本尧等在发射场参加某通信卫星加注暨转场前评审会

研制数量、质量、进度、在轨运行可靠性等方面提出了更高要求。为了更好地满足国家和客户的需要，抓住发展机遇，作为中国的空间技术研究院，五院决心以大力发展我国通信卫星事业为己任，着眼于通信卫星领域形势和任务的要求，积极探索新形势下强化通信卫星领域总体业务的有效途径和方法。尤其是，当时“东方红”系列通信卫星已经开始走出国门，面对通信卫星业务市场化程度高、用户范围广、竞争激烈等特点，要想抓住国内国际通信卫星业务快速增长的良好机遇，就必须创新发展思路，建立围绕通信卫星平台和产品、责权利更加明确、有利于创新、适应国际竞争需要的组织结构和管理机制，提升面向市场的反应速度和竞争能力，扩大国际市场份额，奋力跻身世界一流行列。

在社会主义市场经济体制日益完善，国防科技工业体制不断改革调整的形势中，在通信卫星领域业务饱满并发展迅速、技术和产品相对成熟，并在国际通信卫星市场中初步崭露头角的基础上，在国际一流宇航公司也大多按航天器业务领域设立业务部，便于实现对市场的快速反应的参考下，五院作出这一决定，旨在强化通信卫星业务领域规划和技术创新，提高通信卫星领域资源利用率，解决通信卫星领域既有矛盾，确保型号任务圆满完成，同时提高通信卫星的国际市场竞争力，做强做大通信卫星事业。

通信卫星事业部的成立，使通信卫星团队得到整合强化。团队坚持党的领导，忠诚地履行使命，勇敢地拼搏进取；坚持以市场为导向，确立发展方向和发展重点；坚持加强总体业务和能力，主导通信卫星领域技术与产品的发展；坚持改革与创新，探索建立适应市场竞争要求的新型管理体制和运行机制。从 2008 年 7 月到 2020 年 8 月，奋斗不息、成果丰硕。

12 年间，通信卫星团队不忘初心、砥砺奋进，完成了 30 多颗卫星的发射任务，在轨交付了 11 颗国际商业通信卫星。不仅把东方红四号打造成了国际主流通信卫星平台，还相继开发了"东四"增强型、"东四"S、全电推以及东方红五号等新平台，唱响了科技自立自强、勇于创新突破的时代主旋律，并荣获了国家科技进步一等奖、国家技术发明二等奖、国际发明专项金奖、全国质量奖卓越项目奖等重磅大奖。一系列通信卫星连续奔天，连成了一条浩荡星河，不仅在神州大地的天际镶嵌上了盏盏明灯，还通过向国际市场出口，点亮了更多国家和地区的天空，让全球更多的民众沐浴在航天发展带来的现代文明的光亮之中。

12 年间，通信卫星团队一路披荆斩棘、爬坡过坎，克服了无数艰难险阻，锤炼了过硬的团队作风。"东四"大平台勇拓国际市场的故事，天通一号于地震后立项的故事，中星 9A"星坚强"的故事，实践十八号卫星勇担当的故事，天链卫星"链"通天地的故事，亚太 6C 紧急漂星的故事……通信卫星团队所创造的这一个个奇迹，都在《人民日报》等媒体重要版面、在央视“新闻联播”“焦点访谈”等重要栏目予以报道，都在用户圈、朋友圈里收获了无数点赞。尤其是面对风险挫折，大家沉着应对、负重拼搏，最终一一化险为夷、渡过难关；面对急难险重任务，许多同志顾全大局、事业至上，克服了个人和家庭诸多现实困难，做到了哪里需要就出现在哪里，什么时候需要就什么时候出现。类似的事例不胜枚举。正是靠着这种品质和干劲，这支队伍敢于战胜一切艰难险阻，成长为支撑中国通信卫星事业发展的核心力量。

12 年间，通信卫星团队的能力迈上了大的台阶，向着世界一流目标迈出坚毅步伐。怀着“跻身世界一流”的梦想，大家奋发进取、持续积累，最终汇聚成了磅礴的奋斗力量，支撑取得了一个又一个成功。2008 年时，每隔几年才会承担一个发射任务；2011 年史无前例地完成了五星连战连捷的骄人战绩、年发射数量跃居全球第一；之后，这种高

通信卫星研制现场

难度、高强度、高密度型号研制与发射任务更是成为常态，已然“习以为常”，更加“行云流水”。2008年时，东方红四号卫星公用平台还在砥砺中向着成熟目标进发；到了后来，东方红四号成为大容量、长寿命、高可靠的主流通信卫星平台，“东四”增强型、“东四”S、全电推、东方红五号超大卫星公用平台等开发工作取得累累硕果。

12年间，通信卫星团队也从144人增长到600人左右，翻了两番。其中，研究生占比超过90%，拥有高级职称或博士学位的占比超过90%，党员比例超过80%。在连续奋战中，很多老面孔依然在，更多的新面孔不断充实进来。这些年轻人迅速褪去稚嫩，濡染担当。在砥砺前行中，这支队伍不断走向壮大，从一小块树林苗壮成长为一大片森林，扛住了种种风吹雨打，成长为支撑中国通信卫星事业发展的坚实力量。

12年间，通信卫星团队始终坚持党的领导，加强党的建设。2008年7月成立临时党委；2010年4月召开党员大会，选举产生党委。党委班子配置健全、民主集中，决策科学、能力过硬，严慎细实、有效引领，严管干部、团结职工。党支部设置合理、建设有力、作用突出，成为坚强的战斗堡垒。党员队伍比例高、面貌好，充分发挥了先锋模范作用，在实干中展现了担当，在奋进中作出了表率。党的十八大以来，党委、党支部和广大党员、干部深入学习贯彻习近平新时代中国特色社会主义思想和党的十八大、十九大精神，在学懂弄通做实上下真功夫，高质量开展党的群众路线教育实践活动、“三严三实”专题教育、“两学一做”学习教育、“不忘初心、牢记使命”主题教育、党史学习教育，巩固形成长效机制。同时，思想政治工作不断加强，文化建设持续推进，通信卫星创新团队成为2017年“全国重大宣传典型”。群团活力迸发，2014年获“全国五一劳动奖状”，一批青年获得中央和上级表彰。

2020年8月14日，五院决定实施宇航系统总体重组，以通信卫星

为夺取型号任务胜利而誓师

事业部为基础，将通信业务与导航业务合并，组建通信与导航卫星总体部。通信与导航卫星总体部定位为应用卫星类总体单位，以增强市场竞争力为主要目标，聚焦通信、导航等应用类卫星研制与产业发展，利用市场化手段和社会资源，充分提升自主发展能力，释放发展活力，推动国民经济发展和世界一流军队建设。

成立通信与导航卫星总体部有着深刻的时代背景。习近平总书记和党中央对航天事业发展寄予厚望。习近平总书记多次讲到航天梦，号召“探索浩瀚宇宙，发展航天事业，建设航天强国”。建设航天强国还被写入了党的十九大报告。在航天强国建设中，五院要切实发挥好“航天强国建设引领者、空间事业发展领导者”的使命担当。面对国内外复杂多变的形势，置身“战略机遇期”，五院必须担当作为，坚持改革创新，通过改革和优化体制机制，始终坚持和巩固宇航系统总体地位，不断完善和发展宇航系统总体作用，进一步解放和发展生产力、激发和增强发展活力，更好地支撑航天强国建设，全面提升服务国家战略发展、保障国家战略利益的能力。将通信与导航业务整合在一起，扣合了时代发展趋势，适应了技术发展需要，是提升企业治理能力、推动高质量发展的一项重要举措。

通信与导航卫星总体部成立后，在组织设置、管理机制、队伍建设、文化建设等各个方面进行了深入探索与系统调整，在短时间内完成了整合过渡。从通信卫星事业部到通信与导航卫星总体部，对通信卫星业务而言实现了拓展，意味着新的广阔空间；对通信卫星团队来说，实现了扩容，意味着更加澎湃的创新力量。尤其是，在 2021 年 3 月十三届全国人大四次会议审查并批准的《中华人民共和国国民经济和社会发展第十四个五年规划和 2035 年远景目标纲要》中，“卫星通信导航”被作为“制造业核心竞争力提升”的重要一项。这份文件还明确要“打造全球覆盖、高效运行的通信、导航、遥感空间基础设施体系”。这些与通信卫星领域发展直接相关，也体现了其在国民经济与社会发展中的重要作用。

四、通信领域群星璀璨

通信卫星团队是一支能力强、水平高、素质好，善打硬仗、敢于胜利的有生力量。在他们当中，有许许多多的技术专家、创新能手、精神榜样，得到了高度的认可，受到了广泛的尊重。钱学森、孙家栋、戚发轫、范本尧、周志成等院士专家，与“东方红”结缘很深、为推动通信卫星事业发展发挥了重要作用，作出了卓越贡献。

（一）钱学森

钱学森（1911—2009），世界著名科学家，空气动力学家，中国航天事业奠基人，中国科学院及中国工程院院士，“国家突出贡献科学家”荣誉称号和一级英雄模范奖章获得者，“两弹一星功勋奖章”获得者。他曾参与我国东方红一号卫星的研制工作，并为我国通信卫星事业的建设和发展作出了重要贡献。

钱学森

钱学森祖籍浙江省杭州市，1911 年 12 月 11 日在上海出生，1929 年考入铁道部交通大学（现上海交通大学和西安交通大学），1934 年毕业，同年 6 月考取清华大学第七届庚款留美学生。1935 年 9 月进入美国麻省理工学院航空系学习，1936 年 9 月获麻省理工学院航空工程硕士学位，后转入加州理工学院学习，成为世界著名科学家冯·卡门的学生，并在1939年获美国加州理工学院航空、数学博士学位，1945年任加州理工学院副教授，1947年任麻省理工学院教授，1949年任加州理工学院喷气推进中心主任、教授。他在美国主要从事空气动力学、固体力学和火箭、导弹等领域研究，并与其导师冯·卡门共同完成高速空气动力学问题研究课题和建立“卡门—钱学森”公式。

钱学森于1955年10月回到祖国，之后在党和国家领导人的支持下积极参与我国火箭和航天事业的规划与组建工作。他在1956年年初向中共中央、国务院提出《建立我国国防航空工业的意见书》；同年，国务院、中央军委根据他的建议成立了导弹、航空科学研究的领导机构——航空工业委员会，由钱学森担任委员。钱学森于1956年参与了中国第一次“五年科学规划”的制定，并受命组建中国第一个火箭、导弹研究机构——国防部第五研究院并担任首任院长。钱学森于1968年兼任中国人民解放军第五研究院（中国空间技术研究院）院长，1970年任国防科学技术委员会副主任，1986年当选中国科学技术协会第三届全国委员会主席。2009年10月31日，钱学森在北京逝世，享年98岁。

归国后的钱学森以其在空气动力、火箭发动机、制导控制、总体结构、材料工艺等领域的渊博知识为我国培养了大批火箭和空间技术人才，对我国的航天器、运载火箭以及导弹研制工作贡献卓著。在他的主持下，我国完成了“喷气和火箭技术的建立”规划以及近程导弹、中近程导弹和中国第一颗人造地球卫星的研制。在他的带领下，我国的第一枚导弹东风一号首次飞行试验获得成功，我国的第一颗人造地球卫星，即东方红一号卫星于1970年4月24日发射成功。20世纪60年代末作为当时新成立的五院院长，钱学森狠抓研究院卫星研制质量，指导地面发射和跟踪测量系统建设。他牵头组织实施的我国第一颗卫星的成功发射，也为我国科技发展史、航天发展史以及通信卫星发展史树立了一座重要的里程碑。改革开放后，钱学森还组织领导了我国地球静止轨道试验通信卫星发射任务，推动了我国通信卫星事业的发展。

钱学森曾先后获得过包括国家科学技术进步奖特等奖、中国科学院自然科学一等奖、“W. F. 小罗克韦尔奖章”、“世界级科学与工程名人”和“国际理工研究所名誉成员”等多项奖项与荣誉称号，出版了包括《工程控制论》《物理力学讲义》《星际航行概论》《论系统工程》《钱学森论火箭导弹和航空航天》在内的多部著作。他一生为我国人造卫星研制做了大量开创性工作，在我国通信卫星事业的发展中发挥了不可估量的作用。

（二）孙家栋

孙家栋（1929—　），火箭和卫星总体技术专家，中国科学院院士，国际宇航科学院院士，“两弹一星功勋奖章”获得者，“共和国勋章”获

孙家栋

得者。从 1970 年 4 月到 2009 年 4 月，我国共自主研制发射了 100 个航天飞行器，孙家栋担任过其中 34 个的技术负责人、总设计师或工程总师，作为我国首颗人造地球卫星、首颗同步通信卫星、北斗卫星导航系统、绕月探测工程技术总负责人，是我国人造卫星技术和深空探测技术的开创者之一，为我国空间事业发展作出了巨大贡献。

孙家栋 1929 年 4 月 8 日生于辽宁省盖县，1948 年考入哈尔滨工业大学预科学习俄语，后转入汽车系。1951 年被派往苏联茹科夫斯基空军工程学院学习飞机设计、维修及管理专业，于 1958 年毕业并获得"斯大林金质奖章"。同年回国后被分配到国防部第五研究院工作。1967 年后，开始从事人造地球卫星的研制试验工作。在中国第一颗人造地球卫星东方红一号的研制中，作为技术总负责人，主持完成卫星总体和各分系统技术方案的修改工作。在研制试验过程中，深入实际，艰苦奋斗，带领科技人员攻克了多项关键技术，解决了一系列技术问题，有力推动和保证了卫星的发射成功与在轨稳定运行。

作为东方红二号通信卫星总设计师，确定了"两个一步走"的设计原则，主持制定总体技术方案，科学推进研制工作，推动中国通信卫星实现跨越式发展；在关键时刻大义凛然，沉着应对、科学处置卫星变轨时温度超高问题，确保试验通信卫星在发射后成功定点和在轨正常工作。20 世纪 80 年代中期，面对"买星""造星"之争，他积极建言，力陈"要以我为主"，并在国家明确通信卫星"中国造"后勇挑重担，组织开展东方红三号通信卫星工程任务，彰显历史担当。他长期关心关注通信卫星领域发展，为东方红系列卫星公用平台开发、后续型号任务论证立项研制等提供了宝贵的意见建议与大力支持。

孙家栋 1980 年获七机部劳动模范称号，1984 年荣立航天工业部一等功，1985 年获两项国家科学技术进步奖特等奖。2010 年 1 月，获 2009 年度国家最高科学技术奖。2011 年被授予"全国优秀共产党员"

称号。2018 年 12 月，获改革先锋称号，被授予改革先锋奖章。

（三）戚发轫

戚发轫（1933— ），空间技术专家，中国工程院院士，国际宇航科学院院士，参与和主持了东方红一号卫星研制，东方红二号通信卫星研制，东方红三号通信广播卫星研制工作，作为神舟飞船首任总设计师主持飞船总体方案设计和研制攻关，在解决卫星和飞船研制过程中的重大工程技术问题上发挥了指导和决策作用，作出了重要贡献。

戚发轫 1933 年 4 月 26 日出生于辽宁省复县（现大连市瓦房店市），1957 年从北京航空学院飞机系毕业后被分配到中国运载火箭技术研究院工作。1967 年调入中国空间技术研究院从事卫星和飞船的研制，先后担任副院长、院长；1992 年担任神舟飞船总设计师之职。

戚发轫

戚发轫曾获国家科技进步特等奖二次，一等奖、三等奖各一次，是航空航天部劳动模范，全国“五一劳动奖章”获得者，国家级有突出贡献中青年专家，享受政府特殊津贴。2000 年获中国工程科技奖，2003 年获“求是”杰出科技成就集体奖，获 2003 年度何梁何利基金科学与技术进步奖中的技术科学奖。

戚发轫在参加和主持东方红一号卫星研制工作时，提出完整的地面试验方案，为保证发射成功作出了贡献。在主持东方红二号通信卫星研制工作时，提出并建立了卫星可靠性设计规范，电子元器件可靠性中心，为提高卫星可靠性作出了有益的工作，为研制长寿命卫星积累了宝贵的经验。在主持东方红三号通信广播卫星时，积极探索和推动采用公用平台和模块化设计原则和多项新技术，不仅使中国通信卫星上了一个新台阶，并为后续卫星研制提供了一个技术成熟的公用平台。在主持神舟飞船时制定了具有中国特色、符合中国实际情况的总体方案，同时制定了相应的研制试验中心的实施方案，保证了飞船的研制进度和质量。四艘“神舟”号无人飞船的飞行试验圆满成功为载人飞行打下了基础，神舟五号飞船完成了中国首次载人飞行。从东方红一号卫星，东方红二号、三号通信卫星到神舟飞船，他为我国空间技术发展作出了系统的、创造性的成就和贡献。

（四）范本尧

范本尧（1935—　），卫星总体技术专家，中国工程院院士，我国通信卫星、导航卫星工程技术学科带头人。曾任东方红二号甲、东方红三号卫星副总设计师、总设计师，北斗一号卫星总设计师，对通信卫星、导航定位卫星工程技术以及创建静止轨道卫星公用平台，起到了系统的、创造性的重大作用。

范本尧 1935 年 8 月 16 日出生于广东省汕头市，原籍上海。1958

范本尧

年清华大学研究生毕业。任中国航天科技集团和中国空间技术研究院科技委顾问、导航卫星领域首席专家、国防科工局科技委委员、中国第二代卫星导航系统重大专项专家委员会委员。曾任通信卫星总设计师、导航卫星总设计师、中国宇航学会专业委员会副主任等。获国家科技进步一等奖 2 项、三等奖 1 项，部级科技进步一、二、三等奖 6 项。

作为我国通信卫星、导航卫星工程技术学科带头人，成功研制卫星再入防热结构，突破了卫星返回时的复杂防热技术；参加主持研制了我国第一代通信卫星，在卫星总体技术、结构优化设计和抗空间电磁干扰等方面成绩突出；主持研制了我国新一代通信卫星，制定了全新的卫星方案，采用了多项先进技术，达到了国外同类卫星先进水平；主持研制了我国第一代导航定位卫星，具体制定了利用两颗静止轨道卫星实现区域导航定位的卫星方案，充分体现了中国特色和自主创新，并首次实现了“双星共位”运行。他推进了 4 个重点型号和 10 多颗应用卫星的成功研制，对发展通信卫星、导航定位卫星工程技术以及创建静止轨道卫星公用平台，起到了系统的、创造性的重大作用；在解决重大工程技术问题上发挥了指导和决策作用，为我国卫星工程作出了重要贡献。

（五）周志成

周志成（1963—　），卫星总体技术专家，中国工程院院士，国际宇航科学院院士，我国通信卫星工程、航天器动力学学术带头人之一。先后担任东方红四号卫星平台总设计师兼总指挥、东方红四号 S 平台总指挥、东方红五号卫星平台总指挥，带领研制团队突破了多项核心技术，实现了我国通信卫星的升级换代，产品成功打入国际市场，赢得了多个国际订单，为推动我国在通信卫星领域实现跨越式发展作出了突出

周志成

贡献。

周志成 1963 年 6 月 22 日生于北京市。1984 年毕业于成都科技大学（现四川大学）工程力学系，1987 年获清华大学硕士学位。任中国航天科技集团科技委常委，五院型号总设计师。长期工作在卫星研制一线，主持成功研制 10 余颗应用卫星。作为通信卫星领域专家，长期致力于地球同步轨道卫星的研究和工程实践。参与研制我国第一代导航卫星——北斗一号卫星，作为卫星副总设计师，负责卫星总体设计、关键技术攻关等重要工作，成果荣获 2003 年度国家科技进步奖一等奖。

周志成在担任东方红四号卫星平台总指挥、总设计师期间，成功研制了基于该平台的大容量通信卫星，攻克了大型承力筒等 10 余项关键技术，使我国成为世界上少数几个具备制造大容量通信卫星能力的国家之一。解决了大功率电源、长寿命高可靠设计验证等科技难题；突破国外封锁，掌握了复杂航天器动力学分析、电推进系统设计及应用等核心技术，为我国通信卫星领域实现军用换代、民用国产、整星出口的历史性突破作出了突出贡献。获国家科技进步一等奖 2 项、三等奖 1 项，国家技术发明二等奖 1 项。

周志成主持开发了我国新型卫星公用平台——东方红四号 S 平台和我国新一代超大容量公用平台——东方红五号，攻克了一大批核心关键技术。东方红四号 S 平台的载荷干重比等平台核心指标进一步优化，达到国际领先水平。东方红五号平台各项技术指标日益先进，有力推动并牵引以下一代甚高容量通信卫星为代表的相关型号立项研制工作，满足国家长远战略需要。

五、“忠诚勇敢”的团队文化

中国通信卫星事业从东方红一号走来，以“两弹一星”精神为旗帜，不断实现跨越式发展。半个多世纪以来，流淌着东方红一号血脉的通信卫星团队传承“两弹一星”精神，弘扬深厚博大的航天精神，不忘初心、牢记使命、砥砺前行，愈难愈进、愈挫愈勇、愈战愈强，锤炼并践行了通信卫星团队文化，同时还提出了使命与愿景，提炼形成了丰富的文化理念体系。

（一）通信卫星团队文化

通信卫星团队文化的核心内涵，被表述为“忠于初心、诚于价值、勇于担当、敢于超越”。这是 2020 年 4 月由五院通信卫星事业部在第 5 个“中国航天日”和东方红一号发射 50 周年之际正式提出的。

通信卫星团队文化生发于半个多世纪以来中国通信卫星的发展实践，具有丰富的内涵，并有力指导着实践。

忠于初心，是通信卫星团队最鲜明的特点。通信卫星团队全部的探索与实践，都是以“为中国人民谋幸福，为中华民族谋复兴”为出发点和落脚点。20 世纪七八十年代，团队“一步走”实现从无到有，搞成了东方红二号，取得了“331”工程的成功；八九十年代，坚持不“买星”、要“造星”，最终完成了东方红三号研制任务。世纪之交，团队提出要“为振兴民族工业而奋斗”，要“走出国门”，搞成了东方红四号。2010 年以来，团队瞄准“跻身世界一流”，完成了东方红五号研制任务，并着手开展了低轨互联网星座研究。一路走来，团队始终坚定理想，矢志航天报国，自力更生、发愤图强；始终坚定信念，奋力强军强国，薪火相传、接力奔跑；始终坚定斗志，大力弘扬深厚博大的航天精神，直面挑战、永不退缩。

诚于价值，是通信卫星团队最显著的共识。团队始终聚焦于奋斗的价值，为承担好完成好党和人民交予的重任，为支撑和推动航天强国建设而奋力拼搏。团队始终聚焦于事业的价值，选择航天毅然决然，扎根通信毕生不悔，报效国家此生无憾；始终聚焦于市场的价值，深入探索以更好满足市场需求，深化实践以带动产业链整体跃升；始终聚焦于用户的价值、想在用户前面，努力打造好用易用的产品与服务，为用户带来更加可观的应用效益。

勇于担当，是通信卫星团队最突出的品格。航天领域群英荟萃，通信人物更显风流。从东方红一号走来，通信卫星人始终不怕苦不怕累，用拼搏书写了担当，牢记使命、锐意进取、勇于登攀；用坚持成就了担当，守正创新、百折不挠、埋头苦干；用奉献诠释了担当，忘我工作、不计较个人得失、舍小家为大家。团队以高度的认识自觉与全面的实践自觉，严慎细实、知行合一，有力担当了“引领通信卫星领域发展，打造太空经济时代先锋”的通信使命；立足自身、深耕领域，有力担当了为实现民族复兴而奋斗的航天梦想。

敢于超越，是通信卫星团队最执着的追求。历经“东二”“东三”“东四”“东五”四代发展，东方红系列通信卫星平台实现了“指数级”的能力跃升，中国通信卫星事业从无到有、从小到强、从立足国内到走向国际，推动强军强国，服务国内国际。“我们这么大一个国家，就应该有雄心壮志。”团队始终不自满，敢于超越自我，在团结协作中依靠创新打造一流团队；始终不骄傲，敢于超越既往，在锐意进取中依靠创新实现能力跃迁；始终不服输，敢于超越一流，在直面竞争中依靠创新实现并跑领跑。

“忠于初心、诚于价值、勇于担当、敢于超越”是对通信卫星团队文化的凝练概括。这四个词的首字，分别是忠、诚、勇、敢。

其中，贵在“忠诚”，聚焦于思想，强调团队政治过硬、素质过硬，能够让党和人民始终放心，这是通信卫星团队的世界观。重在“勇敢”，聚焦于行动，强调团队能力卓著、成就卓著，能够让上级和用户充满信心，这是通信卫星团队的方法论。“初心”和“担当”，强调的是昨天和

弘扬通信卫星团队文化和新时代北斗精神，阔步勇往直前

今天，是我们认识和行动的出发点。“价值”和“超越”，强调的是今天和明天，是我们认识和行动的着力处。

“忠于初心、诚于价值、勇于担当、敢于超越”，是一个紧密关联、密不可分的有机整体，指引着通信卫星团队的成长与发展、过去与未来。

立足当下、面向未来，中国通信卫星领域发展大有可为。通信卫星团队将在党的领导下，大力传承和弘扬深厚博大的航天精神，忠于初心、诚于价值、勇于担当、敢于超越，赓续凌云志，传唱东方红，竞逐强国梦，夯实通信领域航天强国建设的基础，不断开创事业发展新局面。

“忠诚勇敢”虽然总结提出于2020年，但它所代表的宝贵精神始终存在。在文昌航天发射中心建成启用前，通信卫星主要是在西昌卫星发射中心通过长征运载火箭上天的。西昌卫星发射中心位于四川省凉山彝族自治州冕宁县的深峡之中。每个型号进场后大约都要用一段时间开展发射场工作，做好发射前各项准备，直至卫星发射任务结束。一首《贺某卫星发射成功》道出了大家从事通信卫星研制发射任务，历经数年之后终于迎来成功后思绪澎湃、豪情涌动的激荡心声：

天际高悬明月，心间万丈豪情。苦干数个寒暑，坚守多少春秋！扎入深峡月余，枕戈待旦，宵衣旰食。无一人言苦，无一字曰累；日日如一日，人人如一人！

百年未有之大变局，千载难逢之新时代，风雷磅礴，战鼓激越。万事俱备一声令，焰尾划长空，箭腾云，星跃日，瞳瞳了人间，又是一曲东方红！但看热泪盈眶人，中华好儿女，航天真英雄！

阔步强国路，竞逐航天梦。干惊天动地事，做隐姓埋名人。长怀满腔之热血，担当作为；共燃精神之薪火，接续奋斗！守初心，担当使命；待明日，再立新功！

（二）使命与愿景

在“两弹一星”精神的指引下，在通信卫星团队文化的激励下，通信卫星团队在不同阶段对使命和愿景有着不同表述，但归根结底都贯穿着追求卓越、服务国家战略等要素，都是为了“为中国人民谋幸福，为中华民族谋复兴”。东方红一号实现了“我们也要搞人造卫星”的豪言；东方红二号“一步走”实现了从无到有，“完全依靠自己的力量完成了通信卫星研制任务”；东方红三号实现了要“造星”的坚持；东方红四号实现了“为振兴民族工业而奋斗”和“走出国门”；东方红五号实现了“跻身世界一流”。2008 年 7 月，五院通信卫星事业部组建后，时任中国航天科技集团总经理马兴瑞提出要以“引领中国通信卫星领域发展，打造太空经济时代科技先锋”为使命。根据领域形势和自身实际，将愿景定为“成为国际一流的通信卫星产品制造商和综合服务提供商”。

进入 21 世纪第二个十年，世界通信卫星领域发展极为迅速，市场竞争十分激烈残酷，通信卫星向卫星通信的转变是大势所趋。2018 年，中国航天科技集团召开第七次工作会，提出要以建设世界一流企业和支撑世界一流军队为标准，号召为推动我国成为世界航天强国而拼搏奋斗，并就推动航天强国建设作出战略安排。

根据这些形势特点和任务要求，使命被简化为“引领通信卫星领域发展，打造太空经济时代先锋”，由“中国通信卫星领域”延伸为“通信卫星领域”，由“时代科技先锋”扩展至“时代先锋”。这一调整冲破了视野的国界限制，突破了科技的有限定位，强调不仅要保持在国内的主力军地位，更要在世界上有一席之地；不仅要实现在科技上的引领发展作用，更要牵引带动创造更多的经济效益、社会效益。同时，愿景改为“成为世界一流的卫星通信解决方案提供商”，强调必须坚定不移地推动通信卫星向卫星通信的转型发展。

（三）专项文化

在这支队伍中，还有着源远流长的质量观、创新观、学习观等。2011 年时，五院通信卫星事业部在构建企业文化理念体系时，总结提出了“工作无差错、产品零缺陷”的质量观、“创新制胜、敢为人先”的创新观、“专业化、产业化、市场化、国际化”的经营观、“学以明理、学以致用、终身学习”的学习观、“知人善任、唯才是举”的人才观、“秉航天之魂、怀律己之心”的廉洁观等。之后，围绕质量、创新、经营、学习、人才、廉洁，以及成本、安全、风险、科学管理等，开展了形式多样的专项文化建设，并根据中央和上级有关决策部署和组织、业务、队伍实际，对相关话语进行引用、继承、调整和细化，并通过行为与制度层面的具体举措和物质层面的相关配套，实现落地落实，对“忠诚勇敢”的通信卫星团队文化以及使命、愿景、专项文化等形成了全方位的支撑。

通信与导航卫星总体部成立后，进一步优化了文化理念体系。将通信卫星团队文化与“新时代北斗精神”结合贯通起来，将使命表述进一步调整为“引领通信导航领域发展，打造太空经济时代先锋”，将愿景优化为“成为世界一流的卫星通信导航解决方案提供商”，并结合北斗导航的任务实践，丰富了专项文化理念。根据这些优化和调整，开展了丰富多彩的文化活动，修订了制度，完善了相应的机制安排，有力地推动了通信领域与导航领域的共同发展、融合发展、高质量发展。

六、中国通信卫星发展的基本经验

从 1956 年到 2021 年，中国航天事业走过了 65 个年头。导弹卫护和平，火箭拓展天路，各类航天器探索宇宙、应用太空，推动航天事业不断前进，也推动中国向航天强国迈进。在蔚为大观的航天器发展图景中，“东方红”系列通信卫星发展时间最长，技术跃迁历程峥嵘，市场化、国际化程度很高，与国计民生关系极为密切，在中国空间技术、航天事业乃至科技发展的光辉历程中具有典型的代表性。

在党的领导下，在系统工程的广泛应用下，通信卫星事业从东方红一号到东方红五号，再到低轨通信卫星星座，通信卫星团队从分散各处到集中到五院，再到组建通信卫星事业部、成立通信与导航卫星总体部，通信卫星团队文化从“两弹一星”精神到“忠诚勇敢”与奔向“世界一流”。这份事业、这支队伍、这种精神始终流淌着东方红一号的血脉，在砥砺奋进中走向壮大、走向辉煌、走向未来。

回顾拼搏历程，总结基本经验，最重要的就是必须始终坚持党的领导，这是事业之本、发展之基。航天事业、通信卫星事业是党和国家的事业，是人民的事业，始终在党中央的领导下，在发挥社会主义制度优越性的基础上，以不断调整的国家发展战略为塑造力量，持续改革创新，不断发展超越。

第一，在从东方红一号到一系列通信卫星的发展历程中，都是中央坚强领导与科学决策的结果。

1956 年中央号召向科学进军，并决定创建了中国航天事业。1958 年，毛泽东发出“我们也要搞人造卫星”的伟大号召。中央从全局出发，整合研究力量，促进了早期探索。1965 年，在赵九章、钱学森等的建议下，中央审慎研究，中央专委科学决策，决定上马“651”工程。“文化大革命”期间，中央对航天领域予以特殊安排，确保东方红一号等任务顺利推进。东方红一号的研制、发射等任务，均由中央作出一系列重要部署，广泛调动人力物力，确保万无一失。中央高度重视发展中国自己的通信卫星。1975 年，党中央和毛主席批准实施“331”工程。在中央的坚强领导下，这项当时规模最大、技术最复杂、组织最严密的航天工程得到顺利推进。1986 年，面对“买星”与“造星”之争，中央坚持独立自主、自力更生，决定不买星、要造星，并给予东方红三号研制工作以巨大支持。世纪之交，中央对发展新一代静止轨道大型卫星公用平台——东方红四号寄予厚望。进入 21 世纪，中央提出建设创新型国家，并持续扩大对外开放，深入推进“走出去”战略；党的十八大以来，中央部署实施创新驱动发展战略，加快建设创新型国家，要求科技自立自强、创新超越，并对航天事业发展寄予厚望。在这样的背景下，通信卫星快速发展，走出国门，有力支撑国计民生，形成国际影响；一系列新型号、新系统、新平台得到国家支持，受到广泛重视，通信卫星领域发展驶入快车道、奋进新时代。

回顾一路走来，中共中央、国务院、中央军委曾多次对通信卫星发射任务成功等致电祝贺，高度肯定取得的成绩和作出的贡献，十分期许后续的发展前景。2007年通信卫星实现整星出口后，通信卫星成为闪亮的国家名片，每次任务成功后中国国家主席都会与用户国家领导人互致贺电，表达深化合作的信心与愿望。

回顾一路走来，党的指导思想，以及坚持独立自主、自力更生的重要原则，坚持解放思想、实事求是、与时俱进、开拓创新的思想路线，为这个事业的发展提供了根本遵循，帮助这个事业在关键时刻找对方向、走对道路，支撑这个事业在各种风浪与挫折挑战面前，始终能够勇敢面对、攻坚克难，并且取得最终的胜利。

回顾一路走来，从“向科学进军”到“科学的春天”，从“科学技术是第一生产力”到科教兴国、建设创新型国家，再到坚持新发展理念，实施创新驱动发展战略，建设世界科技强国、航天强国等，中国共产党坚定推动、大力支持科学技术发展，为研制发射卫星、推进航天工程，提供了有利的时代背景和重要的政策环境。通信卫星的发展也极大地受益于此。

第二，在从东方红一号到一系列通信卫星的发展历程中，中央领导同志直接关心、大力推动，发挥了极其重要的作用。

毛泽东、周恩来、聂荣臻等老一辈无产阶级革命家十分关心我国人造卫星的发展，非常强调卫星的作用和意义，给予卫星研制队伍以充分的尊重、亲切的关怀、科学的指导和无尽的鼓舞。戚发轫曾经感慨说：“中国航天事业能有今天，是与毛泽东等老一辈革命家的正确决策、殷切关怀和英明领导分不开的。”任新民说：“没有周总理的关心与支持，就没有我国的第一颗卫星！”屠守锷说，聂荣臻元帅“为我国导弹和航天事业的发展给予了精心的领导、巨大的支持和无微不至的关怀”。

1974 年，周恩来对研制通信卫星的来信作出批示。1975 年，毛泽东在病中仍亲自圈阅了《关于发展我国卫星通信问题的报告》。这些使卫星通信工程——“331”工程正式立项。

邓小平坚持实事求是，20 世纪 50 年代末作出“现在放卫星与国力不相称”的指示让早期的航天探索有序推进、赢得长远，1978 年要求“要把力量集中到急用、实用的应用卫星上来”使“331”工程的工作更加聚焦、力量更加集中、任务扎实推进。张爱萍等直接领导“331”工程任务推进，并做了大量工作，给队伍以极大的关心和鼓舞。东方红二号和东方红二号甲卫星发射、定点时，党和国家领导人前往西昌观看发射或参加试播演示会，发表讲话鼓劲或题词留念。1986 年李鹏主持召开国家电子振兴领导小组会议，拍板东方红三号由自己造。

20 世纪 90 年代以来，江泽民、胡锦涛等中央领导同志十分关心空间事业发展，密切关注通信卫星进展，号召大家大力弘扬“两弹一星”精神和载人航天精神，为我国的航天事业作出更大贡献。

党的十八大以来，习近平总书记对航天事业和通信卫星领域发展也予以高度认可。2013 年五四青年节，他来到五院参加“实现中国梦、青春勇担当”主题团日活动。在参观五院展厅时，他听取了我国通信卫星发展和整星出口情况的汇报，并赞许说：“很不错！”他还详细了解了 Ka 频段接收机、星敏感器等卫星上核心产品的技术及应用情况。了解到航天科研团队以青年为主，东方红四号团队平均年龄只有 29 岁等情况，他十分高兴，指出：“航天前景广阔、后继有人。”之后，习近平总书记提出了航天梦，强调航天梦是强国梦的重要组成部分，号召探索浩瀚宇宙，发展航天事业，建设航天强国。习近平总书记还多次强调要大力弘扬航天精神，并多次专门谈到“两弹一星”和“两弹一星”精神。这些都为通信卫星领域发展提供了重要遵循，注入了奋斗动力。东方红四号增强型平台、东方红五号等平台的开发，低轨通信卫星星座的预研等都是以跻身世界一流、建设航天强国为目标，向科技高峰发起的顽强冲锋。

第三，在从东方红一号到一系列通信卫星的发展历程中，社会主义制度能够集中力量办大事的优越性是关键的支撑。

卫星研制非常复杂，需要调动方方面面的资源，汇集各条战线的力量。尤其是越到后来，卫星工程的技术越先进、任务越复杂，管理要求更高，协调难度更大。通过“全国一盘棋”“航天一盘棋”，我国的航天事业举全国之力而建，我国的卫星上天集各方力量而成。到了“331”工程，通信卫星、运载火箭、测控系统、发射场和地面站等五大系统共同建设。再到后来，通信卫星工程涉及的学科更多，调动的资源更广，不仅在国内集中了优势资源，服务了国计民生，促进了富国强军；而且利用有利形势，为国际用户提供了量身打造的方案，实现了中国航天整星出口“零”的突破，把国际市场做得越来越大，在外交大局中发挥了重要作用。“东方红”的故事不是由通信卫星抓总单位这一家完成的，通信卫星发展的辉煌历程也不是由通信卫星团队这一支力量独力创造的；这些都是在党的领导下，由航天和相关领域的各个方面、各方人员大力协同、集智攻关而共同书写的。面向未来，只有依靠新型举国体制的有力支撑，通信卫星领域发展才能日益先进、走向“领跑”。

第四，在从东方红一号到一系列通信卫星的发展历程中，党的各级组织全面覆盖，发挥了坚强有力的作用。

贯穿各个阶段，这支队伍所在单位的党委、党支部都能够做到健全设置，大部分同志都是共产党员并在工作中争当先进、冲锋在前、吃苦在前、甘于奉献。从通信卫星事业部到通信与导航卫星总体部，党委班子加强自身建设，更加坚强有力，党支部设置更加科学，直接教育党员、管理党员、监督党员，并根据需要设立或调整党小组。通过不断加强党的建设，强调作风、重视纪律、强化监督，加强对群团工作的领导，党建工作得到持续加强，提供了坚强的政治、思想、组织保证。

第五，在从东方红一号到一系列通信卫星的发展历程中，思想政治工作有效开展、细致到位，是做好工作的传家宝。

重视和加强思想政治工作是航天事业自成立起就形成的优良传统，保证了事业始终沿着党指引的方向前进，走出了具有中国特色的发展道路，铸就了精神，沉淀了文化，造就了队伍。面向党员干部和广大职工开展形势任务教育，统一了思想，激发了斗志。对重大任务开展关心慰问，重视困难帮扶，温暖了人心，促进了和谐。讲好身边故事，报道发展成就，鼓舞了士气，扩大了影响。开展职工思想政治工作研究，形成成果并有效推动改进思想政治工作，锻炼了政工队伍，深化了规律认识。型号进驻发射场或执行飞控任务后，参研参试人员需集体前往基地集中执行任务，为此建立了发射场思想政治工作保障模式，向试验队派出政工组，引导大家科学认识、释放压力，确保任务期间试验队员凝神聚力、充满活力，促进并保证了任务目标的实现。

在始终坚持党的领导这个大的原则下，还要坚持系统工程，加强组织建设，发挥精神的力量。

其一，系统工程是事业之道。

航天是大科学、高技术、巨工程，典型地体现为从东方红一号到后续一系列通信卫星的工程实践。这些实践能够快速地起步，并且走出中国特色的发展道路，走到今天，很重要的一点就是坚持了系统工程。毛泽东、周恩来、聂荣臻等以马克思主义为指导，在革命战争时期饱经战火洗礼，熟悉战争，洞晓战略，并在领导向科学进军、建立和发展中国航天事业的过程中将这些进行了有效转化和利用。钱学森提倡的系统科学理论与这些战略思维有效结合起来，在探索中形成了适用于中国、适用于中国航天发展的科学指导理念，让系统工程统摄全局。

从基础科学、关键技术到卫星工程，从各个分系统、各大系统到卫星工程，从持续的点滴积累到创新的跨越式实现，系统工程是其中一条最鲜明的线索。通过系统的协同、顽强的攻关和持续的创新，坚守严谨务实，发扬技术民主，通信卫星在能力跃迁的道路上不断攀登，从东方红一号一路走来，走到了东方红五号，并将发展格局越做越大。

同时，根据通信卫星直接服务国计民生、市场化程度高等特点，在从“计划”到“市场”的改革进程中，在重视“引进来”、积极“走出去”，推动构建人类命运共同体的开放进程中，这支队伍敏锐把握趋势，主动谋求变革，系统施策，奋力进取，实现了对社会环境大系统的有效适应，不断巩固了发展的主动权，不断扩大了领域的话语权。

其二，组织建设是事业之要。

在从东方红一号到一系列通信卫星的发展历程中，研制力量先是从分散走向集中，然后走向壮大，系统抓总由研究室成长为研制单位，组织化程度不断提高，对研制力量的管理和调动日益充分。这些组织设置的决策及调整，是根据发展阶段作出的。2008 年通信卫星事业部的组建和 2020 年通信与导航卫星总体部的成立，实现了通信卫星领域发展的有效牵引。在研制历程中，随着实践的深入，研制经验在积累中日益丰富。通过提炼、固化和广泛运用，这些经验成为理念，转化成制度，规范了工程实践，促进了业务提升、管理提升。在党管干部、党管人才原则的指引下，持续加强干部队伍和人才队伍建设，选优配强干部，培养造就人才，健全发展通道，实施科学激励，让通信卫星团队与通信卫星事业“共成长”。

在组织内部的战略决策、发展谋划、机构设置中，有三个鲜明的特点。一是聚焦能力，坚持科技自立自强，坚持质量第一、严慎细实，坚持底线思维、系统观念，坚持科学施策、一以贯之，不断凝练、发展具有通信导航特色的系统工程组织管理方法，善于化解各种风险挑战，推动将组织能力转化为发展效益。二是锐意创新，以倡导和推动改革创新作为决策共识，重视研发工作、专业建设和管理提升，通过有力的管理抓手和组织建设，部署推进宇航智造、质量提升、创新引领，不断提升组织建设水平，切实增强发展能力。三是坚持开放，坚持面向世界科技前沿、面向经济主战场、面向国家重大需求、面向人民生命健康，加强对领域前沿、市场需求和用户需要的深入研究，广泛汲取各方经验与有益成果，努力深化交流、扩大合作，积极主动地参与国内国际市场竞争，让组织建设更好地满足市场要求，适应时代趋势，引领领域发展，开创美好未来。

其三，精神力量是事业之魂。

中国航天事业发展孕育的航天“三大精神”（航天传统精神、“两弹一星”精神、载人航天精神）和探月精神、新时代北斗精神等，构成了深厚博大的航天精神，是民族精神和时代精神的重要组成部分，丰富了中国共产党人的精神谱系。通信卫星团队作为流淌着东方红一号血脉的光荣队伍，高举“两弹一星”精神旗帜，有着持续的薪火传承，“忠诚勇敢”地开创事业发展新局面，坚定地走向世界一流目标。

在通信卫星工程的发展和赶超过程中，精神文化作为工程发展的伴生系统，以“两弹一星”精神为旗帜，以“忠诚勇敢”的通信卫星团队文化为概貌，由报国信念、大局观念、进取追求、严实作风、竞争意识和创新取向等方面的要素组成。

在这一系统中，热爱祖国、无私奉献的报国信念居于核心地位。报国信念主要体现在三个层面：一是爱国主义的基本立场；二是报效祖国的理想追求；三是甘于奉献的精神境界。大局观念、进取追求是行动，强调通信卫星研制团队加强协作、努力学习、追求卓越，注重人的发展与组织建设、技术进步的协调，统一于工程发展的最终实现。严实作风是发展保证，以严慎细实、廉洁自律为主要内涵，以保证产品的质量和可靠性水平、保证组织的平稳健康发展为目标，强调在工程实践中恪守质量管理、技术创新和工程发展的规律，强调安全生产，强调遵纪守法、廉洁从业，营造和维护风清气正的良好氛围。竞争意识、创新取向是进取之道，要求主动应对、积极参与激烈的通信卫星领域市场竞争，谋划创新的系统性实施和跨越性实现，带动通信卫星工程的持续发展，推动空间技术进步，加快支撑航天强国建设的步伐。

总的看，这些精神要素实现了对以爱国主义为核心的民族精神的传承与弘扬，实现了对以改革创新为核心的时代精神的践行与深化，贯穿着对红色基因的秉承与延续，强烈地表达了始终坚定航天报国志向、坚定航天强国信念的执着追求。这个系统有效地吸收了航天工程的实践经验与成果，对宏观环境与社会思潮做了积极响应与充分互动，在立足自身、保持定力的同时实现了创新调整、与时俱进，让通信卫星团队始终以作风优良、组织信任、用户满意、人民认可为执着追求，为通信卫星领域持续发展注入了强有力的精神文化力量。

历沧桑岁月不居，旭日恒升。

而今看江山如画，东方红遍。

半个多世纪以来，中国“东方红”系列通信卫星发展走过了光辉的历程，在奋进中勇于登攀，为党史、新中国史、改革开放史增添了夺目的光彩，让“东方红”旋律嘹亮、永放光芒。

进入“十四五”时期，在世界百年未有之大变局和中华民族伟大复兴战略全局之中，我国跨入了新发展阶段，乘势而上开启了全面建设社会主义现代化国家新征程，正向着第二个百年奋斗目标进军。面对建设航天强国的光荣使命，面对实现中华民族伟大复兴的伟大梦想，通信领域的航天人将牢记党和人民的重托，继承和发扬老一辈航天人的光荣传统，大力弘扬航天精神，以干出一番大事业的胸怀和豪情，以舍我其谁的担当和勇气，以功成不必在我、功成必定有我的觉悟与担当，忠诚勇敢、锐意改革、开拓创新、顽强拼搏，把每一项任务落实落细，让每一项战略举措落地生根，使每一个目标变为现实，用汗水和智慧奋力谱写无愧于党、无愧于祖国、无愧于时代的新篇章，为实现航天梦、强军梦、中国梦作出新的更大贡献！

中国通信卫星大事记*

1958 年 5 月 17 日	毛泽东在中共第八次全国代表大会第二次会议上发出“我们也要搞人造卫星”的伟大号召
1968 年 2 月 20 日	中国人民解放军第五研究院，即中国空间技术研究院正式成立
1970 年 4 月 24 日	中国第一颗人造地球卫星“东方红一号”在酒泉卫星发射中心成功发射，开创了中国航天史的新纪元，使中国成为继苏、美、法、日之后，世界上第五个能独立研制并发射人造地球卫星的国家
1975 年 3 月 31 日	中央军委第八次常委会讨论了《关于发展我国通信卫星问题的报告》，后得到了党中央和毛主席的批准。我国卫星通信工程正式列入国家计划，代号“331”工程
1984 年 4 月 8 日	成功发射东方红二号试验通信卫星，使我国成为世界上第五个能独立研制和发射地球静止轨道通信卫星的国家
1986 年 2 月 1 日	成功发射东方红二号实用通信卫星
1986 年 3 月 7 日	国家电子振兴领导小组会议决定：依靠中国自己的力量研制新一代通信广播卫星。新一代卫星被命名为东方红三号通信广播卫星。5 月 3 日，国防科工委下发《关于迅速开展广播通信卫星工程研制建设工作的通知》，要求迅速开展广播通信卫星工程建设
1988 年 3 月 7 日	成功发射东方红二号甲第一发实用通信卫星

* 本表主要选取了与中国通信卫星发展有关的一些重要事件，如重大任务的启动、推进，部分重点型号的发射、组网，组织的重要调整等。

1997 年 5 月 12 日	成功发射东方红三号通信卫星，标志着我国通信卫星技术跨上了一个新台阶。卫星上所采用的先进技术和主要成果为今后研制更先进、更大容量的通信广播卫星奠定了技术基础
2000 年 1 月 26 日	成功发射中星 22 号通信卫星
2003 年 11 月 15 日	成功发射中星 20 号通信卫星，该卫星在 2006 年度国家科学技术奖励大会上，荣获国家科学技术进步奖一等奖
2004 年 12 月 15 日	中国航天科技集团所属的中国长城工业总公司与尼日利亚科技部所属的尼日利亚宇航局签订尼日利亚通信卫星一号项目合同，这是中国航天首次获得整星出口国际市场的订单
2007 年 5 月 14 日	尼日利亚通信卫星一号在西昌卫星发射中心发射成功
2007 年 6 月 1 日	成功发射鑫诺三号通信卫星
2008 年 4 月 25 日	成功发射天链一号 01 星，这是我国首颗数据中继卫星，其发射成功填补了我国中继卫星领域的空白
2008 年 7 月 18 日	五院通信卫星事业部在北京成立，作为中国通信卫星及平台研制开发的核心单位，推动中国通信卫星研制能力提升驶入“快车道”
2008 年 10 月 30 日	成功发射委内瑞拉通信卫星一号，实现我国向拉丁美洲用户提供整星出口和在轨交付服务零的突破
2010 年 9 月 5 日	成功发射鑫诺 6 号（中星 6A）卫星，这是一颗通信广播卫星，用于接替鑫诺三号通信广播卫星
2010 年 11 月 25 日	成功发射中星 20A 卫星，这是一颗通信广播卫星，主要用于传输话音、数据和广播电视等任务
2011 年 6 月 21 日	成功发射鑫诺五号（中星 10 号）卫星
2011 年 7 月 11 日	成功发射天链一号 02 星，并在其后为天宫一号目标飞行器和神舟八号飞船交会对接任务提供数据中继服务
2011 年 8 月 12 日	成功发射巴基斯坦通信卫星 1R，这是我国首次以在轨交付的方式向亚洲用户提供整星出口
2011 年 9 月 19 日	成功发射中星 1A 通信广播卫星，可提供高质量的话音、数据、广播电视传输业务

2012 年 5 月 26 日	成功发射中星 2A 通信广播卫星，为我国通信广播事业开拓了更广阔的服务领域
2012 年 7 月 25 日	成功发射天链一号 03 星，与天链一号 01、02 卫星组成三星系统，使我国成为世界上第二个拥有全球组网中继卫星系统的国家
2013 年 5 月 2 日	成功发射中星 11 号通信卫星，主要为亚太地区等区域用户提供商业通信服务
2015 年 10 月 17 日	成功发射亚太九号通信卫星，是我国第一颗为国际成熟卫星运营商承制的通信卫星
2015 年 11 月 21 日	成功发射老挝通信卫星一号，是我国向东盟整星出口的首颗卫星
2016 年 1 月 16 日	成功发射白俄罗斯通信卫星一号，标志着我国通信卫星在轨交付业务首次打开欧洲市场
2016 年 8 月 6 日	成功发射天通一号 01 卫星，是我国自主研制的首颗移动通信卫星
2016 年 11 月 22 日	成功发射天链一号 04 数据中继卫星
2017 年 4 月 12 日	成功发射首颗高通量通信卫星“实践十三号”（中星 16 号）
2017 年 6 月 19 日	成功发射我国首颗国产广播电视直播卫星“中星 9A”
2017 年 12 月 11 日	成功发射阿尔及利亚通信卫星一号
2018 年 5 月 4 日	成功发射亚太 6C 通信卫星
2019 年 3 月 10 日	成功发射中星 6C 卫星，这是一颗用于广播和通信的地球静止轨道通信卫星
2019 年 3 月 31 日	成功发射天链二号 01 星，这是我国第二代数据中继卫星系统的首发星
2019 年 10 月 17 日	成功发射通信技术试验卫星四号，这是一颗地球同步轨道宽带通信技术试验卫星，主要用于开展多频段、高速率卫星通信技术验证
2019 年 12 月 27 日	成功发射实践二十号卫星，东方红五号卫星公用平台实现首飞验证

2020 年 7 月 9 日	成功发射亚太 6D 通信卫星，这是我国第 11 颗整星出口的商业通信卫星和我国首个 Ku 频段全球高通量宽带卫星通信系统的首发星，并实现了东方红四号增强型平台全配置首飞
2020 年 8 月 14 日	五院对宇航系统总体单位实施改革重组，通信与导航卫星总体部正式宣告成立，推动通信卫星领域发展迎来新阶段
2020 年 11 月 12 日	成功发射天通一号 02 星，这是我国自主研制的第二颗移动通信卫星
2021 年 1 月 20 日	成功发射天通一号 03 星，与天通一号 01 星、02 星并网运行，让中国航天进入“十四五”迎来“开门红”
2021 年 7 月 6 日	成功发射天链一号 05 星，这是我国天链一号系列中继卫星的最后一颗
2021 年 9 月 9 日	成功发射中星 9B 卫星，这是我国又一颗广播电视直播卫星，可实现 8K 超高清电视节目转播
2021 年 12 月 14 日	成功发射天链二号 02 星，标志着我国向新一代中继卫星系统组网迈出了重要一步
2022 年 4 月 15 日	中星 6D 卫星成功发射，填补了我国民商用通信卫星领域中继测控技术应用的空白
2022 年 7 月 13 日	天链二号 03 星成功发射，与天链二号 01 星、02 星组网运行，组成我国第二代中继卫星系统，大大提升了我国天基测控与数据中继的能力
2022 年 11 月 5 日	中星 19 号卫星成功发射，这是一颗高通量通信卫星，装有 C、Ku 和 Ka 等多频段通信载荷，主要提供通信和互联网接入等服务
2023 年 1 月 13 日	亚太 6E 卫星成功发射，这是一颗国际商业高通量通信卫星，也是我国首颗基于全电推平台研制的通信卫星

通信卫星赋

鸿蒙天地始创，宇宙泱泱无边，何其浩渺，何其幽玄，时光滔滔亿万年。须知天道虽酬勤，唯有摘星是侈谈。古人遐想天外天，三清大罗矗道幡；祈愿抚顶受长生，求道逍遥谒金仙。却不知谁曾腾云？谁曾驾雾？把酒问青天！

先民足之四至，纵横万里方圆。山岭巍巍，隔其东西，江河湍湍，阻之北南。纵有健卒骋悍马，难寄锦书穿云端。伤春悲秋徒羡雁，望天叹，五千年。

革命涤赤县，共和启新篇。秉千年夙愿，伟人挥拳曰："我们也要搞人造卫星！"一语热血燃！勇士筚路蓝缕，英雄刻苦钻研。十二载之功毕矣，东方红之星成焉！奔苍穹、巡九天，奏律皆可闻，曳尾亦能见。九州同欢呼，四海齐赞叹：壮哉民族之星！伟哉中国航天！

通信卫星架通天地、泽被兆民，国家急需，华夏渴盼。登琼楼之路迢迢，勇士豪情不敛；履星汉之径渺渺，英雄壮志无边。披荆而无畏，斩棘以果敢。青山染十载，绿水流经年。东二凌云跃日去，扶摇七万二千里，玉帝躬身贺，仙女舞翩翩。天涯倏忽咫尺，华夏春风拂面。

改革重塑神州，开放焕然人间。曈曈日月星宿，煌煌气象万千。勇士于穹宇擘画，冀奋发而军强河清海晏；英雄为青冥缀簪，期有为以家和国泰民安。埋首春秋寒暑，遍尝辛酸苦甘，如是砥砺，如斯奋勇，几经坎坷，东三丁丑终悬天。天地阡陌成坦途，空间事业迎新篇。

群雄逐鹿太空，炎黄岂可坐看？胸揣与狼共舞拼抢胆，肩挑民族工业生存担，勇士焚膏继晷，英雄一往无前。有志者，事竟成，创新制胜敢为人先；苦心人，天不负，矢志不移捷报频传。自丁亥始，东四屡胜屡战。强军备，增民祉，出国门，泽五洲，万家灯火绚烂。

苦难辉煌强国路，弹指一挥百十年。引领通信卫星领域发展，勇士奋发勇争先；打造太空经济时代先锋，英雄初心未曾变。通信卫星更加先进，平台型谱日益完善。年年东方红，东四延展，东五初见，家族添丁不断；岁岁通信星，公众欢呼，舆论点赞，天穹挂灯盏盏。

新时代新气象，泱泱中华，锦绣河山；新征程新跨越，猎猎红旗，伟大实践。通天路渺渺，报国心拳拳。勇士赓续凌云志，坚忍不拔追逐世界一流；英雄传唱东方红，锲而不舍攀向领域之巅。仰望星空，脚踏实地，航天强国梦；全面小康，民族复兴，“两个一百年”！

后　记

本书是一本反映中国通信卫星事业发展历程的成果。从东方红一号走来，中国通信卫星取得了迅速的发展。尤其是改革开放以后，历经东方红二号、三号、四号，再到东方红五号，并进入低轨通信卫星星座领域，中国通信卫星从梦想进入现实，从试验走向实用、从单星走向平台、从国内走向国际、从形单影只走向济济一堂，融入国家发展大局，推动经济社会发展，促进国际航天合作，谱就了一曲又一曲壮丽的东方红之歌。可以说，中国通信卫星事业的发展，是中国航天事业发展历程中的辉煌篇章，在党史、新中国史和改革开放史上具有重要地位。对此进行回顾和记述，非常必要，很有意义。

编写《永远的东方红——中国通信卫星发展纪实》的动议，最早是中国航天科技集团五院通信卫星事业部党委 2018 年提出的。当时正值五院建院 50 周年、通信卫星事业部成立 10 周年，编写这样一本反映通信卫星事业发展的册子，既是组织建设与事业发展的需要，也是对历史负责，可以更好地总结经验、鼓舞士气、展望未来。当时，黄普明、卢俊作为主编，孔晓燕、张国航、郭兆炜、王超和刘佳、吴琳、赵聪、崔恩慧、俞盈帆、叶勉等同志作为编写组成员，集中用了大约 3 个月进行写作，最终完成了一本 6.8 万字的内部手册。

孙家栋、戚发轫、范本尧、周志成等院士专家专门为这本册子题了词。孙家栋题："永远的东方红，崭新的中国梦。"戚发轫题："传承'两弹一星’精神，担当富国强军使命。”范本尧题：“服务国家战略，造福人类社会。”周志成题：“初心永难忘，强国梦想圆。”这本册子印刷后在通信卫星团队内发放，院士专家的题词让大家备受鼓舞，各部分的内容受到了广泛的好评。

但是，以“永远的东方红”为名，记述半个多世纪以来中国通信卫星事业的发展，仅用不到 7 万字的体量是远远不够的。2019 年，通信卫星事业部党委进一步提出，要在这本册子的基础上，深入到历史发展与时代奋斗之中，通过深入挖掘与系统研究，将《永远的东方红——中国通信卫星发展纪实》写深写实，力求更加系统全面地反映中国通信卫星事业的发展脉络、成就与影响。随后，以孔晓燕、张国航为主，在已有内容的基础上，开展了大量的资料搜集、文献整理、采访访谈等工作。此次扩充写作，经过一年酝酿准备和一年写作修改，于 2021 年 4 月基本完成了书稿。

这期间，实践二十号卫星发射成功、东方红五号平台首飞验证，天通一号 02 卫星、03 卫星相继上天并与之前发射的天通一号 01 卫星组网运行，亚太 6D 卫星实现“东四”增强型平台全配置首飞、被誉为“亚太地区性价比最高的商业通信卫星”，低轨通信卫星星座研制不断加快；在五院宇航系统总体单位改革中，通信与导航卫星总体部成立，推动通信卫星事业发展迎来新阶段。这些也都充分地反映在了书稿之中。

2021 年是中国共产党成立 100 周年。党中央决定，在全党开展党史学习教育。通过学习党史，结合书稿写作，我们愈发深刻地认识到“航天人是党史的重要参与者和书写者”，也愈发深刻地认识到中国航天事业、中国通信卫星事业的重大作用和重要影响。在通信与导航卫星总体部党委的指导下，我们努力地结合参加党史学习教育的体会收获，基于历史和事实，对书稿的内容作了持续的修订与细致的完善。

按照本书内容的先后顺序，写作具体分工是：

前言“中国航天事业的建立与发展”，第一章“东方红一号：开天辟地启新元”，第二章“东方红二号：从无到有的跨越”，第八章“通信卫星人与通信卫星团队文化”主要由张国航完成。

第三章“东方红三号：全面服务国计民生”，第四章“东方红四号：踏出国门走向世界”，第五章“民商用通信卫星的崛起”，第六章“东方红五号：比肩国际高水平”，第七章“低轨通信卫星星座：让全球永不失联”，主要由孔晓燕完成。

《中国通信卫星大事记》由孔晓燕整理。

《通信卫星赋》一文系张国航所作。

全书由孔晓燕负责统稿、定稿。孟旭、李蔚浩宇参与了全书的查阅、核对、修改与校订等技术性工作。

在本书写作过程中，通信卫星领域的院士专家孙家栋、戚发轫、范本尧、周志成等给予了宝贵的指导。通信与导航卫星总体部部长黄普明和党委书记陈建军、党委书记王作为亲切关心书稿写作进展，科学决策，明确方向，全力保障。其他部领导和多位通信领域型号总指挥、总设计师，机关各部门、各研究室、各项目办也对书稿写作的推进和完成提供了重要支持。在此，对各位领导和同志们的支持与帮助表示衷心感谢！

我们要向广大参与从东方红一号到后续通信卫星的工程实践的全体通信卫星人表示崇高的敬意。他们以国为重、为国而战，自力更生、艰苦奋斗，大力协同、勇于登攀，薪火相传、赓续奋斗，忠诚勇敢、追求卓越，缔造了跨越时空的“永远的东方红”，为祖国和人民交出了一份沉甸甸的答卷。

我们要向所有关心、支持中国通信卫星事业发展的各级领导、各方专家、各界朋友表示衷心的感谢。没有这些关心和支持，中国通信卫星事业不会走到今天。

最后，我们还要衷心感谢人民出版社的大力支持。本书的最终顺利出版，离不开责任编辑李源正等同志的辛勤付出与严谨工作。

在书稿写作中，参阅了许多已有的成果，诚挚感谢！但限于水平，书中难免还有疏漏和不足，恳请广大读者批评指正。

编 者

2022 年 3 月

责任编辑：李源正
封面设计：汪　阳
责任校对：白　玥

图书在版编目（CIP）数据

永远的东方红：中国通信卫星发展纪实 / 张国航，孔晓燕 编著 . — 北京：人民出版社，2023.6

ISBN 978 – 7 – 01 – 024383 – 2

I. ①永…　II. ①张… ②孔…　III. ①纪实文学 – 中国 – 当代　IV. ① I25

中国版本图书馆 CIP 数据核字（2021）第 279745 号

永远的东方红

YONGYUAN DE DONGFANGHONG

——中国通信卫星发展纪实

张国航　孔晓燕　编著

人民出版社 出版发行
（100706　北京市东城区隆福寺街 99 号）

北京中科印刷有限公司印刷　新华书店经销

2023 年 6 月第 1 版　2023 年 6 月北京第 1 次印刷
开本：710 毫米 ×1000 毫米 1/16　印张：25.25　插页：2
字数：324 千字

ISBN 978 – 7 – 01 – 024383 – 2　定价：128.00 元

邮购地址 100706　北京市东城区隆福寺街 99 号
人民东方图书销售中心　电话（010）65250042　65289539